喚醒你的英文語感！

Got a Feel for English !

字彙高點

Etymology
Roots
Affixes
Assimilation

旋元佑

高點建國
閱讀・寫作名師

GRE字彙通

Extensive reading
Vocabulary building

系統化剖析字源方法

字源分析
冷僻字根
詞類變化
同義/衍生字

洞見知解GRE高頻字

作者序

GRE 主要是設計來考美國大學畢業生的考試，裡面的字彙考題對東方 non-native speakers 的考生而言，可以說是又多又難。要想在有限的時間內把龐大的 GRE 字彙記起來，沒有個好辦法是不行的。考生所需要的，首先就是一本選字精準的字彙書。

美國教育測驗機構（ETS）辦的考試，托福也罷、GRE 也罷，都屬於國際標準測驗。這種考試號稱可以準確鑑定考生的程度：若無特殊情況，考生接連兩次考試，考出來的成績不可能相去太遠。爲了確保這個結果，國際標準測驗的字彙考題有一個特色，就是單字重複出現的概率偏高。以 GRE 考試而言，最重要的字彙就是新版考題中出現過的單字，其次是舊版考題中的常考單字。

我在台灣教授 GRE 字彙多年，歷經過不只一次的改版，從考反義字的時代進入考同義字的時代。爲了編這本 GRE 字彙書，我選字參考的材料包括多年來使用的講義、新版 GRE 考題，以及美國、大陸、台灣三地的 GRE 字彙專書。

選定單字之後，我每一個字平均要查四次字典：英英字典以確定用法、參考例句；英漢字典以確定翻譯；同義字字典以挑選重要同義字；字源字典以確定字源結構。在英英字典部分用得最多的是韋氏字典（標準美語）與牛津字典（標準英語）。字源字典最常用的則是 Online Etymology Dictionary。可以想見，編輯工作相當耗時費力。但是工作一段時間下來發現，耗時費力還是有代價的：平常上課時有些字未能講解清楚，眞正下功夫研究過之後就能和學生說明得更加深入，也更加能夠從各個角度幫助學生聯想、把重要的單字確實記下來。

知道了有哪些重要單字要記，接下來的問題就是怎樣能夠確實記起這些單字。要在短時間內有系統地記下大量的高難度單字，只有一個最好的辦法，就是字源分析（詳見下文「方法論」）。以字根字首爲經緯，整理出互相有關聯的單字在一起，借助於常用的字根字首來把單字背起來，輔以例句來消化單字的確實用法。相關字與詞類變化也要一併處理，還有就是同義字。

本書的編排方式，主要內容收在「Section 1：常用字根字首」。這個部分把同屬於某個字根或字首的 GRE 單字收到一起，配上例句、詞類變化、相關字、同義字，方便讀者有系統地記憶單字。每則詞條並加上字源構造的註解，讓讀者不必死背單字。「Section 2：冷僻字根」收錄的是無法用常用字首字根拆解的單字。這個部分的單字，若有可能，仍會提供讀者各種聯想的方式，幫助讀者輕鬆記起所有的重要單字。詳細編排方式與使用方法，請參閱下文「編例」。

大家都覺得背單字是苦差事，背 GRE 單字尤其是苦差事。但是，如果讀者按照本書的系統、採用本書的方法來記單字，便可收事半功倍之效。而且，單字的構造與演變，本身是個頗有意思的學問，鑽研進去常常有意外的驚喜。祝讀者學習愉快！

旋元佑

目錄

Section 1 常用字根字首核心字彙

A

B

C

D

E

F

G

H

I

J

L

M

N

O

P

Q

R

S

T

U

V

Section 2 冷僻字根核心字彙

編　例

一、本書 Section 1「常用字根字首」，按字母順序將常用的字首字根編排在一起，例如頭一個就是字首 a-: without，左邊是希臘字首 a-，右邊是古英文翻譯 without。

二、每則詞條下面可能不只一種解釋，主要是因爲意思與用法不同，所以要分別提供例句。例如 acidulous，可以解釋爲「味道酸」，這需要單獨說明；也可以解釋爲「語氣酸」，也需要單獨說明。所以在兩種解釋之下分別配有例句（放在 例| 後面）。

三、因爲篇幅限制，每則詞條原則上只就最重要的一種解釋提供同義字。以 acidulous 而言，比較重要的解釋是「語氣酸」，所以只有在這條解釋後面有提供同義字（放在 同| 後面）。

四、每則詞條後面附有字源分析的解說（放在 解| 後面），這又分成兩個部分。以 adamant「堅定」這則詞條爲例，解說第一部分是結構分析，用斜線把它的字源構造斷開，成爲 a/dam/ant。第二部分則是提供字根字首的註解，也就是翻譯成古英文，例如：without/damage/(a.)。

五、上則詞條 adamant 的註解中，希臘字首 a- 譯爲古英文 without。字根 dam 直接用 damage 詮釋。雖然字源字典多把字根 dam 譯爲 tame，本書不採用，因爲那種翻譯對記單字沒有什麼幫助。採用 damage 來詮釋 dam，一方面合理、一方面好記。字源分析，通常是把外來語譯爲古英文，各家往往有不同譯法，而且有些字根的詮釋莫衷一是、沒有定論。本書的原則是採取對記單字最有幫助的詮釋。

六、上則詞條 adamant 切出來的字尾部分 -ant，在註解中只提供詞類縮寫 (a.)，這是因爲一般字尾沒有很大意義，主要只是標示詞類。若是有意義的字尾，例如代表「人」的字尾，那麼註解中會譯爲 person。

七、如果一個字有兩種以上詞類，例如 analgesic，在註解中只會標出主詞條中的詞類（書中是名詞 (n.)）。形容詞則放在衍生字項下（衍| 之後），如 analgesic (a.)。

八、單字原來若有經過同化作用（詳「方法論」）而產生拼字變化，在 解| 部分用斜線分割之後會還原成代表性的拼法。例如詞條 exemplify，結構分析爲 ex/empl(i)/fact/y。字尾 -fy 其實是字根 fact 與字尾 -y 合併而成，這個變化在結構分析中會把它還原。所以，讀者若是覺得結構分析中的拼法和原字有出入，請放心：不是印錯了，而是還原爲字根字首的原始拼法。

九、若單字裡面含有不必詮釋的連音（詳「方法論」），在結構分析中會把連音置於括弧內，例如上例 ex/empl(i)/fact/y，括弧內的 i 就是連音。

十、字首若是用來加強語氣，在字源註解中會標出 intensifier，例如詞條 peremptory，結構分析是 per/empt/ory，字源註解是 intensifier/take/(a.)，表示字首 per- 在此是作加強語氣之用。

十一、常用的英文字首字根主要係來自拉丁文、希臘文、德文、法文等。至於某個字首或字根到底是來自哪一種外語，這個資訊和讀者學習英文的目標沒有太大的關聯，爲了減輕讀者的負擔，本書中一概略過。

十二、詞條下面經常附有衍生字（在 衍| 後面），大多是該詞條的詞類變化，但也有一些是相關字。例如詞條 deterrent (n.)，主詞條是名詞，配合的例句與同義字也都是名詞。在衍生字部分則收

錄了 deterrent (a.)、deter (v.)、undeterred (a.) 與 terror (n.) 等；第一個是與詞條同樣拼法但當形容詞使用，第二個是動詞，這兩個都算是詞類變化。第三個是配上否定字首的相關字變化。第四個 terror 讀者可能覺得太簡單，不夠 GRE 單字的資格。但是放在衍生字裡面的簡單的字，通常是用來幫助讀者記憶的：在字源註解中把詞條 de/ter/rent 註記爲 away/terror/(n.)，點出字根 ter 在此解釋爲 terror。在衍生字中把 terror 列入，就是爲了搭配這條註記、幫讀者記下這個單字。讀者學習單字時，衍生字也要留意。

十三、本書 Section 2「冷僻字根」，收錄的是常考的 GRE 單字但無法用常用的字根字首來詮釋的字彙。這部分的詞條仍然配有 解| 標示，但後面的解說不完全是字根字首的結構與註記，有時候是提供其他聯想的記憶方式。例如詞條 clandestine，解釋是 (a.) 祕密的、暗中的。在 解| 中先拆解爲 clan/destine，底下的註解則是：「clam/intestine（像蛤的腸子一樣，關得很緊）」。註解中的 clam/intestine 確實是此字由專家考據過的正確字源翻譯，但是讀者看到 clam 加 intestine，可能感到一頭霧水。如果加上括弧裡的解說，或許就能恍然大悟。

★ 關於本書隨附光碟 CD

本書光碟收錄兩種版本之 MP3 音檔，內容分別為：

〔版本 1〕音軌編號為 1_002、1_003、1_004 ……等，其中包括英文單字與其中文解釋，讓使用者單聽音檔即可快速記憶各字彙之涵義，將音檔裝載至行動載具隨時隨地學習，成效最高。

〔版本 2〕音軌編號為 2_002、2_003、2_004 ……等，其中包括英文單字、中文解釋和英文例句，使讀者利用例句熟悉字彙用法。點線面立體學習，成效最廣。

方法論

記單字是苦差事——曠時費日、枯燥無聊、隨記隨忘。其實，上述的刻板印象有一大原因在於不知道好的學習方法。在英語教育（TESOL）這門專業領域中，「打造字彙」（Vocabulary Building）有兩大主流途徑，而且這兩條途徑相輔相成：一是廣讀（Extensive Reading）、一是字源分析（Etymology）。

所謂廣讀，簡單講就是大量的、快速的、不求甚解的、以享受閱讀樂趣爲出發點的閱讀。只要有廣讀的習慣，那麼你所學的單字在閱讀中就會不斷出現、反覆增強印象，這樣才能眞正通曉單字的各種用法，到最後想要忘掉這個單字也忘不了，永遠不再有「記不住單字」的苦惱。廣讀的作法，在本書末尾之附錄「廣讀學英文」一文中有詳細的介紹，請讀者列爲重要參考、詳加參閱，並且身體力行、眞正養成廣讀的習慣。而本篇方法論，主要是在介紹「打造字彙」的另一項工具：字源分析。

字源分析

字源分析，是語言學中的一支，主要研究的是單字的字源，包括考證一個字的構造、出處、歷史演變等。一般的語言學習者並不是語言學家，不必深入探討字源分析，僅須利用語言學家已經探討出來的成果，尤其是單字的構造（word structure），用以幫助理解單字、記憶單字並掌握單字正確的用法。

英文是拼音文字，每一個單字都是用 26 個英文字母當作聲音符號、把單字的發音給拼出來。單字的發音，固然是建立在字母上，但是單字的意思卻是建立在比較大的組合如字根（roots）和字首字尾（affixes）上頭。英文單字多達 60 餘萬（牛津英文大字典收錄的字數），其中絕大多數可以用本書收錄的 240 個字首字根來詮釋。只要熟悉這些常用的字首字根，學習單字就可以從「死背」轉變爲「理解」，大幅減輕記憶的負擔。

單字構造

先來看一個例子。trivial 這個字，英漢字典上的解釋是「瑣碎的、不重要的」。一般人記單字是這樣：一個英文單字對上幾個中文翻譯，硬生生地背下來。這種記法很辛苦，也很容易忘記。但是，如果會做字源分析，就會知道此字是由拉丁字首 tri-（意思是 three）加上字根 via（意思是 way），後面再搭上形容詞字尾 -al 而構成的。字根 via 和字尾 -al 中間有一個重複的 a，因爲同化作用（詳下文）而被取消掉成爲 trivial，所以這個來自拉丁文的單字可以直譯爲古英文 of three ways。這些資訊，在大型英英字典裡面都查得到。字典中甚至還會說明：它的前身是拉丁文 trivialis，意思是 common place，在 1400-50 年間進入英文，屬於晚期的中古英文（以上資料來自韋氏字典）。這些就是字源學家考據出來的結果，在大字典中都能查到，語言學習者便可採取當中有用的資訊（主要是單字構造）來幫助記憶。

每一個單字都是一樣，由字首、字根、字尾這三種零件組成。長的字可能堆砌了相當多個字首字根等零件在裡面，短的也有只用一個字根構成的單音節單字，如 come, go 等。不論長短，每一個字都有它的根源，也都有專家做過考據，在字典中皆可查找。雖然並不是每一個字都用到本書收錄的 240 個最常用的字首字根，然而太過冷僻的字首字根對學習單字沒什麼幫助，不大需要去認識。

單字演變

知道 trivial 這個字是 three + way + -al 構成的，並不等於就知道它的意思。兩者之間還要經過一個單字演變的過程。韋氏字典說拉丁文

trivialis 原意是 three way「三岔路口」，相當於英文的 common place「公共場所」，這中間已經發生了演變。三岔路口是交通要衝，南來北往的旅人與商販很容易聚集在此形成公共場所、市集。形容詞 trivial 字面上的解釋（譯成古英文）是 of three ways，也就是「來自三岔路口的」或「來自公共場所的」，本來是修飾「傳聞、消息」之類，有如今天所謂的「小道消息」。所以，再經演變之後，trivial 就變成「瑣碎、不重要」的意思。

查考單字的構造與演變，不但可以幫助理解與記憶單字，本身也是一件有趣的事情。例如 geometry 一字，字典上的翻譯是「幾何學」。構造是由拉丁字根 geo（意思是 earth）、字根 meter（意思是 measure）搭配名詞字尾 -y 所構成，所以 geometry 字面上（直譯爲古英文）的意思是 measurement of the earth，亦即「測量土地」。這個字發源於古埃及，那是尼羅河孕育出來的大河文明。這條河每年氾濫、改道，好處是土地每年免費施肥一次、保持地力不致衰竭。壞處是每年田埂會淹沒、河道會改變，造成每年退水之後都要進行一次土地重劃。當然，誰也不肯吃虧，所以發展出一套丈量土地面積的學問，也就是後來的幾何學。

字源分析的優點：不怕難字

字典查得到的單字中，最長的一個是 pneumonoultramicroscopicsilicovolcanoconiosis。這個字看來像是醫學術語，但其實是帶點玩笑性質的造字，主要就是爲了「世界最長單字」的名頭而造出來的。不過，就算是這種長得離譜的字，如果熟悉字源分析，也很容易了解、甚至記起來。它的構造可以拆解爲 pneumon(o)/ultra/micro/scop/ic/silico/volcano/con(i)/osis。幾個零件的意思分別是：

pheumon 字根，意爲 air
o 連音

ultra- 字首，意爲 beyond
micro 字根，意爲 tiny
scope 字根，意爲 look
-ic 字尾，形容詞
silico 字根，表示「矽」
volcano 字根，表示「硫」
con 字根，意爲 cone
i 連音
-osis 字尾，名詞，常用於疾病

所以，整個字的意思是「肺部、特別微小的、由矽與硫兩種元素構成、圓錐狀的分裂症」，也就是一種「矽肺症」，礦工因爲吸入粉塵而常會罹患的病症。如果讀者對這些字根字首都很熟悉，那麼只要排列組合一下，便不難理解這個字的意思、也不難把它記下來。

越長的字，越是帶有學術意味、文化或藝術氣息的難字，就越有可能是由常用的拉丁文、希臘文等外來語的字首字根所構成的，因此大都能用本書收錄的 240 個字首字根來做完整的詮釋。所以，只要熟悉字源分析，從此就可以不怕難字、不怕長字。

字源分析的優點：英文理解

字源分析的另一好處是可以用英文來理解英文單字、避開中英翻譯，爲「英文思考」打下基礎。

一般人背單字背的都是英漢字典的翻譯。例如 conductor 這個字，字典的翻譯有「車掌、指揮、導體」等，而幾種解釋之間看不出太大的關聯性。這一來，要記單字就更麻煩了：60 幾萬個單字，每一個都有好幾種不同的解釋、都得分別去記，那不是得記下數百萬種中文翻譯嗎？這樣看來，記單字眞正是「不可能的任務」。

其實，最聰明的作法是根本不要去管中文翻譯，只要專注在單字構造上，用英文理解即可。例如，conductor 的構造是 con/duct/or，幾個部分的意思分別是：

con- 字首，意爲 together
duct 字根，意爲 lead
-or 字尾，名詞，意爲 person or thing

所以，conductor 這個字如果翻譯爲古英文，就是 the person or thing that leads together，基本上就是「領導者」。車掌，是乘客的領導者；指揮，是樂團的領導者；導體，是電流的引導者。由此可見，英文翻譯 the person or thing that leads together 詮釋起來比較有彈性。用英文來理解單字，一方面容易記憶（只有少數幾個字根字首要記）、一方面也有利於英文思考。

字源分析的優點：英文思考

學英文，要培養英文思考的能力，這樣才能避免中英翻譯的瓶頸、增加理解速度，對「聽說讀寫」都有莫大的幫助。但是，如何才能做到英文思考？

如果最基本的單字都是按照英漢字典上「中英對照」的方式來記的，一方面不容易記、一方面很難擺脫中文翻譯的包袱，要想做英文思考就很困難了。反之，如果學單字時重點不放在中文翻譯、而是在單字構造，把外來語翻譯爲古英文來理解，那麼雖然仍舊是翻譯，但那是同一個語系裡面的翻譯，關係近得多。而且，用英文來認識英文單字，在使用英文時可以比較容易擺脫中文翻譯、直接用英文來理解。一旦能夠突破英文理解的關卡（這還得搭配廣讀），「聽說讀寫」的速度都能加快許多，學習英文也就會漸入佳境。

字源分析的優點：成群記憶

記單字，如果是一個一個去記，這種作法的進度太緩慢。但是，如果用字根字首做經緯來記單字，就可以一群一群地認識單字，彼此有關係、互相聯想，速度會快得多。例如前文提到 conductor 一字，裡面有拉丁文字根 duct，翻譯爲 lead。如果把同樣用到這個字根的字收到一起、共同記憶，就可以一併認識許多相關單字，如 superconductor, nonconductor, semiconductor, ductility, deduce, deducible, deduct, deductible, induce, induct, induction, viaduct, aqueduct, duct, ductless, abduct, reduction, seduce, produce, conducive 等。而這也就是本書採用的系統，學習起來事半功倍。

字源分析的優點：認識學名

每一種動、植、礦物，在學術界都有統一的拉丁文學名。如果讀者學的是動物學、植物學、礦物學，或者其他諸如醫學、生物學之類的領域，則免不了要記許多拉丁文學名。如果對拉丁文完全沒有概念，那麼背學名就是比背英文單字更痛苦的差事，完全要靠死記。反之，如果學過字源分析，那麼讀者對拉丁文就會有基本的認識，學習起學名來就不再是死背了。例如你我所屬的品種「智人」，拉丁文學名是 Homo sapiens。前面的 homo 是屬名，拉丁字根翻譯爲 man；後面的 sapiens 是種名，拉丁字根 sap 翻譯爲 taste, wise，而 wise man 不就是「智人」嗎？

字源分析的優點：第二外語

讀者如果走學術路線，很有可能要學習第二外語。台灣許多博士班都有第二外語的要求，有些特定的碩士班也有這種要求。將來如果學到法語、西班牙語、德語等語言，所有的單字都要重新背一次，看來是艱鉅無比的工作。但是，就有人能夠精通七國、八國語言。他們是怎麼辦到的？

學第二外語，如果用學英文來做比較，那不夠準確。因爲中文和英文分別屬於兩種完全不同的語系，彼此學習對方的語言會特別困難。但是，學會英文之後，再學法文、西文等就容易多了，因爲後者和英文同屬一個語系，用的字母大致相同，連單字也有許多重複。尤其是，如果讀者學過字源分析，將來學到西語、法語時就會發現：裡面用的字根都是同一套！所以，現在學的字根字首，將來在學第二外語時很可能還派得上新的用場。

英文演變簡史

我們學字源分析，選定的 240 個字首字根都是最常用的外來語零件，主要來自拉丁文、希臘文、法文等。這是因爲英文中凡是帶有學術性、文化性、藝術性的重要單字，大都是這些外來語，而此現象背後是有歷史原因的。

English 一字，原本指的是 Anglos 族用的語言，那是日耳曼民族中的一支，在北歐蠻族大遷徙時代來到英倫三島。Anglos 族使用的語言稱爲古英文（Old English）。 到了西元 1066 年，法國貴族 William the Conqueror（征服者威廉）打敗英軍、入主英國王室，此後英國的國王就是法國人。宮庭中用的是法語，討論到美食、美酒、藝術、文化等用的也都是法語。學術界用的是拉丁文（那是天主教的語言、來自羅馬）。只有平民百姓還在使用古英文，但是在外來語強勢入侵之下，古英文逐漸凋零，剩下一些最基本的用字如生老病死、食衣住行之類仍使用古英文。只要有學術、知識、文化內涵的用字，都被法文、拉丁文等外來語替代。

自 1066 年起，英文產生一場大換血，一直到進入 16 世紀才逐漸定型，成爲現代英文（Modern English）。而 1066 至 15 世紀末這段期間的英文稱爲中古英文（Middle English）。

字源分析的局限：冷僻字根

現代高級知識份子應該認識的單字，主要是通用學術字彙。從上節的英文演變簡史可以看出來，這種字彙大都是從拉丁文、希臘文、德文、法文等外來語演變出來的，本書收錄的也都是這些外來語的字根字首。但是，如果是古英文單字，當然一樣有字根，但通常不是常用的字根，所以對學習單字沒有什麼幫助，這就造成字源分析的一個局限：字源分析對於學習冷僻字根組成的單字沒有什麼作用。

除了古英文，另外還有一些冷僻字根的造字例如外語。像 koan 一字，它的字根是中文：「公案」，來自禪宗用語，對英文而言就是外語。還有一些是有特殊典故的字，像是 vandalism「惡意破壞公物」，來自 Vandals「汪達爾族」，這是北歐蠻族，於第 5 世紀圍攻羅馬，造成無價藝術品平白遭到破壞。像 koan 與 vandalism 這些字都是無法以常用的字根字首來拆解詮釋的。

同化作用

字首、字根、字尾這些零件，排列組合起來成爲單字時，彼此的連結處會因爲互相影響而造成發音的變化、因而也影響到拼字的變化，稱爲同化作用（Assimilation）。學習字源分析，若能仔細觀察同化作用的變化，在詮釋單字構造時會比較有彈性。同化作用大約可以分成以下幾種。

一、變成相同

例如 difficult 一字，單字構造是 dis/fic/ult，字首原本拼爲 dis-，這是拉丁文的否定字首，意爲 not。字根 fic 意爲 do，加上形容詞字尾，字面上就是「不好做」。但是字首 dis- 的發音受到字根 fic 的影響產生同化，所以變成和它相同的 dif-。

再看一個例子：illuminate，單字構造是 in/lumin/ate，字首是介系詞 in，字根是拉丁文 lumin，意爲 light，配上動詞字尾，整個的意思是「打光進去」，也就是「照明」。因爲字首 in 受到字根 lumin 同化，拼法才變成 il-。

二、兩個子音之間可能加母音分隔，或者擠掉一個

例如 artificial，字根 art 意爲 skill，另一個字根 fic 意爲 make，配上連音 i 與形容詞字尾 -al，整個的意思是「用技術做出來的」，也就是「人造的」。其中兩個字根 art 與 fic 之間發生子音 t 與 f 碰在一起，不好發音，自然產生一個母音才好分隔開來（稱爲「連音」）。聲音產生連音，拼字也要反映，所以在中間加上一個 i。

再看一個例子：distance 的構造是 dis/sta/ance。字首 dis- 意爲 apart，字根 sta 意爲 stand, be，搭配名詞字尾 -ance，整個的意思是 stand or be apart，也就是「距離」。其中字首 dis- 後面與字根 sta 相連，sta 開頭的 st 已經是雙子音，再連上前面的 dis- 會成爲三個子音（sst）連在一起，這種情況就會擠掉一個 s，成爲 distance。

三、兩個母音之間可能加子音分隔，或者擠掉一個

例如 anonymous，字首是希臘文的 a-，意爲 without。字根 onym 意爲 name，搭配形容詞字尾 -ous，整個字的意思是 without a name，也就是「匿名、不具名」。但是字首母音 a- 與字根 onym 開頭的母音 o 相連，兩個母音的發音會分不清楚，所以要加個子音 n 做連音，成爲 anonymous。

再看一個例子：antonym，單字構造是 anti/onym，字首是表示否定的拉丁文字首 anti-，意爲 against，字根仍是 onym，所以這個字的意思是「相反的名字」，也就是「反義字」。但是 anti- 與 onym 連在一起會造成兩個母音 i 與 o 分不清楚，這時候是把前面的母音 i 擠掉，成爲 antonym。

四、有聲無聲與類似拼法的變化

例如 suburb，單字構造是 sub/urb，字源詮釋是 under/city，「隸屬於城市之下」，也就是「郊區、衛星城」。字根 urb 是母音開頭，與它相連的字首 sub- 是有聲子音 b 結尾，同樣都是有聲，容易發音。但是比較 support 一字，單字構造是 sub/port，字源詮釋是 under/carry。同一個字首 sub-，可是連接到的字根 port 是無聲子音 p 開頭，受到它的影響，有聲的 b 就被同化爲無聲的 p。同理，有聲無聲一對子音如 t 與 d，k 與 g，s 與 z 等等，在字源詮釋時往往可以視爲相同。

再看一組例子。contact 的單字構造是 con/tact，字源詮釋是 together/touch，「碰到一起」，也就是「接觸」。它的形容詞 contagious 當中，字根變成有聲的 g，這是受到後面母音的影響。儘管 g 和 c 的發音已經起了變化，但這兩個仍然屬於有聲無聲的一對，還是同一個字根同化的結果。

五、b, p 與 v, f 為類似拼法

字母 b 與 p 是有聲無聲的一對雙唇音，字母 v 與 f 則是有聲無聲的一對唇齒音（上唇與下齒），四者的發音部位非常接近，在字源詮釋時也可以混爲一談、互相詮釋。例如 recuperation，前面的 recuper 部分，如果用 v 來詮釋 p，就是 recover 一字。事實上，recuperation 的意思也就是 recovery，表示病後、傷後的痊癒、療養。

再看一個簡單的片語 mobile phone（行動電話）。mobile 的單字構造是 move/ile，因爲 b 可以用 v 來詮釋，所以這個字的意思就是「行動的」。

六．u 與 v 為類似拼法

在做字源詮釋時，u 和 v 可以視爲相同。最簡單的例子是字母 W：明明是兩個 V，卻要唸成兩個 U（double U）。再如動詞 revolve，單字構造是 re/volve，字源詮釋是 again/roll。名詞 revolution 當中的字根拼成 volu，意思和拼成 volv 完全一樣，是同一個字根。

字源分析的工具

我們採用字源分析，是利用學者專家考據的成果來幫我們記單字。這些成果在大型英英字典裡面都有。查字典的時候最好是查大型英英字典（線上與實體都行），並且注意一下裡面關於字源的說明。如果讀者習慣用手機、平板等工具上網看書，可以推薦一本很好用的網路字典「線上字源字典」Online Etymology Dictionary (http://www.etymonline.com/)。這是字源分析專用的字典，首字母縮寫剛好是 OED，與牛津英文大字典（Oxford English Dictionay）相同，後者是字源分析方面的終極權威，但是使用要付費。Online Etymology Dictionary 則是完全免費，而且就一般目的而言也同樣好用。

Section 1
常用字根字首

a-: without

Track 002

abysmal [əˋbɪzmḷ] 解 | a/bysm/al without/bottom/(a.)	(a.) 無底的；極度的；極惡劣的 例 | *abysmal* living conditions of the poor 窮人極惡劣的生活環境 同 | profound, bottomless 衍 | abyss (n.) 深淵；無底洞
adamant [ˋædəmənt] 解 | a/dam/ant without/damage/(a.)	(a.) 堅定無比的；頑固的 例 | We've tried to talk him into coming with us, but he's *adamant* about staying here. 我們想說服他一起去，但他堅決要留下。 同 | unyielding, obstinate 衍 | adamant (n.) 堅石　damage (n., v.) 損壞
anodyne [ˋænodaɪn] 解 | a(n)/odyne without/pain	(a.) 止痛的；平淡的；不得罪人的 例 | This is daytime TV at its most *anodyne*. 這是最不得罪人的日間電視節目。 同 | innocuous, inoffensive, bland 衍 | anodyne (n.) 止痛劑
aseptic [əˋsɛptɪk] 解 | a/septic without/rot	(a.) 消毒的；無菌的 例 | an *aseptic* room 無菌室 同 | sanitary, sterile, sterilized 衍 | septic (a.) 腐敗的；化膿的
atrophy [ˋætrəfɪ] 解 | a/trophy without/nourishment	(v.) 萎縮；縮減 例 | After several months in a hospital bed, my leg muscles had *atrophied*. 在醫院病床上躺了幾個月，我的腿部肌肉已經萎縮。 同 | dwindle, shrivel, deteriorate 衍 | atrophy (n.) 萎縮

atypical
[eˋtɪpɪkḷ]

解 | a/typ/ical
without/type/(a.)

(a.) 非典型的

例 | an *atypical* form of a disease
一種疾病的特殊型態

同 | irregular, unusual

衍 | typical (a.) 典型的

acr, acu: sharp

Track 003

acerbic
[əˋsɝbɪk]

解 | acer(b)/ic
sharp/(a.)

(a.) 尖刻的；尖酸的

例 | *acerbic* commentary 尖酸的評論

同 | caustic, sarcastic, satirical

衍 | acerbity (n.) 尖刻；尖酸

acidulous
[əˋsɪdʒələs]

解 | acid/ulous
sharp/(a.)

(a.) 微酸的

例 | a slightly *acidulous* drink 微酸的飲料

衍 | acid (n.) 酸

(a.) 嘲諷的；尖酸的

例 | a gently *acidulous* writing style
有點嘲諷但不刻薄的寫作風格

同 | acerbic, acid, acidic, sarcastic

acme
[ˋækmɪ]

解 | acu/me
sharp/(n.)

(n.) 最高點；頂點

例 | the *acme* of their basketball season
他們這一個籃球季的巔峰

同 | zenith, apex

acrimony
[ˋækrə͵monɪ]

解 | acri/mony
sharp/(n.)

(n.) 尖酸；刻薄

例 | The dispute began again with increased *acrimony*.
爭執再起，這回更加尖刻。

同 | acidity, asperity, acerbity

衍 | acrimonious (a.) 尖酸的；刻薄的

acumen

[əˋkjumən]

解｜acu/men
sharp/mind

(n.) 銳敏；判斷力

例｜a lack of business *acumen* 欠缺商業判斷力

同｜astuteness, acuity, shrewdness

衍｜acuminous (a.) 敏銳的

---

acute

[əˋkjut]

解｜acu/te
sharp/(a.)

(a.) 敏銳的

例｜He has an exceptionally *acute* mind.
他的思想敏銳無比。

(a.) 劇烈的；嚴重的

例｜*acute* food shortages 嚴重的糧食短缺

同｜severe, critical, drastic

衍｜acuteness (n.) 嚴重性

---

exacerbate

[ɪgˋzæsɚ͵bet]

解｜ex/acer(b)/ate
intensifier/sharp/(v.)

(v.) 使惡化；加劇

例｜The new law *exacerbates* the problem.
新法律造成問題惡化。

同｜aggravate, inflame, compound

衍｜exacerbation (n.) 惡化

---

ad-: to, toward

Track 004

abase

[əˋbes]

解｜ad/base
to/low

(v.) 貶低；降低

例｜was unwilling to *abase* himself by pleading for mercy
不願意求情以免貶低自己

同｜debase, degrade, demean

衍｜abasement (n.) 貶低；降低

---

abeyance

[əˋbeəns]

解｜ad/bey/ance
to/open/(n.)

(n.) 暫停；暫時擱置

例｜Our weekend plans were held in *abeyance* until we could get a weather forecast.
我們的周末計畫暫時擱置，等待天氣預報。

同｜suspension, dormancy, moratorium

accomplice
[ə`kɑmplɪs]

解 | ad/con/plice
to/together/fold

(n.) 共犯；從犯

例 | He was convicted as an *accomplice* to murder.
他以謀殺案共犯的罪名定罪。

同 | accessory, collaborator, conspirator

衍 | comply (v.) 順從

acquiesce
[ˌækwɪ`ɛs]

解 | ad/quiesce
to/quiet

(v.) 默認；順從

例 | The man *acquiesced* to the unreasonable demand.
此人順從這項無理的要求。

同 | accede, assent, consent

衍 | acquiescence (n.) 默認；順從
quiet (v., a.) 安靜

addicted
[ə`dɪktɪd]

解 | ad/dict/ed
to/speak/(a.)

(a.) 上癮的；有癮的

例 | Her husband is *addicted* to gambling.
她老公有賭癮。

同 | dependent on, hooked on

衍 | addict (v.) 使成癮
addict (n.) 有癮的人；癮君子
addiction (n.) 癮；癖好

adulation
[ˌædʒə`leʃən]

解 | ad/ul/ation
to/tail/(n.)（狗搖尾巴）

(n.) 諂媚；奉承

例 | The star enjoyed the *adulation* of her fans.
大明星很喜歡粉絲的奉承。

同 | worship, lionization, idolization

衍 | adulatory (a.) 諂媚的

affirm
[ə`fɜm]

解 | ad/firm
to/firm

(v.) 斷言；肯定

例 | We cannot *affirm* that this painting is genuine.
我們無法肯定這幅畫是真作。

同 | assert, aver, avow

衍 | affirmative (a.) 肯定的　firm (a.) 堅定的

affront
[ə`frʌnt]

解 | ad/front
to/front

(n.) 侮辱

例 | an *affront* to his dignity 侮辱到他的尊嚴

同 | insult, offence, slight

衍 | affront (v.) 侮辱；得罪

Track 005

allure

[ə`lʊr]

解 | ad/lure
to/lure

(n.) 吸引力；誘惑力

例 | These rare books hold special *allure* for collectors.
這些善本書對收藏家有特別的誘惑力。

同 | attraction, appeal, enticement

衍 | allure (v.) 引誘；誘惑　lure (v.) 引誘；誘惑
lure (n.) 誘餌；誘惑

---

amalgamate

[ə`mælgəmet]

解 | ad/malgam/ate
to/mix/(v.)

(v.) 混合；合併

例 | They *amalgamated* the hospital and the university. 他們把醫院和大學合併。

同 | blend, fuse, consolidate

衍 | amalgamation (n.) 混合；合併

---

amass

[ə`mæs]

解 | ad/mass
to/mass

(v.) 累積；積聚

例 | *amassed* a great fortune 累積了一大筆財富

同 | accumulate, gather, assemble

衍 | mass (n.) 質量；大量

---

ameliorate

[ə`miljə͵ret]

解 | ad/melior/ate
to/better/(v.)

(v.) 改善；緩和

例 | This medicine should help *ameliorate* the pain. 這個藥應該能緩和痛苦。

同 | enhance, improve, alleviate

衍 | amelioration (n.) 改善；緩和

---

amenable

[ə`mɛnəbḷ]

解 | ad/men/able
to/menace/able
（可以威脅）

(a.) 順從的；願意接受的

例 | Our normally balky cat becomes quite *amenable* at the vet's.
我們那隻貓平常不聽話，到了獸醫那兒就變得很順從。

同 | compliant, acquiescent, tractable

衍 | amenability (n.) 順從　menace (n., v.) 威脅

---

amend

[ə`mɛnd]

解 | ad/mend
to/mend

(v.) 修訂；改善

例 | The government may *amend* the law.
政府可能會修這條法。

同 | revise, modify, adapt

衍 | amendment (n.) 修訂（案）；改善
mend (v.) 修補

apparition
[æpəˋrɪʃən]
解 | appar/ition
appear/(n.)

(n.) 幽靈；特異景象
例 | claimed to have seen an *apparition* of her deceased mother
號稱看到她已逝的母親顯靈
同 | phantom, specter, wraith
衍 | appear (v.) 出現

---

appease
[əˋpiz]
解 | ad/pease
to/peace

(v.) 平息；使息怒；姑息
例 | We had no way to *appease* our hunger.
我們無法止住飢餓。
同 | pacify, conciliate, placate
衍 | appeasement (n.) 平息；姑息
peace (n.) 和平

---

appraise
[əˋprez]
解 | ad/praise
to/price

(v.) 估價；評估
例 | *appraise* the damage 評估損害
同 | assess, evaluate, gauge
衍 | appraisal (n.) 估價；評估

---

allay
[əˋle]
解 | ad/lay
to/lay

(v.) 緩和；減輕；平息
例 | expect a breeze to *allay* the heat
期望有風來緩和酷熱
同 | alleviate, diminish, relieve
衍 | lay (v.) 放下

---

array
[əˋre]
解 | ad/ray
to/ray（排成一條線）

(n.) 排列；系列；長串
例 | an *array* of wine goblets on the shelf
一排大酒杯放在架上
同 | arrangement, assemblage, formation
衍 | array (v.) 裝飾；排列；安排
ray (n.) 光線；射線

---

arraign
[əˋren]
解 | ad/reg
to/rule

(v.) 傳訊；控告；指控
例 | He was *arraigned* for murder.
他被控謀殺。
同 | indict, prosecute, accuse
衍 | arraignment (n.) 傳訊；控告

Track 007

ascertain [,æsə`ten] 解｜ad/certain to/sure	(v.) 確定；查明 例｜The information can be *ascertained* by anyone with a computer. 只要有電腦的人都可以查明這項資訊。 同｜confirm, verify, establish 衍｜ascertainable (a.) 可查明的 certain (a.) 確定的
assertive [ə`sɜtɪv] 解｜ad/sert/ive to/join/(a.)	(a.) 自信的；大膽的 例｜This assignment requires an *assertive* leader. 這項任務需要一個大膽的領導人。 同｜forceful, bold, decisive 衍｜assert (v.) 主張；斷言
attest [ə`tɛst] 解｜ad/test to/test	(v.) 作證；證明 例｜I can *attest* that what he has said is true. 我可以作證他說的是真話。 同｜confirm, verify, substantiate 衍｜testimony (n.) 證詞
attire [ə`taɪr] 解｜ad/tire to/dress	(n.) 服裝；衣著 例｜preferred formal *attire* for dinner 喜歡穿著正式服裝赴晚宴 同｜garments, outfit, array 衍｜attire (v.) 穿著；打扮
attuned [ə`tjund] 解｜ad/tune/ed to/tune/(a.)	(a.) 理解的；調適好的 例｜The young intern was not yet *attuned* to the corporate culture. 年輕實習生尚未適應公司文化。 同｜adapted, adjusted 衍｜tune (n., v.) 音調；調音

aesthes, aesthet: feel

Track 008

aesthetics
[ɛsˋθɛtɪks]
解 | aesthet/ics
feel/(n.)

(n.) 美學
例 | Traditional *aesthetics* stresses balance and symmetry.
傳統美學強調的是平衡與對稱。
衍 | aesthetic (a.) 美感的

anesthetic
[ˌænəsˋθɛtɪk]
解 | a(n)/estheti/ic
without/feel/(a.)

(a.) 有麻醉作用的
例 | *anesthetic* drugs 麻醉藥
同 | soporific, analgesic, anodyne
衍 | anesthetic (n.) 麻醉劑

ag, ig: act

Track 009-010

mitigate
[ˋmɪtəˏget]
解 | mit/ig/ate
mild/act/(v.)

(v.) 緩和；減輕
例 | Emergency funds are being provided to help *mitigate* the effects of the disaster.
提供緊急基金來緩和災難的影響。
同 | mollify, alleviate, extenuate
衍 | mitigation (n.) 緩和；減輕

navigate
[ˋnævəˏget]
解 | nav/ig/ate
sail/act/(v.)

(v.) 航行；導航
例 | For thousands of years, sailors *navigated* by the stars.
幾千年來水手都看星象導航。
同 | steer, pilot
衍 | navigation (n.) 航行；導航
navy (n.) 海軍

agility
[əˋdʒɪlətɪ]
解 | ag/ility
act/(n.)

(n.) 矯捷；靈活
例 | the gymnast's *agility* on the parallel bars
體操選手在雙槓上的矯健身手
同 | nimbleness, dexterity, deftness
衍 | agile (a.) 矯捷的；靈活的

agony
[ˋægənɪ]

解 | ag/ony
act/(n.)

(n.) 痛苦；折磨

例 | She was in terrible *agony* after breaking her leg. 摔斷了腿，她痛得要死。

同 | anguish, torment, affliction

衍 | agonize (v.) 痛苦；掙扎

---

antagonize
[ænˋtægə͵naɪz]

解 | anti/ag/onize
against/act/(v.)

(v.) 引起……反感

例 | He didn't mean to *antagonize* you.
他無意和你作對。

同 | alienate, estrange, provoke

衍 | antagonism (n.) 對立；敵意
antagonistic (a.) 對立的；敵對的
antagonist (n.) 對手；敵手

---

ambiguity
[͵æmbɪˋgjuətɪ]

解 | ambi/ig(u)/ity
both/act/(n.)
（兩個動作：一語雙關）

(n.) 模稜兩可；語意不清

例 | the *ambiguity* of the clairvoyant's messages 通靈者的訊息模稜兩可

同 | ambivalence, vagueness, uncertainty

衍 | ambiguous (a.) 模稜兩可的
unambiguous (a.) 清楚的；明確的

---

axiom
[ˋæksɪəm]

解 | ax(i)/om
act/(n.)

(n.) 定律；格言

例 | "Survival of the fittest" is one of the key *axioms* of the theory of evolution.
「適者生存」是進化論的重要定律。

同 | maxim, adage, aphorism

衍 | axiomatic (a.) 不辯自明的；公理的

---

castigate
[ˋkæstə͵get]

解 | cast/ig/ate
chaste/act/(v.)
（使改過；使無錯）

(v.) 嚴懲；嚴斥

例 | The manager *castigated* him for his constant tardiness.
他老是拖拖拉拉，遭到經理嚴斥。

同 | chastise, reprimand, rebuke

衍 | castigation (n.) 懲罰；斥責
chaste (a.) 貞潔的；純潔的

---

coagulate
[koˋægjə͵let]

解 | con/ag/ulate
together/act/(v.)

(v.) 凝結；凝固

例 | The eggs *coagulate* when heated.
蛋受熱會凝結。

同 | curdle, clot, congeal

衍 | coagulation (n.) 凝結；凝固

cogent

[ˋkodʒənt]

解 | con/ag/ent
intensifier/act/(a.)

(a.) 使人信服的；貼切的

例 | *cogent* evidence 有力的證據

同 | convincing, compelling, potent

衍 | cogency (n.) 使人信服的力量

exacting

[ɪgˋzæktɪŋ]

解 | ex/act/ing
intensifier/act/(a.)

(a.) 要求嚴格的

例 | an *exacting* employer 要求很嚴格的雇主

同 | demanding, stringent, rigorous

衍 | exact (a., v.) 精確的；強硬要求

exigent

[ˋɛksədʒənt]

解 | ex/ig/ent
intensifier/act/(a.)

(a.) 緊急的

例 | *exigent* circumstances 緊急情況

同 | urgent, emergent, critical

(a.) 要求很多的

例 | an *exigent* client 要求很多的客戶

衍 | exigency (n.) 緊急性；迫切

intransigent

[ɪnˋtrænsədʒənt]

解 | in/trans/ig/ent
not/across/act/(a.)

(a.) 不妥協的；不讓步的

例 | an *intransigent* attitude 不妥協的態度

同 | uncompromising, obdurate, obstinate

衍 | intransigence (n.) 固執；不讓步

prodigal

[ˋprɑdɪgḷ]

解 | pro(d)/ig/al
forward/act/(a.)

(a.) 浪費的；大方的

例 | The *prodigal* child always spent her allowance the minute she got it.
這個浪費的小孩拿到零用錢總是立即花光。

同 | extravagant, spendthrift, profligate

衍 | prodigal (n.) 揮霍者
prodigality (n.) 浪費；慷慨

prodigious

[prəˋdɪdʒəs]

解 | pro(d)/ig(i)/ous
forward/act/(a.)

(a.) 巨大的

例 | a *prodigious* supply of canned food for emergencies 大量的罐頭食品以供緊急之需

同 | tremendous, enormous, colossal

(a.) 驚人的；奇妙的

例 | stage magicians performing *prodigious* feats 魔術師做出奇妙的表演

algia: pain

Track 011

analgesic [ænæl`dʒizɪk] 解︱a(n)/alges/ic without/pain/(n.)	**(n.) 止痛藥** 例︱The doctor prescribed an *analgesic* and rest for my injured knee. 我膝蓋受傷，醫生的處方是止痛藥與多休息。 同︱anodyne, anesthetic 衍︱analgesic (a.) 止痛的　analgesia (n.) 止痛
nostalgia [nɑs`tældʒɪə] 解︱nost/algia home/pain	**(n.) 懷念；思鄉** 例︱He was filled with *nostalgia* for his college days. 他對大學歲月充滿思念。 同︱homesickness, reminiscence 衍︱nostalgic (a.) 懷念的；思鄉的

alter, ali: other

Track 011

adulterate [ə`dʌltəˌret] 解︱ad/ulter/ate to/other/(v.) （有別的東西進入）	**(v.) 摻雜** 例︱The company was fined for *adulterating* its hamburgers with cereal. 因為漢堡裡面摻了穀片，該公司被罰款。 同︱degrade, debase, dilute 衍︱adulterate (a.) 不純的；有攙假的 adulteration (n.) 不純；攙假 unadulterated (a.) 純的
alienate [`eljənˌet] 解︱alien/ate other/(v.)	**(v.) 使疏遠；疏離** 例︱Her position on this issue has *alienated* many former supporters. 她對此事採取的立場令許多從前的支持者離她而去。 同︱estrange 衍︱alienation (n.) 疏遠；疏離 alien (n., a.) 外國人；外星人；外來的

inalienable

[ɪn`eljənəbḷ]

解 | in/alien/able
not/other/able

(a.) 不可讓渡的

例 | *inalienable* rights of the people
人民不可讓渡的權利

alias

[`elɪəs]

解 | ali/as
other/(n.)（另一個名字）

(n.) 化名；別名

例 | The criminal travels under an *alias*.
這名罪犯以化名在外行走。

(adv.) 化名為

例 | The criminal, *alias* Scarface, was finally apprehended.
這名罪犯別名「刀疤臉」，終於被捕。

allegory

[`æləˌgorɪ]

解 | ali/agora/y
other/speak/(n.)
（在廣場上講故事）

(n.) 寓言故事

例 | The long poem is an *allegory* of love and jealousy.
這首長詩是愛與嫉妒的寓言故事。

同 | parable, metaphor, emblem

衍 | allegorical (a.) 寓言性的；象徵性的
agora (n.) 廣場；集會

alternative

[ɔl`tɜnətɪv]

解 | alter(n)/ative
other/(n.)

(n.) 替代方案

例 | What are the *alternatives*?
有什麼替代方案？

同 | option, choice, substitute

衍 | alternative (a.) 替代性的
alternate (a.) 替代性的；輪流交替的
alternate (v.) 輪流

altruism

[`æltrʊˌɪzəm]

解 | altru/ism
other/(n.)

(n.) 利他主義；博愛

例 | The billionaire is known for his *altruism*.
這位富豪以博愛著稱。

同 | philanthropy, selflessness, generosity

衍 | altruistic (a.) 利他的；博愛的

amble: walk Track 012

preamble
[ˋpriæmbḷ]
解 | pre/amble
before/walk

(n.) 序文
例 | the *preamble* to the U.S. Constitution
美國憲法序文
同 | overture, prelude, prologue

(n.) 序幕；預兆
例 | His early travels were just a *preamble* to his later adventures.
他早年的旅行只不過是後來冒險的序幕。

---

ambulatory
[ˋæmbjələˏtorɪ]
解 | ambul/atory
walk/(a.)

(a.) 流動的；移動的
例 | *ambulatory* theatrical companies 流動劇團
同 | itinerant, peripatetic, touring

---

perambulate
[pəˋæmbjəˏlet]
解 | per/ambul/ate
through/walk/(v.)

(vt.) 走過
例 | lazily *perambulated* the entire park
慢慢走過整個公園
同 | traverse

(vi.) 漫步
例 | *perambulating* up and down the tree-lined streets 在林蔭大道上來回漫步
同 | stroll
衍 | perambulation (n.) 行走；漫步
ambulance (n.) 救護車

---

ambi-, amphi-: both, around Track 012

ambience
[ˋæmbɪəns]
解 | ambi/ence
around/(n.)

(n.) 氣氛；環境
例 | the *ambience* of a tropical island
熱帶島嶼的環境
同 | atmosphere, aura, milieu
衍 | ambiance (n.) 氣氛；環境
ambient (a.) 周遭的；背景的

amphibian

[æm`fɪbɪən]

解 | amphi/bio/an
both/life/(n.)

(n.) 兩棲類；水陸兩用載具

例 | Frogs are *amphibians*.
青蛙是兩棲類。

衍 | amphibian (a.) 兩棲的；水陸兩用的

amor: love

Track 012

enamor

[ɪn`æmɚ]

解 | en/amor
make/love

(v.) 使傾心；使迷戀

例 | She was secretly *enamored* of the prince.
她暗中迷戀王子。

同 | infatuated with, captivated by

amateurish

[ˌæmə`tɝɪʃ]

解 | amor/ateur/ish
love/person/(a.)

(a.) 玩票的；不專精的

例 | The company's website looks *amateurish*.
公司的網站不很專業。

同 | incompetent, inept, inexpert

衍 | amateur (n.) 業餘者；愛好者

amiable

[`emɪəbḷ]

解 | ami/able
love/able

(a.) 和藹可親的；友善的

例 | She had an *amiable* conversation with her friend.
她和朋友談得很融洽。

同 | affable, congenial, cordial

衍 | amity (n.) 親善；友好

amicable

[`æmɪkəbḷ]

解 | amic/able
love/able

(a.) 避免衝突的；和善的

例 | The contract negotiations were reasonably *amicable*.
合約談判算是一團和氣。

同 | peaceable, civil, courteous

衍 | amicability (n.) 親善；友好

andr, anthrop: man

Track 013

misanthrope [ˋmɪzən.θrop] 解｜mis/anthrope bad/man （認為人都是壞的）	**(n.) 厭惡與人交往者；遁世者** 例｜a confirmed *misanthrope* 不折不扣的遁世者 衍｜misanthropist (n.) 遁世者 misanthropy (n.) 不願與人來往 misanthropic (a.) 不願與人來往的 android (n.) 人形機器人
philanthropy [fɪˋlænθrəpɪ] 解｜phil/anthrop/y love/man/(n.)	**(n.) 博愛；慈善機關** 例｜The family's *philanthropy* made it possible to build the public library. 這個家族的善舉使這所公共圖書館得以興建。 同｜benevolence, humanitarianism, altruism 衍｜philanthropist (n.) 慈善家

anim: life, spirit

Track 013

pusillanimous [.pjusḷˋænəməs] 解｜pusill/anim/ous little/spirit/(a.)	**(a.) 膽怯的；懦弱的** 例｜the *pusillanimous* fear of a future full of possibility 未來有無限可能，卻很膽怯地懼怕它 同｜cowardly, timid, craven
magnanimous [mægˋnænəməs] 解｜magn/anim/ous great/spirit/(a.)	**(a.) 寬大的；高尚的** 例｜She was too *magnanimous* to resent all the things others had said about her. 別人說過她很多事，但她寬宏大量、並不怨恨。 同｜generous, charitable, benevolent 衍｜magnanimity (n.) 寬大；高尚
animated [ˋænə.metɪd] 解｜anim/ated life/(a.)	**(a.) 熱烈的；生動的** 例｜an *animated* discussion 熱烈的討論 同｜lively, energetic, enthusiastic 衍｜animate (v.) 使有活力；激勵 animation (n.) 熱烈；興奮；動畫片

animosity

[ˌænəˋmasətɪ]

解 | anim/osity
spirit/(n.)

(n.) 敵意；憎恨

例 | We put aside our personal *animosities* so that we could work together.
我們把個人敵意放在一旁，才好合作。

同 | hostility, animus, enmity

annu, enni: year

Track 014

perennial

[pəˋrɛnɪəl]

解 | per/enni/al
through/year/(a.)

(a.) 長久的；終年的；年復一年的

例 | Flooding is a *perennial* problem for people living by the river.
對河邊居民而言，淹水是年復一年的老問題。

(n., a.) 多年生植物；多年生的

例 | Pines and cypresses are *perennials*.
松柏類是多年生植物。

superannuated

[ˋsupəˋænjuˌetɪd]

解 | super/annu/ated
over/year/(a.)

(a.) 落伍的；老舊的；超齡的

例 | *superannuated* planes 老舊的飛機

同 | antiquated, outmoded, obsolete

衍 | superannuation (n.) 老舊；超齡

ante-: before

Track 014

antedate

[ˌæntɪˋdet]

解 | ante/date
before/date

(v.) 先於；早於

例 | The church *antedates* the village itself.
教堂比村子本身還要老。

同 | precede, predate, anticipate

anterior

[æn`tɪrɪɚ]

解 | ante/er(i)or
before/(a.)

(a.) 前面的；前端的

例 | the *anterior* lobe of the brain 大腦前葉

同 | fore, frontal

antiquated

[`æntə,kwetɪd]

解 | ante/iq(u)ated
before/(a.)

(a.) 古老的；過時的

例 | *antiquated* methods of farming
過時的農耕方式

同 | obsolete, outmoded, anachronistic

apt, ept: fit

Track 015

adaptation

[,ædæp`teʃən]

解 | ad/apt/ation
to/fit/(n.)

(n.) 適應

例 | *adaptation* to the environment 適應環境

同 | acclimatization, attunement

(n.) 改編

例 | His stage *adaptation* of the novel was a success.
他把小說改編為劇本，非常成功。

衍 | adapt (v.) 適應；改編

ineptitude

[ɪn`ɛptə,tjud]

解 | in/ept/itude
not/fit/(n.)

(n.) 不合適；笨拙

例 | The team's poor play is due to the *ineptitude* of the coaching staff.
團隊表現不佳，都是因為教練團無能。

同 | incompetence, impotence, inadequacy

衍 | inept (a.) 不適合的；笨拙的
aptitude (n.) 適宜；性向；才能

adept

[ə`dɛpt]

解 | ad/ept
to/fit

(a.) 熟練的；內行的

例 | *adept* at fixing cars 修車很內行

同 | proficient, adroit, dexterous

衍 | adept (n.) 能手；行家　adeptness (n.) 熟練

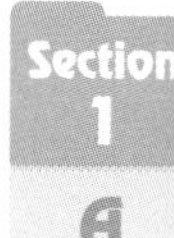

arbitr: judge

Track 015

arbiter
[ˋarbɪtɚ]
解 | arbiter
judge

(n.) 仲裁者；權威
例 | The mayor will act as the final *arbiter* in labor disputes.
勞工糾紛，市長將擔任最終仲裁者。
同 | arbitrator, judge, referee
衍 | arbitration (n.) 仲裁；調停
arbitrate (v.) 仲裁；調停

arbitrary
[ˋarbə͵trɛrɪ]
解 | arbitr/ary
judge/(a.)

(a.) 沒來由的；沒道理的；武斷的
例 | My choice of the vacation spot was a completely *arbitrary* decision.
我選此處渡假，沒有什麼理由。
同 | capricious, whimsical, random
衍 | arbitrariness (n.) 任意；武斷

arch: old, rule, chief

Track 016

anarchy
[ˋænɚkɪ]
解 | a(n)/arch/y
without/rule/(n.)

(n.) 無政府狀態；混亂
例 | *Anarchy* reigned in the empire's remote provinces.
帝國的偏遠省分仍屬無政府狀態。
同 | turmoil, chaos, nihilism
衍 | anarchist (n.) 無政府主義者
anarchism (n.) 無政府主義

archaic
[arˋkeɪk]
解 | arch/aic
ancient/(a.)

(a.) 古老的；過時的
例 | the *archaic* wordings in the King James Bible
詹姆士國王版聖經內古老的文字
同 | antiquated, obsolete, outmoded
衍 | archaism (n.) 古文；古風

archetype

[ˋarkɪˏtaɪp]

解｜arch(e)/type
old/type

(n.) 原型；典型

例｜He is the *archetype* of a successful businessman.
他是典型的成功商人。

同｜prototype, stereotype, embodiment

衍｜archetypal (a.) 原型的；典型的

hierarchy

[ˋhaɪəˏrarkɪ]

解｜hier/arch/y
holy/rule/(n.)
（原指教會階級）

(n.) 等級制度；階級制度

例｜at the bottom of the corporate *hierarchy*
在公司階級的底層

同｜ranking, grading, ladder

衍｜hierarchical (a.) 階級嚴明的

matriarch

[ˋmetrɪˏark]

解｜mater(i)/arch
mother/rule

(n.) 女家長；女族長；女統治者

例｜The tribe's *matriarch* ruled for 20 years before her death.
部落女族長統治 20 年後去世。

衍｜matriarchal (a.) 母系社會的
matriarchy (n.) 母系社會；母權制

patriarch

[ˋpetrɪˏark]

解｜pater(i)/arch
father/rule

(n.) 家長；族長；男統治者

例｜Our grandfather was the family's *patriarch*.
祖父是家族的族長。

衍｜patriarchal (a.) 父系社會的
patriarchy (n.) 父系社會；父權制

ard: hard

Track 017

ardent

[ˋardənt]

解｜ard/ent
hard/(a.)

(a.) 熱烈的

例｜*ardent* proponents of the bill
這項提案的熱情提倡者

同｜zealous, enthusiastic, fervent

衍｜ardor (n.) 熱情

arduous

[ˋarʤuəs]

解 | ard(u)/ous
hard/(a.)

(a.) 費力的；艱難的

例 | years of *arduous* training 多年的艱苦訓練

同 | strenuous, taxing, laborious

art: skill

Track 017

artifact

[ˋartɪˌfækt]

解 | art(i)/fact
skill/make

(n.) 古文物；藝品

例 | caves containing prehistoric *artifacts*
洞穴內有史前文物

同 | antique

inert

[ɪnˋɝt]

解 | in/art
not/skill

(a.) 遲緩無反應的

例 | how to stimulate the *inert* economy and create jobs 如何刺激遲緩的經濟、創造工作

同 | sluggish, languid, lethargic

(a.) 不能動彈的

例 | an *inert* and lifeless body
一具紋絲不動、無生命的軀體

衍 | inertia (n.) 慣性；惰性；不活動

asper: rough

Track 017

asperity

[æˋspɛrətɪ]

解 | asper/ity
rough/(n.)

(n.) 粗糙；粗暴

例 | She responded with such *asperity* that we knew she was deeply offended by the question.
她的反應如此粗暴，可以知道這個問題嚴重得罪到她。

同 | roughness, harshness, acerbity

aspersion

[ə`spɝʒən]

解 | asper/sion
rough/(n.)

(n.) 誹謗；中傷

例 | cast *aspersions* on her integrity
誹謗她的操守

同 | defamation, libel, slander

exasperate

[ɪg`zæspə͵ret]

解 | ex/asper/ate
intensifier/rough/(v.)

(v.) 激怒

例 | We were *exasperated* by the delays.
再三延誤令我們惱火。

同 | enrage, infuriate, incense

衍 | exasperation (n.) 惱怒

articulate

[ɑr`tɪkjəlɪt]

解 | art/iculate
skill/(v.)

(a.) 表達清楚的

例 | an *articulate* speaker 口齒清晰的演說者

同 | lucid, intelligible, comprehensible

衍 | articulate (v.) 清楚表達
articulation (n.) 清楚表達

aug: increase, great

Track 018

augury

[`ɔgjərɪ]

解 | augur/y
great/(n.)

(n.) 占卜

例 | watching the birds fly, the classical Greek method of *augury*
看鳥怎麼飛，這是古希臘傳統的占卜方法

(n.) 預兆

例 | Some say a broken mirror is an *augury* of seven years' bad luck.
有人說打破鏡子主七年霉運。

同 | omen, portent, auspice

衍 | augur (n.) 占卜師；預言者
augur (v.) 預示；占卜

inaugurate

[ɪnˋɔgjə͵ret]

解｜in/augur/ate
in/great/(v.)
（占卜後開始）

(v.) 就職；開幕；開始

例｜The government *inaugurated* a new trade policy.
政府開始一項新貿易政策。

同｜initiate, launch, commence

衍｜inauguration (n.) 就職；開幕；開始

augment

[ɔgˋmɛnt]

解｜aug/ment
increase/(v.)

(v.) 擴大；增加

例｜The impact of the report was *augmented* by its timing.
報告的衝擊因為時機而更加重大。

同｜magnify, amplify, escalate

衍｜augmentation (n.) 擴大；增加

august

[ɔˋgʌst]

解｜august
great

(a.) 崇高的；偉大的

例｜The family claims an *august* lineage.
這家人號稱有偉大的先人。

同｜grand, majestic, exalted

auto: self

Track 018

authentication

[ɔ͵θɛntɪˋkeʃən]

解｜auth/entication
self/(n.)（確定是本尊）

(n.) 證明；鑑定

例｜The document requires *authentication*.
文件尚須查證。

同｜verification, confirmation

衍｜authentic (a.) 真實的；真正的
authenticate (v.) 證實；鑑定

autonomous

[ɔˋtanəməs]

解｜auto/nom/ous
self/law/(a.)
（施行自己的法律）

(a.) 自治的；獨立自主的

例｜Native American nations are regarded as *autonomous* in many respects.
美洲原住民各民族在許多方面都被視為獨立自主。

同｜independent, sovereign

衍｜autonomy (n.) 自治；獨立

avi: bird

Track 018

aviation [ˌevɪˋeʃən] 解 | avi/ation bird/(n.)	**(n.)** 飛行；航空 例 | the *aviation* industry 航空業 衍 | aviator (n.) 飛行員
auspicious [ɔˋspɪʃəs] 解 | avi/spic(i)/ous bird/look/(a.) （看鳥飛是希臘占卜方式）	**(a.)** 吉兆的；幸運的 例 | made an *auspicious* beginning 有了好的開始 同 | favorable, propitious, opportune 衍 | auspice (n.) 吉兆；贊助；主辦
aviary [ˋevɪˌɛrɪ] 解 | avi/ary bird/(n.)	**(n.)** 鳥園 例 | The zoo has a new outdoor *aviary*. 動物園新設一處戶外鳥園。

B

ball, bol: throw
Track 019

balloon [bə`lun] 解︱ball/oon throw/(v.)	**(v.) 膨脹** 例︱Prices *balloon* during an inflation. 通貨膨脹時價格飛漲。 同︱inflate, soar, surge
hyperbole [haɪ`pɝbəlɪ] 解︱hyper/bole over/throw	**(n.) 誇張** 例︱"Hungry enough to eat a horse" is a common example of *hyperbole*. 「餓得可以吃下一匹馬」經常用來作為誇張的例子。 同︱exaggeration, overstatement 衍︱hyperbolic (a.) 誇張的

ban: forbid
Track 019

banal [bə`nɑl] 解︱ban/al forbid/(a.)（禁用的詞語）	**(a.) 平庸的；陳腐的** 例︱He made some *banal* remarks about the weather. 他說了幾句關於天氣的老調。 同︱trite, vapid, stale 衍︱banality (n.) 平庸；陳腐
bane [ben] 解︱bane forbid	**(n.) 剋星；禍害** 例︱National frontiers have been more of a *bane* than a boon for mankind. 國家邊界對人類來說是禍非福。 同︱curse, ruination, scourge

bat: beat　Track 020

abate
[ə`bet]
解 | ad/bate
to/beat（打壓下去）

(v.) 緩和；減輕
例 | People came out when the hurricane had *abated*.
颶風稍緩，大家出來看看。
同 | subside, slacken, recede

lambaste
[læm`best]
解 | lam/baste
lame/beat（打到跛腳）

(v.) 痛斥；嚴厲抨擊
例 | Critics *lambasted* his performance.
評論家大力抨擊他的表現。
同 | censure, castigate, chastise
衍 | lame (a.) 跛腳的

bel: war　Track 020

rebellious
[rɪ`bɛljəs]
解 | re/bel/l(i)ous
against/war/(a.)

(a.) 反叛的；叛逆的
例 | *rebellious* troops 叛變的部隊
同 | rebel, insurgent, mutinous
衍 | rebel (v.) 反叛；叛逆　rebel (n.) 叛徒
rebel (a.) 反叛的；叛逆的

bellicose
[`bɛləˌkos]
解 | bel/licose
war/(a.)

(a.) 好鬥的；好戰的
例 | *bellicose* hockey players who always seem to be fighting 好鬥的曲棍球員好像老是在打架
同 | pugnacious, belligerent, militant
衍 | bellicosity (n.) 好鬥；好戰

belligerent
[bə`lɪdʒərənt]
解 | bel/l(i)ger/ent
war/carry/(n.)

(a.) 好戰的；交戰的
例 | He was drunk and *belligerent*.
他喝醉了，在鬧事。

(n.) 交戰國；參與鬥毆者
例 | It is called World War II because so many nations were *belligerents*.
叫作二次世界大戰，是因為參戰國眾多。
衍 | belligerency (n.) 好戰；交戰狀態

antebellum
[ˋæntɪˋbɛləm]

解 | ante/bel/lum
before/war/(a.)

(a.) 戰前的

例 | The movie is set in the *antebellum* South.
電影的背景設在南北戰爭之前的南方。

同 | prewar

bene-, bon-: good

Track 021

bonanza
[boˋnænzə]

解 | bon/anza
good/(n.)

(n.) 發財機遇；大量的好東西

例 | The conference will bring in a *bonanza* for the city.
這場會議將為本市帶來大好機會。

同 | windfall, godsend, boon

benign
[bɪˋnaɪn]

解 | ben/ign
good/(a.)

(n.) 良性的；無害的

例 | 1. a *benign* tumor 良性腫瘤
2. environmentally *benign* 對環境無害

同 | innocuous, anodyne

衍 | benignity (n.) 良性；無害

bounty
[ˋbaʊntɪ]

解 | bon/ty
good/(n.)

(n.) 慷慨饋贈

例 | the beneficence and *bounty* of the charity
這家慈善機關的善舉與饋贈

同 | munificence, generosity, magnanimity

衍 | bountiful (a.) 慷慨的；豐富的

debonair
[ˌdɛbəˋnɛr]

解 | de/bon/air
of/good/air

(a.) 瀟灑；無憂無慮；溫文儒雅

例 | a *debonair* man in a suit and top hat
瀟灑男士穿西服戴禮帽

同 | suave, urbane, nonchalant

bev, bib: drink

Track 022

bevy

[ˋbɛvɪ]

解｜bev/y
drink/(n.)
（原指一群鳥在水邊）

(n.) 一批；一群

例｜a *bevy* of girls 一群女孩

同｜congregation, gathering

imbue

[ɪmˋbju]

解｜in/bue
in/drink

(v.) 滲透；渲染

例｜a treatise *imbued* with the revolutionary spirit 一篇充斥著革命精神的論文

同｜permeate, infuse, saturate

sober

[ˋsobɚ]

解｜se/bev
apart/drink（沒喝酒）

(a.) 清醒的；理性的

例｜a *sober* and serious analysis of the problem 對問題所做的一項理性又嚴肅的分析

同｜sensible, rational, reasonable

衍｜sobriety (n.) 清醒；理性

imbibe

[ɪmˋbaɪb]

解｜in/bibe
in/drink

(v.) 飲；吸收

例｜1. *imbibed* too many cans of beer
喝了太多罐啤酒
2. *imbibe* moral principles 吸收道德原則

同｜absorb, assimilate, ingest

bi-: two

Track 022

bifurcate

[ˋbaɪfɚˏket]

解｜bi/furc/ate
two/fork/(v.)

(v.) 分枝；分岔

例｜The stream *bifurcated* into two narrow winding channels.
小溪分岔為兩條曲折的細流。

同｜diverge, fork, split

衍｜bifurcation (n.) 分岔

bilingual

[baɪˋlɪŋgwəl]

解 | bi/lingua/al
two/tongue/(a.)

(a.) 雙語的

例 | a *bilingual* dictionary 雙語字典

衍 | language (n.) 語言

bio: life

Track 022

symbiosis

[ˌsɪmbaɪˋosɪs]

解 | syn/bio/sis
together/life/(n.)

(n.) 共生；互利（複數為 symbioses）

例 | the *symbiosis* of arms dealers and the military
軍火商與軍方的共生關係

衍 | symbiotic (a.) 共生的

biodegradable

[ˋbaɪodɪˋgredəbḷ]

解 | bio/de/grad/able
life/down/step/able

(a.) 可細菌分解的

例 | a *biodegradable* container
可細菌分解的容器

衍 | degrade (v.) 降級；分解

ble, ple, plic: bend, fold

Track 023-024

supple

[ˋsʌpḷ]

解 | sub/ple
under/bend

(a.) 柔軟的；可彎曲的

例 | *supple* fiberglass tent poles
高彈性玻璃纖維帳蓬竿

同 | pliant, pliable, flexible

衍 | suppleness (n.) 柔軟度

explicit

[ɪkˋsplɪsɪt]

解 | ex/plic/it
out/fold/(a.)

(a.) 明確的；清楚的

例 | They were given *explicit* instructions.
他們獲得明確的指示。

同 | unambiguous, distinct, unequivocal

衍 | explicitness (n.) 明確性

deploy [dɪˋplɔɪ] 解 | de/plo/y down/fold/(v.)	**(v.) 部署；運用** 例 | The troops were *deployed* for battle. 軍隊部署完畢、準備作戰。 同 | position, post, employ 衍 | deployment (n.) 部署；運用
exploit [ˋɛksplɔɪt] 解 | ex/plo/it out/fold/(v.)	**(v.) 利用** 例 | Top athletes are able to *exploit* their opponents' weaknesses. 頂尖運動員懂得利用對手的弱點。 同 | utilize, manipulate 衍 | exploit (n.) 功績；成就 exploitation (n.) 開發；利用
inexplicable [ɪnˋɛksplɪkəbḷ] 解 | in/ex/plic/able not/out/fold/able	**(a.) 無法解釋的；難以理解的** 例 | an *inexplicable* disappearance 無法解釋如何消失的 同 | unaccountable, incomprehensible 衍 | explicate (v.) 說明；解釋
compliance [kəmˋplaɪəns] 解 | con/pli/ance together/fold/(n.)	**(n.) 順從；遵從** 例 | The company has always acted in *compliance* with environmental laws. 公司行動一向遵從環保法令。 同 | conformity, accordance, adherence 衍 | comply (v.) 順從；遵從 compliant (a.) 順從的；遵從的
duplicity [djuˋplɪsətɪ] 解 | du/plic/ity two/fold/(n.)	**(n.) 兩面手法；欺騙** 例 | a spy movie full of deceit and *duplicity* 一部充斥欺騙與兩面手法的間諜片 同 | fraud, deceit, deviousness
implicit [ɪmˋplɪsɪt] 解 | in/plic/it in/fold/(a.)	**(a.) 暗示的；未明言的** 例 | an *implicit* assumption 沒有明言的假設 **(a.) 無疑問的；無保留的** 例 | *implicit* trust 無保留的信任 同 | absolute, unqualified, unconditional 衍 | imply (v.) 暗示

inapplicable

[ɪn`æplɪkəbl̩]

解 | in/ad/plic/able
not/to/fold/able

(a.) 不適用的

例 | The precedent is *inapplicable* to the case in hand. 這樁先例不適用於本案。

同 | irrelevant, unrelated, extraneous

衍 | apply (v.) 應用；適用

replicate

[`rɛplɪˌket]

解 | re/plic/ate
again/fold/(v.)

(v.) 複製

例 | a cell *replicating* itself 細胞自我複製

同 | copy, duplicate, reproduce

衍 | replicate (n., a.) 複製品；複製的
replication (n.) 複製　replica (n.) 複製品

supplicate

[`sʌplɪˌket]

解 | sub/plic/ate
under/bend/(v.)

(v.) 懇求；祈願

例 | come to the temple to *supplicate* (to) the gods 來到廟裡求神

同 | entreat, beseech, petition

衍 | supplication (n.) 懇求；祈願
supplicant (n.) 懇求者；祈願者

implicate

[`ɪmplɪˌket]

解 | in/plic/ate
in/fold/(v.)

(v.) 牽連到；捲入

例 | evidence that *implicates* him in the bombing
證據牽連他涉入爆炸案

同 | involve, embroil, enmesh

衍 | implication (n.) 牽連；暗示

perplex

[pɚ`plɛks]

解 | per/plex
intensifier/fold

(v.) 使困惑；使不解

例 | Questions about the meaning of life have always *perplexed* humankind.
關於人生意義的問題一向令人類困惑。

同 | puzzle, bewilder, mystify

衍 | perplexity (n.) 困惑；不解　complex (a.) 複雜

pliable

[`plaɪəbl̩]

解 | pli/able
bend/able

(a.) 柔軟有彈性

例 | Because the leather is *pliable*, it's easy to work with. 皮革柔軟，所以很好操作。

同 | flexible, pliant, supple

(a.) 柔順

例 | She sometimes takes advantage of her *pliable* parents.
她父母個性柔順，有時會被她利用。

衍 | pliability (n.) 柔軟；柔順

bov: cow
Track 025

boor [bʊr] 解｜bov cow	**(n.) 鄉巴佬；老粗** 例｜a loudmouthed *boor* 一個大嘴巴的鄉巴佬 同｜lout, oaf, philistine 衍｜boorish (a.) 粗魯的
bovine [ˋbovaɪn] 解｜bov/ine cow/(a.)	**(a.) 牛科動物的** 例｜*bovine* rabies 牛科狂犬病 **(a.) 遲鈍的** 例｜He had a gentle, slightly *bovine* expression. 他表情溫和，有點像大笨牛。 同｜stupid, ignorant, obtuse
bucolic [bjuˋkalɪk] 解｜buc/olic cow/(a.)	**(a.) 田園的；鄉村的** 例｜a window with a lovely, *bucolic* view 窗外是可愛的田園風光 同｜pastoral, idyllic, rural

brev, brid: short
Track 025

abbreviate [əˋbrivɪ.et] 解｜ad/brev(i)/ate to/short/(v.)	**(v.) 縮寫** 例｜“Vice President” is often *abbreviated* as “VP.” 副總統常被縮寫為 VP。 同｜shorten, reduce, abridge 衍｜abbreviation (n.) 縮寫
abridge [əˋbrɪdʒ] 解｜ad/brid/ge to/short/(v.)	**(v.) 縮短；縮小** 例｜modern transportation that *abridges* distance 現代交通縮短了距離 **(v.) 刪節** 例｜an *abridged* dictionary 簡略版的字典 衍｜abridgment (n.) 縮短；刪節 unabridged (a.) 未刪節的；足本的

C

cad, cas, cid: fall, befall

Track 026

incidental
[ˌɪnsəˋdɛntḷ]

解 | in/cid/ental
in/befall/(a.)

(a.) 附帶的；次要的
例 | You may incur some *incidental* expenses on the trip. 旅途中可能產生一些附帶的開銷。
同 | subsidiary, subordinate, secondary

(a.) 偶發的；偶然的
例 | an *incidental* discovery 偶然的發現
衍 | incident (n.) 偶發事件

cadence
[ˋkedṇs]

解 | cad/ence
fall/(n.)

(n.) 節奏；聲調
例 | Oars moved back and forth in smooth *cadence*. 槳聲來回，呈現和諧的節奏。
同 | rhythm, tempo, beat

casualty
[ˋkæʒjʊəltɪ]

解 | cas/(u)alty
fall/(n.)

(n.) 傷亡者；受害者
例 | a low number of *casualties* 傷亡人數很少
同 | victim, fatality, mortality

decadent
[ˋdɛkədṇt]

解 | de/cad/ent
down/fall/(a.)

(a.) 墮落的；頹廢的
例 | a wealthy and *decadent* lifestyle 富裕又頹廢的生活方式
同 | dissolute, debauched, depraved
衍 | decadent (n.) 頹廢派；墮落者
decadence (n.) 頹廢；墮落

deciduous
[dɪˋsɪdʒʊəs]

解 | de/cid/(u)ous
down/fall/(a.)（會掉葉子）

(a.) 落葉性的
例 | *deciduous* trees 落葉樹
衍 | evergreen (a.) 常綠的

can, ken: know

Track 027

canny [ˋkænɪ] 解｜can/ny know/(a.)	(a.) 精明的 例｜a *canny* card player 一個精明的撲克牌賭徒 同｜shrewd, astute, perspicacious 衍｜canniness (n.) 精明
cunning [ˋkʌnɪŋ] 解｜cun/ning know/(a.)	(a.) 狡猾的 例｜a *cunning*, underhanded plan to win the election 狡滑、不光明的計畫，想要勝選 同｜wily, sly, crafty 衍｜cunning (n.) 狡猾
uncanny [ʌnˋkænɪ] 解｜un/can/ny not/know/(a.)	(a.) 不可思議的；神奇的 例｜an *uncanny* resemblance to someone 和某人相像到不可思議 同｜mysterious, extraordinary, incredible

cand: white, burn

Track 027

candid [ˋkændɪd] 解｜cand/id white/(a.)	(a.) 坦白的；坦誠的 例｜He was quite *candid* about his past. 他對自己的過去相當坦白。 同｜forthright, frank, sincere 衍｜candor (n.) 坦誠
incandescent [ˏɪnkænˋdɛsn̩t] 解｜in/cand/escent in/burn/(a.)	(a.) 白熱的；燦爛的 例｜*incandescent* wit 光芒四射的機智 同｜radiant, brilliant, burning 衍｜incandescence (n.) 熾熱；燦爛

incendiary
[ɪn`sɛndɪ.ɛrɪ]
解 | in/cend/(i)ary
in/burn/(a.)

(a.) 燃燒的
例 | an *incendiary* bomb 燒夷彈
(a.) 煽動的
例 | *incendiary* remarks 煽動的言詞
同 | inflammatory, provocative
衍 | incendiary (n.) 縱火犯；煽動者

incensed
[ɪn`sɛnst]
解 | in/cens/ed
in/burn/(a.)

(a.) 被激怒的
例 | She was *incensed* about the billionaires monopolizing all the perks.
大富豪壟斷所有特權，令她很憤怒。
同 | enraged, irate, infuriated
衍 | incense (v.) 激怒　incense (n.) 焚香；香氣

incentive
[ɪn`sɛntɪv]
解 | in/cent/ive
in/burn/(n.)

(n.) 刺激；誘因
例 | special tax *incentives* 特別的稅務誘因
同 | inducement, motivation, impetus
衍 | incentive (a.) 激勵的；鼓勵的
incentivize (v.) 激勵；鼓勵

cant, chant: sing

Track 027

recant
[rɪ`kænt]
解 | re/cant
again/sing

(v.) 撤回；反悔
例 | Witnesses threatened to *recant* their testimony.
證人揚言要撤回證詞。
同 | revoke, renounce, disavow

enchantment
[ɪn`tʃæntmənt]
解 | en/chant/ment
make/sing/(n.)
（原指唸咒）

(n.) 魔法；魅力
例 | the *enchantment* of a snowy field bathed in moonlight
雪地沐浴在月光下，散發魅力
同 | magic, captivation, allure
衍 | enchant (v.) 使著魔；迷住

capt, ceiv, cept, cip: take

Track 028

captious

[ˋkæpʃəs]

解｜capt/(i)ous
take/(a.)

(a.) 吹毛求疵的

例｜*captious* critics 吹毛求疵的批評家

同｜carping, quibbling, caviling

captivating

[ˋkæptə͵vetɪŋ]

解｜capt/ivating
take/(a.)

(a.) 令人著迷的；迷人的

例｜a lively and *captivating* young girl
活潑迷人的少女

同｜charming, enchanting, attractive

衍｜captivate (v.) 使著迷；迷住
captive (n., a.) 俘虜；被囚禁的

incapacitate

[͵ɪnkəpæsəˋtet]

解｜in/cap/acitate
not/take/(v.)

(v.) 使喪失能力

例｜The stroke left her completely *incapacitated*.
中風使她完全失去行動能力。

同｜disable

衍｜capacity (n.) 能力；容量
capable (a.) 有能力的

incipient

[ɪnˋsɪpɪənt]

解｜in/cip/(i)ent
n/take/(a.)

(a.) 初期的；剛開始的

例｜The project is still in its *incipient* stages.
計畫仍在初期階段。

同｜emerging, inceptive, initial

衍｜incipiency (n.) 開始

capacious

[kəˋpeʃəs]

解｜cap/ac(i)ous
take/(a.)

(a.) 容量大的；寬敞的

例｜a *capacious* trunk 一只大箱子

同｜roomy, commodious, ample

衍｜capacity (n.) 容量；能力

gaffe

[gæf]

解｜cap
take（一種 mistake）

(n.) 失禮；失態

例｜committed a huge *gaffe* when she started drinking from the finger bowl
她端起洗手指的碗來喝水，大大失態

同｜blunder, error, impropriety

imperceptible

[ˌɪmpɚˋsɛptəbḷ]

解 | in/per/cept/ible
not/through/take/able

(a.) 察覺不出的；細微的

例 | *imperceptible* differences 細微的差別

衍 | perceive (v.) 觀察到
perceivable (a.) 看得出來的
perception (n.) 觀察；認知

susceptible

[səˋsɛptəbḷ]

解 | sub/cept/ible
under/take/able

(a.) 易受影響的

例 | Some people are more *susceptible* to depression during the winter.
有些人在冬天比較容易受到憂鬱症影響。

同 | impressionable, responsive

衍 | susceptibility (n.) 易受影響
undertake (v.) 著手；從事

capit: head

Track 029

capitulate

[kəˋpɪtʃəˌlet]

解 | capit/ulate
head/(v.)（低頭）

(v.) 投降；屈服

例 | The teacher *capitulated* and allowed the use of calculators.
老師屈服，准許學生使用計算機。

同 | surrender, relent, submit

recapitulate

[ˌrikəˋpɪtʃəˌlet]

解 | re/capit/ulate
again/head/(v.)
（重點再說一次）

(v.) 扼要重述；概括

例 | drama that *recapitulates* history
戲劇中概括了歷史

同 | summarize, restate, reiterate

衍 | recapitulation (n.) 重述要點

inception

[ɪnˋsɛpʃən]

解 | in/cept/ion
in/take/(n.)

(n.) 開始

例 | The project has been shrouded in controversy from its *inception*.
這項計畫打從一開始就爭議不斷。

同 | debut, founding, genesis

衍 | incipient (a.) 剛開始的；初期的

precept

[ˋprisɛpt]

解 | pre/cept
before/take
（要先接受的東西）

(n.) 守則；規範

例 | learn by example rather than by *precept*
學榜樣、不是學規則

同 | principle, tenet, doctrine

precipitate

[prɪˋsɪpə͵tet]

解 | pre/cip/itate
before/take/(v.)
（拿到前面來）

(v.) 促使；使突然發生；加速

例 | The budget problem was *precipitated* by many unexpected costs.
出現多起沒有預料到的成本，使預算問題加快發生。

同 | trigger, accelerate, expedite

(v.) 凝結；降下（雨、雪等）

例 | minerals that *precipitate* from seawater
從海水中凝結出來的礦物質

衍 | precipitous (a.) 陡峭的；倉促的
precipitation (n.) 凝結（雨雪等）

caper: leap

Track 030

caper

[ˋkepɚ]

解 | caper
leap

(v.) 雀躍；蹦跳

例 | a young goat *capering* in its pen
小羊在羊圈中跳躍

同 | frisk, cavort, frolic

衍 | caper (n.) 蹦跳；惡作劇

capricious

[kəˋprɪʃəs]

解 | caper/ic(i)ous
leap/(a.)（跳來跳去的）

(a.) 任性的；善變的

例 | employees who are at the mercy of a *capricious* manager
員工聽憑善變的經理宰割

同 | impulsive, unpredictable, whimsical

衍 | caprice (n.) 任性；多變

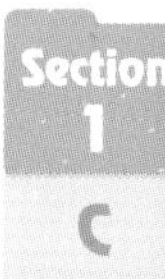

card, cord: heart

Track 030

cardiac [ˋkɑrdɪæk] 解｜card/(i)ac heart/(a.)	**(a.)** 心臟的；心臟病的 例｜*cardiac* arrest 心跳停止
cordial [ˋkɔrdʒəl] 解｜cord/(i)al heart/(a.)	**(a.)** 熱忱的；真摯的 例｜*cordial* relations 關係親密 同｜affable, genial, amiable 衍｜cordiality (n.) 熱忱；真摯
discordant [dɪsˋkɔrdn̩t] 解｜dis/cord/ant apart/heart/(a.)	**(a.)** 不協調的；不和諧的 例｜a *discordant* family 不和諧的家庭 同｜discrepant, clashing, incompatible 衍｜discord (n.) 矛盾；衝突 concord (n.) 和諧；一致

carn: flesh

Track 030

carnage [ˋkarnɪdʒ] 解｜carn/age flesh/(n.)	**(n.)** 大屠殺 例｜the appalling *carnage* in that war-torn country 那個被戰爭蹂躪的國家有恐怖的大屠殺 同｜massacre, slaughter
carnivore [ˋkarnə͵vɔr] 解｜carn(i)/vore flesh/swallow	**(n.)** 肉食動物 例｜Lions are *carnivores*. 獅子是肉食動物。 衍｜carnivorous (a.) 肉食的 herbivorous (a.) 草食的 omnivorous (a.) 雜食的 devour (v.) 吞吃

incarnadine [ɪnˋkarnədaɪn] 解｜in/carn/adine in/flesh/(a.)	(a.) 肉色的；血紅色的 例｜an *incarnadine* stain on the sheet 床單上有塊紅色污痕 衍｜incarnadine (v.) 染紅
incarnation [ˏɪnkarˋneʃən] 解｜in/carn/ation in/flesh/(n.)	(n.) 典型；化身 例｜She is the very *incarnation* of grace. 她是優雅的化身。 同｜embodiment, personification, epitome 衍｜incarnate (v.) 化身；代表 incarnate (a.) 化身的；典型的 reincarnation (n.) 輪迴轉世

cata-: down

Track 031

category [ˋkætəˏgorɪ] 解｜cata/agora/y down/speak/(n.)	(n.) 類別；分類 例｜She competed for the award in her age *category*. 她在自己的年齡分組競爭獎項。 同｜classification, sort, variety 衍｜catalog (n.) 目錄　agora (n.) 集會；廣場
cataclysm [ˋkætəˏklɪzəm] 解｜cata/clysm down/wash	(n.) 洪水；災難；大變動 例｜floods, earthquakes, and other *cataclysms* 洪水、地震與其他災難 例｜disaster, catastrophe, calamity 衍｜cataclysmic (a.) 災難性的；大變動的
catalyst [ˋkætəlɪst] 解｜cata/lyst down/loosen	(n.) 催化劑；刺激 例｜She was proud to be a *catalyst* for reform in the government. 能在政府中扮演催化劑的角色，她很驕傲。 衍｜catalyze (v.) 催化；刺激 analyst (n.) 分析師

caust: burn

Track 031

caustic
[ˋkɔstɪk]

解 | caust/ic
burn/(a.)

(a.) 腐蝕性的
例 | *caustic* chemicals 腐蝕性的化學物質

(a.) 尖酸刻薄的
例 | a *caustic* remark 尖酸刻薄的話
同 | acidic, acerbic, acrimonious

cauterize
[ˋkɔtə͵raɪz]

解 | caut/erize
burn/(v.)

(v.) 燒灼
例 | The doctors *cauterized* the wound.
醫師燒灼傷口。
同 | sear, singe, sterilize

holocaust
[ˋhɑlə͵kɔst]

解 | hol(o)/caust
whole/burn

(n.) 浩劫；大屠殺
例 | a nuclear *holocaust* 核子浩劫
同 | catastrophe, cataclysm

ced, ceed, cess: go

Track 032

incessant
[ɪnˋsɛsn̩t]

解 | in/cess/ant
not/go/(a.)
（不願 go away）

(a.) 不停的；無休止的
例 | the *incessant* noise from an outside repair crew 戶外修理隊不停發出的噪音
同 | unceasing, ceaseless, constant

accede
[ækˋsid]

解 | ad/cede
to/go

(v.) 同意
例 | *acceded* to the students' pleas for more time 同意學生延長時間的請求
同 | consent, assent, acquiesce

(v.) 就職
例 | *acceded* to the throne 登基就職
衍 | accession (n.) 同意；就職

accessory

[æk`sɛsərɪ]

解 | ad/cess/ory
to/go/(n.)
(搭配是 go with)

(n.) 附件；配件

例 | fashion *accessories* such as scarves and handkerchiefs
圍巾、手帕等時尚配件

(n.) 從犯；同謀

例 | an *accessory* to murder 謀殺案共犯

同 | accomplice, collaborator

衍 | accessory (a.) 附屬的；輔助的

antecedence

[ˏæntə`sidn̩s]

解 | ante/ced/ence
before/go/(n.)

(n.) 優先；佔先

例 | the chain of *antecedence* and sequence
先後順序

同 | priority, precedence

衍 | antecede (v.) 居先；佔先
antecedent (n.) 先行詞

cessation

[sɛ`seʃən]

解 | cess/ation
go/(n.)

(n.) 停止

例 | relapses after *cessation* of treatment
停止治療後復發

同 | termination, discontinuation

衍 | cease (v., n.) 停止

concede

[kən`sid]

解 | con/cede
together/go

(v.) 同意；承認

例 | I *concede* that you are right.
我承認你說的對。

(v.) 讓出；交出

例 | would not *concede* power 不願交出權力

同 | yield, surrender, relinquish

衍 | concession (n.) 讓步；承認；特許

inaccessible

[ˏɪnæk`sɛsəbl̩]

解 | in/ad/cess/ible
not/to/go/able

(a.) 無路可通的；無法使用的

例 | The area is *inaccessible* by road.
這個地方沒有道路可通。

同 | isolated, unreachable, unavailable

衍 | access (n.) 通道；使用權
access (v.) 接近；使用
accessible (a.) 可接近的；可使用的

intercede

[ˌɪntɚˋsid]

解 | inter/cede
between/go

(v.) 居中協調

例 | When the boss accused her of lying, several other employees *interceded* on her behalf.
老闆指控她說謊，有幾位職員出面為她調停。

同 | mediate, negotiate, intervene

衍 | intercession (n.) 調解；協調

---

predecessor

[ˋprɛdɪˌsɛsɚ]

解 | pre/de/cess/or
before/down/go/(n.)

(n.) 前任；前輩；（被取代的）原有事物

例 | Today's computers are much faster than their *predecessors*.
今天的電腦比從前的要快得多。

同 | forerunner, precursor, antecedent

---

recession

[rɪˋsɛʃən]

解 | re/cess/ion
back/go/(n.)

(n.) 後退

例 | The velocity of the *recession* of a galaxy is proportional to its distance.
星系後退的速度和它的距離成正比。

(n.) 經濟衰退

例 | the great *recession* of 2008
2008 經濟大衰退

---

succeeding

[səkˋsidɪŋ]

解 | sub/ceed/ing
after/go/(a.)

(a.) 後繼的；接替的

例 | the *succeeding* generations 後繼的世代

同 | subsequent, ensuing

衍 | succeed (v.) 接替；繼任
successive (a.) 接連的；連續的

---

unprecedented

[ʌnˋprɛsəˌdɛntɪd]

解 | un/pre/ced/ented
not/before/go/(a.)

(a.) 史無前例的；空前的

例 | an *unprecedented* event 史無前例的事件

同 | unparalleled, unequaled, unrivaled

衍 | precede (v.) 佔先；居先
precedent (n.) 先例；判例

celer: speed, swift

Track 034

celerity [sə`lɛrətɪ] 解｜celer/ity speed/(n.)	**(n.)** 迅速；速度 例｜a journalist who writes with remarkable *celerity* 寫作速度奇快的記者 同｜speed, swiftness, velocity
accelerate [æk`sɛlə͵ret] 解｜ad/celer/ate to/speed/(v.)	**(v.)** 加速；加快 例｜*accelerate* food production 加快食物生產 同｜hasten, expedite, precipitate 衍｜acceleration (n.) 加速 accelerator (n.) 油門 decelerate (n.) 減速

cens: judge

Track 034

censure [`sɛnʃɚ] 解｜cens/ure judge/(n.)	**(n.)** 譴責；申斥 例｜international *censure* of the invasion 侵略行動遭到國際譴責 同｜reprimand, rebuke, reproof 衍｜censure (v.) 譴責；申斥
censorship [`sɛnsɚʃɪp] 解｜cens/orship judge/(n.)	**(n.)** 審查（制度）；新聞審查 例｜*Censorship* is difficult to maintain in the age of the Internet. 在網路時代，審查制度很難維持。 衍｜censor (n.) 審查員 censor (v.) 審查 censorial (a.) 檢查者的

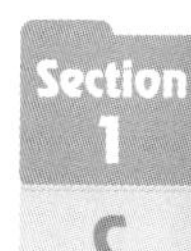

cern, crit: sift

Track 035

discernment

[dɪˋsɝnmənt]

解 | dis/cern/ment
apart/sift/(n.)

(n.) 識別（力）；眼光

例 | His lack of *discernment* led to his disastrous choice of business partners. 他的眼光不佳，以致挑選商業夥伴時出現嚴重錯誤。

同 | judgement, discrimination, insight

衍 | discern (v.) 辨別；看出
discerning (a.) 眼光好的

critical

[ˋkrɪtɪkḷ]

解 | crit/ical
sift/(a.)

(a.) 批判的；批評的

例 | a *critical* analysis of the government's strategies 對政府策略所做的批判分析

(a.) 關鍵的；不可或缺的

例 | The choice of materials is *critical* for product safety. 選材是產品安全的關鍵。

同 | crucial, indispensable, vital

discriminating

[dɪˋskrɪməˏnetɪŋ]

解 | dis/crimin/ating
apart/sift/(a.)

(a.) 有眼力的

例 | *discriminating* readers 有眼力的讀者

同 | perceptive, perspicacious, insightful

(a.) 差別待遇的

例 | *discriminating* practices in the hiring of employees 聘用員工時採取差別待遇

衍 | discriminate (v.) 辨別；差別待遇
discrimination (n.) 辨別；差別待遇

criterion

[kraɪˋtɪrɪən]

解 | crit/erion
sift/(n.)

(n.) 標準；準則（複數爲 criteria）

例 | What were the *criteria* used to choose the winner? 選擇獲勝者用的是什麼標準？

同 | basis, norm, benchmark

hypocrisy

[hɪˋpakrəsɪ]

解 | hypo/cris/y
under/sift/(n.)

(n.) 虛僞

例 | the *hypocrisy* of people who say one thing but do another 言行不一者的虛偽

同 | sanctimony, pretense, deceit

衍 | hypocrite (n.) 偽君子
hypocritical (a.) 虛偽的

chic: skill
Track 036

chic [ˋʃɪk] 解	chic skill	**(a.) 時髦的；優雅的** 例	a *chic* new hairstyle 時髦的新髮型 同	fashionable, debonair, stylish 衍	chic (n.) 時髦
chicanery [ʃɪˋkenərɪ] 解	chic/anery skill/(n.)	**(n.) 詐騙；詭計** 例	using *chicanery* to win votes 用詭計來贏得選票 同	trickery, fraud, duplicity

chron: time
Track 036

chronological [ˏkranəˋladʒɪkl̩] 解	chron(o)/logic/al time/logic/(a.)	**(a.) 按時間順序的** 例	in *chronological* order 以時間順序編排 同	sequential, consecutive, serial 衍	chronology (n.) 年表
anachronism [əˋnækrəˏnɪzəm] 解	ana/chron/ism again/time	**(n.) 時代混淆** 例	The novel is full of *anachronisms*. 這部小說裡出現許多時代混淆。 **(n.) 落伍的人或事物** 例	an old-fashioned politician regarded as an *anachronism* 一位被認為不合時宜的老派政客 衍	anachronistic (a.) 時代混淆的；落伍的
chronic [ˋkranɪk] 解	chron/ic time/(a.)	**(a.) 慢性的；長期的；習慣性的** 例	a *chronic* disease 慢性病 同	persistent, constant

chronometer

[krəˋnamətɚ]

解｜chron(o)/meter
time/measure

(n.)（精密）計時器

例｜a fancy new *chronometer* 時髦的新式計時器

同｜timepiece

crony

[ˋkronɪ]

解｜cron/y
time/(n.)

(n.) 密友；老友

例｜rewarded his *cronies* with high-paying jobs
以高薪工作犒賞老友

同｜intimate, confidant

衍｜cronyism (n.) 任用親信

chronicle

[ˋkranɪkḷ]

解｜chron/icle
time/(n.)

(n.) 編年史；記事

例｜a *chronicle* of the American Civil War
美國內戰編年史

衍｜chronicle (v.)（依時間順序）記錄
chronicler (n.) 編年史家；記錄者

synchronous

[ˋsɪŋkrənəs]

解｜syn/chron/ous
same/time/(a.)

(a.) 同時的；同步的

例｜the *synchronous* arrival of a baby sister and loss of a grandmother
同時添了一個小妹妹、死了老祖母

同｜simultaneous, concurrent

衍｜synchronize (v.) 同步；對時
synchronization (n.) 同步；對時

circ-, circum-: around

Track 037

cinch

[sɪntʃ]

解｜cinch
around
（原指馬鞍帶扣緊馬肚）

(n.) 有把握的事

例｜This dish is a *cinch* to make.
這道菜做起來絕無問題。

(v.) 確定

例｜The home run *cinched* the victory.
全壘打確定了勝利。

同｜assure

circuitous

[sə`kjuɪtəs]

解 | circu/it/ous
around/go/(a.)

(a.) 迂迴的；間接的

例 | a *circuitous* route 迂迴的路線

同 | indirect, roundabout, meandering

circumlocution

[ˌsɜkəmlo`kjuʃən]

解 | circum/locu/tion
around/speak/(n.)

(n.) 囉嗦；遁辭

例 | I'm trying to avoid *circumlocutions* in my writing. 我寫文章盡量避免囉嗦。

衍 | circumlocutory (a.) 囉嗦的；迂迴的

circumscribe

[`sɜkəmˌskraɪb]

解 | circum/scribe
around/write

(v.) 限制；劃出範圍

例 | a study of plant species in a *circumscribed* area 研究特定地區的植物品種

同 | restrict, limit

circumspect

[`sɜkəmˌspɛkt]

解 | circum/spect
around/look（眼觀四面）

(a.) 謹慎的；小心的

例 | a reputation for being quiet and *circumspect* 安靜而又謹慎的名聲

同 | prudent, cautious, discreet

circumvent

[ˌsɜkəm`vɛnt]

解 | circum/vent
around/come

(v.) 繞過；規避

例 | He found a way to *circumvent* the law. 他找到辦法規避法律限制。

同 | bypass, sidestep, avoid

衍 | circumvention (n.) 繞過；規避

cis: cut

Track 038

incisive

[ɪn`saɪsɪv]

解 | in/cis/ive
in/cut/(a.)

(a.) 切中要點的

例 | an *incisive* analysis 扼要的分析

同 | penetrating, perceptive, insightful

precis
[ˋpresi]
解｜pre/cis
before/cut

(n.) 摘要
例｜a *precis* of the book's plot 書中劇情摘要
同｜summary, abstract, synopsis

rescind
[rɪˋsɪnd]
解｜re/scind
back/cut

(v.) 廢止；撤回
例｜The navy *rescinded* its ban on women sailors. 海軍撤消了女性不得當水手的禁令。
同｜remove, abrogate, repeal

cit, kin: move

Track 038

recital
[rɪˋsaɪtl̩]
解｜re/cit/al
again/move/(n.)

(n.) 背誦；獨奏會
例｜a piano *recital* 鋼琴獨奏
同｜concert, performance
衍｜cite (v.) 引用

resuscitate
[rɪˋsʌsə͵tet]
解｜re/sub/cit/ate
again/under/move/(v.)

(v.) 復活；復甦
例｜She hopes to *resuscitate* the currently defunct charity organization.
這個慈善機關目前停止運作；她想把它復活。
同｜revive, resurrect, revitalize
衍｜resuscitation (n.) 復活；復甦

kinetic
[kɪˋnɛtɪk]
解｜kin/etic
move/(a.)

(a.) 動態的；動能的
例｜*kinetic* energy 動能
衍｜kinetics (n.) 動力學

solicitous
[səˋlɪsɪtəs]
解｜sol(i)/cit/ous
whole/move/(a.)

(a.) 熱心的；關心的
例｜his *solicitous* inquiry about my health
他對我的健康殷勤問候
同｜eager, concerned, considerate
衍｜solicitude (n.) 擔心；關心　solicit (v.) 尋求

clam, claim: shout

Track 039

acclaim [ə`klem] 解 | ad/claim to/shout	**(n.)** 好評 例 | won critical *acclaim* 贏得批評家好評 **(v.)** 喝采；叫好 例 | *acclaimed* by the critics 受到批評家好評 同 | applaud, praise, commend
clamor [`klæmɚ] 解 | clam/or shout/(n.)	**(n.)** 吵鬧聲；叫喊聲 例 | city streets filled with *clamor* 城市街道上充斥喧鬧聲 同 | din, racket, babel 衍 | clamor (v.) 吵鬧；強烈要求
declaim [dɪ`klem] 解 | de/claim intensifier/shout	**(v.)** 慷慨激昂地發表（演說等）；朗誦 例 | The speakers *declaimed* on a variety of issues. 演講人就各種議題慷慨陳辭。 同 | orate, lecture, harangue 衍 | declamation (n.) 雄辯；朗讀 declamatory (a.) 雄辯式的；演說的
reclaim [rɪ`klem] 解 | re/claim back/shout	**(v.)** 開墾；回收 例 | *reclaim* swampland 開墾沼澤地 同 | recover 衍 | reclamation (n.) 開墾；回收

clin, cliv: slope, lean

Track 039

declivity [dɪ`klɪvətɪ] 解 | de/cliv/ity down/slope/(n.)	**(n.)** 下坡；傾斜 例 | a gradual *declivity* of agricultural land 一片農地緩緩下斜 衍 | decline (n., v.)（走）下坡；婉拒

proclivity
[prəˋklɪvətɪ]
解 | pro/cliv/ity
forward/lean/(n.)

(n.) 傾向；喜好
例 | a *proclivity* for hard work 願意苦幹的傾向
同 | inclination, predisposition, propensity

clud, clus: close

Track 039

occlude
[əˋklud]
解 | ob/clude
against/close

(v.) 封閉；堵塞
例 | a blood clot that *occluded* a major artery
血塊堵塞大動脈
同 | obstruct, clog, choke
衍 | occlusion (n.) 封閉；堵塞

recluse
[rɪˋklus]
解 | re/cluse
back/close

(n.) 隱士；隱居者
例 | lives in the woods like a *recluse*
在森林中過著隱士般的生活
同 | hermit, ascetic
衍 | reclusive (a.) 離群索居的

claustrophobia
[ˌklɔstrəˋfobɪə]
解 | claustro/phob/ia
close/fear/(n.)

(n.) 禁閉恐懼症；嚴重拘束
例 | the *claustrophobia* of small-town life
小鎮生活恐懼症
衍 | claustrophobic (a.)
導致禁閉恐懼症的；令人無法呼吸的
phobia (n.) 恐懼症

preclude
[prɪˋklud]
解 | pre/clude
before/close

(v.) 排除；防止
例 | an injury that *precluded* the possibility of an athletic career
受了傷，此後不可能往運動員發展
同 | obviate, prohibit, rule out
衍 | preclusion (n.) 排除；防止

cogni, gnos: know

Track 040

reconnaissance
[rɪˋkɑnəsəns]
解｜re/con/nais/sance
again/together/know/(n.)

(n.) 偵察
例｜a *reconnaissance* of the island 偵察島嶼
同｜survey, exploration, observation

---

connoisseur
[ˌkɑnəˋsɝ]
解｜con/nois/seur
intensifier/know/person

(n.) 鑑賞家；行家
例｜a *connoisseur* of fine wines 美酒鑑賞家
同｜expert, savant, cognoscente

---

incognito
[ɪnˋkɑgnɪˌto]
解｜in/cogni(t)/o
not/know/(adv.)

(adv.) 隱藏身分
例｜traveled *incognito* 匿名出行
同｜anonymously

---

incognizant
[ɪnˋkɑgnɪzənt]
解｜in/cogni(z)/ant
not/know/(a.)

(a.) 不認識的；無知覺的
例｜*incognizant* of the danger 不知有危險
同｜nescient, oblivious, ignorant
衍｜incognizance (n.) 不認識；無知覺
cognizant (a.) 知道的；了解的
cognition (n.) 認知
cognitive (a.) 認知的
recognize (v.) 辨認；承認

---

prognosticate
[prɑgˋnɑstɪˌket]
解｜pro/gnost/icate
forward/know/(v.)

(v.) 預知；預言
例｜using current trends to *prognosticate* the future 用當前的趨勢預言未來
同｜predict, presage, foretell
衍｜prognostication (n.) 預知；預言
prognosis (n.) 預知；預言
diagnosis (n.) 診斷

con-: together, intensifier

Track 041

concave
[ˋkankev]

解 | con/cave
together/cave

(a.) 凹的
例 | a *concave* lens 凹透鏡
衍 | convex (a.) 凸的

concoct
[kənˋkakt]

解 | con/coct
together/cook

(v.) 調製（飲食）；捏造（理由等）
例 | I wonder what story she has *concocted* to explain her absence.
她缺席，不知編造了什麼理由來解釋。
同 | devise, fabricate, contrive
衍 | concoction (n.) 調製之物；捏造

connive
[kəˋnaɪv]

解 | con/nive
together/wink

(v.) 縱容；默許
例 | Jailers *connived* at offences in return for bribes. 獄卒為了索賄縱容犯規。
同 | overlook, disregard, condone

(v.) 共謀；勾結
例 | suspects that his coworkers are *conniving* to get him fired
懷疑他同事勾結要害他丟工作
衍 | connivance (n.) 縱容；勾結

corrugated
[ˋkɔrə͵getɪd]

解 | con/rug/ated
together/wrinke/(a.)

(a.) 波浪形的
例 | a roof made of *corrugated* iron
波浪形鐵片屋頂
同 | ridged, fluted, grooved
衍 | corrugate (v.) 起皺；成波浪狀
corrugation (n.) 起皺

consort
[ˋkansɔrt]

解 | con/sort
together/sort

(v.) 交往；往來
例 | *consorting* with criminals 與罪犯往來
同 | associate, mingle, fraternize
衍 | consort (n.) 配偶；夥伴
sort (n., v.) 種類；分類

contemplate

[ˋkantɛm͵plet]

解｜con/templ/ate
intensifier/temple/(v.)
（原指在廟中占卜）

(v.) 注視

例｜She *contemplated* her body in the mirror.
她注視著鏡中自己的身體。

(v.) 思考；考慮

例｜She couldn't even *contemplate* the future.
她無法想像未來。

同｜consider, ponder, envisage

衍｜contemplation (n.) 注視；思考；打算
temple (n.) 寺廟

coerce

[koˋɝs]

解｜con/erce
intensifier/work

(v.) 強迫；強制

例｜was *coerced* into agreeing 被迫同意

同｜pressure, constrain, compel

衍｜coercion (n.) 強迫；強制

combustible

[kəmˋbʌstəbḷ]

解｜con/bust/ible
intensifier/bust/able

(a.) 可燃的

例｜*combustible* material 易燃物

同｜inflammable, flammable, incendiary

衍｜combustibility (n.) 可燃性
combustion (n.) 燃燒

commiserate

[kəˋmɪzə͵ret]

解｜con/miser/ate
together/misery/(v.)

(v.) 憐憫；同情；慰問

例｜*commiserates* with them on their loss
同情他們的損失

同｜sympathize with, console

衍｜commiseration (n.) 憐憫；同情
misery (n.) 悲哀；痛苦

nonconformist

[͵nankənˋfɔrmɪst]

解｜non/con/form/ist
not/together/form/person

(n.) 反傳統者；特立獨行者

例｜stubborn *nonconformists* who insisted on going their own ways
堅持我行我素的頑固反傳統者

同｜dissenter, maverick, eccentric

衍｜conform (v.) 遵從；遵守
conformist (n.) 遵奉習俗者

conserve
[kən`sɝv]

解 | con/serve
together/keep

(v.) 保存；保護

例 | *conserve* natural resources 保護天然資源

同 | preserve, maintain, safeguard

衍 | conservation (n.) 保存；保護
conservative (a.) 保守的

coalesce
[͵koə`lɛs]

解 | con/al/esce
together/grow/(v.)

(v.) 聯合；凝聚

例 | reformers who gradually *coalesced* into a political movement
改革派逐漸凝聚為一股政治運動

同 | fuse, unite, consolidate

衍 | coalescence (n.) 聯合；凝聚

concierge
[͵kansɪ`ɛrʒ]

解 | con/cier/ge
together/serve/(n.)

(n.) 旅館門房；大樓管理員

例 | Our *concierge* is also a handyman.
我們大樓管理員也包辦雜活。

condone
[kən`don]

解 | con/done
together/give

(v.) 寬恕；包容

例 | a government accused of *condoning* racism
政府被指責包容種族歧視

同 | excuse, disregard, connive at

衍 | pardon (n., v.) 寬恕；原諒

conglomeration
[kən͵glamə`reʃən]

解 | con/glom/eration
together/globe/(n.)

(n.) 一團；（混雜的）一堆

例 | a *conglomeration* of shops and restaurants
一批商店與餐廳

同 | medley, cluster, assortment

衍 | conglomerate (v., a.) 聚成一團（的）
globe (n.) 球；地球

consummate
[`kansə͵met]

解 | con/sum/mate
together/sum/(a.)

(a.) 完美的；至高無上的

例 | *consummate* skill 完全的技巧

同 | perfect, supreme, ultimate

衍 | consummate (v.) 完成；達成
consummation (n.) 完成；達成
sum (n.) 總合；總數

contrived
[kən`traɪvd]
解 | con/trop/ed
together/turn/(a.)

(a.) 人工矯飾的；不自然的
例 | a *contrived* plot 劇情太牽強
同 | artificial, labored
衍 | contrive (v.) 發明；圖謀
contrivance (n.) 發明物；計謀

correlation
[ˌkɔrə`leʃən]
解 | con/relation
together/relation

(n.) 關聯性；相關性
例 | the obvious *correlation* between smoking and lung cancer 抽菸與肺癌明顯的相關性
同 | connection, association, link
衍 | correlated (a.) 有關聯的

encompass
[ɪn`kʌmpəs]
解 | en/compass
make/compass

(v.) 涵蓋；包含；包圍
例 | The district *encompasses* most of the downtown area.
這個地區包含鬧區的大部分。
同 | embrace, incorporate, comprise
衍 | compass (n.) 羅盤；圓規

concil: council

Track 044

conciliatory
[kən`sɪlɪəˌtorɪ]
解 | council/(i)atory
council/(a.)
（在會議中調解）

(a.) 安撫的
例 | the company's *conciliatory* measures toward the strikers
公司對罷工者所做的安撫性措施
同 | appeasing, placatory, propitiatory
衍 | conciliate (v.) 安撫；調解
conciliation (n.) 安撫；調解
council (n.) 議會；協調會

reconcile
[`rɛkənsaɪl]
解 | re/concile
back/council

(v.) 化解；調和
例 | *reconcile* differences 調和差異
同 | resolve, settle
衍 | reconciliation (n.) 化解；調和

corp: body
Track 044

corpulent [ˋkɔrpjələnt] 解 corp/ulent body/(a.)	(a.) 肥胖的 例 a *corpulent* lady 胖女士 同 obese, stout, plump 衍 corpulence (n.) 肥胖
incorporate [ɪnˋkɔrpə͵ret] 解 in/corp/orate in/body/(v.)	(v.) 包含；體現 例 a design that *incorporates* the best features of our earlier models 一款設計包含了從前各款的精華 同 comprise, embody, encompass

counter-: against
Track 044

counterintuitive [͵kaʊntərɪnˋtuɪtɪv] 解 counter/in/tuit/ive against/not/teach/(a.)	(a.) 違反直覺的 例 What seems *counterintuitive* is not always wrong. 乍看之下違反直覺的事情不見得是錯的。 衍 intuitive (a.) 直覺的 intuition (n.) 直覺
counterpoint [ˋkaʊntɚ͵pɔɪnt] 解 counter/point against/point	(n.) 對比 例 The dressing is a refreshing *counterpoint* to the spicy chicken. 填料為辛辣的雞提供了極佳的對比。 同 opposite, contrast, balance
counterproductive [ˋkaʊntɚprəˋdʌktɪv] 解 counter/pro/duct/ive against/forward/lead/(a.)	(a.) 無益的；產生反效果的 例 harsh disciplinary measures that prove to be *counterproductive* 嚴厲的懲戒措施結果收到反效果 衍 produce (v.) 生產 productive (v.) 有生產力的

cour, curs: run

Track 045

recourse
[rɪˋkors]
解 | re/course
back/run

(n.) 藉助；依靠；退路
例 | Surgery may be the only *recourse*.
手術可能是唯一辦法。
同 | option, resort, alternative
衍 | course (n.) 路線；途徑

---

recur
[rɪˋkɝ]
解 | re/cur
again/run

(v.) 再發生；復發；再現
例 | The same problem keeps *recurring*.
老問題一再發生。
同 | repeat, reappear
衍 | recurrence (n.) 復發；再現
occur (v.) 產生；發生

---

concur
[kənˋkɝ]
解 | con/cur
together/run

(v.) 同意
例 | I *concur* that we need more time.
我同意我們需要更多時間。
同 | approve, concede

(v.) 同時發生
例 | His wedding *concurred* with his birthday.
他的婚禮和生日同一天。
衍 | concurrence (n.) 同意；同時發生

---

cursory
[ˋkɝsərɪ]
解 | curs/ory
run/(a.)

(a.) 匆忙的；敷衍的
例 | took a *cursory* glance 匆匆瞄一眼
同 | perfunctory, desultory, superficial
衍 | cursoriness (n.) 敷衍；草率

---

discourse
[ˋdɪskors]
解 | dis/course
apart/run

(n.) 演講；談話
例 | engage in lively *discourse* with visitors
和訪客盡情談話
同 | discussion, dialogue, communication
衍 | discourse (v.) 發表演講；談話

---

precursor
[priˋkɝsɚ]
解 | pre/curs/or
before/run/(n.)

(n.) 前驅；前兆
例 | Dark clouds are a *precursor* of rain.
黑雲是下雨的前兆。
同 | herald, harbinger, prelude

succor
[ˋsʌkɚ]

解 | sub/cur
under/run

(n.) 救濟；援助

例 | give *succor* to those in need
為有需要者提供援助

同 | relief, aid, assistance

衍 | succor (v.) 救濟；援助

concourse
[ˋkankors]

解 | con/course
together/run

(n.) 匯合；群集

例 | a vast *concourse* of learned men
一大群學者

(n.) 廣場；旅客大廳

例 | the *concourse* of the bus terminal
巴士總站廣場

incur
[ɪnˋkɝ]

解 | in/cur
in/run

(v.) 招致；惹上

例 | *incur* expenses 造成開銷

同 | suffer, sustain

crat: rule

Track 046

plutocracy
[pluˋtakrəsɪ]

解 | pluto/crac/y
wealth/rule/(n.)

(n.) 財閥政治

例 | lest *plutocracy* should prevail over democracy 防止財閥政治壓倒民主

(n.) 富豪階級

例 | a small elite *plutocracy* and a whole lot of peasants 一小撮菁英財閥和一大群農民

衍 | plutocratic (a.) 財閥政治的；富豪的
plutocrat (n.) 財閥；富豪
pluto (n.) 冥王；冥王星；財神

autocrat
[ˋɔtə͵kræt]

解 | auto/crat
self/rule

(n.) 獨裁者；專制君主

例 | no limitations on the powers of the *autocrat*
獨裁者的權力沒有限制

同 | dictator, despot, tyrant

衍 | autocratic (a.) 獨裁的
autocracy (n.) 獨裁政體

cre: grow

Track 047

accretion [æˋkriʃən] 解 ∣ ad/cre/tion to/grow/(n.)	**(n.) 累積** 例 ∣ rocks formed by the slow *accretion* of limestone 石灰岩緩慢累積而成的岩石 同 ∣ accumulation, gathering, amassing 衍 ∣ accrete (v.) 累積　increase (n., v.) 增加
crescendo [krɪˋʃɛn͵do] 解 ∣ cre/scendo grow/(n.)	**(n.) 漸強；最高點** 例 ∣ The divorce was the *crescendo* of decades of marital stress. 離婚是幾十年婚姻壓力的最高點。 同 ∣ culmination, consummation
discreet [dɪˋskrit] 解 ∣ dis/creet apart/grow	**(a.) 謹慎的；不引人注意的** 例 ∣ followed at a *discreet* distance 在不引人注意的距離跟蹤 同 ∣ prudent, unobtrusive, circumspect 衍 ∣ discretion (n.) 謹慎；裁量權 discretionary (a.) 自行裁奪的
discrete [dɪˋskrit] 解 ∣ dis/crete apart/grow	**(a.) 分離的；不連接的** 例 ∣ information transferred in *discrete* packets 資訊以分離的封包傳送 同 ∣ distinct, disconnect 衍 ∣ discreteness (n.) 分離
secrete [sɪˋkrit] 解 ∣ se/crete apart/grow	**(v.) 隱藏** 例 ∣ assets *secreted* in Swiss bank accounts 資產藏在瑞士銀行帳戶 同 ∣ conceal **(v.) 分泌** 例 ∣ cells *secreting* mucus 細胞分泌黏液 衍 ∣ secretion (n.) 隱藏；分泌

cred: believe
Track 048

credibility
[ˌkrɛdəˋbɪlətɪ]

解 | cred/ibil/ity
believe/able/(n.)

(n.) 可信度

例 | make the jury doubt the *credibility* of the testimony 令陪審團懷疑證詞的可信度

同 | plausibility, probability

衍 | credible (a.) 可信的
incredible (a.) 不可信的；令人難以置信的

credulous
[ˋkrɛdʒuləs]

解 | cred/ulous
believe/(a.)

(a.) 太容易相信的；好騙的

例 | *credulous* investors 好騙的投資人

同 | gullible, naïve, innocent

衍 | credulity (n.) 輕信；易受騙
incredulous (a.) 不相信的
incredulity (n.) 不相信

discredit
[dɪsˋkrɛdɪt]

解 | dis/cred/it
not/believe/(v.)

(v.) 不相信

例 | *discredit* a rumor 不相信謠言

(v.) 破壞名譽

例 | personal attacks meant to *discredit* his opponent 為了破壞對手的名譽的人身攻擊

同 | disgrace, dishonor, denigrate

衍 | discredit (n.) 壞名聲

recreant
[ˋrɛkrɪənt]

解 | re/cred/ant
against/believe/(a.)

(a.) 膽怯的；背叛的

例 | the *recreant* soldiers who surrendered without a fight 不戰而降的膽怯士兵

同 | cowardly, pusillanimous, craven

衍 | recreant (n.) 懦夫；變節者

crypt: hide
Track 048

apocryphal
[əˋpakrəfəl]

解 | apo/cryph/al
away/hide/(a.)

(n.) 不可靠的；捏造的

例 | an *apocryphal* story about the President's childhood 關於總統童年一則捏造的故事

同 | spurious, fictitious, fabricated

衍 | crypt (n.) 地下墓穴

cryptic
[ˋkrɪptɪk]
解 | crypt/ic
hide/(a.)

(a.) 隱密的；費解的
例 | *cryptic* remarks that left everybody wondering 令大家猜疑的含糊說法
同 | mysterious, abstruse, enigmatic

cult: cover

Track 049

occult
[əˋkʌlt]
解 | ob/cult
against/cover

(a.) 超自然的；奧祕的
例 | *occult* practices such as magic and fortune-telling
魔法、算命等奧秘作法
同 | supernatural, paranormal, mystic
衍 | occult (n.) 超自然；奧秘
cult (n.) 膜拜；小衆崇拜

uncultivated
[ʌnˋkʌltəˏvetɪd]
解 | un/cult/ivated
not/cover/(a.)

(a.) 未經耕種的
例 | *uncultivated* land 未經耕種的土地

(a.) 粗野無文的
例 | an *uncultivated* man 粗野無文的人
衍 | cultivate (v.) 栽培；培養

cum, cub: lie

Track 049

incubate
[ˋɪnkjuˏbet]
解 | in/cub/ate
in/lie/(v.)

(v.) 孵；培養
例 | These youthful visits to the museum may *incubate* an enduring love of art.
年輕時參觀美術館，可能培養出對藝術的長久愛好。
同 | cultivate, foster, nourish
衍 | incubation (n.) 孵育；培養；醞釀

incumbent
[ɪnˋkʌmbənt]

解 | in/cumb/ent
in/lie/(a.)

(a.) 負有責任的；有義務的；現任的

例 | It is *incumbent* on the government to take the lead.
政府有責任帶頭。

同 | binding, obligatory, mandatory

衍 | incumbent (n.) 現任者

succumb
[səˋkʌm]

解 | sub/cumb
under/lie

(v.) 屈服

例 | *succumbed* to temptation 對誘惑屈服

同 | capitulate, submit, surrender

(v.) 死亡

例 | *succumbed* to lung cancer 死於肺癌

cumbersome
[ˋkʌmbəsəm]

解 | cumb/ersome
lie/(a.)

(a.) 笨重的；麻煩的

例 | the *cumbersome* application process
麻煩的申請程序

同 | burdensome, unwieldy, ponderous

unencumbered
[ˏʌnɪnˋkʌmbəd]

解 | un/en/cumb/ered
not/make/lie/(a.)

(a.) 不受拖累的；沒有負擔的

例 | travels light and *unencumbered*
輕裝、無負擔的旅行

衍 | encumber (v.) 妨礙；拖累

cup: hold

Track 050

preoccupied
[priˋakjəˏpaɪd]

解 | pre/ob/cup/ied
before/toward/hold/(a.)

(a.) 陷入沉思的；有心事的

例 | too *preoccupied* with her worries to enjoy the meal 心事重重，食不知味

同 | obsessed, absorbed, engrossed

衍 | preoccupation (n.) 入神

covet [ˋkʌvɪt] 解 | cup/et hold/(v.)（想拿到）	**(v.)** 垂涎；渴望 例 | *covet* an award 垂涎獎項 同 | desire, crave, yearn 衍 | covetous (a.) 垂涎的；渴望的
cupidity [kjuˋpɪdətɪ] 解 | cup/idity hold/(n.)	**(n.)** 貪婪 例 | the *cupidity* of the company's directors 公司董事的貪婪 同 | avarice, rapacity, covetousness

cure: care

Track 050

curator [kjuˋretɚ] 解 | cur/ator care/person	**(n.)**（展覽場所之）館長；策展人 例 | the *curator* of the museum 博物館館長 衍 | curate (v.) 策展
procure [proˋkjur] 解 | pro/cure for/care	**(v.)** 取得；獲得；達成 例 | managed to *procure* a ticket to the concert 成功取得演唱會的票 同 | obtain, secure, acquire 衍 | procuration (n.) 取得；獲得 procurement (n.) 取得；獲得
proxy [ˋprɑksɪ] 解 | pro/cure/y for/care/(n.)	**(n.)** 代理人 例 | sent a *proxy* to the meeting to cast his vote for him 派遣代理人與會、代他投票 同 | delegate, substitute, representative
sinecure [ˋsaɪnɪˌkjur] 解 | sans/cure without/care	**(n.)** 閒差 例 | His job as an adviser is basically a *sinecure*. 他當顧問基本上沒事。

D

de-: not, down, away, intensifier

Track 051

debris

[dəˋbri]

解 | de/bris
intensifier/break

(n.) 殘骸；碎片

例 | After the earthquake, rescuers began digging through the *debris* in search of survivors.
地震過後，救難人員開始在瓦礫堆中挖掘、尋找生還者。

同 | detritus, remains, fragments

deplorable

[dɪˋplorəbḷ]

解 | de/plor/able
intensifier/cry/able

(a.) 可嘆的；糟糕的

例 | described the *deplorable* conditions in which the family was living
描述這家人惡劣的生活環境

同 | lamentable, grievous, wretched

衍 | deplore (v.) 哀嘆；譴責

depredation

[ˏdɛprɪˋdeʃən]

解 | de/pred/ation
intensifier/prey/(n.)

(n.) 掠奪；蹂躪

例 | Few survived the *depredation* of the barbarian invasion.
野蠻侵略造成的蹂躪，很少活口。

同 | plundering, looting, pillage

衍 | depredate (v.) 掠奪；蹂躪
predator (n.) 狩獵者
prey (n., v.) 獵物；捕食

detest

[dɪˋtɛst]

解 | de/test
down/witness

(v.) 厭惡；憎惡

例 | I *detest* hypocrites. 我厭惡偽君子。

同 | loathe, abhor, abominate

衍 | detestation (n.) 厭惡；憎惡

decipher

[dɪ`saɪfɚ]

解 | de/cipher
not/zero

(v.) 破解；解釋；解讀

例 | Only he could *decipher* the code.
只有他能破解密碼。

同 | decode, decrypt, interpret

deprive

[dɪ`praɪv]

解 | de/prive
not/private

(v.) 剝奪；使喪失

例 | *deprived* a citizen of her rights
剝奪公民權利

同 | dispossess, divest, relieve

衍 | deprivation (n.) 剝奪
private (a.) 私人的

devastate

[`dɛvəs͵tet]

解 | de/vast/ate
intensifier/waste/(v.)

(v.) 破壞；蹂躪

例 | a country *devastated* by war
國家遭到戰爭破壞

同 | demolish, ruin, ravage

(v.) 擊倒；使痛苦

例 | He was *devastated* by the news.
他被壞消息擊倒。

衍 | devastation (n.) 破壞；蹂躪；痛苦

devout

[dɪ`vaʊt]

解 | de/vout
down/vow

(v.) 虔誠的；忠誠的

例 | a *devout* Christian 虔誠的基督徒

同 | pious, devoted, dedicated

衍 | devote (v.) 投下；投入

dilapidated

[də`læpə͵detɪd]

解 | dis/lapid/ated
apart/stone/(a.)

(n.) 破敗的；荒廢的

例 | a *dilapidated* old house 荒廢的老屋

同 | decrepit, battered, crumbling

衍 | dilapidation (n.) 破敗；荒廢

debase

[dɪ`bes]

解 | de/base
down/low

(v.) 貶低；貶值（貨幣）

例 | *debased* himself by telling a lie
說謊而自貶身價

同 | degrade, devalue, demean

衍 | debasement (n.) 貶低；貶值

debauched
[dɪˋbɔtʃt]

解｜de/bauch/ed
away/balk/(a.)

(a.) 墮落的；行爲不檢的

例｜the *debauched* lifestyle of a playboy
花花公子的墮落生活

同｜decadent, dissolute, depraved

衍｜debauchery (n.) 墮落；放蕩

debilitating
[dɪˋbɪlə͵tetɪŋ]

解｜de/bil/itating
not/able/(a.)

(a.) 使人衰弱的；削弱力量的

例｜*debilitating* back pain 因為背痛而喪失能力

同｜enervating, enfeebling, paralyzing

衍｜debilitation (n.) 衰弱；喪失能力
ability (n.) 能力

debunk
[diˋbʌŋk]

解｜de/bunk
not/nonsense

(v.) 拆穿；揭穿

例｜*debunk* a legend 拆穿傳說

同｜expose, explode, puncture

衍｜bunk (n.) 胡說；假話

decamp
[dɪˋkæmp]

解｜de/camp
away/camp

(v.) 撤營；逃走

例｜*decamped* to Europe soon after news of the scandal broke 醜聞一傳開就逃到歐洲去了

同｜abscond, flee, bolt

衍｜decampment (n.) 撤營；逃走
camp (n.) 營地

decrepitude
[dɪˋkrɛpɪ͵tjud]

解｜de/crep/itude
intensifier/crack/(n.)

(n.) 破舊；衰老

例｜The deserted house has fallen into *decrepitude*. 空房子已經很破舊。

同｜dilapidation, dereliction, decay

衍｜decrepit (a.) 破敗的；老舊的

deface
[dɪˋfes]

解｜de/face
not/face

(v.) 破壞外觀

例｜a wall *defaced* with graffiti 牆壁遭塗鴉破壞

同｜vandalize, disfigure, mar

衍｜defacement (n.) 損壞外表

defamatory
[dɪˋfæmə͵torɪ]

解｜de/fam/atory
not/fame/(a.)

(a.) 破壞名譽的；誹謗的

例｜*defamatory* remarks 破壞名譽的話

同｜libelous, slanderous, calumnious

衍｜defame (v.) 誹謗　　defamation (n.) 誹謗
fame (n.) 名聲

default
[dɪˋfɔlt]

解 | de/fault
away/fault

(n.) 不履行；不參賽

例 | lost the game by *default* 因缺席而判輸

同 | inaction, omission

衍 | default (v.) 不履行；不參賽
default (a.) 預設的
fault (n.) 錯誤；失誤

defiant
[dɪˋfaɪənt]

解 | de/fact/ant
not/do/(a.)

(a.) 違抗的；大膽的

例 | a *defiant* refusal 大膽拒絕

同 | bold, intransigent, resistant

衍 | defy (v.) 反抗；挑戰
defiance (n.) 反抗；挑戰

delineate
[dɪˋlɪnɪˏet]

解 | de/line/ate
down/line/(v.)

(v.) 勾勒出；描繪出

例 | *delineate* the steps to be taken by the government
勾勒出政府該採取的步驟

同 | portray, describe, depict

衍 | delineation (n.) 勾勒；描繪

denouement
[deˋnumaŋ]

解 | de/noue/ment
not/knot/(n.)
(原指打開繩結)

(n.)（小說、戲劇）結局；（事件）解決

例 | In the play's *denouement*, the two lovers kill themselves.
戲劇的結局，兩個愛人自殺了。

同 | finale, coda

衍 | knot (n., v.) 結；打結

depiction
[dɪˋpɪkʃən]

解 | de/pict/ion
down/paint/(n.)

(n.) 描寫；描繪

例 | a realistic *depiction* of life 真實描寫人生

同 | description, portrayal, delineation

衍 | depict (v.) 描寫；描繪
picture (n.) 圖片；照片

depravity
[dɪˋprævətɪ]

解 | de/prav/ity
intensifier/crooked/(n.)

(n.) 墮落；道德淪喪

例 | sinking into a life of utter *depravity*
沉淪到徹底道德淪喪的生活

同 | corruption, decadence, debauchery

衍 | depraved (a.) 墮落的

derivative
[dəˋrɪvətɪv]

解 | de/riv/ative
from/river/(a.)
（原指河水的來源）

(a.) 衍生的；非原創的

例 | Her poetry was mannered and *derivative*.
她的詩歌做作又缺乏創意。

同 | imitative, unoriginal, uninventive

衍 | derivative (n.) 衍生物
derivation (n.) 衍變；源頭

---

desiccate
[ˋdɛsɪˏket]

解 | de/sic/cate
intensifier/dry/(v.)

(v.) 乾燥；脫水

例 | add a cup of *desiccated* coconut to the mix
加一杯脫水椰子進去

同 | dehydrate

衍 | desiccation (n.) 乾燥

---

despoil
[dɪˋspɔɪl]

解 | de/spoil
intensifier/spoil

(v.) 劫掠；打劫

例 | a seaside village that was *despoiled* by Vikings 海邊的村落遭到維京族打劫

同 | pillage, plunder, ravage

衍 | spoil (n.) 戰利品；掠奪物

---

deteriorate
[dɪˋtɪrɪəˏret]

解 | de/ter(i)orate
down/(v.)

(vi.) 惡化

例 | *deteriorating* eyesight 視力逐漸惡化

同 | degenerate, decline, decay

(vt.) 破壞

例 | acid rain *deteriorating* the paint
酸雨破壞了油漆

衍 | deterioration (n.) 惡化；破壞

---

deterrent
[dɪˋtɝrənt]

解 | de/ter/rent
away/terror/(n.)

(n.) 嚇阻力量

例 | capital punishment as a *deterrent* to crime
用死刑嚇阻犯罪

同 | disincentive, dissuasion, curb

衍 | deterrent (a.) 嚇阻性的　　deter (v.) 嚇阻
undeterred (a.) 不受影響的
terror (n.) 恐怖

---

detonate
[ˋdɛtəˏnet]

解 | de/ton/ate
down/thunder/(v.)

(v.) 引爆；爆炸

例 | programs that *detonated* controversies
計畫引爆了爭議

同 | explode, discharge, trigger

衍 | detonation (n.) 引爆；爆炸

decor: adorn
Track 056

decorous [ˋdɛkərəs] 解 ∣ decor/ous adorn/(a.)	**(a.)** 合宜的；端莊的；體面的 例 ∣ *decorous* conduct 合宜的舉止 同 ∣ proper, appropriate, decent 衍 ∣ decorum (n.) 端莊；禮節 indecorous (a.) 不體面的；難看的 decorate (v.) 裝飾

demo: people
Track 056

demagogue [ˋdɛməgɔg] 解 ∣ demo/agogue people/leader	**(n.)** 蠱惑民心的政客；煽動家 例 ∣ a *demagogue* who preys upon people's fears and prejudices 這位煽動家利用民眾的恐懼與偏見 衍 ∣ demagoguery (n.) 煽動
endemic [ɛnˋdɛmɪk] 解 ∣ en/dem/ic in/people/(a.)	**(a.)** 地方性的；某地特有的 例 ∣ *endemic* diseases 地方性的疾病 同 ∣ aboriginal, indigenous, local
pandemic [pænˋdɛmɪk] 解 ∣ pan/dem/ic all/people/(a.)	**(a.)** 大區域性的；普遍的 例 ∣ *pandemic* malaria 普遍的瘧疾

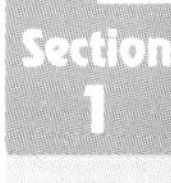

deus, div, theo: god

Track 056

atheist

[ˋeθɪɪst]

解 | a/theo/ist
without/god/person

(n.) 無神論者

例 | He's an *atheist* and doesn't pray.
他是無神論者，不禱告。

同 | disbeliever, heretic, skeptic

衍 | atheism (n.) 無神論
atheistic (a.) 無神論的；不敬神的

divine

[dəˋvaɪn]

解 | div/ine
god/(a.)

(a.) 神的；神聖的；極好的

例 | by *divine* grace 靠神的恩典

同 | holy, sacred

衍 | divine (v.) 占卜
divinity (n.) 神明；神性
divination (n.) 占卜

enthusiasm

[ɪnˋθjuzɪˏæzəm]

解 | en/theos/iasm
in/god/(n.)
（好像有神明附體）

(n.) 熱情；狂熱

例 | did the work with energy and *enthusiasm*
做起工作來有幹勁、帶熱情

同 | ardor, zeal, fervor

衍 | enthusiastic (a.) 熱情的；熱烈的

dict: speak

Track 057

abdicate

[ˋæbdəˏket]

解 | ab/dic/ate
away/speak/(v.)

(v.) 遜位

例 | The king was forced to *abdicate*.
國王被迫遜位。

同 | resign, retire, quit

衍 | abdication (n.) 遜位

dictum

[ˋdɪktəm]

解 | dict/um
speak/(n.)

(n.) 名言；格言

例 | A doctor must follow the *dictum* of "First, do no harm."
醫生要遵守格言「首先不能害人」。

同 | maxim, axiom, adage

indict

[ɪnˋdaɪt]

解 | in/dict
in/speak

(v.) 起訴；告發

例 | The grand jury *indicted* the mayor for fraud and embezzlement.
大陪審團起訴市長詐欺與挪用公款。

同 | accuse, charge, prosecute

衍 | indictment (n.) 控告；起訴書

malediction

[ˏmæləˋdɪkʃən]

解 | male/dict/ion
bad/speak/(n.)

(n.) 詛咒

例 | casting aspersions and heaping *maledictions* upon one another 互相謾罵與詛咒

同 | curse, execration, imprecation

paradigm

[ˋpærəˏdaɪm]

解 | para/dict
beside/speak

(n.) 典範；理論架構

例 | a new study that challenges the current evolutionary *paradigm*
新研究挑戰進化論當前的理論架構

同 | pattern, framework, model

衍 | paradigmatic (a.) 範例的

valedictorian

[vælədɪkˋtorɪən]

解 | val(e)/dict/or(i)an
farewell/speak/person

(n.) 畢業生致詞代表

例 | Being the *valedictorian* is a great honor.
當畢業生致詞代表是極大的榮譽。

衍 | valedictory (a.) 告別的
valediction (n.) 告別；告別辭

contradict

[ˏkɑntrəˋdɪkt]

解 | contra/dict
against/speak

(v.) 反駁；與……矛盾

例 | My sister doesn't like being *contradicted*.
我妹妹不喜歡人跟她頂嘴。

同 | dispute, refute, rebut

衍 | contradiction (n.) 反駁；矛盾

dign: worth

Track 058

dainty

[ˋdentɪ]

解 | dain/ty
worth/(a.)

(a.) 精緻的；秀麗的；可口的

例 | a *dainty* china cup 精緻的瓷杯

(a.) 過份講究的；愛挑剔的

例 | a *dainty* eater 吃東西過份講究的人

同 | fastidious, persnickety, finicky

disdain
[dɪsˋden]
解 | dis/dain
not/worth

(n.) 蔑視；不屑
例 | He regarded their proposal with *disdain*.
他很不屑他們的提議。
同 | contempt, scorn
衍 | disdain (v.) 瞧不起

---

condign
[kənˋdaɪn]
解 | con/dign
together/worth

(a.) 恰當的；合適的
例 | *condign* punishment 恰當的懲罰
同 | deserved, appropriate

---

dignified
[ˋdɪgnə͵faɪd]
解 | dign(i)/fact/ed
worth/make/(a.)

(a.) 有尊嚴的；莊嚴的
例 | a kind but *dignified* manner
仁慈但有尊嚴的態度
同 | stately, noble
衍 | dignity (n.) 尊嚴

---

indignant
[ɪnˋdɪgnənt]
解 | in/dign/ant
not/worth/(a.)

(a.) 憤怒的；忿忿不平的
例 | became *indignant* at the accusation
遭到指控而忿忿不平
同 | enraged, aggrieved, affronted
衍 | indignation (n.) 憤怒

---

dis-: not, apart

Track 059

dividend
[ˋdɪvə͵dɛnd]
解 | dis/vid/end
apart/see/(n.)

(n.) 紅利；股息；好處
例 | The research will produce *dividends* for future heart patients.
這項研究將來的心臟病人都能受惠。
同 | benefit, advantage, gain

---

disavow
[͵dɪsəˋvaʊ]
解 | dis/ad/vow
not/to/vow

(v.) 拒絕負責；否認
例 | She now seems to be trying to *disavow* her earlier statements.
從前說過的話，她現在好像想否認。
同 | disclaim, deny, repudiate
衍 | disavowal (n.) 否認；拒絕
vow (n., v.) 誓言；發誓

Track 060-061

discrepancy

[dɪˋskrɛpənsɪ]

解｜dis/crep/ancy
apart/crack/(n.)

(n.) 不符；差異

例｜*discrepancies* between the witnesses' statements 幾名證人的證詞之間有差異

同｜disparity, inconsistency, disagreement

disinterested

[dɪsˋɪntərɪstɪd]

解｜dis/interest/ed
not/interest/(a.)

(a.) 無私的；無利益瓜葛的

例｜the *disinterested* pursuit of truth
無私地追尋真理

同｜unbiased, detached, impartial

disjointed

[dɪsˋdʒɔɪntɪd]

解｜dis/joint/ed
not/join/(a.)

(a.) 不連貫的；雜亂的

例｜a *disjointed* harangue about a hodgepodge of social problems
談及一堆社會問題、雜亂的高談闊論

同｜incoherent, unconnected, fragmentary

dismantle

[dɪsˋmæntl̩]

解｜dis/mantle
not/mantle

(v.) 拆卸；解散；廢除

例｜The after-school program was *dismantled* due to lack of funding.
課後輔導因為缺乏經費而停辦。

同｜dissemble, deconstruct, demolish

衍｜mantle (n.) 披風；斗篷；覆蓋物

disparage

[dɪˋspærɪdʒ]

解｜dis/par/age
not/peer/(v.)

(v.) 貶低；輕視

例｜political advertisements in which opponents *disparage* one another
政治廣告中對手互相貶低

同｜belittle, denigrate, deprecate

衍｜disparagement (n.) 貶低；輕視
peer (n.) 同輩；同儕

disparate

[ˋdɪspərɪt]

解｜dis/par/ate
apart/peer/(a.)

(a.) 完全不同的

例｜two theories based on *disparate* assumptions
兩項理論建立在完全不同的假設上

同｜distinct, incongruous, contrasting

disparity

[dɪs`pærətɪ]

解 | dis/par/ity
apart/peer/(n.)

(n.) 不符；不一致

例 | a *disparity* between the two testaments
兩項證詞不一致

同 | discrepancy, inconsistency, incongruity

dispatch

[dɪ`spætʃ]

解 | dis/patch
apart/patch

(n.) 傳遞；訊息

例 | the immediate *dispatch* of supplies
立即送出補給

(n.) 快捷

例 | done with *dispatch* 處理迅速

同 | promptness, swiftness, haste

衍 | dispatch (v.) 特派；差遣

disperse

[dɪ`spɜs]

解 | dis/sperse
apart/scatter

(v.) 驅散；傳播；四散

例 | The crowd *dispersed* once the show ended.
表演結束，群眾四散。

同 | dissipate, scatter, disband

衍 | dispersal (n.) 驅散；分散

disproportionate

[ˌdɪsprə`porʃənɪt]

解 | dis/pro/portion/ate
not/for/part/(a.)

(a.) 不均衡的；不成比例的

例 | took a *disproportionate* share of the profit
利潤中拿走不成比例的一份

衍 | disproportional (a.) 不成比例的
portion (n.) 部分　　proportion (n.) 比例

disquieting

[dɪs`kwaɪətɪŋ]

解 | dis/quiet/ing
not/quiet/(a.)

(a.) 令人不安的

例 | He found her gaze *disquieting*.
他覺得她的凝視令人不安。

同 | disturbing, alarming

衍 | quiet (n., v.) 安靜

dissemble

[dɪ`sɛmbḷ]

解 | dis/semble
not/same

(v.) 掩飾

例 | The candidate successfully *dissembled* her inexperience.
候選人成功掩飾她的缺乏經驗。

(v.) 假裝

例 | The youth *dissembled* interest in the old man's story.
年輕人假裝對老人說的故事有興趣。

同 | simulate, pretend, feign

衍 | dissemblance (n.) 掩飾；假裝

Track 062

disseminate

[dɪˋsɛmə͵net]

解｜dis/semin/ate
apart/seed/(v.)

(v.) 散播

例｜The Internet allows us to *disseminate* information faster.
因為有網路，可以快速散播資訊。

同｜disperse, diffuse, circulate

衍｜dissemination (n.) 散播

---

dissipation

[͵dɪsəˋpeʃən]

解｜dis/sip/ation
apart/scatter/(n.)

(n.) 消散；浪費

例｜the *dissipation* of a large fortune
大筆財富快速散去

(n.) 放蕩

例｜a life of *dissipation* 放蕩的生活

同｜decadence, debauchery, depravity

衍｜dissipate (v.) 消散；浪費；放蕩

---

dissonance

[ˋdɪsənəns]

解｜dis/son/ance
apart/sound/(n.)

(n.) 不和諧；不一致

例｜the *dissonance* between theory and practice
理論與實際之間不一致

同｜disparity, discord, incongruity

衍｜dissonant (a.) 不和諧的；不一致的
consonance (n.) 和諧；一致

---

distill

[dɪsˋtɪl]

解｜dis/still
apart/drip

(v.) 蒸餾；提煉

例｜*distill* whiskey 蒸餾威士忌

衍｜distillation (n.) 蒸餾；提煉

---

distinct

[dɪˋstɪŋkt]

解｜dis/stinct
apart/mark

(a.) 不同的

例｜three *distinct* categories
三個不同的分類

(a.) 清楚的；明確的

例｜*distinct* contributions to the society
對社會有明確的貢獻

同｜notable, obvious, evident

衍｜distinction (n.) 差別；卓越
distinctness (n.) 不同；特殊；明顯
distinguish (v.) 區別；區分

distinctive

[dɪˋstɪŋktɪv]

解 | dis/stinct/ive
apart/mark/(a.)

(a.) 獨特的；特有的

例 | the *distinctive* stripes on a zebra
斑馬身上特有的條紋

同 | characteristic, typical, particular

divisive

[dəˋvaɪsɪv]

解 | dis/vis/ive
apart/see/(a.)

(a.) 造成分裂的；引起不合的

例 | a *divisive* issue
造成分裂的議題

同 | alienating, estranging, schismatic

衍 | divide (v.) 分開

divulge

[dəˋvʌldʒ]

解 | dis/vulge
apart/common people
（給大衆知道）

(v.) 洩露；透露

例 | The company will not *divulge* its sales figures.
公司的營業額不會公開。

同 | disclose, reveal, expose

衍 | vulgar (a.) 大衆的；粗俗的

doct: teach

Track 063

paradox

[ˋpærəˌdɑks]

解 | para/dox
beside/teach

(n.)（背後可能有道理的）矛盾

例 | the apparent *paradox* of simultaneous unemployment and skilled-labor shortage
一方面失業率高、一方面又缺乏有技術的勞工，兩種現象並存似乎很矛盾

同 | contradiction, inconsistency

衍 | paradoxical (a.) 矛盾的

docile

[ˋdɑsḷ]

解 | doc/ile
teach/(a.)（好教誨的）

(a.) 溫馴的

例 | a *docile* pupil 聽話的學生

同 | compliant, obedient, submissive

衍 | docility (n.) 溫馴

doctrinaire
[ˌdɑktrɪˋnɛr]

解 | doc/trinaire
teach/person

(a.) 死守教條的；不知變通的
例 | a *doctrinaire* conservative 死守教條的保守派
同 | dogmatic, rigid, inflexible
衍 | doctrinaire (n.) 教條主義者
doctrine (n.) 教條　indoctrinate (v.) 灌輸

---

dogmatism
[ˋdɔgmətɪzəm]

解 | dog/matism
teach/(n.)

(n.) 武斷；教條主義
例 | a culture of *dogmatism* and fanaticism
充斥教條主義與偏激的文化
同 | bigotry, inflexibility, rigidity
衍 | dogma (n.) 教條
dogmatic (a.) 武斷的；教條主義的

---

orthodoxy
[ˋɔrθəˌdɑksɪ]

解 | ortho/dox
right/teach

(n.) 正統性；正統說法
例 | I was surprised by the *orthodoxy* of her political views. 想不到她的政治觀點如此保守。
同 | conventionality, conformism, conservatism
衍 | orthodox (a.) 正統的

dom, domin: house, lord

Track 064

domesticate
[dəˋmɛstəˌket]

解 | dom/esticate
house/(v.)

(v.) 馴養
例 | *domesticated* animals 馴養的動物
同 | tame, subdue, subjugate
衍 | domestic (a.) 家庭的；國內的

---

domineering
[ˌdɑməˋnɪrɪŋ]

解 | domin/eering
lord/(a.)

(a.) 囂張跋扈的；盛氣凌人的
例 | a *domineering* older sister 盛氣凌人的姐姐
同 | overbearing, imperious
衍 | dominate (v.) 主宰；支配
domination (n.) 主宰；支配

---

predominant
[prɪˋdɑmənənt]

解 | pre/domin/ant
before/lord/(a.)

(a.) 佔優勢的；最主要的
例 | Religion is the *predominant* theme of the play. 宗教是這齣戲最大的主題。
同 | prevailing, primary, principal
衍 | predominance (n.) 主宰；優勢

dos, dot, dow: give
Track 064

endow
[ɪnˋdaʊ]
解 | en/dow
make/give

(v.) 賦予；捐贈
例 | *endowed* with a good sense of humor
天賦有很好的幽默感
同 | bestow, equip, furnish
衍 | endowment (n.) 捐贈；天賦

anecdotal
[ænɪkˋdotl̩]
解 | a(n)/ex/dot/al
not/out/give/(a.)
（沒有給外人知道的）

(a.) 傳聞的
例 | The evidence is merely *anecdotal*.
證據只是傳聞。
同 | informal, unreliable, unscientific
衍 | anecdote (n.) 軼事；秘聞

duct: lead
Track 064

ductility
[dʌkˋtɪlətɪ]
解 | duct/ility
lead/(n.)

(n.) 延展性；可塑性
例 | a metal with great *ductility*
延展性高的金屬
同 | malleability, pliability
衍 | ductile (a.) 有延展性的；可塑的

inducement
[ɪnˋdjusmənt]
解 | in/duce/ment
in/lead/(n.)

(n.) 引誘；誘因；動機
例 | gifts as *inducements* to trade
送禮作為商業的誘因
同 | incentive, stimulus, impetus
衍 | induce (v.) 引誘；誘使

seductive
[sɪˋdʌktɪv]
解 | se/duct/ive
apart/lead/(a.)

(a.) 有誘惑力的；誘人的
例 | the *seductive* power of advertising
廣告誘人的力量
同 | tempting, appealing, alluring
衍 | seduce (v.) 誘惑

conduit

[ˋkandʊɪt]

解｜con/duit
together/lead

(n.) 導管；通道

例｜a *conduit* of information 資訊管道

同｜channel, duct

衍｜conduct (v.) 引導；指揮

conducive

[kənˋdjusɪv]

解｜con/duc/ive
together/lead/(a.)

(a.) 有助的；有益的

例｜an atmosphere *conducive* to change
有助於改變的氣氛

同｜facilitative, favorable, beneficial

dur: hard, last

Track 065

dour

[dʊr]

解｜dour
hard

(a.) 嚴厲的；陰鬱的

例｜a *dour* expression on her face
臉上表情陰鬱

同｜stern, sullen, severe

衍｜dourness (n.) 嚴厲；陰鬱

obdurate

[ˋabdjərɪt]

解｜ob/dur/ate
against/last/(a.)

(a.) 頑固的

例｜the *obdurate* refusal to cooperate
頑固拒絕合作

同｜stubborn, obstinate, adamant

衍｜obduracy (n.) 頑固

dynam: power

Track 065

dynamic

[daɪˋnæmɪk]

解｜dynam/ic
power/(a.)

(a.) 有活力的；能量強的

例｜a *dynamic* personality 強有力的個性

同｜energetic, vital, vigorous

衍｜dynamics (n.) 力學　dynamite (n.) 炸藥
dynamo (n.) 發電機；活力旺盛者

dynasty
[ˋdaɪnəstɪ]

解 | dynas/ty
power/(n.)

(n.) 朝代
例 | the Han *dynasty* 漢朝
同 | regime, empire

dys-: bad

Track 065

dysfunction
[dɪsˋfʌŋkʃən]

解 | dys/funct/ion
bad/do

(n.) 官能障礙；失衡
例 | family *dysfunction* 家庭失衡
同 | malady
衍 | dysfunctional (a.) 失衡的；失調的
function (n., v.) 功能；運作

dyspeptic
[dɪsˋpɛptɪk]

解 | dys/pept/ic
bad/digest/(a.)

(a.) 消化不良的；易怒的
例 | feeling *dyspeptic* on a rainy day
下雨天脾氣暴躁
同 | disgruntled, irritable, testy
衍 | dyspeptic (n.) 消化不良患者
dyspepsia (n.) 消化不良症

E

ed: eat Track 066

comestible [kəˋmɛstəbḷ] 解｜con/est/ible together/eat/able	**(a.) 可食的** 例｜*comestible* mushrooms versus poisonous ones 可食菇類與毒菇 同｜edible **(n.) 食物** 例｜We're out of *comestibles*. 我們沒食物了。
edacious [ɪˋdeʃəs] 解｜ed/acious eat/(a.)	**(a.) 貪吃的** 例｜an *edacious* dinner guest 一個貪吃的晚宴客人 同｜voracious, gluttonous, ravenous

empt, sumpt, sum: take Track 067

redemption [rɪˋdɛmpʃən] 解｜re(d)/empt/ion back/take/(n.)	**(n.) 救贖；贖罪** 例｜a sinner's search for *redemption* 罪人尋找贖罪 同｜absolution, atonement **(n.) 挽救；拯救** 例｜the *redemption* of his reputation 他名聲的挽回 衍｜redeem (v.) 救贖；挽救；贖回
sumptuous [ˋsʌmptʃuəs] 解｜sumpt(u)/ous take/(a.)	**(a.) 奢侈的；豪華的；豐盛的** 例｜a *sumptuous* feast 豐盛的大餐 同｜lavish, deluxe, opulent 衍｜consume (v.) 消耗；消費

exemplary
[ɪgˋzɛmplərɪ]

解 | ex/empl/ary
out/take/(a.)
（拿出來當例子）

(a.) 模範的

例 | *exemplary* service to the community
社區服務楷模

同 | commendable, laudable, model

(a.) 警示的

例 | public execution as an *exemplary* measure
公開處決人犯作為警示手段

衍 | example (n.) 例子

exemplify
[ɪgˋzɛmpləˏfaɪ]

解 | ex/empl(i)/fact/y
out/take/make/(v.)

(v.) 例證；舉例說明

例 | use one novel to *exemplify* the whole genre
用一部小說為例說明整個類型

衍 | exemplification (n.) 舉例說明

exempt
[ɪgˋzɛmpt]

解 | ex/empt
out/take

(v.) 免除；豁免

例 | *exempted* from military service
免服兵役

(a.) 被免除的；被豁免的

例 | was *exempt* from jury duty
免除陪審團義務

同 | immune, exempted, spared

衍 | exemption (n.) 豁免；免除

peremptory
[pəˋrɛmptərɪ]

解 | per/empt/ory
intensifier/take/(a.)

(a.) 不容置辯的；霸道的

例 | a *peremptory* tone that is highly annoying
霸道的語氣很令人不快

同 | haughty, domineering, imperious

preempt
[priˋɛmpt]

解 | pre/empt
before/take

(v.) 防止；阻止

例 | The contract *preempts* lawsuits by the company's clients.
合約防止客戶告公司。

同 | forestall, preclude, prevent

衍 | preemption (n.) 防止；阻止
preemptive (a.) 先發制人的

Track 068

presume

[prɪˋzum]

解 | pre/sume
before/take

(v.) 假設；假定

例 | The court must *presume* innocence until there is proof of guilt.
證明有罪之前，法庭必須假設無罪。

同 | assume, surmise, postulate

(v.) 擅作主張；斗膽

例 | Let me *presume* to give you a word of advice.
恕我斗膽向你進言。

presumptive

[prɪˋzʌmptɪv]

解 | pre/sumpt/ive
before/take/(a.)

(a.) 假定的；推定的；很可能的

例 | the current front-runner and thus the *presumptive* nominee
此人目前領先，可以假定會拿下提名

同 | probable, prospective, assumed

衍 | presumption (n.) 假定

presumptuous

[prɪˋzʌmptʃuəs]

解 | pre/sumpt(u)/ous
before/take/(a.)
（假設太多，變成自以為是）

(a.) 放肆的；冒昧的

例 | It's rather *presumptuous* to judge my character on such short acquaintance.
才認識沒多久就斷定我的人格，未免有點冒昧。

同 | brazen, arrogant, audacious

衍 | presumption (n.) 冒昧；放肆

unassuming

[ˌʌnəˋsjumɪŋ]

解 | un/ad/sum/ing
not/to/take/(a.)

(a.) 謙虛的；保守的

例 | a quiet, *unassuming* man 安靜、謙虛的人

同 | modest, humble, meek

衍 | assume (v.) 假設；採取

subsume

[səbˋsjum]

解 | sub/sume
under/take

(v.) 包含；涵蓋

例 | Games and team sports are *subsumed* under the classification of "recreation."
遊戲與團隊運動包含在「娛樂」項下。

同 | encompass, incorporate, embrace

epi-: upon

Track 069

ephemeral
[ɪˋfɛmərəl]

解 | epi/hemera/al
upon/day/(a.)
（只活一天）

(a.) 短暫的

例 | the breathtaking but *ephemeral* beauty of autumn leaves
秋葉令人屏息但極短暫的美

同 | brief, fleeting, evanescent

衍 | ephemera (n.) 短暫之事物；蜉蝣

---

epitaph
[ˋɛpə͵tæf]

解 | epi/taph
upon/tombstone

(n.) 墓誌銘；碑文

例 | John Keats' *epitaph* reads, "Here lies One Whose Name was writ in Water."
濟慈的墓誌銘：「長眠此處者，名姓寫在水上。」

---

equi, egal: equal

Track 070

adequate
[ˋædəkwɪt]

解 | ad/equ/ate
to/equal/(a.)

(a.) 足夠的；尚可的

例 | The quality of his work was only *adequate*.
他的工作品質勉強可以。

同 | sufficient, ample, satisfactory

衍 | adequacy (n.) 足夠
inadequate (a.) 不足的；不夠的
inadequacy (n.) 不足；不夠
equal (a., v.) 平等的；等於

---

egalitarian
[ɪ͵gælɪˋtɛrɪən]

解 | egal/itarian
equal/(a.)

(a.) 主張平等的

例 | *egalitarian* policies for the redistribution of wealth 平等主義政策要重新分配財富

(n.) 平等主義者

例 | an *egalitarian* who practices what he preaches 一位言行一致的平等主義者

衍 | egalitarianism (n.) 平等主義
equality (n.) 平等

equanimity [ˌikwəˋnɪmətɪ] 解 | equi/anim/ity equal/spirit/(n.)	**(n.) 平靜；鎮定** 例 | a diver who always displays remarkable *equanimity* on the platform 這位跳水選手在高台上總是很鎮定 同 | calmness, poise, composure
equitable [ˋɛkwɪtəbḷ] 解 | equi(t)/able equal/able	**(a.) 公正的；公平的** 例 | *equitable* settlement of the dispute 爭執的公平解決 同 | evenhanded, impartial, unbiased 衍 | equitableness (n.) 公正；公平
equivocal [ɪˋkwɪvəkḷ] 解 | equi/voc/al equal/call/(a.)	**(a.) 模稜兩可的；不明確的** 例 | *equivocal* results of the experiment 實驗結果不明確 同 | ambiguous, indefinite, vague 衍 | equivocate (v.) 搪塞；支吾其詞
quibble [ˋkwɪbḷ] 解 | quib/ble equal/(v.)（抱怨不公平）	**(v.)（爲了小事情）爭吵；抱怨** 例 | always *quibbling* about where to dine 總是爭吵要去哪裡吃飯 同 | bicker, quarrel, complain **(n.) 抱怨；批評** 例 | Our only *quibble* about the trip was that it rained a lot. 這趟旅行唯一的抱怨就是雨下得太多。
equilibrium [ˌikwəˋlɪbrɪəm] 解 | equi/libri/um equal/scales/(n.)	**(n.) 平靜；均衡** 例 | Population growth has reached *equilibrium*. 人口成長達到了均衡。 同 | poise, balance, parity 衍 | Libra (n.) 天秤座

erc, erg, org: work

Track 071

organic
[ɔrˋgænɪk]
解 | org/anic
work/(a.)

(a.) 有機的；整體的；不可或缺的
例 | an *organic* whole 有機的整體
衍 | organism (n.) 生物
organ (n.) 器官

synergy
[ˋsɪnədʒɪ]
解 | syn/erg/y
together/work/(n.)

(n.) 共同作用；相乘效果
例 | two companies that have found *synergy*
兩家公司找到了相乘效果

ergonomic
[ˏɝgəˋnamɪk]
解 | erg(o)/nom/ic
work/law/(a.)

(a.) 人體工學的
例 | an *ergonomic* chair 人體工學椅
衍 | ergonomics (n.) 人體工學

err, ir: wander, angry

Track 071

irate
[ˋaɪret]
解 | ir/ate
angry/(a.)

(a.) 憤怒的；生氣的
例 | an *irate* customer 憤怒的客戶
同 | furious, incensed, enraged
衍 | irritate (v.) 激怒

aberrant
[æˋbɛrənt]
解 | ab/err/ant
away/wander/(a.)

(a.) 偏離常態的
例 | *aberrant* behavior 異常行為
同 | atypical, abnormal, deviant
衍 | aberrance (n.) 偏差；偏離常態

erratic
[ɪˋrætɪk]
解 | err/atic
wander/(a.)

(a.) 不規律的；怪異的
例 | keeps *erratic* hours 作息不規律
同 | deviating, eccentric, unpredictable

erroneous [ɪˋronɪəs] 解｜err/on(e)ous wander/(a.)	**(a.) 錯誤的** 例｜a news article filled with *erroneous* information 新聞報導充斥錯誤資訊 同｜inaccurate, inexact, fallacious 衍｜error (n.) 錯誤　err (v.) 犯錯
irascible [ɪˋræsəbḷ] 解｜ir/ascible angry/able	**(a.) 易怒的；暴躁的** 例｜an *irascible* old football coach 暴躁的足球老教練 同｜irritable, dyspeptic, testy 衍｜irascibility (n.) 暴躁；易怒
irk [ɝk] 解｜irk angry	**(v.) 令人厭煩** 例｜It *irks* me to have to clean up after you. 老是得在你後頭收拾，令我很煩。 同｜irritate, annoy, vex 衍｜irksome (a.) 令人厭煩的

esse: be　Track 072

essential [ɪˋsɛnʃəl] 解｜ess/ent(i)al be/(a.)	**(a.) 必要的；不可缺的；基本的** 例｜an *essential* requirement for admission to college 要進入大學不可或缺的條件 同｜indispensable, fundamental, crucial 衍｜essence (n.) 精華；要素
quintessence [kwɪnˋtɛsṇs] 解｜quint/ess/ence five/be/(n.) （第五元素；靈魂）	**(n.) 精華；典型代表** 例｜The Parthenon is the *quintessence* of perfect harmony in architecture. 巴特農神廟是建築完全和諧的典型。 衍｜quintessential (a.) 最典型的

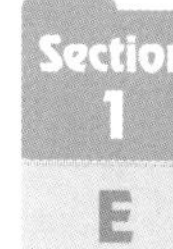

eu-: good, beautiful
Track 072

euphonious
[juˋfonɪəs]
解 | eu/phon(i)/ous
beautiful/sound/(a.)

(n.) 悅耳的；好聽的
例 | the *euphonious* chime of the doorbell
門鈴悅耳的叮噹
同 | mellifluous, harmonious, melodious
衍 | euphony (n.) 悅耳的聲音；和諧

---

eulogy
[ˋjulədʒɪ]
解 | eu/log/y
good/word/(n.)

(n.) 悼詞；讚頌
例 | She delivered the *eulogy* at his funeral.
她在他的葬禮上致悼詞。
同 | panegyric, encomium, accolade
衍 | eulogistic (a.) 讚頌的　　eulogize (v.) 讚頌

---

euphoric
[juˋfɔrɪk]
解 | eu/fer/ic
good/bear/(a.)

(a.) 歡樂的；愉快的
例 | felt *euphoric* soon after taking the drug
吃下藥不久就感覺飄飄然
同 | elated, exulted, ecstatic
衍 | euphoria (n.) 歡樂

---

ex-, e-: out, intensifier
Track 073

extinct
[ɪkˋstɪŋkt]
解 | ex/stinct
out/prick

(a.) 熄滅的
例 | an *extinct* volcano 熄火山
(a.) 滅絕的；絕種的
例 | an *extinct* species 已滅絕的品種
衍 | extinction (n.) 熄滅；滅絕
extinguish (v.) 撲滅；消滅

---

exonerate
[ɪgˋzɑnə͵ret]
解 | ex/oner/ate
out/burden/(v.)

(v.) 證明無罪；免除責任
例 | The DNA fingerprinting finally *exonerated* the man.
比對 DNA 終於證明此人無罪。
同 | absolve, acquit, vindicate
衍 | exoneration (n.) 釋罪；免除
onerous (a.) 繁重的

exuberant

[ɪgˋzjubərənt]

解 | ex/uber/ant
out/udder/(a.)
（原指乳汁很多）

(a.) 熱烈的；熱情的

例 | *exuberant* praise 熱情的讚美

(a.) 豐富的；大量的；繁茂的

例 | *exuberant* foliage and vegetation
繁茂的枝葉與植物

同 | luxuriant, abundant, profuse

衍 | exuberance (n.) 豐富；繁茂
udder (n.) 乳房

ebullient

[ɪˋbʌljənt]

解 | e/bull(i)/ent
out/boil/(a.)

(a.) 沸騰的；熱情奔放的

例 | *ebullient* performers 熱情奔放的表演者

同 | boiling, effervescent, exhilarated

衍 | ebullience (n.) 沸騰；熱情

eccentric

[ɪkˋsɛntrɪk]

解 | ex/centr/ic
out/center/(a.)
（偏離中心；在外圍）

(a.)（行爲）怪異的；不合常情的

例 | an *eccentric* computer engineer who goes everywhere barefoot
一位行為怪異的電腦工程師，走到哪裡都打光腳

同 | unconventional, aberrant, peculiar

(n.) 怪人

例 | a delightful old *eccentric* 有趣的怪老頭子

eclipse

[ɪˋklɪps]

解 | e/clipse
out/leave

(v.) 蝕；遮蔽；使失色

例 | Train travel was *eclipsed* by the growth of commercial airlines.
火車旅行因為商業航空的成長而失色。

同 | obscure, overshadow, outshine

衍 | eclipse (n.) 蝕；失色；無光

effigy

[ˋɛfədʒɪ]

解 | ex/fig/y
out/figure/(n.)

(n.) 人像；肖像

例 | Demonstrators burned the President in *effigy*. 示威人士拿出總統像來燒。

同 | statue, dummy

effrontery

[ɛfˋrʌntərɪ]

解 | ex/front/ery
out/front/(n.)

(n.) 厚顏無恥；放肆

例 | One juror had the *effrontery* to challenge the coroner's decision.
一名陪審團員竟敢挑戰法醫的判定。

同 | insolence, impudence, impertinence

elated

[ɪˋletɪd]

解 | e/lat/ed
out/bear/(a.)

(a.) 興奮的；興高采烈的

例 | She was *elated* at the unexpected good news. 聽到意外的好消息，她非常興奮。

同 | exultant, euphoric, ecstatic

衍 | elate (v.) 使興奮　　elation (n.) 興奮

elicit

[ɪˋlɪsɪt]

解 | e/licit
out/lure

(v.) 引出；誘出

例 | My question *elicited* no response.
我的問題沒有引出任何回應。

同 | evoke, induce, extract

衍 | lure (n., v.) 誘餌；引誘

emanate

[ˋɛmə͵net]

解 | e/manate
out/flow

(v.) 發出；傳出

例 | a sweet scent *emanating* from the blossoms
花朵散發出香氣

同 | emerge, issue, exude

衍 | emanation (n.) 發散

enervate

[ˋɛnɚ͵vet]

解 | e/nerv/ate
out/nerve/(v.)

(v.) 使無力；使衰弱

例 | The surgery really *enervated* me for weeks afterwards. 手術後好幾個禮拜我都很衰弱。

同 | exhaust, devitalize, debilitate

衍 | enervate (a.) 無力的；衰弱的
enervated (a.) 無力的；衰弱的
enervation (n.) 無力；衰弱
nerve (n.) 神經

effete

[ɛˋfit]

解 | ex/fete
out/fetus
（原意是已無生育力）

(a.) 衰弱的；無力的

例 | the soft, *effete* society that marked the final years of the Roman empire
柔弱無力的社會是羅馬帝國末年的特色

同 | enfeebled, enervated, exhausted

衍 | fetus (n.) 胚胎

enumerate

[ɪˋnjumə͵ret]

解 | e/numer/ate
out/number/(v.)

(v.) 數出；列舉

例 | Let me *enumerate* my reasons for doing this. 容我一一列舉我做這件事的原因。

同 | catalogue, recount, itemize

衍 | enumeration (n.) 列舉
numerous (a.) 眾多的

erudite

[ˋɛrυ͵daɪt]

解 | e/rudite
out/root

(a.) 飽學的；博學的

例 | The most *erudite* people in medical research attended the conference.
醫學研究界最博學的人都參加了會議。

同 | learned, knowledgeable

衍 | erudition (n.) 博學

escalate

[ˋɛskə͵let]

解 | e/scal/ate
out/scale/(v.)

(v.) 升高；擴大

例 | The conflict has *escalated* into an all-out war. 衝突已升高為全面戰爭。

同 | balloon, expand, soar

衍 | escalation (n.) 升高；擴大
scale (n.) 尺度；規模

eschew

[ɪsˋtʃu]

解 | e/schew
out/shy

(v.) 避免；避開

例 | a psychologist who *eschews* the traditional methods of psychotherapy
這位心理學家不採用傳統的心理治療方法

同 | shun, forswear, renounce

espouse

[ɪsˋpaυz]

解 | e/spouse
together/spouse

(v.) 擁護；主張

例 | The new theory has been *espoused* by many leading physicists.
新理論獲得許多領先的物理學家擁護。

同 | endorse, advocate, champion

衍 | espousal (n.) 擁護；主張
spouse (n.) 配偶

espy

[ɪsˋpaɪ]

解 | e/spy
out/spy

(v.) 發現；窺見

例 | Out of the corner of my eye I *espied* the squirrel making another raid on the bird feeder. 我從眼角窺見松鼠又來餵鳥器偷吃。

同 | detect, discern, perceive

衍 | spy (n., v.) 間諜；窺視

estrange

[əˋstrendʒ]

解 | e/strange
out/strange

(v.) 使疏遠

例 | She *estranged* several of her coworkers when she let her promotion go to her head.
她因為升官沖昏了頭，造成幾個同事和她疏遠。

同 | alienate

衍 | estrangement (n.) 疏遠

etiquette
[ˋɛtɪkɛt]

解｜e/tiquette
out/ticket（宮廷禮儀原本寫在 ticket 上）

(n.) 禮儀；禮節

例｜Her failure to respond to the invitation was a serious breach of *etiquette*.
邀請函她沒有回，這嚴重失禮。

同｜manners, decorum, propriety

excoriate
[ɛkˋskorɪ͵et]

解｜ex/cori/ate
out/skin/(v.)

(v.) 剝（皮）；痛罵

例｜The candidates have publicly *excoriated* each other throughout the campaign.
整個選戰期間，幾位候選人彼此公開痛罵。

同｜censure, abuse, castigate

衍｜excoriation (n.) 剝皮；痛罵

exculpate
[ˋɛkskʌl͵pet]

解｜ex/culp/ate
out/blame/(v.)

(v.) 開脫；使無罪

例｜I will present evidence that will *exculpate* my client. 我將提出證據來為我的當事人開脫。

同｜absolve, exonerate, vindicate

衍｜exculpation (n.) 開脫
inculpate (v.) 入罪；牽連
culpable (a.) 有罪的；該責怪的

excruciating
[ɪkˋskruʃɪ͵etɪŋ]

解｜ex/cruc(i)/ating
intensifier/cross/(a.)
（原本指釘十字架）

(a.) 極痛苦的；極度的

例｜*excruciating* pain 極度的痛苦

同｜agonizing, severe, acute

衍｜excruciate (v.) 施酷刑於；使痛苦

exorbitant
[ɪgˋzɔrbətənt]

解｜ex/orbit/ant
out/orbit/(a.)
（超出合理的軌道）

(a.) 過高的；過份的

例｜They were charged *exorbitant* fees for room and board.
他們的膳宿被索取高得離譜的費用。

同｜excessive, extravagant, inordinate

衍｜orbit (n.) 軌道

expatiate
[ɛkˋspeʃɪ͵et]

解｜ex/spati/ate
out/space/(v.)
（多用一點空間說明）

(v.) 細說；詳述

例｜*expatiated* upon the virtues of the new drug
詳述這種新藥的好處

同｜discourse, expound, elaborate

衍｜expatiation (n.) 細說；詳述

Track 077

expurgate

[ˋɛkspɚˏget]

解 | ex/purg/ate
out/purge/(v.)
（排除污點使純粹）

(v.) 刪去（不宜處）；修訂

例 | an *expurgated* version of Shakespeare
修訂版（沒有髒話）的莎士比亞

同 | expunge, bowdlerize, censor

衍 | expurgation (n.) 刪除；修訂
purge (v.) 整肅
pure (a.) 純潔的；純粹的

extirpate

[ˋɛkstɚˏpet]

解 | ex/stirp/ate
out/root/(v.)

(v.) 根除；滅絕

例 | the triumph of modern medicine in *extirpating* certain diseases
現代醫學根除某些疾病成功

同 | eliminate, eradicate, annihilate

衍 | extirpation (n.) 根除；滅絕

extol

[ɪkˋstol]

解 | ex/tol
intensifier/raise

(v.) 讚美；頌揚

例 | campaign literature *extolling* the candidate's military record
選戰文宣頌揚候選人的軍旅紀錄

同 | extoll, celebrate, laud

extradite

[ˋɛkstrəˏdaɪt]

解 | ex/trans/dite
out/across/give

(v.) 引渡

例 | *extradited* from the U.S. to Canada to face criminal charges there
從加拿大引渡到美國面對刑事罪狀

同 | deport, repatriate

衍 | extradition (n.) 引渡

extricate

[ˋɛkstrɪˏket]

解 | ex/tric/ate
out/trick/(v.)
（從圈套中出來）

(v.) 解脫；使擺脫

例 | She hasn't been able to *extricate* herself from her legal problems.
她無法擺脫法律困擾。

同 | extract, release, disentangle

衍 | extrication (n.) 解脫；擺脫

extraneous

[ɛkˋstrenɪəs]

解 | extra(n)/(e)ous
outward/(a.)

(a.) 外部的；無關的

例 | Do not allow *extraneous* considerations to influence your judgement.
別讓無關的考量影響你的判斷。

同 | irrelevant, unrelated, incidental

extrapolate

[ɪksˋtræpə͵let]

解 | extra/pol/ate
outward/pole/(v.)
（從兩極 poles 向外推）

(v.) 推斷

例 | We can *extrapolate* the number of new students entering next year by looking at how many entered in previous years.
看看往年的入學人數就可以推斷明年會有多少新生入學。

同 | infer, project, deduce

衍 | extrapolation (n.) 推斷

extravagance

[ɪkˋstrævəgəns]

解 | extra/vag/ance
outward/wander/(n.)

(n.) 鋪張；浪費；過度；無節制

例 | A new car is an *extravagance* we can't afford.
買新車是我們負擔不起的浪費。

同 | profligacy, excess, prodigality

衍 | extravagant (a.) 浪費的；過度的

fab, fess, phet: speak

Track 078

affable [ˋæfəbl̩] 解 ad/fab/le to/speak/able	**(a.) 容易親近的；友善的** 例 an *affable* host 親切的主人 同 amiable, genial, congenial 衍 affability (n.) 和藹可親
euphemism [ˋjufəmɪzəm] 解 eu/phem/ism good/speak/(n.)	**(n.) 委婉的說法** 例 using “eliminate” as a *euphemism* for “kill” 「殺死」美言為「消滅」 同 substitute 衍 euphemistic (a.) 委婉的；好聽一點的
prophetic [prəˋfɛtɪk] 解 pro/phet/ic forward/speak/(a.)	**(a.) 預言性的；預示的** 例 *prophetic* signs 預示的徵兆 同 predictive, prescient, prognostic 衍 prophet (n.) 先知 prophesize (v.) 預言 prophecy (n.) 預言

fact, fect, fict: do, make

Track 079

counterfeit [ˋkaʊntɚˏfɪt] 解 counter/fect against/make	**(a.) 僞造的** 例 *counterfeit* bills 偽鈔 同 fake, forged, spurious 衍 counterfeit (v., n.) 偽造（品）

affectation

[æfɪkˋteʃən]

解 | ad/fect/ation
to/make/(n.)

(n.) 做作；偽裝

例 | Her British accent is merely an *affectation*.
她的英國口音只是做作。

同 | artificiality, pretension, mannerism

衍 | affected (a.) 做作的；偽裝的

benefactor

[ˋbɛnə,fæktɚ]

解 | bene/fact/or
good/do/person

(a.) 捐助者；施主

例 | An anonymous *benefactor* gave the school a dozen new computers.
一位匿名施主送 12 台電腦給學校。

同 | patron, sponsor, donor

衍 | benefaction (n.) 捐助；善舉

beneficent

[bɪˋnɛfəsənt]

解 | bene/fic/ent
good/do/(a.)

(a.) 慈善的；行善的

例 | a *beneficent* couple who are regular volunteers at a homeless shelter
經常在街友收容所當義工的慈善夫婦

同 | charitable, beneficial, philanthropic

衍 | beneficence (n.) 慈善；善舉
beneficial (a.) 有益的
beneficiary (n.) 受益人
benefit (n., v.) 好處；造福

perfunctory

[pɚˋfʌŋktərɪ]

解 | per/funct/ory
intensifier/do/(a.)

(a.) 敷衍的；馬虎的

例 | The guards did a *perfunctory* check.
警衛馬虎地檢查了一下。

同 | cursory, desultory, passing

discomfiting

[dɪsˋkʌmfɪtɪŋ]

解 | dis/con/fict/ing
not/together/make/(a.)

(a.) 令人不安的

例 | the *discomfiting* discovery of her husband's affair 發現丈夫有外遇令她不安

同 | disconcerting, unsettling, disturbing

衍 | discomfit (v.) 困擾；使不安
discomfiture (n.) 困惑；不安

edifying

[ˋɛdə,faɪɪŋ]

解 | edi/fact/ying
building/make/(a.)
（原指有建設性的）

(a.) 有教化功能的

例 | a book that is both entertaining and *edifying*
既有娛樂性又具教化功能的一本書

同 | enlightening, informative

衍 | edify (v.) 教化　edification (n.) 教化
edifice (n.) 建築物

Track 080

faction

[ˋfækʃən]

解 | fact/ion
do/(n.)

(n.) 派系

例 | The committee soon split into *factions*.
委員會很快分裂成幾派。

同 | clique, coterie, bloc

衍 | factious (a.) 搞派系的

effectuate

[ɪˋfɛktʃυˏet]

解 | ex/fect(u)/ate
out/do/(v.)

(v.) 達成；完成

例 | The two parties *effectuated* a settlement.
雙方達成和解。

同 | effect, achieve, accomplish

衍 | effectuation (n.) 達成；完成

efficacy

[ˋɛfəkəsɪ]

解 | ex/fic/acy
out/do/(n.)

(n.) 效力；功效

例 | questioned the *efficacy* of the alarms in actually preventing auto theft
質疑汽車警鈴的防盜效力

同 | effectiveness, potency

衍 | efficacious (a.) 有效的
effect (n., v.) 效果；做出

feasible

[ˋfizəbḷ]

解 | fect/ible
do/able

(a.) 可行的

例 | a *feasible* plan 可行的計畫

同 | achievable, attainable, practicable

衍 | feasibility (n.) 可行性

feat

[fit]

解 | fect
do

(n.) 功績；大成就

例 | Writing that whole report in one night was quite a *feat*.
一晚上就寫出整篇報告，真是一大成就。

同 | achievement, accomplishment, attainment

facile

[ˋfæsḷ]

解 | fac/ile
do/(a.)
（difficult 去掉否定字首）

(a.)（過度）簡單的；容易的

例 | This problem needs more than just a *facile* solution.
這問題需要的不只是一個簡簡單單的解決辦法。

同 | simplistic

衍 | facility (n.) 簡單；容易；設備
facilitate (v.) 方便；使……便利

feckless
[ˋfɛklɪs]

解 | fect/less
do/without（不會做事）

(a.) 沒用的；不負責的

例 | She can't rely on her *feckless* son.
她不能依靠她那不負責任的兒子。

同 | worthless, incompetent, inept

衍 | fecklessness (n.) 無能；徒勞

---

fecund
[ˋfikənd]

解 | fec/und
do/wave

(a.) 多產的；豐富的；肥沃的

例 | a *fecund* imagination 豐富的想像力

同 | prolific, fertile, productive

衍 | fecundity (n.) 肥沃；豐饒
abundant (a.) 大量的

---

feint
[fent]

解 | fect
do

(n.) 假裝攻擊；假動作

例 | made a *feint* but didn't shoot
做個假動作但沒有投籃

同 | bluff, ploy, hoax

衍 | feint (v.) 做假動作；佯攻
feign (v.) 假裝；裝出

---

fictitious
[fɪkˋtɪʃəs]

解 | fict/it(i)ous
make/(a.)

(a.) 虛構的；假的

例 | She gave a *fictitious* address on the application.
她在申請表上填的是假地址。

同 | fabricated, sham, bogus

---

forfeit
[ˋfɔr͵fɪt]

解 | for/fect
away/do

(v.) 喪失；放棄

例 | He *forfeited* his right to a trial by jury.
他放棄了陪審團審判的權利。

(n.) 喪失的東西；罰金

例 | The *forfeit* for each baseball player involved in the brawl was $5,000.
參與打群架的棒球員，每人罰 5,000 元。

衍 | forfeiture (n.) 喪失；沒收

---

nefarious
[nəˋfɛrɪəs]

解 | neg/fact(i)/ous
no/do/(a.)

(a.) 邪惡的；惡毒的

例 | a *nefarious* scheme to cheat people out of their money 要騙人錢的惡毒計畫

同 | villainous, wicked, vile

officious
[əˋfɪʃəs]

解 | ob/fic(i)/ous
toward/do/(a.)

(a.) 多管閒事的

例 | an *officious* man who was always telling everyone else what to do
多管閒事的人，老是要告訴別人怎麼做

同 | meddlesome, intrusive

---

proficient
[prəˋfɪʃənt]

解 | pro/fic(i)/ent
forward/do/(a.)

(a.) 精通的；熟練的

例 | She is *proficient* in two foreign languages.
她精通兩種語言。

同 | adept, adroit, versed

衍 | proficiency (n.) 熟練；精通

---

surfeit
[ˋsɝfɪt]

解 | sur/feit
over/do

(n.) 過量；過度

例 | ended up with a *surfeit* of volunteers who simply got in each other's way
最後義工來太多，只是礙手礙腳

同 | excess, glut, surplus

(v.) 過度飲食；過量供應

例 | Having *surfeited* ourselves on raw oysters; we had to decline the rest of the restaurant's offerings.
生蠔吃多了，我們只好謝絕餐廳其他的菜餚。

---

fer: bear, carry

Track 082

periphery
[pəˋrɪfərɪ]

解 | peri/fer/y
around/carry/(n.)

(n.) 外圍；圓周

例 | an electric fence along the *periphery* of the yard 院子周圍有電網

同 | perimeter, margin, fringe

衍 | peripheral (a.) 外圍的；周邊的

---

confer
[kənˋfɝ]

解 | con/fer
together/carry

(v.) 授予；給予

例 | The Queen *conferred* knighthood on the writer.
女王授予作家爵位。

同 | bestow, endow, grant

(v.) 磋商；商談

例 | The lawyer and the judge *conferred* about the ruling. 律師和法官磋商這宗判決。

衍 | conference (n.) 會議

defer

[dɪˋfɝ]

解 | de/fer
down/carry

(v.) 延後

例 | The decision was *deferred* for a time.
決定被延後一段時間。

衍 | deferral (n.) 延後

(n.) 順從；尊敬

例 | *deferred* to her father's wishes
順從她父親的意思

同 | submit, capitulate, succumb

衍 | deference (n.) 順從
deferential (a.) 順從的

furtive

[ˋfɝtɪv]

解 | fer/tive
carry/(a.)（好像偷東西）

(a.) 偷偷摸摸的；鬼鬼祟祟的

例 | took a *furtive* look about him
偷偷看他一眼

同 | stealthy, secretive

proliferate

[prəˋlɪfə͵ret]

解 | prol/(i)fer/ate
forward/bear/(v.)

(v.) 繁衍；快速增加

例 | Rumors about the incident *proliferated* on the Internet.
關於這起事件，網路上謠言越來越多。

同 | multiply, burgeon, escalate

衍 | proliferation (n.) 繁衍；增加
prolific (a.) 多產的

ferv: boil

Track 083

effervesce

[͵ɛfɚˋvɛs]

解 | ex/ferv/esce
out/boil/(v.)

(v.) 冒泡；開始沸騰；（熱情）洋溢

例 | Managers are supposed to *effervesce* with praise and encouragement.
當經理的，就應該洋溢著讚美與鼓勵的話。

衍 | effervescent (a.) 沸騰的；熱情的
effervescence (n.) 沸騰；熱情

fervent
[ˋfɝvənt]
解 | ferv/ent
boil/(a.)

(a.) 熱烈的；熱情的
例 | a *fervent* admirer 熱情的仰慕者
同 | impassioned, ardent, intense
衍 | fervency (n.) 熱情　fervor (n.) 熱烈；熱情
fervid (a.) 熱烈的；熱情的

---

foment
[foˋmɛnt]
解 | fo/ment
boil/(v.)

(v.) 挑起；煽動
例 | The revolutionary is trying to *foment* a rebellion. 革命家設法挑起叛變。
同 | rouse, incite, instigate
衍 | fomentation (n.) 挑起；煽動
ferment (n., v.) 醞釀；發酵

---

fid, fed: faith

Track 084

fealty
[ˋfiəltɪ]
解 | fea/lty
faith/(n.)

(n.) 效忠；忠誠
例 | He swore *fealty* to the king.
他宣誓對國王效忠。
同 | allegiance

---

fidelity
[fɪˋdɛlətɪ]
解 | fid/elity
faith/(n.)

(n.) 忠實；效忠
例 | *fidelity* to the original 忠於原文
同 | faithfulness, loyalty, constancy
衍 | infidelity (n.) 不忠　infidel (n.) 異教徒

---

perfidious
[pɚˋfɪdɪəs]
解 | per/fid(i)/ous
through/faith/(a.)

(a.) 不忠的；不可靠的
例 | We were betrayed by a *perfidious* ally.
我們遭到不可靠的盟友背叛。
同 | duplicitous, treacherous
衍 | perfidy (n.) 不忠；背信

---

confide
[kənˋfaɪd]
解 | con/fide
intensifier/faith

(v.) 透露
例 | May I *confide* something to you?
我想告訴你一個秘密，能不能保密？
同 | reveal, disclose, divulge

(v.) 信賴；託付

例 | The box was *confided* to the concierge's care. 盒子交付管理員保管。

衍 | confidential (a.) 機密的

fin: end, limit

Track 085

infinitesimal [ˌɪnfɪnəˋtɛsəml̩] 解 | in/fin/itesimal not/limit/(a.)	(a.) 極小的 例 | an *infinitesimal* difference 極微小的差別 同 | minute, minuscule, microscopic 衍 | infinite (a.) 無限的
affinity [əˋfɪnətɪ] 解 | ad/fin/ity to/limit/(n.)	(n.) 喜愛；親近 例 | She has a natural *affinity* with animals and birds. 她天性喜愛動物與鳥類。 (n.) 類似；相似 例 | There is a semantic *affinity* between the two words. 這兩個字在語義上接近。 同 | similarity, resemblance, kinship
definitive [dɪˋfɪnətɪv] 解 | de/fin/itive down/limit/(a.)	(a.) 決定性的 例 | a *definitive* victory 決定性的勝利 (a.) 權威可靠的 例 | the *definitive* work on the subject 關於這個主題的權威著作 衍 | define (v.) 下定義 definition (n.) 定義
finale [fɪˋnalɪ] 解 | fin/ale end/(n.)	(n.) 終曲；結局 例 | The *finale* to the festivities was a grand display of fireworks. 節慶的最後是大型煙火。

fine: fine
Track 086

finagle [fɪˋnegl̩] 解｜fin/agle fine/act	**(v.)** 用計取得；使手段 例｜*finagled* his way into the concert 用計混入演唱會 同｜contrive, maneuver, finesse
finesse [fəˋnɛs] 解｜fin/esse fine/(n.)	**(n.)** 技巧；手段 例｜She handled the interview questions with *finesse*. 她很技巧地處理面談中的問題。 同｜expertise, stratagem, adroitness 衍｜finesse (v.) 使手段；巧妙辦到
finicky [ˋfɪnɪkɪ] 解｜fin/icky fine/(a.)	**(a.)** 挑剔的；講究的 例｜a *finicky* eater 吃東西很講究的人 同｜particular, fastidious, persnickety

flate: blow
Track 086

inflation [ɪnˋfleʃən] 解｜in/flat/ion in/blow/(n.)	**(n.)** 充氣；（通貨）膨脹 例｜the *inflation* of one's role 膨脹自己的角色 衍｜inflate (v.) 充氣；膨脹 deflate (v.) 放氣；洩氣
flatulent [ˋflætʃələnt] 解｜flat/ulant blow/(a.)	**(a.)** 脹氣的；自我膨脹的 例｜the candidate's *flatulent* oratory 候選人自我膨脹的演說 同｜pompous, imperious, overbearing 衍｜flatulence (n.) 脹氣；自我膨脹

flect, flex: bend

Track 087

deflect [dɪˋflɛkt] 解︱de/flect away/bend	**(v.) 偏斜；轉移** 例︱They are trying to *deflect* attention from the troubled economy. 經濟問題叢生，他們正在轉移民眾注意。 同︱divert, avert, distract 衍︱deflection (n.) 偏斜；轉移
flex [ˋflɛks] 解︱flex bend	**(v.) 屈曲；收縮** 例︱The Mayor *flexed* his political muscles and got the deal done. 市長動用政治實力促成了交易。 同︱bend, contract 衍︱flexible (a.) 有彈性的
reflex [ˋriflɛks] 解︱re/flex back/bend	**(n.) 反射（作用）；直覺反應** 例︱an athlete with great *reflexes* 反射作用良好的運動員

fledg: fly

Track 087

fledgling [ˋflɛdʒlɪŋ] 解︱fledg/ling fly/small	**(a.) 剛開始的；無經驗的** 例︱a *fledgling* company 剛開始不久的公司 同︱budding, nascent, incipient **(n.) 剛長羽毛的小鳥；經驗不足的人** 例︱The bird had been ringed as a *fledgling*. 這隻鳥小時候被套上了腳環。 衍︱fledge (v.) 長羽毛
full-fledged [ˋfulˋflɛdʒd] 解︱full/fledg/ed full/fly/(a.)	**(a.) 羽翼豐滿的；完整的** 例︱a *full-fledged* biography 一部完整的傳記 同︱total, complete

flict: strike

Track 088

profligate [ˋprɑflәgɪt] 解 | pro/flig/ate forward/strike/(a.)	**(a.) 放蕩的；浪費的** 例 | She was very *profligate* in her spending. 她花錢很浪費。 同 | extravagant, wasteful, prodigal 衍 | profligacy (n.) 放蕩；浪費 profligate (n.) 放蕩者；揮霍者
inflict [ɪnˋflɪkt] 解 | in/flict in/strike	**(v.) 給予（打擊）；施加（懲罰）** 例 | *inflict* pain on someone 對某人施加痛苦 同 | deliver, impose 衍 | infliction (n.) 給予；施加 conflict (n., v.) 衝突
afflict [әˋflɪkt] 解 | ad/flict to/strike	**(v.) 折磨** 例 | *afflicted* with arthritis 受關節炎折磨 同 | torture, harass, torment 衍 | affliction (n.) 折磨；痛苦

flu: flow

Track 088

superfluous [suˋpɝfluәs] 解 | super/flu/ous over/flow/(a.)	**(a.) 多餘的；過剩的** 例 | cleared off all the *superfluous* stuff on his desk to make room for the new computer 清掉他桌上多餘的東西好放電腦 同 | extra, unnecessary, redundant 衍 | superfluity (n.) 多餘；過剩
fluctuation [ˏflʌktʃuˋeʃәn] 解 | fluct/(u)ation flow/(n.)	**(n.) 波動；起伏** 例 | the normal *fluctuations* on the stock market 股市正常的波動 同 | undulation, variation, alteration 衍 | fluctuate (v.) 波動；起伏

affluent
[ˋæfluənt]

解｜ad/flu/ent
to/flow/(a.)

(a.) 豐富的；富裕的

例｜our *affluent* society 我們富裕的社會

同｜wealthy, prosperous, opulent

衍｜affluence (n.) 豐富；富裕

confluence
[ˋkɑnfluəns]

解｜con/flu/ence
together/flow/(n.)

(n.) 匯流（處）

例｜at the *confluence* of two streams
在兩條溪的匯流處

同｜convergence, junction

(n.) 匯聚；會合

例｜a happy *confluence* of weather and scenery
幸而天氣與風景俱佳

influx
[ˋɪnflʌks]

解｜in/flux
in/flow

(n.) 湧入；流入

例｜an *influx* of tourists 觀光客湧入

同｜inundation, inrush, incursion

folio: leaf

Track 088

foliage
[ˋfolɪɪdʒ]

解｜foli/age
leaf/(n.)

(n.) 樹葉

例｜dazzling autumn *foliage* 耀眼的秋葉

同｜leafage, greenery, vegetation

portfolio
[portˋfolɪ.o]

解｜port/folio
carry/leaf
（裡面裝一頁頁文件）

(n.) 文件夾；作品集

例｜She's trying to build up a *portfolio* of works to show during job interviews.
她在打造一套作品集好在面談工作時使用。

(n.) 投資組合

例｜*portfolio* management 投資組合管理

forc, fort: strong

Track 089

forte

[ˋfor͵te]

解 | forte
strong

(n.) 強項；專長；強音

例 | Stark realism was never Picasso's *forte*.
強烈的寫實主義一向不是畢加索的強項。

同 | strength, specialty

fortify

[ˋfɔrtə͵faɪ]

解 | fort(i)/fact/y
strong/make/(v.)

(v.) 加強

例 | Support for his theories has been *fortified* by the results of these experiments.
這些實驗的結果加強了對他這項理論的支持。

同 | strengthen, reinforce, bolster

衍 | fortification (n.) 防禦工事

fortuitous

[fɔrˋtjuətəs]

解 | fort(u)/itous
strong/(a.)

(a.) 偶然的；幸運的

例 | His presence there was entirely *fortuitous*.
有他在那兒完全是運氣。

同 | unforeseen, incidental, random

衍 | fortuity (n.) 偶然；巧合
fortune (n.) 幸運；財富

fortitude

[ˋfɔrtə͵tjud]

解 | fort/itude
strong/(n.)

(n.) 堅忍；剛毅

例 | She has endured disappointments with *fortitude* and patience.
她用堅忍和耐心來忍受失望。

同 | mettle, resilience, valor

衍 | fortitudinous (a.) 堅忍的；堅強的

reinforce

[͵riɪnˋfɔrs]

解 | re/in/force
again/in/strong

(v.) 增援；強化

例 | *reinforce* our troops 增援我們的部隊

同 | strengthen, fortify, bolster

衍 | reinforcement (n.) 增援；加強

fract, frag: break

Track 090

refrain
[rɪˋfren]

解 | re/frain
back/break

(v.) 克制；不使用

例 | He appealed to the protesters to *refrain* from violence.
他呼籲抗議人士不要使用暴力。

同 | abstain, desist, forgo

---

fracas
[ˋfrekəs]

解 | frac/as
break/(n.)

(n.) 吵鬧；爭鬥

例 | The police broke up the *fracas* in the bar and threw both combatants in the lockup.
警察阻止了酒吧裡的爭鬥，把兩人都關了起來。

同 | brawl, scuffle, melee

---

fractious
[ˋfrækʃəs]

解 | fract/(i)ous
break/(a.)

(a.) 鬧事的；好爭吵的

例 | a *fractious* crowd 鬧事的群眾

同 | unruly, grumpy, grouchy

---

fracture
[ˋfræktʃɚ]

解 | fract/ure
break/(n.)

(n.) 斷裂；骨折

例 | a *fracture* in the Earth's crust 地殼斷裂

(v.) 折斷；斷裂

例 | *fractured* three ribs in the accident
車禍中三根肋骨骨折

---

frailty
[ˋfreltɪ]

解 | frag/ilty
break/(n.)

(n.) 脆弱；弱點；意志不堅

例 | We can no longer be surprised by the *frailties* of our political leaders.
對政治領袖的弱點，我們已見怪不怪。

同 | fallibility, infirmity, weakness

衍 | frail (a.) 脆弱的；虛弱的

---

refractory
[rɪˋfræktorɪ]

解 | re/fract/ory
back/break/(a.)

(a.) 難管束的；難治療的

例 | *Refractory* players will be ejected from the game.
不聽約束的球員將被逐出比賽。

同 | intransigent, insubordinate, obstinate

infringe
[ɪnˋfrɪndʒ]

解｜in/fringe
in/break

(v.) 侵犯；違反

例｜*infringe* a patent 侵犯專利

同｜encroach, contravene, violate

衍｜infringement (n.) 侵犯；違規

fringe
[frɪndʒ]

解｜fringe
break

(n.) 邊沿；外圍

例｜operated on the *fringes* of the law
在法律邊緣運作

同｜edge, periphery, perimeter

frater: brother

Track 091

fraternity
[frəˋtɜnətɪ]

解｜frater/(n)ity
brother/(n.)

(n.) 博愛；兄弟會

例｜a spirit of *fraternity* 博愛精神

同｜brotherhood, fellowship, solidarity

衍｜fraternal (a.) 兄弟的；友好的

fraternize
[ˋfrætɚˌnaɪz]

解｜frater/(n)ize
brother/(v.)

(v.) 親善；交好；稱兄道弟

例｜It is usually unwise to *fraternize* with your employees.
和手下員工稱兄道弟通常並不明智。

同｜associate, mingle, consort

frict, friv: rub

Track 091

friction
[ˋfrɪkʃən]

解｜frict/ion
rub/(n.)

(n.) 摩擦；衝突

例｜It was difficult to reach an agreement because of the *friction* between the two sides. 兩造之間有摩擦，很難達成協議。

同｜conflict, discord, disharmony

frivolity

[frɪˋvɑlətɪ]

解｜friv/olity
rub/(n.)

(n.) 輕薄；輕佻

例｜This is no occasion for *frivolity*.
這不是可以輕佻的場合。

同｜levity, flippancy

衍｜frivolous (a.) 輕浮的

fruct: fruit

Track 091

frugality

[fruˋgælətɪ]

解｜frug/ality
fruit/(n.)

(n.) 節儉

例｜The hermit lives a life of simplicity and *frugality*. 隱士過著單純節儉的生活。

同｜thrift, economy, austerity

衍｜frugal (a.) 節儉的

fructify

[ˋfrʌktə͵faɪ]

解｜fruct(i)/fact/y
fruit/make/(v.)

(v.) 結果實；收到成果

例｜No partnership can *fructify* without candor on both sides.
合夥雙方都得坦誠，不然很難成功。

衍｜fructification (n.) 結果實

fulmin, fulg: lightning

Track 091

fulminate

[ˋfʌlmə͵net]

解｜fulmin/ate
lightning/(v.)

(v.) 大聲斥責

例｜The editorial *fulminated* against the proposed tax increase.
社論大聲斥責提出來的漲稅案。

同｜declaim, rail, inveigh

衍｜fulmination (a.) 斥責

effulgence

[ɛˋfʌldʒəns]

解｜ex/fulg/ence
out/lightning/(n.)

(n.) 光輝

例｜the exceptional *effulgence* of the harvest moon 秋月非比尋常的光輝

同｜radiance, brilliance, refulgence

衍｜effulgent (a.) 光輝的；燦爛的

refulgent

[rɪˋfʌldʒənt]

解 | re/fulg/ent
back/lightning/(a.)

(a.) 光輝的；燦爛的

例 | her *refulgent* blue eyes 她明亮的藍眼睛

同 | effulgent, brilliant, radiant

衍 | refulgence (n.) 光輝；燦爛

fund, fus: pour, melt

Track 092

infuse

[ɪnˋfjuz]

解 | in/fuse
in/pour

(v.) 注入；充斥

例 | His arrival *infused* new life and energy into the group.
他來了，為團體注入新生命與能量。

同 | instill, inject, impart

(v.) 浸泡

例 | The tea should be allowed to *infuse* for a few minutes.
應該讓茶葉泡個幾分鐘。

衍 | infusion (n.) 注入；浸泡

confound

[kənˋfaʊnd]

解 | con/found
together/pour

(v.) 使困惑

例 | The strategy *confounded* our opponents.
這一招令我們的對手困惑不解。

同 | puzzle, confuse, perplex

衍 | confounding (a.) 令人困惑的
confuse (v.) 混淆

diffuse

[dɪˋfjuz]

解 | dis/fuse
apart/pour

(v.) 滲透；擴散

例 | The heat was *diffused* throughout the room.
熱量擴散到整個房間。

(a.) 散漫的；冗長的

例 | a *diffuse* speech that took a great deal of time to make a very small point
散漫的演說，花很長時間來說一個小小的觀點

同 | verbose, prolix

衍 | diffusion (n.) 擴散；冗長

effusive
[ɪˋfjusɪv]
解 | ex/fus/ive
out/pour/(a.)

(a.) 熱情洋溢的
例 | *effusive* praise 熱情洋溢的稱讚
同 | extravagant, effervescent, lavish
衍 | effusiveness (n.) 熱情洋溢

futile
[ˋfjutḷ]
解 | fut/ile
melt/(a.)

(a.) 徒勞的；無效的
例 | All our efforts proved *futile*.
我們的努力全都無效。
同 | ineffective, fruitless, vain
衍 | futility (n.) 徒勞

profuse
[prəˋfjus]
解 | pro/fuse
forward/pour

(a.) 豐富的；大量的
例 | *profuse* in their thanks 連聲道謝
同 | lavish, extravagant, bountiful
衍 | profusion (n.) 豐富；大量

found: bottom

Track 092

profundity
[prəˋfʌndətɪ]
解 | pro/fund/ity
forward/bottom/(n.)

(n.) 深刻；深度
例 | the *profundity* of the knowledge
知識的深刻
同 | depth
衍 | profound (a.) 深刻的

unfounded
[ʌnˋfaʊndɪd]
解 | un/found/ed
not/bottom/(a.)

(a.) 沒有根據的
例 | an *unfounded* accusation
沒有根據的指控
同 | groundless, unwarranted

gen: born, produce, kind

Track 093

regenerate
[rɪˋdʒɛnərɪt]

解 | re/gen/erate
again/born/(v.)

(v.) 再生；使恢復活力

例 | The neighborhood was *regenerated* thanks to a government grant.
多虧政府撥款，社區得以再生。

同 | resuscitate, rejuvenate, revitalize

衍 | regeneration (n.) 再生；恢復

---

ingenious
[ɪnˋdʒinjəs]

解 | in/gen/(i)ous
in/born/(a.)

(a.) 聰明的；巧妙的

例 | The book has an *ingenious* plot.
這本書情節很巧妙。

同 | brilliant, clever, inspired

衍 | ingenuity (n.) 聰明；巧妙
genius (n.) 天才

---

germinate
[ˋdʒɝməˌnet]

解 | germin/ate
born/(v.)

(v.) 發芽；發展

例 | methods used by gardeners to *germinate* seeds 園丁促使種籽發芽的方法

同 | sprout, bud, develop

衍 | germination (n.) 發芽；發展

---

carcinogen
[kɑrˋsɪnədʒən]

解 | carcin/(o)gen
cancer/produce

(n.) 致癌物

例 | Cigarettes contain dozens of *carcinogens*.
香菸含有幾十種致癌物。

衍 | carcinogenic (a.) 致癌的

---

congenital
[kənˋdʒɛnətḷ]

解 | con/gen/ital
together/born/(a.)

(a.) 先天的；與生俱來的（疾病）

例 | *congenital* heart disease 先天性心臟病

同 | hereditary, inherited, innate

disingenuous
[ˌdɪsɪnˋdʒɛnjʊəs]

解 | dis/in/gen(u)/ous
not/in/born/(a.)

(a.) 不誠實的；虛僞的

例 | Her recent expressions of concern are self-serving and *disingenuous*.
她最近表示關心，其實有自己的目的、不是真的。

同 | deceitful, duplicitous, mendacious

衍 | ingenuous (a.) 天真的；坦誠的

engender
[ɪnˋdʒɛndɚ]

解 | en/gend/er
make/born/(v.)

(v.) 產生；造成

例 | policies that have *engendered* controversy
引起爭議的政策

同 | produce, generate, provoke

genealogy
[ˌdʒinɪˋælədʒi]

解 | gene/(a)log/y
born/word/(n.)

(n.) 世系；家譜

例 | They've been researching their *genealogies*.
他們一直在研究自己的家譜。

同 | pedigree, ancestry, descent

衍 | genealogical (a.) 世系的；家譜的

genesis
[ˋdʒɛnəsɪs]

解 | gene/sis
born/(n.)

(n.) 創始；肇始（複數爲 geneses）

例 | the *genesis* of a new political movement
新政治運動的誕生

同 | commencement, origin, emergence

genial
[ˋdʒinjəl]

解 | gen(i)/al
born/(a.)

(a.) 溫和的；和藹的

例 | your *genial* host 你那和氣的主人

同 | cordial, affable, congenial

衍 | geniality (n.) 和藹可親

genre
[ˋʒɑnrə]

解 | gen/re
kind/(n.)

(n.) 類型

例 | This book is a classic of the mystery *genre*.
這本書是推理小說類型的經典。

同 | category, categorization, variety

gentrified

[ˋdʒɛntrɪfaɪd]

解 | gen/tri/fact/ed
born/(n.)/make/(a.)

(a.) 士紳化的；優化的

例 | As the neighborhood became *gentrified*, the people who had lived there for many years could no longer afford it.
這個社區優化之後，多年來住在這裡的人已經住不起了。

衍 | gentrification (n.) 士紳化；優化

germane

[dʒɝˋmen]

解 | germ/ane
kind/(a.)

(a.) 切題的；適當的

例 | My personal opinion isn't *germane* to our discussion of the facts of the case.
我個人的看法與案中事實的討論並無關係。

同 | relevant, pertinent, apposite

衍 | germaneness (n.) 切題；適當

heterogeneous

[ˌhɛtərəˋdʒinɪəs]

解 | hetero/gene/ous
different/kind/(a.)

(a.) 異質性高的；雜亂的

例 | The seating in the hall was a *heterogeneous* collection of old school desk chairs, wood and metal folding chairs, and even a few plush theater seats.
廳堂裡的座椅很雜亂，有舊的學校課桌椅、木頭與金屬折疊椅，還有幾張絨毛戲院椅。

同 | assorted, eclectic, miscellaneous

衍 | heterogeneity (n.) 雜亂；異質性

homogeneous

[ˌhoməˋdʒinɪəs]

解 | homo/gene/ous
same/kind/(a.)

(a.) 同質性高的；整齊的

例 | a culturally *homogeneous* neighborhood
文化同質性高的社區

同 | uniform, similar, identical

衍 | homogeneity (n.) 同質性
homogenize (v.) 同質化

indigenous

[ɪnˋdɪdʒɪnəs]

解 | indi/gen/ous
in/born/(a.)

(a.) 土產的；本地的

例 | *indigenous* plants 原生種植物

同 | aboriginal, native

miscegenation

[ˌmɪsɪdʒəˋneʃən]

解 | misc/(e)gen/ation
mix/kind/(n.)

(n.) 異族通婚

例 | They believe in *miscegenation* as the answer to world peace.
他們相信異族通婚可以實現世界和平。

gest: carry

Track 096

ingest

[ɪnˋdʒɛst]

解 | in/gest
in/carry

(v.) 吞嚥；攝取

例 | The drug is more easily *ingested* in pill form.
做成藥片比較容易吞嚥。

同 | swallow, consume

衍 | ingestion (n.) 吞嚥；攝取

congestion

[kənˋdʒɛstʃən]

解 | con/gest/ion
together/carry/(n.)

(n.) 壅塞；阻塞

例 | traffic *congestion* 交通壅塞

同 | block, jam, clog

衍 | congest (v.) 壅塞

gestation

[dʒɛsˋteʃən]

解 | gest/ation
carry/(n.)

(n.) 懷孕；構思

例 | The book has been in *gestation* for a long time. 這本書構思了很久。

同 | pregnancy, incubation, conception

gloom: dark

Track 096

gloaming

[ˋglomɪŋ]

解 | gloam/ing
dark/(n.)

(n.) 黃昏；陰暗處

例 | in the *gloaming* 在陰暗中

同 | dusk, twilight

gloomy
[ˋglumɪ]

解 | gloom/y
dark/(a.)

(a.) 陰暗的；陰鬱的

例 | We've had a week of *gloomy* weather.
這個禮拜都是陰天。

同 | depressing, pessimistic, glum

衍 | gloom (n.) 陰暗；陰鬱

---

grac, grati: pleasing, thankful

Track 097

gratuitous
[grəˋtjuətəs]

解 | grat(u)/itous
pleasing/(a.)

(a.) 免費的；贈送的

例 | They will throw in a *gratuitous* box of chocolates if you spend $30 or more.
消費滿 30 元送巧克力一盒。

衍 | gratuity (n.) 小費

(a.) 無端的；沒來由的

例 | The film was criticized for its *gratuitous* violence. 電影因為無端的暴力遭人批評。

同 | unjustified, unwarranted, needless

---

gratification
[ˌgrætəfəˋkeʃən]

解 | grat(i)/fic/ation
pleasing/make/(n.)

(n.) 滿足；滿意

例 | Eating good chocolate gives me a sense of intense *gratification*.
吃優質巧克力讓我獲得強烈的滿足感。

同 | satisfaction, fulfillment, enjoyment

衍 | gratify (v.) 滿足；令人高興

---

ingrate
[ˋɪnˌgret]

解 | in/grate
not/thankful

(n.) 忘恩負義者

例 | a bunch of selfish *ingrates*
一群忘恩負義、自私自利的傢伙

衍 | ingrate (a.) 忘恩負義的

---

ingratiate
[ɪnˋgreʃɪˌet]

解 | in/grat(i)/ate
in/pleasing/(v.)

(v.) 博人好感；迎合

例 | He *ingratiates* himself with his boss by being helpful.
他處處幫忙、博上司的好感。

衍 | ingratiation (n.) 奉承；迎合

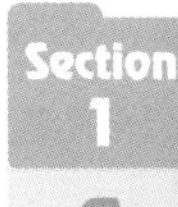

grad, gress: step

Track 098

aggressive
[əˋgrɛsɪv]
解 | ad/gress/ive
toward/step/(a.)

(a.) 積極的
例 | an *aggressive* salesperson
很積極的銷售員
同 | assertive, competitive, vigorous

(a.) 暴力的；有侵略性的
例 | *aggressive* behavior 暴力行為
衍 | aggression (n.) 侵略；侵犯

degrade
[dɪˋgred]
解 | de/grade
down/step

(v.) 降級；貶低
例 | Pollution has *degraded* air quality.
污染降低了空氣品質。
同 | debase, demean, devalue
衍 | degradation (n.) 降級；貶低

digress
[daɪˋgrɛs]
解 | dis/gress
apart/step

(v.) 離題
例 | He *digressed* so often that it was hard to follow what he was saying.
他老是離題，很難聽懂他在講什麼。
同 | deviate, diverge, stray
衍 | digression (n.) 離題

egress
[ˋigrɛs]
解 | e/gress
out/step

(n.) 出去；出口
例 | The auditorium is designed to provide easy *egress* in an emergency.
大廳設計成在緊急時候容易出去。
同 | exit, departure
衍 | ingress (n.) 進入；入口

gradient
[ˋgredɪənt]
解 | grad/(i)ent
step/(n.)

(n.) 坡度
例 | The path goes up at a pretty steep *gradient* before leveling off.
小路先是陡升、然後變平緩。
同 | inclination, slope, acclivity

incongruous

[ɪnˋkaŋgrʊəs]

解 | in/con/gru/ous
not/together/step/(a.)

(a.) 不一致的；不協調的

例 | There's an *incongruous* modernism to the actor's performance in this period piece.
演員在古裝劇演出卻帶有不協調的現代感。

同 | incompatible, inconsistent, discordant

衍 | incongruity (n.) 不一致；不協調
congruous (a.) 協調的；一致的

---

transgression

[trænsˋgrɛʃən]

解 | trans/gress/ion
across/step/(n.)

(n.) 違反；違規

例 | acts that are *transgressions* against the laws of civilized societies everywhere
違反世界各地文明社會法律的行為

同 | violation, infringement, breach

衍 | transgress (v.) 違反；違背

---

gram, graph: write

Track 099

engrave

[ɪnˋgrev]

解 | en/grave
make/write

(v.) 刻；雕刻

例 | The stone was *engraved* with his name.
石頭上刻有他的名字。

同 | carve, inscribe, imprint

---

choreography

[ˏkorɪˋagrəfɪ]

解 | chore(o)/graph/y
dance/write/(n.)

(n.) 編舞

例 | a show with excellent *choreography*
編舞極佳的表演

衍 | choreograph (v.) 編舞
chorus (n.) 合唱（團）；舞群

---

cartography

[karˋtagrəfɪ]

解 | cart(o)/graph/y
chart/write/(n.)

(n.) 製圖

例 | Modern *cartography* is a precision science.
現代製圖是精準科學。

衍 | cartographer (n.) 製圖家
chart (n.) 圖表

graft

[græft]

解 | graft
write

(n., v.) 嫁接；移植

例 | 1. A plum twig was *grafted* onto a peach tree. 李樹枝嫁接到桃樹上。
2. It is a successful *graft*. 嫁接成功。

(n., v.) 貪污；受賄

例 | 1. sweeping measures to curb official *graft*
遏止官員貪污的重大措施
2. The bosses *graft* off the men and off each other.
老闆貪員工的好處，也貪彼此的好處。

graphic

[ˋgræfɪk]

解 | graph/ic
write/(a.)

(a.) 生動的

例 | many *graphic* details about the devastating earthquake
關於造成嚴重破壞的地震，有許多生動的詳細描述

同 | vivid, explicit, realistic

衍 | graphic (n., a.) 圖片（的）

demographic

[ˏdɛməˋgræfɪk]

解 | demo/graph/ic
people/write/(a.)

(a.) 人口統計學的

例 | The major *demographic* trend is one towards an older population.
主要的人口趨勢就是高齡化。

衍 | demographic (n.) 人口結構
demography (n.) 人口統計學
demographer (n.) 人口統計學家

epigram

[ˋɛpəˏgræm]

解 | epi/gram
upon/write

(n.) 警句；格言

例 | Benjamin Franklin's famous *epigram* "Remember that time is money"
富蘭克林著名的警句「別忘了，時間就是金錢」

同 | maxim, proverb, axiom

衍 | epigrammatic (a.) 警句式的

hieroglyphic

[ˏhaɪərəˋglɪfɪk]

解 | hiero/glyph/ic
holy/write/(n.)
（最早用於祭祀）

(n.) 象形文字

例 | the *hieroglyphics* in the pyramids
金字塔內的象形文字

同 | ideograph

(a.) 象形文字的；難解的

例 | *hieroglyphic* handwriting 難解的筆跡

grand: great

Track 100

grandiose [ˋgrændɪos] 解｜grand/(i)ose great/(a.)	**(a.) 宏偉的** 例｜the *grandiose* town hall 宏偉的市政廳 同｜magnificent, grand, majestic 衍｜grandiosity (n.) 浮誇；宏偉
aggrandize [əˋgræn.daɪz] 解｜ad/grand/ize to/great/(v.)	**(v.) 增大；擴張** 例｜*aggrandize* an estate 擴大產業規模 **(v.) 吹捧；誇大** 例｜exploited the situation to *aggrandize* himself 利用局勢來吹捧自己 衍｜aggrandizement (n.) 增大；誇大
grandstand [ˋgrænd.stænd] 解｜grand/stand great/stand	**(v.) 博取觀衆喝采；做秀** 例｜They accused him of political *grandstanding*. 他們指責此人政治做秀。 衍｜grandstand (n.) 大看台

greg: group

Track 100

segregate [ˋsɛgrɪ.get] 解｜se/greg/ate apart/group/(v.)	**(v.)（種族）隔離；分隔** 例｜Many states at that time continued to *segregate* public schools. 當時許多州繼續實行公立學校種族隔離。 同｜separate, divide 衍｜segregation (n.) 隔離
aggregate [ˋægrɪ.get] 解｜ad/greg/ate to/group/(n.)	**(n.) 一堆；集合** 例｜an *aggregate* of rock and mineral fragments 一堆岩石與礦物碎片 同｜collection, cluster, accumulation 衍｜aggregate (v.) 聚集；總計 aggregate (a.) 總計的；整體的

egregious
[ɪˋgridʒəs]
解 | e/greg/(i)ous
out/group/(a.)
（本意是出群）

(a.) 醒目的；過份的
例 | *egregious* errors 醒目的錯誤
同 | appalling, conspicuous

gregarious
[grɪˋgɛrɪəs]
解 | greg/ar(i)ous
group/(a.)

(a.) 群居的；社會性的；合群的
例 | *gregarious* animals 群居性的動物
同 | social, sociable

grav: heavy

Track 101

grievous
[ˋgrivəs]
解 | griev/ous
heavy/(a.)

(a.) 嚴重的；令人悲痛的
例 | a *grievous* loss 嚴重的損失
同 | grave, agonizing, severe
衍 | grieve (v.) 悲痛
grief (n.) 悲痛

aggravate
[ˋægrə͵vet]
解 | ad/grav/ate
to/heavy/(v.)

(v.) 加重；惡化
例 | Problems have been *aggravated* by neglect.
因為疏忽，加重了問題。
同 | exacerbate, intensify, compound

(v.) 激怒
例 | All of these delays really *aggravate* me.
一次又一次的延後真正令我生氣。
衍 | aggravation (n.) 加重；激怒

guil, guis: wile, deceit

Track 101

beguile [bɪˋgaɪl] 解｜be/guile be/deceit	**(v.) 欺騙** 例｜She *beguiled* her classmates into doing the work for her. 她騙同學替她做工。 同｜mislead, inveigle, hoodwink **(v.) 娛樂；吸引** 例｜He *beguiled* himself with country music. 他用鄉村音樂自娛。 衍｜beguiling (a.) 誘人的
guile [gaɪl] 解｜guile deceit	**(n.) 奸詐；狡猾** 例｜a shady salesman who relies on a combination of quick thinking and *guile* 一個不光明磊落的推銷員，靠的是腦筋快加上詭計 同｜wiles, cunning, craft

hab, hib: hold, have

Track 102

prohibit [prə`hɪbɪt] 解 | pro/hib/it away/hold/(v.)	(v.) 禁止；防止 例 | The rules *prohibit* dating a coworker. 規定禁止同事約會。 同 | forbid, proscribe, interdict 衍 | prohibition (n.) 禁令；禁止
prohibitive [prə`hɪbɪtɪv] 解 | pro/hib/itive away/hold/(a.)	(a.) 禁止性的；過高的 例 | the *prohibitive* cost of rent 房租太高 同 | exorbitant, excessive, outrageous
inhibit [ɪn`hɪbɪt] 解 | in/hib/it in/hold/(v.)	(v.) 抑制；約束 例 | Fear can *inhibit* people from expressing their opinions. 恐懼感會抑制人們不敢表達意見。 同 | restrain, impede, hamper 衍 | inhibition (n.) 抑制
haven [`hevən] 解 | hav/en hold/(n.)	(n.) 避風港；避難所 例 | a safe *haven* for wildlife 野生生物的避風港 同 | refuge, asylum, sanctuary

her, hes: stick

Track 103

coherent [koˋhɪrənt] 解 | con/her/ent together/stick	**(a.) 一致的；連貫的；有條理的** 例 | a *coherent* argument 有條理的論證 同 | consistent, logical 衍 | coherence (n.) 一致性；連貫性
cohesion [koˋhiʒən] 解 | con/hes/ion together/stick/(n.)	**(n.) 凝聚力；團結一致** 例 | Rewarding individuals may break the *cohesion* in the group. 犒賞個人可能會破壞團體的向心力。 同 | unity, solidarity, bond 衍 | cohesive (a.) 凝聚的；團結的
hereditary [həˋrɛdə͵tɛrɪ] 解 | her/editary stick/(a.)	**(a.) 遺傳的；世襲的** 例 | Eye color is *hereditary*. 眼睛顏色是遺傳的。 同 | inherited 衍 | heredity (n.) 遺傳 inherit (v.) 遺傳；繼承
adhere [ədˋhɪr] 解 | ad/here to/stick	**(v.) 黏附** 例 | The stamp failed to *adhere*. 郵票沒黏住。 **(v.) 固守；遵守** 例 | They *adhere* to Judaic law. 他們遵守猶太教律法。 同 | obey, heed, observe 衍 | adhesion (n.) 黏附；遵守 adhesive (a., n.) 有黏性的；黏著劑
inherent [ɪnˋhɪrənt] 解 | in/her/ent in/stick/(a.)	**(a.) 內在的；固有的** 例 | an *inherent* concept of justice 固有的正義感 同 | intrinsic, innate, ingrained

hilar: cheerful
Track 104

exhilarate [ɪgˋzɪlə͵ret] 解︱ex/hilar/ate intensifier/cheerful/(v.)	**(v.)** 使振奮；使興奮 例︱He was *exhilarated* by the boat's speed. 船行的速度令他振奮。 同︱thrill, elate, stimulate 衍︱exhilaration (n.) 興奮；振奮
hilarious [hɪˋlɛrɪəs] 解︱hilar/(i)ous cheerful/(a.)	**(a.)** 爆笑的；歡笑的 例︱*hilarious* stories 爆笑的故事 同︱hysterical, uproarious, riotous 衍︱hilarity (n.) 爆笑；歡笑

hol: whole
Track 104

catholic [ˋkæθəlɪk] 解︱cata/hol/ic down/whole/(a.)	**(a.)** 普遍的；廣泛的 例︱a *catholic* taste in music 音樂品味廣泛 同︱comprehensive, universal, diverse
holistic [hoˋlɪstɪk] 解︱hol/istic whole/(a.)	**(a.)** 整體性的；完整的 例︱We need to take a more *holistic* approach to improving our schools. 改善學校，得採取更全面性的作法。

homo-: same
Track 105

anomaly
[ə`naməlɪ]
解 | a(n)/hom/aly
not/same/(n.)

(n.) 反常態；反常事物
例 | We couldn't explain the *anomalies* in the test results.
測驗結果反常，不知為何。
同 | irregularity, aberration, abnormality
衍 | anomalous (a.) 異常的；不規則的

homme: man
Track 105

bonhomie
[͵banə`mi]
解 | bon/homie
good/man

(n.) 親善
例 | the *bonhomie* of strangers singing together around a campfire
陌生人圍著營火唱歌，一團融洽
同 | congeniality, conviviality, amiability

homage
[`hamɪdʒ]
解 | hom/age
man/(n.)

(n.) 尊敬；致敬
例 | Her book is a *homage* to her favorite city.
她這本書是對她最愛的城市的禮讚。
同 | respect, tribute, salute

hum: low, wet, ground
Track 105

exhume
[ɪg`zjum]
解 | ex/hume
out/ground

(v.) 挖掘出土
例 | The body was *exhumed* for a postmortem.
屍體挖掘出土為了要檢驗。
衍 | exhumation (n.) 挖掘出土
inhume (v.) 埋葬入土
inhumation (n.) 埋葬入土

humid [ˋhjumɪd] 解 | hum/id wet/(a.)	**(a.) 潮濕的** 例 | a *humid* climate 潮濕的氣候 衍 | humidity (n.) 濕度
humiliate [hjuˋmɪlɪˏet] 解 | hum/iliate low/(v.)	**(v.) 羞辱** 例 | He accused her of trying to *humiliate* him in public. 他指責她對自己當眾羞辱。 同 | insult, mortify, embarrass 衍 | humiliation (n.) 羞辱
posthumous [ˋpastjuməs] 解 | post/hum/ous after/gound/(a.)	**(a.) 身後的；入土之後的** 例 | the *posthumous* publication of the book 書在作者身後出版

I

id: it Track 106

idiosyncrasy
[ˌɪdɪəˋsɪŋkrəsɪ]

解 | idio/syn/cras/y
it/together/rule/(n.)

(n.) 個人的特性；怪癖

例 | Sleep patterns show a high degree of *idiosyncrasy*.
睡眠模式表現出高度的個人色彩。

同 | eccentricity, peculiarity, quirk

衍 | idiosyncratic (a.) 獨特的

---

identical
[aɪˋdɛntɪkḷ]

解 | id/entical
it/(a.)

(a.) 完全相同的

例 | *identical* twins 同卵雙胞胎

同 | indistinguishable, interchangeable

衍 | identity (n.) 相同；身分
identify (v.) 辨認

---

in-: in Track 107

implore
[ɪmˋplor]

解 | in/plore
in/cry

(v.) 懇求；請求

例 | *implored* the crowd to be quiet
請求群眾安靜

同 | beseech, entreat

---

indigence
[ˋɪndədʒəns]

解 | indi/eg/ence
in/need/(n.)

(n.) 貧困

例 | There are various state and federal programs to help relieve *indigence*.
有各式各樣的州政府與聯邦政府計畫可以緩和貧困。

同 | penury, destitution, poverty

衍 | indigent (a.) 貧困的

incinerate

[ɪnˋsɪnəˌret]

解 | in/ciner/ate
in/ash/(v.)
(灰姑娘 Cinderella 的字根就是 ash)

(v.) 焚化；火化

例 | The waste is *incinerated* in a large furnace
垃圾在大火爐中焚化。

同 | cremate

衍 | incineration (n.) 焚化；火化
incinerator (n.) 焚化爐

indenture

[ɪnˋdɛntʃɚ]

解 | in/dent/ure
in/tooth/(n.)
(早期契約撕成兩份，中間有一缺角)

(n.) 契約

例 | The *indenture* allowed for funds to be returned in certain circumstances.
契約規定，某些情況下可以退款。

同 | contract, covenant, compact

衍 | indenture (v.) 以契約束縛

impound

[ɪmˋpaʊnd]

解 | in/pound
in/place

(v.) 沒收；扣留

例 | Officials began *impounding* documents.
官員開始扣留文件。

同 | confiscate, appropriate, commandeer

衍 | pound (n.) 汽車扣押場；動物收容所

infiltrate

[ɪnˋfɪltret]

解 | in/filtr/ate
in/filter/(v.)

(v.) 侵入

例 | The gang was *infiltrated* by undercover agents.
幫派遭到便衣探員侵入。

(v.) 滲透

例 | Water can easily *infiltrate* the soil.
水很容易滲透到土壤中。

同 | permeate, penetrate, percolate

衍 | infiltration (n.) 滲透；侵入
filter (n., v.) 過濾（器）

infuriate

[ɪnˋfjʊrɪˌet]

解 | in/fur(i)/ate
in/fury/(v.)

(v.) 激怒

例 | His arrogance was beginning to *infuriate* her.
他的傲慢開始激怒到她。

同 | enrage, incense, inflame

衍 | infuriation (n.) 憤怒；激怒
fury (n.) 狂怒

Track 108

intricate

[ˋɪntrəkɪt]

解 | in/tric/ate
in/trick/(a.)

(a.) 精密的；複雜的

例 | the *intricate* relationships between plants and animals
動植物之間的複雜關係

同 | complicated, convoluted, labyrinthine

衍 | intricacy (n.) 錯綜複雜

---

intrigue

[ɪnˋtrig]

解 | in/trigue
in/trick

(n.) 陰謀

例 | an administration characterized by *intrigue* and corruption
這個政府的特色是陰謀與貪污

同 | conspiracy, collusion, machination

衍 | intrigue (v.) 搞陰謀；迷住；吸引

---

inured

[ɪnˋjʊrd]

解 | in/ur/ed
in/use/(a.)

(a.) 習以爲常的；可以忍受的

例 | children *inured* to violence
小孩對暴力習以為常

同 | hardened, habituated

衍 | inure (v.) 使人習慣

---

inchoate

[ɪnˋkoɪt]

解 | in/cho/ate
in/start/(a.)

(a.) 剛開始的；未成形的

例 | *inchoate* feelings of affection
新產生的感情

同 | incipient, formless

---

implode

[ɪmˋplod]

解 | in/plode
in/clap
（與 explode 反方向）

(v.) 內爆；崩潰

例 | The firm *imploded* from greed and factionalism.
公司崩潰，因為太貪婪和搞派系。

同 | collapse, crumple

衍 | implosion (n.) 內爆；崩潰
explode (v.) 爆炸

---

impoverished

[ɪmˋpavərɪʃt]

解 | in/pover/ished
in/poor/(a.)

(a.) 窮困的；枯竭的

例 | an *impoverished* family 窮困的家庭

同 | penurious, destitute, indigent

衍 | impoverishment (n.) 窮困；枯竭
poverty (n.) 貧窮

inculcate
[ˋɪnkʌl͵ket]

解 | in/culc/ate
in/tread/(v.)
（原意是來回反覆加深印象）

(v.) 灌輸

例 | dedicated teachers *inculcating* young minds with a love of learning
盡責的教師灌輸給學生對學術的喜愛

同 | instill, infuse, imprint

衍 | inculcation (n.) 灌輸

inform
[ɪnˋfɔrm]

解 | in/form
in/form

(v.) 通知；塑造；充斥

例 | the compassion that *informs* her work
充斥於她作品中的悲憫

同 | suffuse, pervade, permeate

衍 | information (n.) 資訊；情報

ingrained
[ɪnˋgrend]

解 | in/grain/ed
in/grain/(a.)

(a.) 根深蒂固的

例 | *ingrained* prejudice 根深蒂固的偏見

同 | entrenched, rooted

衍 | ingrain (v.) 使根深蒂固；原纖染色
grain (n.) 穀粒；質地；紋理

inoculate
[ɪnˋɑkjə͵let]

解 | in/ocul/ate
in/eye/(v.)
（種牛痘會留下一個眼）

(v.) 接種疫苗；打預防針；使不受影響

例 | He *inoculated* his patients against the flu.
他給病人打流感疫苗。

同 | immunize, vaccinate

衍 | inoculation (n.) 接種疫苗；打預防針

insignia
[ɪnˋsɪgnɪə]

解 | in/sign/ia
in/mark/(n.)

(n.) 標誌；徽章

例 | Their jackets have the school's *insignia* on the front.
他們的外套前胸有校徽。

同 | badge, emblem, symbol

innuendo
[͵ɪnjʊˋɛndo]

解 | in/nuendo
in/nod

(n.) 諷刺；影射

例 | His reputation has been damaged by *innuendos* about his drinking and gambling.
有人諷刺他喝酒賭博，因而傷害到他的名聲。

同 | insinuation, allusion, hint

Track 110

insinuate

[ɪnˋsɪnjuˏet]

解 | in/sinu/ate
in/wind/(v.)
（原意是曲折繞圈）

(v.) 含沙射影；暗指

例 | I resent what you're *insinuating*.
我很反感你的含沙射影。

同 | imply, hint, intimate

衍 | insinuation (n.) 含沙射影；指涉

intimate

[ˋɪntəmɪt]

解 | in/timate
in/most

(a.) 親密的；私人的

例 | an *intimate* friend 親密的朋友

同 | confidential, personal, close

衍 | intimate (n.) 密友
intimate (v.) 暗示
intimation (n.) 暗示
intimacy (n.) 親密

invective

[ɪnˋvɛktɪv]

解 | in/vect/ive
in/carry/(n.)

(n.) 謾罵

例 | hurled curses and *invective* at the driver who heedlessly cut them off in traffic
有位駕駛魯莽地把車子切到他們前面，於是他們破口大罵

同 | abuse, vituperation, expletives

衍 | invective (a.) 謾罵的
inveigh (v.) 斥責

inveterate

[ɪnˋvɛtərɪt]

解 | in/veter/ate
in/old/(a.)

(a.) 根深蒂固的；積習已深的

例 | an *inveterate* liar 說謊成習的人

同 | confirmed, chronic, incorrigible

衍 | veteran (n.) 老兵；老手

invigorate

[ɪnˋvɪgəˏret]

解 | in/vigor/ate
in/strong/(v.)

(v.) 使有活力；鼓舞

例 | A brisk walk in the cool morning air always *invigorates* me.
清涼的早晨來趟快步走總是令我活力充沛。

同 | revitalize, refresh, revive

衍 | invigoration (n.) 精神充沛；鼓舞
vigor (n.) 活力；精力
vigorous (a.) 活力旺盛的

in-: not

Track 111

impromptu
[ɪm`prɑmptju]

解 | in/promptu
not/prompt
（不必別人提示）

(a.) 即興的；無準備的

例 | an *impromptu* speech 即興演說

同 | improvised, extemporaneous, unrehearsed

衍 | impromptu (n.) 即興之作
prompt (v.) 提示

inane
[ɪn`en]

解 | inane
empty

(a.) 空洞的；愚蠢的

例 | I quickly got tired of their *inane* comments.
他們那些空洞的評論我很快就厭煩了。

同 | fatuous, imbecile, vacuous

衍 | inanity (n.) 空洞；愚蠢

indubitable
[ɪn`djubɪtəbl̩]

解 | in/dubit/able
not/doubt/able

(a.) 不容置疑的；明確的

例 | *indubitable* evidence 無庸置疑的證據

同 | unquestionable, indisputable, irrefutable

衍 | dubious (a.) 可疑的

infamous
[`ɪnfəməs]

解 | in/fam/ous
not/fame/(a.)（壞名聲）

(a.) 惡名昭彰的

例 | an *infamous* traitor 惡名昭彰的叛徒

同 | notorious, disreputable, abominable

衍 | infamy (n.) 惡名
fame (n.) 名聲
famous (a.) 著名的

illicit
[ɪ`lɪsɪt]

解 | in/licit
not/lawful
（沒有 license）

(a.) 非法的；違法的

例 | *illicit* drugs 非法藥物

同 | illegal, illegitimate, contraband

衍 | license (n.) 執照；許可證

immaculate
[ɪ`mækjəlɪt]

解 | in/mac/ulate
not/mark/(a.)

(a.) 純淨的；無瑕疵的

例 | an *immaculate* record of service
服務紀錄零缺點

同 | spotless, pristine, unsullied

Track 112

impartial

[ɪm`parʃəl]

解 | in/part(i)/al
not/part/(a.)

(a.) 公正無私的

例 | an *impartial* evaluation of the job applicant's qualifications
對求職者的資歷做公正的評估

同 | unbiased, unprejudiced, disinterested

衍 | impartiality (n.) 公正
partial (a.) 偏袒的；部分的

---

impasse

[`ɪmpæs]

解 | in/passe
not/pass

(n.) 僵局；相持不下

例 | An arbitrator was called in to break the *impasse*.
請來仲裁者打破僵局。

同 | deadlock, stalemate, standoff

---

impenetrable

[ɪm`pɛnətrəbḷ]

解 | in/penetr/able
not/penetrate/able

(a.) 無法穿透的

例 | a dark, *impenetrable* forest
黑暗、無法穿過的森林

同 | impassable, inaccessible

(a.) 無法理解的

例 | an *impenetrable* mystery 無法理解的神祕

衍 | penetrate (v.) 穿透

---

impious

[`ɪmpɪəs]

解 | in/pious
not/pious

(a.) 不敬的；不虔誠的

例 | The church was shamefully plundered by *impious* villains.
教堂遭到不敬的惡徒無恥洗劫。

同 | irreverent, sacrilegious

衍 | pious (a.) 虔誠的
piety (n.) 虔誠

---

impudent

[`ɪmpjədn̩t]

解 | in/pud/ent
not/shame/(a.)

(a.) 厚顏無恥的；放肆的

例 | the guest's *impudent* inquiries about the cost of just about everything we had in the house
客人很無禮，我們家裡的東西幾乎都要問是多少錢買的

同 | insolent, impertinent, audacious

衍 | impudence (n.) 放肆

inconsiderable

[ˌɪnkənˋsɪdərəbl̩]

解｜in/con/sider/able
not/intensifier/star/able
（consider 字面上是觀星象）

(a.) 不值得考慮；輕微

例｜The cost was not *inconsiderable*.
成本並不低。

同｜trivial, insignificant, negligible

衍｜considerable (a.) 值得考慮；重大
consider (v.) 考慮

indelible

[ɪnˋdɛləbl̩]

解｜in/del/ible
not/delete/able

(a.) 無法磨滅的

例｜made an *indelible* impression on me
讓我留下不可磨滅的印象

同｜ineradicable, permanent, enduring

衍｜indelibility (n.) 無法磨滅
delete (v.) 刪除

indemnify

[ɪnˋdɛmnəˌfaɪ]

解｜in/demn(i)/fact/y
not/damage/make/(v.)

(v.) 保障；使免受損失

例｜Auto insurance *indemnifies* the holder against loss.
汽車保險確保保險人不受損失。

(v.) 賠償

例｜The company generously *indemnifies* workers who are injured on the job.
公司對因公受傷的員工大方賠償。

同｜reimburse, recompense, remunerate

衍｜indemnity (n.) 保障；賠償；免罰
damage (n.) 損壞（只有單數）
damages (n.) 賠償（只有複數）

indefatigable

[ˌɪndɪˋfætɪgəbl̩]

解｜in/de/fatig/able
not/intensifier/fatigue/able

(a.) 不知疲倦的；不屈不撓的

例｜an *indefatigable* laborer who can work from sunrise to sunset
這位不知疲倦的工人可以從日出工作到日落

同｜tireless, unflagging, dynamic

衍｜fatigue (n., v.)（使）疲乏

infallible

[ɪnˋfæləbl̩]

解｜in/fall/ible
not/fall/able

(a.) 不會錯的；絕對正確的

例｜his *infallible* memory 他絕不會出錯的記憶力

同｜unerring, unfailing, impeccable

衍｜infallibility (n.) 絕無錯誤

inscrutable

[ɪnˋskrutəbl̩]

解 | in/scrut/able
not/examine/able

(a.) 無法理解的；神秘的

例 | *inscrutable* motives 無法理解的動機

同 | impenetrable, enigmatic, cryptic

衍 | inscrutability (n.) 無法理解；神秘
scrutiny (n.) 審視；檢查

insuperable

[ɪnˋsjupərəbl̩]

解 | in/super/able
not/over/able

(a.) 無法克服的；無法超越的

例 | faced with *insuperable* difficulties
面對無法克服的困難

同 | insurmountable, unconquerable, overwhelming

intolerance

[ɪnˋtalərəns]

解 | in/tol/erance
not/bear/(n.)

(n.) 不寬容；偏狹

例 | a memoir of a time when racial *intolerance* was socially acceptable
回憶錄中寫到的時代，社會上還接受偏狹的種族主義

同 | bigotry, fanaticism, dogmatism

衍 | intolerant (a.) 不寬容的
tolerate (v.) 容忍
tolerant (a.) 寬容的

it: go

Track 114

transition

[trænˋzɪʃən]

解 | trans/it/ion
across/go/(n.)

(n.) 轉型；過渡

例 | the *transition* from school to work
從學校到職場的過渡

同 | transformation, conversion, alteration

衍 | transitional (a.) 過渡期的
transit (n., v.) 運輸；通過

initiate

[ɪˋnɪʃɪet]

解 | in/it(i)/ate
in/go/(v.)

(v.) 開始；接納入會

例 | *initiate* a program of reform 開始改革計畫

同 | commence, inaugurate, launch

衍 | initiation (n.) 開始；接納入會
initial (a.) 起初的；剛開始的

itinerant

[ɪˋtɪnərənt]

解 | it/inerrant
go/(a.)

(a.) 巡迴的；流動的

例 | an *itinerant* preacher 巡迴講道的牧師

同 | traveling, peripatetic, ambulatory

itinerary

[aɪˋtɪnə͵rɛrɪ]

解 | it/inerary
go/(n.)

(n.) 行程；旅遊指南

例 | Our *itinerary* included stops at several famous cathedrals.
我們的行程包括幾間著名的大教堂。

同 | route, tour, schedule

sedition

[sɪˋdɪʃən]

解 | se(d)/it/ion
apart/go/(n.)

(n.) 煽動叛亂

例 | The leaders of the revolutionary group have been arrested and charged with *sedition*.
革命團體的領袖被捕，以煽動叛亂罪起訴。

同 | agitation, incitement, provocation

衍 | seditious (a.) 煽動的

transient

[ˋtrænʃənt]

解 | trans/i/ent
across/go/(a.)

(a.) 短暫的；路過的

例 | had *transient* thoughts of suicide but never acted upon them
曾短暫想到自殺，但沒有付諸行動

同 | transitory, ephemeral, evanescent

衍 | transient (n.) 過境者；流動勞工
transience (n.) 短暫

J

jet, ject: throw

Track 115

conjecture [kən`dʒɛktʃɚ] 解｜con/ject/ure together/throw/(n.)	**(n.) 猜測；推測** 例｜Some of the information is merely *conjecture*. 有些消息純屬猜測。 同｜speculation, surmise, assumption 衍｜conjecture (v.) 猜測
adjacent [ə`dʒesənt] 解｜ad/jac/ent to/throw/(a.) （成語 a stone's throw 意指不遠）	**(a.) 附近的；相鄰的** 例｜Their house is *adjacent* to a wooded park. 他們家在森林公園附近。 同｜nearby, adjoining, neighboring
dejected [dɪ`dʒɛktɪd] 解｜de/ject/ed down/throw/(a.)	**(a.) 沮喪的；情緒低落的** 例｜The *dejected* players left the field. 沮喪的球員離開球場。 同｜downcast, despondent, disconsolate 衍｜dejection (n.) 沮喪
gist [dʒɪst] 解｜gist throw	**(n.) 要點；主旨** 例｜didn't catch every word but heard enough to get the *gist* of it 不是每個字都聽到，但可以聽出大意來 同｜essence, pith, core
jettison [`dʒɛtəsn̩] 解｜jet/tison throw/(v.)	**(v.) 拋棄；放棄** 例｜The captain gave orders to *jettison* the cargo. 船長下令拋棄貨物。 同｜abandon, ditch, discard 衍｜jettison (n.) 拋棄

objective [əbˋdʒɛktɪv] 解 ob/ject/ive against/throw/(a.)	**(a.) 客觀的** 例 an *objective* analysis 客觀的分析 同 impartial, unbiased, unprejudiced 衍 objective (n.) 目標 objectivity (n.) 客觀性 subjective (a.) 主觀的
trajectory [trəˋdʒɛktrɪ] 解 trans/ject/ory across/throw/(n.)	**(n.)（拋物線）軌道；路線** 例 the *trajectory* of the missile 飛彈的軌道 同 route, course, track

journ, urn: day

Track 116

diurnal [daɪˋɝnḷ] 解 die/urn/al day/day/(a.) （一天中的白天時段）	**(a.) 白天的；每日的** 例 *diurnal* tides 每日的潮汐 同 daily, quotidian
nocturnal [nɑkˋtɝnḷ] 解 noct/urn/al night/day/(a.) （一天中的夜晚時段）	**(a.) 夜晚的；夜間活動的** 例 a *nocturnal* predator 夜間掠食者
sojourn [ˋsodʒɝn] 解 sub/journ under/day	**(v.) 逗留；旅居** 例 leisurely *sojourning* with friends and relatives scattered across the country 悠閒地在散居全國各地的親友處逗留 同 lodge, stay 衍 sojourn (n.) 逗留；旅居期間 journey (n., v.) 旅行

jov: joy Track 117

jocular

[ˋdʒɑkjələ]

解 | joc/ular
joy/(a.)

(a.) 詼諧的；開玩笑的

例 | a *jocular* man who could make the most serious people smile
詼諧的人能逗最嚴肅的人發笑

同 | jocund, jolly, jesting

衍 | jocularity (n.) 詼諧
joke (n., v.)（開）玩笑

jovial

[ˋdʒovɪəl]

解 | jov(i)/al
joy/(a.)

(a.) 快活的；愉快的

例 | The audience was in a *jovial* mood.
觀眾心情愉快。

同 | jolly, convivial, mirthful

衍 | joviality (n.) 快活；愉快

jubilant

[ˋdʒubḷənt]

解 | jub/ilant
joy/(a.)

(a.) 歡騰的；喜氣洋洋的

例 | the nominee's *jubilant* acceptance speech before the cheering crowd
獲得提名者在歡呼的群眾前喜氣洋洋地發表接受演說

同 | exultant, exuberant, elated

衍 | jubilance (n.) 歡騰

jud, jur, jus: swear, law, right Track 118

abjure

[əbˋdʒur]

解 | ab/jure
away/swear

(v.) 發誓棄絕；公開放棄

例 | a strict religious sect that *abjures* the luxuries, comforts, and conveniences of the modern world
公開放棄現代世界的奢侈、舒適與便利的嚴格教派

同 | renounce, reject, forswear

衍 | abjuration (n.) 發誓棄絕

conjure

[ˋkʌndʒɚ]

解 | con/jure
together/swear
（原意是唸咒）

(v.) 召喚；變出；喚起

例 | This song always *conjures* up my childhood home for me.
聽到這首歌總是會喚起我童年家鄉的回憶。

同 | summon, evoke

injudicious

[ˏɪndʒuˋdɪʃəs]

解 | in/jud/icious
not/right/(a.)

(a.) 不明智的

例 | *injudicious* outbursts 不明智的情緒發作

同 | indiscreet, imprudent, inadvisable

衍 | judicious (a.) 明智的

jurisdiction

[ˏdʒʊrɪsˋdɪkʃən]

解 | juris/dict/ion
law/speak/(n.)

(n.) 司法管轄權；權限

例 | His attorney claimed the court lacked *jurisdiction* in this matter.
他的律師主張該法庭對此案無司法管轄權。

同 | authority, dominion

perjury

[ˋpɝdʒərɪ]

解 | per/jur/y
intensifier/swear/(n.)

(n.) 偽證罪；違背誓言

例 | If you lie in court, you'd be committing *perjury*.
在法庭上說謊，會觸犯偽證罪。

junct: join

Track 119

juncture

[ˋdʒʌŋktʃɚ]

解 | junct/ure
join/(n.)

(n.) 連結；重要關頭

例 | At this *juncture* it seems they are going to get a divorce.
在這個關頭，看來他們是要離婚了。

同 | moment, stage, phase

juxtapose

[ˏdʒʌkstəˋpoz]

解 | juxt(a)/pose
join/place

(v.) 並列；對照

例 | a display that *juxtaposes* modern art with classical art
這個展覽並列出現代藝術與古典藝術

衍 | juxtaposition (n.) 並列；對照

rejoinder
[rɪˋdʒɔɪndɚ]

解 | re/join/der
back/join/(n.)

(n.)（不客氣的）回應

例 | The article was a stinging *rejoinder* to her critics.
這篇文章是對她的批評的尖銳回應。

同 | retort, reply

衍 | rejoin (v.) 回應

juven: young

Track 119

juvenile
[ˋdʒuvənl̩]

解 | juven/ile
young/(a.)

(a.) 幼稚的

例 | She criticized his *juvenile* behavior at the party.
她批評他在宴會上的幼稚行為。

同 | childish, immature

衍 | juvenile (n., a.) 青少年（的）

rejuvenate
[rɪˋdʒuvənet]

解 | re/juven/ate
back/young/(v.)

(v.) 回春；恢復精神

例 | The spa treatment *rejuvenated* me.
水療令我恢復精神。

同 | revive, revitalize, regenerate

衍 | rejuvenation (n.) 回春

L

labor: work
Track 120

belabor
[bɪˋlebɚ]
解 | be/labor
be/work

(v.)（動手或動口）攻擊
例 | The bully *belabored* little kids with his fists.
這惡霸用拳頭攻擊小孩。

(v.) 過度談論
例 | Her habit of *belaboring* the obvious makes her a very boring speaker.
她老是要說一些很明顯的事情，所以聽她講話很無聊。

elaborate
[ɪˋlæbərɪt]
解 | e/labor/ate
out/work/(a.)

(a.) 精密的；複雜的
例 | took *elaborate* precautions
採取繁複的預防措施
同 | intricate, involved, convoluted
衍 | elaborate (v.) 詳盡闡述；發揮
elaboration (n.) 複雜；闡述

lat: side
Track 120

dilate
[daɪˋlet]
解 | dis/late
apart/side

(v.) 擴張
例 | The pupil of the eye *dilates* and contracts.
瞳孔會擴張與收縮。
同 | distend, expand
衍 | dilation (n.) 擴張

(v.) 詳述
例 | He would *dilate* on any subject that took his fancy.
他有興趣的主題就會詳加陳述。

collateral
[kə`lætərəl]

解｜con/later/al
together/side/(n.)

(n.) 抵押品

例｜She put up her house as *collateral* for the ban loan. 她拿房子當抵押品向銀行貸款。

同｜security, surety, guaranty

衍｜collateral (a.) 附帶的；連帶的

laud: praise

Track 121

laud
[lɔd]

解｜laud
praise

(v.) 稱讚

例｜He was much *lauded* as a successful businessman. 他被譽為成功的商人。

同｜praise, acclaim, extol

衍｜laud (n.) 稱讚　laudable (a.) 值得讚賞的

plausible
[`plɔzəbl̩]

解｜plaus/ible
praise/able

(a.) 合理的；可信的

例｜a *plausible* explanation 合理的解釋

同｜credible, probable

衍｜plausibility (n.) 可信度　applaud (v.) 鼓掌
applause (n.) 鼓掌

lav, luv: wash

Track 121

dilute
[daɪ`lut]

解｜de/lute
down/wash

(v.) 稀釋；沖淡

例｜*diluted* wine 摻了水的酒

同｜attenuate, weaken

衍｜dilution (n.) 稀釋；沖淡

antediluvian
[`æntɪdɪ`luvɪən]

解｜ante/de/luv(i)/an
before/down/wash/(a.)
（原指諾亞方舟洪水之前）

(a.) 古老的；過時的

例｜an *antediluvian* prejudice 古老的偏見

同｜antiquated, archaic, superannuated

deluge
[ˋdɛljudʒ]
解｜de/luge
down/wash

(n.) 洪水；暴雨；大量泛濫
例｜The *deluge* caused severe mudslides.
暴雨引發嚴重的土石流。
同｜inundation, flood, torrent

lavish
[ˋlævɪʃ]
解｜lav/ish
wash/(a.)

(a.) 慷慨的；大量的
例｜a *lavish* display of flowers 大量陳列花卉
同｜prodigal, profuse, munificent
衍｜lavish (v.) 浪費；大量給予

lax: loose

Track 122

languid
[ˋlæŋgwɪd]
解｜lang(u)/id
soose/(a.)

(a.) 慵懶的；無力的
例｜It was a hot, *languid* summer day.
炎熱、慵懶的夏日。
同｜listless, sluggish, languorous
衍｜languor (n.) 慵懶；倦怠

lassitude
[ˋlæsə͵tjud]
解｜lax(i)/tude
loose/(n.)

(n.) 困乏；無力
例｜Symptoms of the disease include paleness and *lassitude*.
這種病的症狀包括蒼白、無力。
同｜fatigue, languor, weariness

lax
[læks]
解｜lax
loose

(a.) 鬆懈的；鬆弛的
例｜The university has been *lax* about enforcing these rules.
大學執行這些規則不力。
同｜slack, negligent

slake
[slek]
解｜slake
lax

(v.) 消解；滿足
例｜*slake* your thirst 解渴
同｜satisfy, quench

lect, lig: choose

Track 123

eclectic [ɛ`klɛktɪk] 解 ｜ ec/lect/ic out/choose/(a.)	**(a.) 兼容並蓄的** 例 ｜ The collection includes an *eclectic* mix of historical artifacts. 這批收藏兼容並蓄各種歷史文物。 同 ｜ heterogeneous, varied, diverse 衍 ｜ eclecticism (n.) 兼容並蓄
eligible [`ɛlɪdʒəbl̩] 解 ｜ e/lig/ible out/choose/able	**(a.) 有資格的；合適的** 例 ｜ *eligible* to retire 符合退休資格 同 ｜ entitled, qualified 衍 ｜ eligibility (n.) 資格
elite [e`lit] 解 ｜ e/lite out/choose	**(n.) 菁英** 例 ｜ members of the ruling *elite* 統治菁英階級的成員 同 ｜ cream 衍 ｜ elitism (n.) 菁英主義 elitist (a.) 菁英主義的
intelligible [ɪn`tɛlədʒəbl̩] 解 ｜ inter/lig/ible between/choose/able	**(a.) 可以理解的** 例 ｜ jargon *intelligible* only to the initiated 只有圈內人才懂的行話 同 ｜ comprehensible, fathomable 衍 ｜ intelligibility (n.) 可理解性 unintelligible (a.) 不可理解的 intelligence (n.) 智慧
predilection [ˌpridɪ`lɛkʃən] 解 ｜ pre/dis/lect/ion before/apart/choose/(n.)	**(n.) 嗜好；偏好** 例 ｜ a young lad with a *predilection* for telling tall tales 這個少年有吹牛的嗜好 同 ｜ inclination, propensity, predisposition

leg: law

Track 124

illegitimate

[ˌɪlɪˋdʒɪtəmɪt]

解 | in/leg/itimate
not/law/(a.)

(a.) 不合法的；不合理的

例 | *illegitimate* share trading 不合法的股票交易

同 | illegal, illicit, unlicensed

衍 | illegitimacy (n.) 不合法；不合理
legitimate (a.) 合法的；合理的
legitimize (v.) 使合法；使合理

allegiance

[əˋlidʒəns]

解 | ad/leg/(i)ance
to/law/(n.)

(n.) 忠誠；效忠

例 | The warriors quickly swore *allegiance* to the new king.
戰士很快就對新國王宣誓效忠。

同 | loyalty, fidelity, fealty

衍 | liege (n.) 君主；臣僕

relegate

[ˋrɛləˌget]

解 | re/leg/ate
back/law/(v.)

(v.) 貶謫

例 | She was *relegated* to the status of mere spokesperson.
她被貶為區區一名發言人。

同 | downgrade, demote, consign

(v.) 交付

例 | The bill has been *relegated* to a committee for discussion.
提案交付委員會討論。

衍 | relegation (n.) 貶謫；交付

leth: die

Track 124

lethargic

[lɪˋθardʒɪk]

解 | leth/arg/ic
die/idle/(a.)

(a.) 懶散的；昏昏欲睡的

例 | A big meal always makes me feel *lethargic* and sleepy.
吃太飽往往令我懶洋洋、昏昏欲睡。

同 | sluggish, languid, listless

衍 | lethargy (n.) 懶散

lethal

[ˋliθəl]

解 | leth/al
die/(a.)

(a.) 致命的

例 | death by *lethal* injection 以致命注射處死

同 | fatal, mortal

衍 | lethality (n.) 致命性

lev: light

Track 125

relieve

[rɪˋliv]

解 | re/lieve
back/light

(v.) 緩和；減輕；化解

例 | a drug that *relieves* pain 可緩和痛苦的藥

(v.) 換班；接替

例 | There was no shortage of helpers to *relieve* us for breaks.
我們想換班休息，不愁找不到人幫忙。

同 | replace, substitute for

衍 | relief (n.) 化解；接替

alleviate

[əˋlivɪˏet]

解 | al/lev/(i)ate
to/light/(v.)

(v.) 緩和；減輕

例 | Her sympathy *alleviated* his distress.
她的同情減輕了他的沮喪。

同 | relieve, attenuate, assuage

衍 | alleviation (n.) 緩和；減輕

elevate

[ˋɛləˏvet]

解 | e/lev/ate
intensifier/light/(v.)

(v.) 提高

例 | exercises that *elevate* the heart rate
可提高心跳速度的運動

同 | raise

(v.) 升職

例 | In the 1920s he was *elevated* to Secretary of State.
在 1920 年代他升任國務卿。

衍 | elevation (n.) 提升；海拔高度
elevator (n.) 電梯

levity
[ˋlɛvətɪ]

解 | lev/ity
light/(n.)

(n.) 輕浮；輕佻

例 | The teachers disapprove of any displays of *levity* during school assemblies.
老師反對在學校集會的場合表現輕佻。

同 | frivolity, flippancy, triviality

衍 | levitate (v.) 騰空；升空

levy
[ˋlɛvɪ]

解 | lev/y
light/(v.)
（課稅的動詞是 raise，與 light 有關）

(v.) 徵收；徵召

例 | They *levied* a tax on imports.
他們對進口貨課稅。

同 | impose, exact

衍 | levy (n.) 徵稅；徵兵

libra: scales, free

Track 126

deliberate
[dɪˋlɪbərɪt]

解 | de/liber/ate
intensifier/scales/(v.)
（原指放在天秤上衡量）

(a.) 深思熟慮的；蓄意的

例 | a *deliberate* attempt to provoke conflict
蓄意挑起衝突

同 | intentional, purposeful, calculated

(a.) 不慌不忙的；從容的

例 | a couple of small, *deliberate* steps
慢慢往前走了兩小步

衍 | deliberate (v.) 仔細考慮；思考
deliberation (n.) 思考；從容
scales (n.) 天秤

illiberality
[ɪˏlɪbəˋrælətɪ]

解 | in/liber/ality
not/free/(n.)

(n.) 不開明的態度；反對自由主義的立場

例 | *illiberality* toward same-sex marriage
對同性婚姻採取不開明的立場

同 | puritanism, dogmatism

衍 | illiberal (a.) 不開明的
liberal (a.) 自由的；開明的

limin: limit

Track 127

delimit
[dɪˋlɪmɪt]
解 | de/limit
down/limit

(v.) 劃定……界線；限定
例 | Strict guidelines *delimit* his responsibilities.
有嚴格的原則界定他的責任。
同 | demarcate, delineate, define

elimination
[ɪˌlɪməˋneʃən]
解 | e/limin/ation
out/limit/(n.)

(n.) 排除；淘汰
例 | narrowed down the range of suspects by a process of *elimination*
經由淘汰過程縮小了嫌犯的範圍
同 | removal, exclusion
衍 | eliminate (v.) 排除；淘汰

preliminary
[prɪˋlɪməˌnɛrɪ]
解 | pre/limin/ary
before/limit/(a.)

(a.) 預備的；初步的
例 | *preliminary* results 初步的結果
同 | preparatory, initial, prefatory
衍 | preliminary (n.) 初步；開端；預賽

sublime
[səˋblaɪm]
解 | sub/lime
under/limit
(到達極點)

(a.) 崇高的；偉大的；壯麗的
例 | Switzerland has *sublime* scenery.
瑞士風景壯麗。
同 | exalted, majestic, magnificent
衍 | sublime (v.) 昇華
sublimity (n.) 崇高；偉大

linqu: leave

Track 127

derelict
[ˋdɛrəˌlɪkt]
解 | de/relict
away/leave

(a.) 被遺棄的；破敗的
例 | a *derelict* old building 破敗的老屋
同 | dilapidated, decrepit, deserted

(a.) 玩忽職守的
例 | The sentinel was *derelict* in his duty.
哨兵玩忽職守。
衍 | dereliction (n.) 遺棄；玩忽職守

relinquish
[rɪ`lɪŋkwɪʃ]
解 | re/linqu/ish
away/leave/(v.)

(v.) 放棄；交出
例 | The court ordered him to *relinquish* custody of his child.
法院命令他交出小孩的監護權。
同 | release, renounce, waive

delinquent
[dɪ`lɪŋkwənt]
解 | de/linqu/ent
away/leave/(a.)

(a.) 有過失的；怠忽職守的
例 | *delinquent* behavior 有過失的行為
同 | errant, criminal, remiss
衍 | delinquent (n.) 罪犯；違法者
delinquency (n.) 犯（輕）罪

liter: letter

Track 128

obliterate
[ə`blɪtə͵ret]
解 | ob/liter/ate
against/letter/(v.)
（原意是把文字擦掉）

(v.) 消除；消滅
例 | In a stroke, the March snowstorm *obliterated* our hopes for an early spring.
三月的風雪一舉消除了我們對早春的盼望。
同 | erase, eradicate, expunge
衍 | obliteration (n.) 消除；消滅

illiteracy
[ɪ`lɪtərəsɪ]
解 | in/liter/acy
not/letter/(n.)

(n.) 不識字；無知
例 | the government's efforts to reduce *illiteracy*
政府減少文盲的努力
同 | ignorance
衍 | illiterate (a., n.) 不識字的；文盲

loc: place

Track 128

allocate
[`ælə͵ket]
解 | ad/loc/ate
to/place/(v.)

(v.) 分派；分配
例 | The funds will be *allocated* to various projects. 基金將分配給各個計畫。
同 | allot, assign, distribute
衍 | allocation (n.) 分派

collocate
[ˋkaləˏket]

解 | con/loc/ate
together/place/(v.)

(v.) 並列；連用

例 | The word "college" *collocates* with "student."
「大學」和「學生」經常連用。

同 | juxtapose

衍 | collocation (n.) 並列；連用

log, locu, loqu: word, speak

Track 129

ideology
[ˏaɪdɪˋalədʒɪ]

解 | ide(o)/log/y
idea/word/(n.)

(n.) 理念；意識型態

例 | the *ideology* of a totalitarian society
集權社會的理念

同 | beliefs, doctrine, creed

衍 | ideological (a.) 理念的

grandiloquent
[grænˋdɪləkwənt]

解 | grand(i)/loqu/ent
great/speak/(a.)

(a.) 誇張的；說大話的

例 | the *grandiloquent* professional wrestler
滿口大話的職業摔角選手

同 | pompous, bombastic, magniloquent

衍 | grandiloquence (n.) 誇張；說大話

soliloquy
[səˋlɪləkwɪ]

解 | sol(i)/loqu/y
one/speak/(n.)

(n.) 獨白

例 | Hamlet's famous *soliloquy*
哈姆雷特著名的獨白

同 | monologue, oration

衍 | dialogue (n.) 對話

analogous
[əˋnæləgəs]

解 | ana/log/ous
again/word/(a.)

(a.) 類似的

例 | I could not think of an *analogous* situation.
我想不出類似的情況。

同 | similar, comparable, parallel

衍 | analogy (n.) 類比；比喻
analogue (n.) 類比；相似物

elocution

[ˌɛləˋkjuʃən]

解 | e/locu/tion
out/speak/(n.)

(n.) 演說術

例 | the oft-told story that he practiced *elocution* by learning to speak with a mouth full of pebbles
一個經常說的故事，他練習演說的辦法是含著滿嘴小石頭講話

衍 | eloquent (a.) 雄辯滔滔的
eloquence (n.) 雄辯

magniloquent

[mægˋnɪləkwənt]

解 | magn(i)/loqu/ent
great/speak/(a.)

(a.) 誇張的；說大話的

例 | *magniloquent* boasts 誇張的大話

同 | grandiloquent, pompous, bombastic

衍 | magniloquence (n.) 誇張；說大話

loquacious

[loˋkweʃəs]

解 | loqu/ac(i)ous
speak/(a.)

(a.) 多話的；健談的

例 | the *loquacious* host of a radio talk show
廣播談話節目健談的主持人

同 | garrulous, voluble, verbose

衍 | loquacity (n.) 多話

neologism

[niˋɑləʤɪzəm]

解 | neo/log/ism
new/word/(n.)

(n.) 新詞

例 | a writer fond of *neologisms*
喜歡用新字的作家

同 | coinage

tautology

[tɔˋtɑləʤɪ]

解 | tauto/log/y
self/word/y
（同一個字）

(n.) 套套邏輯；同義反複

例 | It is an instance of *tautology* to say “When you’re in a lucky streak, you can get any card you want.”
一個套套邏輯的例子：「運氣來時，要什麼牌有什麼牌。」

同 | repetition, reiteration, redundancy

luc, lumin: light

Track 131

translucent

[trænsˋlusn̩t]

解 | trans/luc/ent
across/light/(a.)

(a.) 透光的；半透明的

例 | a mantle of *translucent* ice
一層半透明的冰層

同 | pellucid, diaphanous, limpid

衍 | transparent (a.) 透明的

elucidate

[ɪˋlusə͵det]

解 | e/lucid/ate
out/light/(v.)

(v.) 說明清楚；解釋

例 | colored charts that really help to *elucidate* the points made in the text
彩色圖表很能說明清楚文中的重點

同 | clarify, illuminate

衍 | elucidation (n.) 解釋；說明
lucid (a.) 清楚的；明白的

illuminate

[ɪˋlumə͵net]

解 | in/lumin/ate
in/light/(v.)

(v.) 照亮；闡明；說明

例 | an example that *illuminates* the point
一個例子可以說明重點

(v.) 裝飾（手稿）

例 | The manuscripts are *illuminated* in brilliant inks.
手稿用鮮艷的彩色墨水裝飾。

同 | decorate, ornament, adorn

衍 | illumination (n.) 照亮；說明；裝飾

illustration

[͵ɪlʌsˋtreʃən]

解 | in/lustr/ation
in/light/(n.)

(n.) 說明；例子；插圖

例 | a book with many photographs and *illustrations*
有許多照片與插圖的書

衍 | illustrate (v.) 舉例說明；以插圖說明

illustrious

[ɪˋlʌstrɪəs]

解 | in/lustr(i)/ous
in/light/(a.)

(a.) 傑出的；顯赫的

例 | an *illustrious* military career
顯赫的軍旅生涯

同 | eminent, outstanding, distinguished

lackluster

[ˋlæk͵lʌstɚ]

解｜lack/luster
lack/light

(a.) 無光澤的；不出色的

例｜a *lackluster* performance 平平的演出

同｜dull, mediocre, uninspired

衍｜lack (v.) 缺乏

---

luminous

[ˋlumənəs]

解｜lumin/ous
light/(a.)

(a.) 發光的；明亮的

例｜the cat's *luminous* eyes in my car's headlights 汽車頭燈照耀下貓眼閃閃發光

同｜brilliant, radiant, dazzling

衍｜luminosity (n.) 光亮；亮度

---

pellucid

[pəˋljusɪd]

解｜pel/luc/id
through/light/(a.)

(a.) 清澈的

例｜a *pellucid* stream 清澈的小溪

(a.) 清楚易懂的

例｜the *pellucid* simplicity of her poetry
她的詩歌簡單、清楚易懂

同｜comprehensible, intelligible, articulate

---

lud, lus: play

Track 132

delude

[dɪˋlud]

解｜de/lude
down/play

(v.) 欺騙

例｜We *deluded* ourselves into thinking that the ice cream wouldn't affect our diet.
我們騙自己說吃冰淇淋不會影響減肥。

同｜mislead, beguile, hoodwink

衍｜delusion (n.) 欺騙；錯誤觀念；幻覺

---

disillusion

[͵dɪsɪˋluʒən]

解｜dis/in/lus/ion
not/in/play/(n.)

(v.) 使幻想破滅

例｜Working at that store for six months was enough to *disillusion* me about retail work.
在那家店工作六個月足以令我對零售業這一行幻想破滅。

同｜disenchant, disabuse, undeceive

衍｜illusion (n.) 幻想；錯覺
disillusionment (n.) 幻想破滅

elusive [ɪˋlusɪv] 解｜e/lus/ive out/play/(a.)	**(a.) 難以捉摸的；難以掌握的** 例｜The truth may prove *elusive*. 真象可能不易掌握。 同｜evasive, slippery, subtle 衍｜elude (v.) 逃避
allusion [əˋluʒən] 解｜ad/lus/ion go/play/(n.)	**(n.) 暗示；指涉** 例｜The bird's name is doubtless an *allusion* to its raucous call. 鳥名無疑是暗示牠喧鬧的叫聲。 同｜reference 衍｜allude to 提到；意指
collude [kəˋlud] 解｜con/lude together/play	**(v.) 共謀；串通** 例｜*colluded* to keep prices high 共謀哄抬價格 同｜conspire, collaborate, plot 衍｜collusion (n.) 共謀
prelude [ˋprɛljud] 解｜pre/lude before/play	**(n.) 序曲；序幕** 例｜an eruption of sectarian violence that proved to be the *prelude* to all-out civil war 爆發派系暴力，後來才知道是全面內戰的序幕 同｜preliminary, overture, precursor

M

macro: large, long, thin

Track 133

meager [ˋmigɚ] 解 | meager thin	(a.) 微薄的；貧乏的 例 | They were forced to supplement their *meager* earnings. 他們微薄的收入不得不想辦法補貼。 同 | inadequate, scanty, scant 衍 | meagerness (n.) 微薄；貧乏
emaciated [ɪˋmeʃɪˌetɪd] 解 | e/mac(i)/ated out/thin/(a.)	(a.) 消瘦的；瘦弱的 例 | The captives were sick and *emaciated* men. 俘虜是一批有病的瘦弱男子。 同 | skeletal, wasted, scrawny 衍 | emaciate (v.) 消瘦　emaciation (n.) 瘦弱

mal-, mis-: bad; wrong

Track 134

dismal [ˋdɪzml̩] 解 | dies/mal day/bad	(a.) 陰暗的；陰沉的 例 | a *dismal* look in his eyes 陰暗的眼神 同 | gloomy, glum, melancholy (a.) 惡劣的；糟糕的 例 | The team's record is *dismal*. 隊伍的紀錄惡劣。
malaise [mæˋlez] 解 | mal/aise bad/ease （構造與 disease 同）	(n.) 不安；不舒服；焦慮 例 | a society afflicted by a deep cultural *malaise* 社會為嚴重的文化焦慮所困擾 同 | melancholy, depression, despondency

mischievous

[ˋmɪstʃɪvəs]

解｜mis/chiev/ous
bad/achieve/(a.)

(a.) 調皮的；淘氣的

例｜a *mischievous* child 調皮的小孩

同｜naughty, roguish, waggish

衍｜mischief (n.) 淘氣；惡作劇
achieve (v.) 達成

misogynist

[maɪˋsadʒɪnɪst]

解｜mis(o)/gyn/ist
bad/woman/person

(n.) 厭惡女性者

例｜The *misogynist* is nevertheless a filial son.
這名厭惡女性者卻是個孝順兒子。

衍｜misogyny (n.) 厭惡女性

malinger

[məˋlɪŋgɚ]

解｜mal/linger
bad/linger

(v.) 裝病（逃避工作）

例｜His boss suspected him of *malingering* because of his frequent absences from work. 老闆懷疑他裝病，因為他老是不上班。

衍｜malingerer (n.) 裝病者
linger (v.) 徘徊；拖延

malignant

[məˋlɪgnənt]

解｜mal/ignant
bad/(a.)

(a.) 惡意的；惡性的

例｜1. in the hands of *malignant* fate
在噩運的掌握中
2. a highly *malignant* form of cancer
高度惡性的癌症

同｜malicious, malevolent, hostile

衍｜malignancy (n.) 惡意；惡性
malign (a., v.) 惡意的；誹謗

malodorous

[mælˋodərəs]

解｜mal/od/orous
bad/smell/(a.)

(a.) 惡臭的；令人無法忍受的

例｜*malodorous* garbage 臭垃圾

同｜fetid, reeking, noxious

衍｜odor (n.) 氣味
odorous (a.) 有味道的

malevolent

[məˋlɛvələnt]

解｜male/volent
bad/wish
（與 volunteer 同源）

(a.) 惡意的；惡毒的

例｜She shot a *malevolent* glare at her companion. 她不懷好意地瞪了同伴一眼。

同｜malicious, hostile, malignant

衍｜malevolence (n.) 惡意；惡毒
benevolent (a.) 慈善的
volunteer (n., v.) 義工；自願

maxi, magna: great
Track 135

magnate [ˋmægnet] 解｜magn/ate great/(n.)	**(n.) 大亨；權貴** 例｜a studio *magnate* who had the biggest stars in Hollywood at his beck and call 電影公司大亨，好萊塢最大的明星他也都是呼之即來 同｜tycoon, mogul
maxim [ˋmæksɪm] 解｜max/im geat/(n.)	**(n.) 格言；座右銘** 例｜"A watched pot never boils" is a common *maxim*. 「盯著看的鍋永遠煮不開」是句常聽到的格言。 同｜axiom, proverb, epigram
maximum [ˋmæksəməm] 解｜maxi(m)/um great/(n.)	**(n.) 最大量；最高限度** 例｜Production levels are near their *maximum*. 生產已接近上限。 同｜utmost, peak, apex 衍｜maximum (a.) 最大的；最高的 maximal (a.) 最大的；最高的
magistrate [ˋmædʒɪsˏtret] 解｜magi/str/ate great/person/(n.)	**(n.) 地方法官；縣長** 例｜chose to take their case before the local *magistrate* 選擇把案子遞到地方法官手中
magnitude [ˋmægnəˏtjud] 解｜magn/itude great/(n.)	**(n.) 龐大；規模；嚴重性** 例｜The *magnitude* of the issue can scarcely be overstated. 這個議題的規模再怎麼誇張都不為過。 同｜immensity, enormity, scale

mand, mend: order

Track 136

commend

[kə`mɛnd]

解 | con/mend
together/order

(v.) 稱讚

例 | His poetry is highly *commended* by other writers.
他的詩受到其他作家高度稱讚。

同 | compliment, applaud, extol

(v.) 推薦

例 | She's very hard-working—I *commend* her to you without reservation.
她工作很賣力，我毫無保留地推薦她給你。

衍 | commendation (n.) 稱讚；推薦
commendable (a.) 值得嘉許的

mandate

[`mændet]

解 | mand/ate
order/(n.)

(n.) 命令；授權

例 | They carried out the governor's *mandate* to build more roads.
他們執行了州長多築道路的命令。

同 | directive, edict, injunction

衍 | mandate (v.) 命令；授權

mandatory

[`mændə,torɪ]

解 | mand/atory
order/(a.)

(a.) 強制的；義務性的

例 | the *mandatory* retirement age
強制退休年齡

同 | obligatory, compulsory, required

manu: hand

Track 137

emancipate

[ɪ`mænsə,pet]

解 | e/man/cip/ate
out/hand/take/(v.)

(v.) 解放

例 | *emancipated* all the slaves 解放所有奴隸

同 | liberate, release, discharge

衍 | emancipation (n.) 解放
emancipator (n.) 解放者

legerdemain

[ˌlɛdʒədɪˋmen]

解 | leger/de/main
light/of/hand
（手法輕巧）

(n.) 戲法；手法

例 | stage magicians practicing *legerdemain*
舞台魔術師在練習戲法

同 | sleight of hand, trickery, juggling

manifest

[ˋmænəˌfɛst]

解 | mani/fest
hand/speak

(a.) 清楚的；明顯的

例 | His love for literature is *manifest* in his large library.
從他龐大的藏書可以清楚看出他對文學的喜愛。

同 | obvious, evident, patent

衍 | manifest (v.) 清楚顯示
manifestation (n.) 顯示；表現
manifesto (n.) 宣言

mannered

[ˋmænəd]

解 | man/nered
hand/(a.)

(a.) 矯飾的；做作的

例 | the man's highly artificial, *mannered* prose style 此人很不自然、太做作的文章風格

同 | affected, artificial, contrived

衍 | mannerism (n.) 矯飾；做作
manner (n.) 方式；態度

maneuver

[məˋnuvə]

解 | manu/oper
hand/work

(n.) 策略；（軍事）行動

例 | Through a series of legal *maneuvers*, the defense lawyer kept her client out of jail.
經由一系列的法律運作，辯護律師讓她的當事人免於坐牢。

同 | stratagem, tactic, ploy

衍 | maneuver (v.) 操控

mar, mer: sea

Track 137

maritime

[ˋmærəˌtaɪm]

解 | mar(i)/time
sea/(a.)

(a.) 航海的；沿海的；海事的

例 | 1. a *maritime* province 沿海省份
2. *maritime* law 海事法

同 | naval, marine, nautical

maroon

[məˋrun]

解 | mar/oon
sea/(v.)

(v.) 困住（在荒島）；使孤立無援

例 | Having lost all his money, he was *marooned* in the strange city.
錢都沒了，他被困在陌生的城市。

同 | strand, isolate

med, mid: middle

Track 138

meddle

[ˋmɛdḷ]

解 | meddle
middle

(v.) 干預；干涉

例 | Please stop *meddling* in your sister's marriage, even though you mean well.
別再干涉你妹妹的婚姻，儘管你是好意。

同 | intervene, interlope, intrude

衍 | meddlesome (a.) 多管閒事的

milieu

[miˋljə]

解 | mil/ieu
middle/(n.)

(n.) 周圍環境

例 | the social, political, and artistic *milieu* in 19th-century France
19 世紀法國的社會、政治與藝術氛圍

同 | environment, atmosphere, ambience

median

[ˋmidɪən]

解 | med(i)/an
middle/(a.)

(a.) 中等的；中間值的

例 | What is the *median* price of homes in this area?
本區中等房價多少？

同 | medial, average, typical

intermediary

[ˌɪntɚˋmidɪˌɛrɪ]

解 | inter/medi/ary
between/middle/(n.)

(n.) 中間人；媒介物

例 | He served as an *intermediary* between the workers and the executives.
他在勞工與主管之間充當中間人。

同 | mediator, arbitrator, arbiter

衍 | intermediary (a.) 居中的；中介的

mediation
[midɪˋeʃən]
解 | medi/ation
middle/(n.)

(n.) 協調；居中調停
例 | *mediation* between victims and offenders
受害人與侵犯者之間的協調
同 | arbitration, intercession, intervention
衍 | mediate (v.) 居中調停
mediator (n.) 調停者；中間人

mem, mne: mind, remember

Track 139

reminiscent
[ˌrɛməˋnɪsn̩t]
解 | re/min/iscent
back/mind/(a.)

(a.) 懷舊的；令人想起……的
例 | a mountain village *reminiscent* of my hometown
讓我想起故鄉的山村
同 | evocative
衍 | reminisce (v.) 回憶；回想
reminiscence (n.) 回憶；回想
remind (v.) 提醒

memorabilia
[ˋmɛmərəˋbɪlɪə]
解 | memor/abil/ia
remember/able/(n.)

(n.) 紀念品（複數）
例 | baseball *memorabilia* 棒球紀念品
同 | souvenir, memento
衍 | memorable (a.) 值得回憶的

amnesty
[ˋæmˌnɛstɪ]
解 | a/mne/sty
without/remember/(n.)

(n.) 特赦；既往不咎
例 | Illegal immigrants who came into the country before 1982 were granted *amnesty*.
在 1982 年以前進入本國的非法移民獲得特赦。
同 | pardon, absolution

mnemonic
[niˋmanɪk]
解 | mne/monic
remember/(a.)

(a.) 協助記憶的；記憶術的
例 | a *mnemonic* device 記憶術手法
衍 | mnemonics (n.) 記憶術

minent, mont: mount, project

Track 140

surmount

[sɚˋmaʊnt]

解 | sur/mount
over/mount

(v.) 超越；克服

例 | *surmount* an obstacle 超越障礙

同 | overcome, conquer, vanquish

衍 | insurmountable (a.) 無法克服的

---

eminent

[ˋɛmənənt]

解 | e/minent
out/project

(a.) 顯赫的；著名的

例 | Many *eminent* surgeons are on the hospital's staff.
許多知名的外科醫生在本院工作。

同 | illustrious, distinguished, renowned

衍 | eminence (n.) 顯赫；著名

---

imminent

[ˋɪmənənt]

解 | in/minent
in/project

(a.) 即將來臨的

例 | *imminent* danger 近在眼前的危險

同 | impending, looming

衍 | imminence (n.) 迫近；即將來臨

---

prominent

[ˋprɑmənənt]

解 | pro/minent
forward/project

(a.) 突出的；顯著的

例 | He placed the award in a *prominent* position on his desk.
他把獎牌放在桌上顯著的位置。

同 | conspicuous, salient, noticeable

(a.) 著名的

例 | a *prominent* scholar 知名學者

衍 | prominence (n.) 突出；著名

---

mountebank

[ˋmaʊntəˏbæŋk]

解 | mount(e)/bank
mount/bench
（爬上長椅賣膏藥）

(n.) 江湖郎中；騙子

例 | claimed that many doctors were frauds and *mountebanks*
宣稱許多醫生都是騙子、郎中

同 | charlatan, quack, swindler

promontory
[ˋpramən.torɪ]
解 | pro/mont/ory
forward/mount/(n.)

(n.) 地岬；海角
例 | stood on the windswept *promontory* overlooking the bay
站在風大的海角俯視海灣
同 | cape, headland

paramount
[ˋpærə.maunt]
解 | para/mount
beside/mount

(a.) 至高無上的
例 | a matter of *paramount* importance
一件至關緊要的大事
同 | supreme, predominant, foremost

mini: small
Track 141

diminish
[dəˋmɪnɪʃ]
解 | de/min/ish
down/small/(v.)

(v.) 縮小；減少；降低
例 | The drug's side effects should *diminish* over time. 藥的副作用應該隨著時間降低。
同 | dwindle, decrease, decline
衍 | undiminished (a.) 未見減少的

minuscule
[ˋmɪnəs,kjul]
解 | minus/cule
small/(a.)

(a.) 微小的
例 | The chemical is harmless in such *minuscule* amounts.
這種化學物質如此小量是無害的。
同 | tiny, minute

misc: mix
Track 141

mélange
[meˋlanʒ]
解 | mélange
mix

(n.) 混雜；大雜燴
例 | a *mélange* of architectural styles
各種建築風格大雜燴
同 | potpourri, medley, miscellany

promiscuous

[prəˋmɪskjʊəs]

解｜pro/misc(u)/ous
forward/mix/(a.)

(a.) 雜亂的

例｜a *promiscuous* selection of poems
混雜的詩選

同｜indiscriminate, random, haphazard

(a.)（男女關係）不檢點的

例｜Despite what you seem to think, I have never been *promiscuous*.
你好像有什麼想法，但我可從來不是很隨便的人。

衍｜promiscuity (n.) 雜亂

miscellany

[mɪˋsɛlənɪ]

解｜misc/ellany
mix/(n.)

(n.) 混雜；文集

例｜The box from the attic contained a *miscellany* of old records, family photo albums, and long-forgotten love letters.
閣樓上的箱子混雜了舊唱片、家族相薄，以及早已遺忘的情書。

同｜mélange, medley, potpourri.

衍｜miscellaneous (a.) 混雜的；各式各樣的

miss, mit: send

Track 142

noncommittal

[ˏnankəˋmɪtḷ]

解｜non/con/mit/tal
not/intensifier/send/(a.)

(a.) 不表態的；含糊的

例｜a *noncommittal* reply 含糊的回應

同｜evasive, equivocal, vague

衍｜commit (v.) 投入；認同

remiss

[rɪˋmɪs]

解｜re/miss
back/send

(a.) 疏忽的；懈怠的

例｜It would be *remiss* of me if I didn't point out your mistakes.
若不指出你的錯誤就是我不盡責。

同｜negligent, careless, lax

concomitant

[kən`kɑmətənt]

解 | con/co/mit/ant
together/intensifier/send/(a.)

(a.) 相隨而來的；共同發生的

例 | An improvement in the facilities led to a *concomitant* improvement in morale.
改善設備導致士氣同時提高。

同 | attendant, accompanying, associated

衍 | concomitance (n.) 伴隨

compromise

[`kɑmprəˌmaɪz]

解 | con/pro/mise
together/forward/send

(v.) 傷害；損害

例 | We can't reveal that information without *compromising* national security.
若透露該項資訊，必然損及國家安全。

同 | undermine, damage, prejudice

衍 | compromise (n., v.) 妥協；讓步

dismiss

[dɪs`mɪs]

解 | dis/miss
away/send

(v.) 遣散

例 | *dismissed* the students 遣散學生

(v.) 免除（職位）

例 | *dismissed* the thievish servant
開除偷竊的僕人

(v.) 不予考慮

例 | I don't think we should *dismiss* the matter lightly. 我不認為可以輕易不理會這件事。

同 | banish, disregard

衍 | dismissal (n.) 遣散；置之不理
dismissive (a.) 不重視的；不理會的

missive

[`mɪsɪv]

解 | miss/ive
send/(n.)
（構造與 message 同）

(n.) 信；訊息

例 | She received yet another lengthy *missive* from her father.
她又收到父親一封長信。

同 | message, communication

omit

[o`mɪt]

解 | ob/mit
toward/send

(v.) 省略；略過

例 | Please don't *omit* any details.
請不要忽略任何細節。

(v.) 忽略；沒有辦到

例 | I am sorry I *omitted* to mention our guest lecturer. 對不起，我沒提到我們的客座演講人。

同 | neglect, fail

衍 | omission (n.) 省略；忽略

remit

[rɪˋmɪt]

解｜re/mit
back/send

(v.) 免除；豁免

例｜The governor *remitted* the remainder of her life sentence.
州長免除了她終身監禁剩餘的刑期。

(v.) 減輕；減退

例｜The fever *remitted*.
發燒減退了。

同｜diminish, abate, subside

衍｜remission (n.) 豁免；減輕

surmise

[sɚˋmaɪz]

解｜sur/mise
over/take

(v.) 推測；猜測

例｜We can only *surmise* what happened.
我們只能推測出了什麼事。

同｜conjecture, suspect, infer

衍｜surmise (n.) 推測；猜測

mob, mot: move

Track 143

motif

[moˋtif]

解｜mot/if
move/(n.)

(n.) 主題；基調

例｜A twisted clock is a recurring *motif* in Salvador Dali's paintings.
扭曲的時鐘是達利畫作中反覆出現的主題。

同｜theme, subject, topic

(n.) 圖案；設計

例｜a black sweater with a white rose *motif*
黑毛衣上有白玫瑰圖案

衍｜motive (n.) 動機

momentous

[moˋmɛntəs]

解｜mob/mentous
move/(a.)

(a.) 重大的

例｜a *momentous* occasion that will go down in the history books
重大場合將會記載於史冊

同｜consequential, significant, portentous

衍｜momentum (n.) 動力；慣性
movement (n.) 動作

immobilize
[ɪˋmobɪ͵laɪz]
解 | in/mob/ilize
not/move/(v.)

(v.) 使不能動彈
例 | In his dream the child was *immobilized* with fear. 在夢中，小孩怕得不能動彈。
同 | paralyze, disable, incapacitate
衍 | immobile (a.) 不動的
mobilize (v.) 動員

mod: manner, measure  Track 144

modulate
[ˋmadʒə͵let]
解 | mod/ulate
measure/(v.)

(v.) 調節；調整
例 | The cells *modulate* the body's immune response. 這種細胞調節身體的免疫反應。
同 | temper, regulate, attune
衍 | modulation (n.) 調整；調節
module (n.) 模組

accommodate
[əˋkamə͵det]
解 | ad/con/mod/ate
to/together/measure/(v.)

(v.) 安排住宿；能容納（住下）
例 | The cottage *accommodates* up to four people. 小屋最多能住四人。

(v.) 配合；包容
例 | The company altered the schedule in order to *accommodate* a major customer.
公司更改時間以配合一位大客戶。
同 | oblige, indulge, gratify
衍 | accommodation (n.) 住宿；配合
commodious (a.) 寬敞的

modest
[ˋmadɪst]
解 | mod/est
measure/(a.)

(a.) 謙虛的
例 | She was always *modest* about her poetry.
關於自己的詩，她一向很謙虛。
同 | humble, unpretentious, unassuming

(a.) 小幅度的；有限的
例 | a family of *modest* means
這個家庭的收入有限
衍 | modesty (n.) 謙虛

modicum [ˋmadɪkəm] 解 | mod/icum measure/(n.)	**(n.) 一點點；微量** 例 | Only a *modicum* of skill is necessary to put the kit together. 要把套件組裝起來，只需要一點點的技巧。 同 | iota, speck, fragment
modish [ˋmodɪʃ] 解 | mod/ish manner/(a.) （構造同 modern）	**(a.) 摩登的；時髦的** 例 | a *modish* hat 時髦的帽子 同 | fashionable, stylish, chic
outmoded [aʊtˋmodɪd] 解 | out/mod/ed out/manner/(a.)	**(a.) 過時的；老式的** 例 | *outmoded* computers that can be recycled 可被回收的過時電腦 同 | archaic, antiquated, obsolete

mon, monit: watch, warn

Track 145

admonish [ədˋmanɪʃ] 解 | ad/mon/ish to/warn/(v.)	**(v.) 警告；勸告** 例 | My physician is always *admonishing* me to eat more healthy foods. 醫生老是勸告我要吃比較健康的食物。 同 | advise, recommend, urge 衍 | admonishment (n.) 警告；勸告
premonition [ˌpriməˋnɪʃən] 解 | pre/monit/ion before/warn/(n.)	**(n.) 預感；預警** 例 | She had a *premonition* that he would call. 她有預感他會來電話。 同 | presentiment, foreboding, hunch

monumental
[ˌmanjəˋmɛntḷ]

解 | mon(u)/mental
watch/(a.)

(a.) 重大的

例 | the *monumental* complexity of the issue
問題極其複雜

同 | enormous, gigantic, immense

衍 | monument (n.) 紀念碑

mono-: one

Track 146

monopolize
[məˋnapḷˌaɪz]

解 | mono/pol/ize
one/sell/(v.)

(v.) 壟斷

例 | The company has *monopolized* the market for computer operating systems.
這家公司壟斷了電腦作業系統市場。

同 | corner, control, dominate

衍 | monopoly (n.) 壟斷；專賣

monastic
[məˋnæstɪk]

解 | mon/astic
one/(a.)
（像 monk 一樣的）

(a.) 修道院（般）的；苦修的

例 | She studied for the test with *monastic* zeal.
她以苦修的熱誠在準備考試。

同 | austere, ascetic, monkish

衍 | monastery (n.) 修道院
monk (n.) 和尚；僧侶

monolithic
[ˌmanəˋlɪθɪk]

解 | mono/lith/ic
one/stone/(a.)
（原指整塊巨石）

(a.) 龐大的

例 | a *monolithic* building 一棟龐大的建築

(a.) 整塊的；僵硬的

例 | how static and *monolithic* his thinking really is
他的思想其實非常死板僵硬

同 | inflexible, rigid

衍 | monolith (n.)（整塊的）巨石

monotonous
[məˋnatənəs]

解 | mono/ton/ous
one/tone/(a.)

(a.) 單調的；枯燥乏味的

例 | a *monotonous* voice 單調的聲音

同 | tedious, boring, dull

衍 | monotony (n.) 單調
tone (n.) 音調

monstr: show

Track 147

demonstrable

[ˋdɛmənstrəbḷ]

解 | de/monstr/able
intensifier/show/able

(a.) 可以證明的；可以顯示的

例 | There are *demonstrable* links between French and American art.
法國藝術和美國藝術之間有關聯是可以證明的。

(a.) 明顯的

例 | a *demonstrable* lack of concern for the general welfare
明顯漠視大眾福祉

同 | evident, manifest, conspicuous

衍 | demonstrate (v.) 證明；顯示；示威
demonstrability (n.) 可以證明

undemonstrative

[ˏʌndɪˋmanstrətɪv]

解 | un/de/monstr/ative
not/intensifier/show/(a.)

(a.) 不露感情的；克制的

例 | An *undemonstrative* person by nature, he nevertheless loved his wife very much.
他天性不露感情，但很愛老婆。

同 | reserved, impassive, dispassionate

remonstrate

[rɪˋmanˏstret]

解 | re/monstr/ate
against/show/(v.)

(v.) 反駁；抗議

例 | I *remonstrated* with him but he just laughed in my face.
我向他抗議，但遭他當面譏笑。

同 | protest, expostulate, complain

衍 | remonstrance (n.) 抗議
remonstrative (a.) 抗議的

muster

[ˋmʌstɚ]

解 | muster
show

(v.) 召集；聚集

例 | Reporters *mustered* outside her house.
記者聚集在她家外面。

(v.) 鼓起（勇氣等）

例 | *Mustering* her courage, she marched into the office.
鼓起勇氣，她走進辦公室。

同 | summon, rally

衍 | muster (n.) 集合；一批

morph: form

Track 148

amorphous

[ə`mɔrfəs]

解 | a/morph/ous
without/form/(a.)

(a.) 不成形的；模糊的

例 | *amorphous* lumps of clay magically transformed by a skilled potter's hands into works of art
不成形的黏土塊，在陶藝家巧手之下神奇地轉變成藝術品

同 | shapeless, inchoate, nebulous

衍 | morph (v.) 變化；變形
morphology (n.) 形態學

metamorphosis

[ˏmɛtə`mɔrfəsɪs]

解 | meta/morph/osis
beyond/form/(n.)

(n.) 變形（複數爲 metamorphoses）

例 | her *metamorphosis* from a shy schoolgirl into a self-confident businesswoman
她從害羞女學生成為自信女商人的變化

同 | transformation, mutation, conversion

衍 | metamorphose (v.) 變形

mort: death, bite

Track 149

mordant

[`mɔrdn̩t]

解 | mord/ant
bite/(a.)

(a.) 尖酸的

例 | a writer famous for his *mordant* humor
以尖酸的幽默著稱之作家

同 | caustic, trenchant, acerbic

mortality

[mɔr`tæləti]

解 | mort/ality
death/(n.)

(n.) 壽命有限；死亡（率）

例 | Her death filled him with a sense of his own *mortality*.
她的死讓他感到自己壽命有限。

同 | impermanence, transience

衍 | mortal (a., n.) 會死的；致命的；凡人

amortize

[ə`mɔrtaɪz]

解 | a/mort/ize
without/death/(v.)

(v.) 分期償還

例 | The value of the machinery is *amortized* over its estimated useful life.
機器的價值以它預期的使用年限分期償還。

衍 | amortization (n.) 分期償還
mortgage (n., v.) 抵押

morbid

[`mɔrbɪd]

解 | morb/id
death/(a.)

(a.) 病態的；不健康的

例 | a *morbid* fascination with the horrors of contemporary warfare
對現代戰爭的恐怖有病態的迷戀

同 | unhealthy, unwholesome, macabre

衍 | morbidity (n.) 病態

mortify

[`mɔrtə͵faɪ]

解 | mort(i)/fact/y
death/make/(v.)

(v.) 羞辱；使羞愧

例 | It *mortified* me to find that I had no money with me. 發現身上沒錢，讓我很窘。

同 | embarrass, humiliate, shame

(v.) 折磨

例 | an ascetic who consistently chooses to *mortify* the flesh
這位苦修者選擇持續折磨肉體

衍 | mortifying (a.) 令人感到羞辱的
mortification (n.) 屈辱；折磨

moribund

[`mɔrə͵bʌnd]

解 | mori/bund
death/bound

(a.) 垂死的；將死的

例 | The peace talks are *moribund*.
和平談判奄奄一息。

同 | doomed, fated

衍 | bound to 註定

postmortem

[͵post`mɔrtəm]

解 | post/mort/em
after/death/(a.)

(a.) 死後的

例 | *postmortem* tests 死後的檢驗

(n.) 驗屍

例 | The coroner asked for a *postmortem*.
法醫要求驗屍。

(n.) 事後檢討

例 | a *postmortem* of her failed relationship
事後檢討她這段關係為何失敗

同 | analysis, appraisal, assessment

remorse

[rɪˋmɔrs]

解 | re/morse
back/bite

(n.) 後悔；自責

例 | He felt a deep *remorse* for having neglected his family over the years.
多年來沒有照顧家庭，他感到深深自責。

同 | contrition, repentance, compunction

衍 | remorseful (a.) 後悔的；懊悔的

---

multi-: many

Track 150

multifaceted

[ˏmʌltɪˋfæsətɪd]

解 | multi/fac/eted
many/face/(a.)

(a.) 多面向的；多角度的

例 | a *multifaceted* approach to healthcare
對健康醫療採取多面向作法

同 | multifarious, diverse, manifold

---

multiply

[ˋmʌltəplaɪ]

解 | multi/ple/y
many/fold/(v.)

(v.) 乘；倍增

例 | The difficulties seem to be *multiplying* by the minute.
困難似乎與時俱增。

(v.) 繁殖

例 | Rabbits were introduced here and *multiplied*.
兔子被引進至此並繁殖開來。

同 | procreate, propagate, proliferate

衍 | multiplication (n.) 乘法；繁殖
multiple (a.) 多重的

---

multitude

[ˋmʌltəˏtjud]

解 | multi/tude
many/(n.)

(n.) 眾多

例 | awed by the *multitude* of stars in the night sky 看到夜空的繁星心生敬畏

同 | horde, abundance, profusion

(n.) 民眾；群眾

例 | a candidate trying to appeal to the *multitude*
候選人設法吸引大眾

衍 | multitudinous (a.) 眾多的

muni: gift, service

Track 151

munificent

[mju`nɪfəsn̩t]

解 | muni/fic/ent
gift/make/(a.)

(a.) 慷慨大方的；豐厚的

例 | donated a *munificent* sum of money
捐出鉅款

同 | lavish, liberal, bountiful

衍 | munificence (n.) 慷慨；豐厚

remunerate

[rɪ`mjunə,ret]

解 | re/mun/erate
back/gift/(v.)

(v.) 支付報酬

例 | promptly *remunerated* the repair company for fixing the dryer
修理公司修好了烘乾機，很快就領到報酬

同 | reimburse, recompense, reward

衍 | remuneration (n.) 報酬；薪金

mur, mora: delay

Track 151

demur

[dɪ`mɝ]

解 | de/mur
away/delay

(v.) 反對；不同意

例 | She suggested that he would win easily, but he *demurred*, saying he expected the election to be close.
她說他可輕易獲勝，但他不同意；認為選情會很接近。

同 | object, protest, dissent

(n.) 猶豫；反對

例 | We accepted his offer to pay for our dinners without *demur*.
他說這頓飯他要出錢，我們立即同意。

衍 | demurral (n.) 猶豫；反對

moratorium

[,mɔrə`torɪəm]

解 | mor/ator(i)um
delay/(n.)

(n.) 暫緩執行；暫停

例 | The treaty calls for a nuclear testing *moratorium*.
合約要求暫停核武試驗。

同 | suspension, ban, deferral

mut: change, move

immutable

[ɪˋmjutəbḷ]

解 | in/mut/able
not/change/able

(a.) 不變的

例 | the *immutable* laws of nature
不變的自然律

同 | rigid, inflexible, permanent

衍 | immutability (n.) 不變（性）
mutation (n.) 突變

commute

[kəˋmjut]

解 | con/mute
together/change

(v.) 減刑

例 | The death sentence was *commuted* to life imprisonment.
死刑減為終身監禁。

同 | reduce, attenuate, mitigate

(v.) 轉換；替代；通勤

例 | Military service is often *commuted* for a period of work in the public sector.
兵役經常用一段時間的公共服務替代。

impermeable

[ɪmˋpɝmɪəbḷ]

解 | in/per/me/able
not/through/move/able

(a.) 不透水的；無法滲透的

例 | an *impermeable* layer of rock
一層不透水的岩石

同 | impervious, watertight, impenetrable

衍 | impermeability (n.) 無法滲透

molt

[molt]

解 | molt
change

(v.) 換毛；脫皮

例 | Snakes *molt* as they grow.
蛇長大會脫皮。

衍 | molt (n.) 換毛；脫皮

permeate

[ˋpɝmɪ͵et]

解 | per/me/ate
through/move/(v.)

(v.) 滲透；透過

例 | The rain *permeated* through the soil.
雨水滲透到土壤。

同 | diffuse, penetrate

(v.) 瀰漫；充斥

例 | The smell of baking bread *permeated* the kitchen.
烤麵包的氣味充斥廚房。

衍 | permeation (n.) 滲透；瀰漫

nat: born

Track 153

innate [ɪnˋet] 解｜in/nat in/born	(a.) **與生俱來的；固有的** 例｜She has an *innate* sense of rhythm. 她天生就有節奏感。 同｜inherent, congenital, intrinsic
naïveté [nɑˋivte] 解｜naiv/ete born/(n.) （如同新生嬰兒）	(n.) **天真；無知** 例｜Her *naïveté* led her to leave her new car unlocked while she shopped at the mall. 她太天真，到商場購物時新車也不鎖上。 同｜ingenuousness, guilelessness, gullibility 衍｜naïve (a.) 天真的；無知的 naivety (n.) 天真；無知
nascent [ˋnæsn̩t] 解｜nas/cent born/(a.)	(a.) **剛開始的；剛萌芽的** 例｜her *nascent* singing career 她剛開始的歌唱生涯 同｜budding, burgeoning, fledgling 衍｜nascence (n.) 發生；起源
preternatural [͵pritɚˋnætʃərəl] 解｜preter/nat/ural before/born/(a.)	(a.) **超自然的；怪異的** 例｜There was a *preternatural* quiet in the house. 屋中一片怪異的寂靜。 同｜extraordinary, abnormal, paranormal 衍｜natural (a.) 自然的

nebul: cloud
Track 154

nebulous
[ˋnɛbjələs]

解 | nebul/ous
cloud/(a.)

(a.) 朦朧的；含糊的

例 | These philosophical concepts can be *nebulous*.
這些哲學觀念有時很含糊。

同 | indistinct, fuzzy, indefinite

衍 | nebula (n.) 星雲

nuance
[njuˋans]

解 | nu/ance
cloud/(n.)

(n.) 細微差別

例 | the expression of subtle *nuances* of thought
細微思想差異的表達

同 | shade, subtlety, variation

衍 | nuanced (a.) 有細微差別的

neg, nul, nil: no, nothing
Track 154

annul
[əˋnʌl]

解 | ad/nul
to/nothing

(v.) 廢除；作廢

例 | plans to *annul* their short-lived, ill-advised marriage
計畫廢除他們短暫、不智的婚姻

同 | nullify, invalidate, void

negate
[nɪˋget]

解 | neg/ate
no/(v.)

(v.) 否定；否認

例 | You cannot *negate* the political nature of education.
你無法否認教育的政治本質。

(v.) 使無效

例 | The fact that she lied about her work experience *negated* the contract.
因為她的工作經驗是假的，所以合約無效。

同 | invalidate, nullify, annul

衍 | negative (a.) 否定的；負面的
negation (n.) 否定

Track 155

negligent [ˋnɛglɪdʒənt] 解｜neg/lig/ent not/choose/(a.)	**(a.) 疏忽的** 例｜The fire was started by a *negligent* smoker. 火災是吸菸者疏忽而造成的。 同｜inattentive, remiss, heedless 衍｜neglect (n., v.) 疏忽；忽略 negligence (n.) 疏忽；忽略
negligible [ˋnɛglɪdʒəbl̩] 解｜neg/lig/ible not/choose/able	**(a.) 可以忽略的；微不足道的** 例｜In weighing the produce, the weight of the plastic bag is *negligible*. 秤量產品重量時，塑膠袋的重量可以忽略。 同｜insignificant, inconsequential, trivial
nescience [ˋnɛʃɪəns] 解｜ne/sci/ence not/know/(n.)	**(n.) 無知** 例｜the appalling *nescience* of today's high schoolers concerning international affairs 今日高中生對國際大事無知到可怕的地步 同｜ignorance 衍｜nescient (a.) 無知的
annihilate [əˋnaɪə͵let] 解｜ad/nihil/ate to/nothing/(v.)	**(v.) 撲滅；消滅** 例｜The enemy troops were *annihilated*. 敵軍已被消滅。 同｜obliterate, exterminate, eliminate 衍｜annihilation (n.) 撲滅；消滅
renege [rɪˋnig] 解｜re/nege again/no	**(v.) 食言；毀約** 例｜They had promised to pay her tuition but later *reneged*. 他們答應替她出學費，但事後又反悔。 同｜recant, default, welsh 衍｜renegade (n.) 叛徒；變節者 renegade (a.) 背叛的；變節的

neo, nov: new

Track 156

innovative
[ˋɪno͵vetɪv]

解 | in/nov/ative
in/new/(a.)

(a.) 創新的；有創意的

例 | a creative and *innovative* young designer
創造力強、有新意的年輕設計師

同 | original, novel, inventive

衍 | innovate (v.) 創新
innovation (n.) 創新；新發明

---

renovate
[ˋrɛnə͵vet]

解 | re/nov/ate
again/new/(v.)

(v.) 翻修；改建

例 | It's an old factory that has been *renovated* as office space.
原本是舊工廠，改建為辦公室。

同 | refurbish, restore, revamp

衍 | renovation (n.) 翻修；改建

---

novel
[ˋnɑvḷ]

解 | nov/el
new/(a.)

(a.) 新奇的

例 | Wearable computers are *novel* devices.
穿戴式電腦是新奇裝置。

同 | original, innovative, inventive

衍 | novelty (n.) 新奇性；新奇的事物
novel (n.) 小說

---

novice
[ˋnɑvɪs]

解 | nov/ice
new/(n.)

(n.) 新手；初學者

例 | He's a *novice* in cooking. 他做料理是新手。

同 | tyro, neophyte, novitiate

衍 | noviciate (n.) 見習修道士；實習期

---

niger: black

Track 156

denigrate
[ˋdɛnə͵gret]

解 | de/nigr/ate
intensifier/black/(v.)

(v.) 詆毀；抹黑

例 | *denigrating* the talents and achievements of women 抹黑婦女的才華與成就

同 | defame, belittle, disparage

衍 | denigration (n.) 詆毀
Negro (n.) 非洲黑人（不禮貌用語）

enigmatic
[ˌɛnɪgˋmætɪk]

解 | e/nig/matic
intensifier/black/(a.)

(a.) 謎一般的；神秘的

例 | the Mona Lisa's *enigmatic* smile
蒙娜麗莎謎一般的微笑

同 | inscrutable, mysterious, inexplicable

衍 | enigma (n.) 謎；神秘

noc: harm

Track 157

innocuous
[ɪˋnɑkjʊəs]

解 | in/noc(u)/ous
not/harm/(a.)

(a.) 無害的；不得罪人的

例 | He told a few *innocuous* jokes.
他說了幾個無傷大雅的笑話。

同 | benign, inoffensive, anodyne

衍 | innocent (a.) 天真的；無辜的

noxious
[ˋnɑkʃəs]

解 | nox(i)/ous
harm/(a.)

(a.) 有害的；有毒的

例 | the discharge of *noxious* effluents into rivers 排放有毒廢水到河中

同 | toxic, poisonous, virulent

pernicious
[pɚˋnɪʃəs]

解 | per/nic(i)/ous
intensifier/harm/(a.)

(a.) 致命的；惡性的

例 | She thinks television has a *pernicious* influence on our children.
她認為電視對兒童有極壞的影響。

同 | destructive, detrimental, deleterious

nom, nomin, onym: name

Track 158

ignominious
[ˌɪgnəˋmɪnɪəs]

解 | ig/nomin(i)/ous
not/name/(a.)

(a.) 不名譽的；可恥的

例 | the chairman's *ignominious* abdication
主席的不名譽退位

同 | dishonorable, despicable, humiliating

衍 | ignominy (n.) 恥辱

nominal
[ˋnɑmənl̩]
解 | nomin/al
name/(a.)

(a.) 名義上的
例 | a president as *nominal* head of state
這位總統是名義上的國家元首

(a.) 微不足道的；象徵性的
例 | Agricultural workers get a cottage either free or for a *nominal* rent.
農工可住木屋，免費或只交象徵性的租金。
同 | token, symbolic

---

misnomer
[ˏmɪsˋnomɚ]
解 | mis/nom/er
wrong/name/(n.)

(n.) 誤植人名；不恰當的名稱
例 | “Grand Hotel” is a complete *misnomer* for that cheap place I stayed.
我住的那個廉價場所也叫做「大飯店」，真是名不符實。

---

pseudonym
[ˋsudn̩ˏɪm]
解 | pseud/onym
false/name

(n.) 假名；筆名
例 | Many authors like to use *pseudonyms*.
許多作家喜歡用筆名。
同 | alias, incognito

---

norm: standard

Track 159

norm
[nɔrm]
解 | norm
standard

(n.) 常態；標準
例 | accepted social *norms* 大家接受的社會標準
同 | standard, criterion, convention
衍 | normal (a.) 正常的

---

enormity
[ɪˋnɔrmətɪ]
解 | e/norm/ity
out/standard/(n.)

(n.) 龐大；重大
例 | the *enormity* and complexity of the task of reviving the country’s economy
振興國家經濟，這是巨大又複雜的工作

(n.) 邪惡；重大惡行
例 | We were shocked at the *enormity* of what happened. 發生的重大惡行令我們震驚。
同 | outrageousness, monstrousness
衍 | enormous (a.) 龐大的；巨大的

note: mark Track 160

connote
[kən`not]
解 | con/note
together/mark

(v.) 暗示
例 | The word "childlike" *connotes* innocence.
「像小孩」一詞暗示天真。
同 | imply, insinuate, intimate
衍 | connotation (n.) 暗含的意思

---

denote
[dɪ`not]
解 | de/note
down/mark

(v.) 表示；代表
例 | The eagle feathers *denoted* accomplished warriors.
老鷹羽毛代表有成就的戰士。
同 | designate, indicate, signify
衍 | denotation (n.) 表示出來的意思

---

notorious
[no`torɪəs]
解 | not/orioius
mark/(a.)

(a.) 惡名昭彰的
例 | The coach is *notorious* for his violent outbursts.
教練經常大發脾氣，因而惡名昭彰。
同 | infamous, scandalous
衍 | notoriety (n.) 惡名

---

nounc, nunc: report Track 160

denounce
[dɪ`naʊns]
解 | de/nounce
down/report

(v.) 譴責；公開批評
例 | The film was *denounced* for the way it portrayed its female characters.
這部電影因為描繪女性角色的方式而遭到譴責。
同 | condemn, censure, decry

(v.) 告發；指控
例 | His former colleagues have *denounced* him as a spy.
他從前的同事告發他是間諜。
衍 | denunciation (n.) 譴責；告發

pronounced

[prəˋnaʊnst]

解 | pro/nounc/ed
forward/report/(a.)

(a.) 明顯的；顯著的

例 | The symptoms of the disease have become steadily more *pronounced*.
病徵越來越明顯。

同 | conspicuous, distinct, prominent

衍 | pronounce (v.) 發音

renounce

[rɪˋnaʊns]

解 | re/nounce
back/report

(v.) 聲明放棄

例 | Edward *renounced* his claim to the French throne.
愛德華聲明放棄法國王座的權利。

同 | relinquish, waive, forgo

(v.) 拒絕承認

例 | She had *renounced* her family.
她宣告與家人脫離關係。

衍 | renunciation (n.) 放棄；拒絕承認

nur, nour, nutri: food, feed

Track 160

nurture

[ˋnɜtʃɚ]

解 | nurt/ure
food/(v.)

(v.) 養育；培養；栽培

例 | Teachers should *nurture* their students' creativity.
老師應該培養學生的創造力。

同 | promote, foster, cultivate

衍 | nurture (n.) 食物；培養

nutrient

[ˋnjutrɪənt]

解 | nutri/ent
food/(n.)

(n.) 營養物；養分

例 | The soil is low in *nutrients*.
土壤的養分低。

同 | nourishment, nutriment, nutrition

衍 | nutrient (a.) 營養豐富的
nutritious (a.) 營養豐富的

O

ob-, op-, oc-: toward, against

Track 161

obligatory [əˋblɪgə͵torɪ] 解｜ob/lig/atory toward/bind/(a.)	**(a.) 義務性的；必須的** 例｜*obligatory* military service 義務兵役 同｜mandatory, required, compulsory 衍｜obligation (n.) 義務
oblivious [əˋblɪvɪəs] 解｜ob/liv(i)/ous against/smooth/(a.)	**(v.) 渾然不覺的；不知道的** 例｜They were clearly *oblivious* of the danger. 他們顯然不知道有危險。 同｜unaware, unconscious, insensible 衍｜oblivion (n.) 遺忘
obfuscate [ɑbˋfʌsket] 解｜ob/fusc/ate against/pour/(v.) （與 confuse 同源）	**(v.) 混淆（問題）；使模糊** 例｜Politicians keep *obfuscating* the issues. 政客不斷混淆議題。 同｜obscure, confuse, muddle 衍｜obfuscation (n.) 模糊；混亂 confuse (v.) 混淆
oblique [əbˋlik] 解｜ob/lique against/bend	**(a.) 斜的；間接的；迂迴的** 例｜She made several *oblique* references to our financial troubles. 她幾次間接提到我們的財務問題。 同｜indirect, roundabout, circuitous 衍｜obliqueness (n.) 斜；間接；迂迴
obscure [əbˋskjʊr] 解｜ob/scure against/cover	**(a.) 陰暗的；看不清的** 例｜The far end of the room was *obscure*. 房間遠端看不清楚。 同｜indistinct, dim, gloomy

(a.) 不知名的；不清楚的

例 | an *obscure* Mexican painter
一位不知名的墨西哥畫家

衍 | obscure (v.) 遮掩；使看不清楚
obscurity (n.) 陰暗；沒沒無聞

obsolete
[ˋabsəˏlit]

解 | ob/solete
against/accustomed

(a.) 被淘汰的；過時的

例 | Cassette recorders are *obsolete*.
卡式錄音機已經被淘汰。

同 | outmoded, superannuated, antiquated

衍 | obsoleteness (n.) 淘汰；過時

obtuse
[əbˋtjus]

解 | ob/tuse
against/beat

(a.) 鈍的；遲鈍的

例 | He is too *obtuse* to take a hint.
他太遲鈍，暗示他也不懂。

同 | ignorant, dull, dense

衍 | obtuseness (n.) 遲鈍

opaque
[oˋpek]

解 | op/aque
against(a.)

(a.) 不透明的；難理解的

例 | The university culture is *opaque* to entering students.
大學文化對新生而言難以理解。

同 | obscure, impenetrable, vague

衍 | opacity (n.) 不透明；難懂

od, ot: way

Track 162

exodus
[ˋɛksədəs]

解 | ex/od/us
out/way/(n.)

(n.) 出走；人口外流

例 | the mass *exodus* from the cities for the beaches and the mountains on most summer weekends
大部分的夏日週末，城裡人會大批出走到海灘與山上

同 | emigration

衍 | Exodus (n.) 出埃及記

negotiate

[nɪˋgoʃɪ͵et]

解 | nect/ot(i)/ate
join/way/(v.)

(v.) 談判

例 | The government refused to *negotiate*.
政府拒絕談判。

同 | parley, bargain

衍 | negotiation (n.) 談判
connect (v.) 連結

exotic

[ɛgˋzatɪk]

解 | ex/ot/ic
out/way/(a.)

(a.) 異國的；本地罕見的

例 | *exotic* tropical birds 罕見的熱帶鳥類

(a.) 新奇的

例 | the carnival girl's *exotic* costume
嘉年華女郎的新奇服裝

同 | extravagant, sensational

衍 | exoticism (n.) 新奇

methodology

[͵mɛθədˋalədʒɪ]

解 | meta/od/(o)/log/y
beyond/way/word/y

(n.) 方法（論）

例 | He blamed the failure of their research on poor *methodology*.
研究失敗，他歸咎於方法不良。

同 | approach

衍 | method (n.) 方法

od, ol: smell

Track 163

odious

[ˋodɪəs]

解 | od(i)/ous
smell/(a.)

(a.) 可憎的；可惡的

例 | an *odious* crime 可惡的罪行

同 | malodorous, repulsive, repugnant

衍 | odor (n.) 氣味

olfactory

[alˋfæktərɪ]

解 | ol/fact/ory
smell/do/(a.)

(a.) 嗅覺的

例 | the *olfactory* sense 嗅覺

redolent

[ˋrɛdl̩ənt]

解 | re/(d)ol/ent
back/smell/(a.)

(a.) 芬芳的

例 | My grandmother's house always seemed to be *redolent* with the aroma of baking bread.
祖母家好像總是充斥烤麵包的香氣。

同 | fragrant, aromatic

(a.) 有……味道的；勾起……聯想的

例 | a city *redolent* of antiquity 古色古香的城市

衍 | redolence (n.) 芳香

omni-: all

Track 163

omnipresent

[ˌɑmnɪˋprɛzn̩t]

解 | omni/present
all/present

(a.) 無所不在的

例 | The problem is *omnipresent* and unavoidable.
問題無所不在、不可避免。

同 | ubiquitous, universal

衍 | omnipresence (n.) 無所不在
present (a.) 出席的；存在的

omnivorous

[ɑmˋnɪvərəs]

解 | omni/vor/ous
all/swallow/(a.)

(a.) 雜食性的；什麼都有興趣的

例 | an *omnivorous* reader
什麼都有興趣的讀者

同 | indiscriminate, unselective

衍 | omnivore (n.) 雜食動物

omnipotent

[ɑmˋnɪpətənt]

解 | omni/potent
all/powerful

(a.) 全能的

例 | an *omnipotent* ruler 全能統治者

同 | almighty

衍 | omnipotence (n.) 全能
potent (a.) 強效的；有力的

omniscient

[ɑmˋnɪʃənt]

解 | omni/sci/ent
all/know/(a.)

(a.) 無所不知的

例 | Only God is *omniscient*.
只有神是無所不知。

衍 | omniscience (n.) 無所不知

optic, ops: see
Track 164

synoptic [sɪˋnaptɪk] 解 | syn/optic all/see	**(a.) 摘要的；縱觀全局的** 例 | a *synoptic* analysis 全面的分析 衍 | synopsis (n.) 摘要
optical [ˋaptɪkḷ] 解 | optic/al see/(a.)	**(a.) 視覺的；光學的** 例 | an *optical* illusion that fools most people 這種視覺幻象會騙倒大多數人 衍 | optics (n.) 光學

oper: work
Track 164

opulent [ˋapjələnt] 解 | opul/ent work/(a.) （原意是很費工）	**(a.) 富裕的；豪華的** 例 | an *opulent* mansion filled with priceless art and antiques 充滿無價藝術品和骨董的富裕豪宅 同 | luxurious, sumptuous, palatial 衍 | opulence (n.) 富裕；奢華
copious [ˋkopɪəs] 解 | cop(i)/ous work/(a.)	**(a.) 豐富的；大量的** 例 | The storm produced a *copious* amount of rain. 風暴帶來大量降雨。 同 | abundant, plentiful, profuse
opus [ˋopəs] 解 | op/us work/(n.)	**(n.) 作品** 例 | Carl Nielsen's *Opus* 43 quintet 尼爾遜五重奏作品 43 號 同 | composition, oeuvre

ora: speak, mouth

inexorable
[ɪn`ɛksərəbḷ]

解 | in/ex/ora/able
not/out/speak/able
（原意是無法說動、不能求情）

(a.) 無法阻擋的；不留情的

例 | the *inexorable* advance of science
無法阻擋的科學進展

同 | relentless, inflexible, adamant

衍 | inexorability (n.) 無法阻擋

oratory
[`ɔrətorɪ]

解 | orat/ory
speak/(n.)

(n.) 演說術；雄辯

例 | He whipped the meeting up into a frenzy with his *oratory*.
他用雄辯挑起與會者使其陷入狂熱。

同 | rhetoric, eloquence

衍 | oration (n.) 演說

oscillate
[`asḷet]

解 | os/cill/ate
mouth/little/(v.)

(v.) 搖擺；波動

例 | My emotions *oscillate* between desperation and hope.
我的情緒在絕望與希望之間搖擺。

同 | swing, waver, fluctuate

衍 | oscillation (n.) 搖擺；波動

ord, orn: order

Track 165

adorn
[ə`dɔrn]

解 | ad/orn
to/order

(v.) 裝飾；美化

例 | Her paintings *adorn* the walls.
她的畫裝飾在牆上。

同 | embellish, decorate, ornament

衍 | adornment (n.) 裝飾

inordinate
[ɪn`ɔrdṇɪt]

解 | in/ordin/ate
not/order/(a.)

(a.) 無節制的；過度的

例 | The job had taken an *inordinate* amount of time. 工作已經花掉太多時間。

同 | immoderate, excessive, undue

ordain

[ɔr`den]

解 | ordain
order

(v.) 任命（神職）

例 | She is an *ordained* minister.
她是正式任命的牧師。

(v.) 規定；命令

例 | The process was *ordained* by law.
這項程序是法律規定的。

同 | decree, enjoin, dictate

oss: bone

Track 165

ossify

[`asə͵faɪ]

解 | oss(i)/fact/y
bone/make/(v.)

(v.) 硬化；僵化

例 | opinions have *ossified* 意見已經僵化

同 | fossilize, petrify

衍 | ossification (n.) 硬化；僵化

ostracize

[`astrə͵saɪz]

解 | ostra/cize
bone/(v.)
（雅典放逐人犯的方式是用貝殼等投票）

(v.) 放逐；排斥

例 | Individuals who took such action risked being *ostracized* by their fellow workers.
做這種事的人可能會被同事排斥。

同 | exclude, spurn, boycott

衍 | ostracism (n.) 放逐；排斥

pair, pare: ready, arrange

Track 166

pare [pɛr] 解 | pare arrange	(v.) 削；縮減 例 | *pared* down the budget 削預算 同 | diminish, retrench, trim
repertoire [ˋrɛpɚˏtwɑr] 解 | re/per(t)/oire back/ready/(n.)	(n.) 曲目；劇目；全套（技能） 例 | The band's *repertoire* includes both classic and modern jazz. 樂團的曲目包括古典與現代爵士。 同 | collection, stock, repertory
impair [ɪmˋpɛr] 解 | in/pair not/arrange	(v.) 削弱；傷害 例 | His health was *impaired* by overwork. 他因為工作過度健康受損。 同 | damage, diminish, impede 衍 | impairment (n.) 傷害
reparation [ˏrɛpəˋreʃən] 解 | re/par/ation back/arrange/(n.)	(n.) 賠償；補償 例 | She says she's sorry and wants to make *reparations*. 她說很抱歉，願意賠償。 同 | indemnification, amends, restitution 衍 | repair (n., v.) 修理；修補

pall: pale Track 167

palliate
[ˋpælɪˌet]
解｜pall(i)/ate
pale/(v.)

(v.) 緩和；減輕
例｜treatments that only *palliate* the painful symptoms of the disease
只能減輕痛苦症狀的治療
同｜alleviate, assuage, mitigate
衍｜palliative (a.) 可減輕（症狀）的
palliative (n.) 可減輕（症狀）之物

---

pallid
[ˋpælɪd]
解｜pall/id
pale/(a.)

(a.) 蒼白的
例｜his *pallid* countenance 他蒼白的臉色
(a.) 無生氣的；無趣的
例｜a *pallid* performance 無趣的演出
同｜insipid, dull, vapid
衍｜pallor (n.) 蒼白

---

appall
[əˋpɔl]
解｜ad/pall
to/pale

(v.) 令人震驚
例｜We were *appalled* by his behavior.
他的行為令我們震驚。
同｜horrify, dismay, scandalize
衍｜appalling (a.) 可怕的

---

pan-: all Track 168

panacea
[ˌpænəˋsɪə]
解｜pan/acea
all/cure

(n.) 萬靈丹
例｜The law will improve the lives of local farmers, but it is no *panacea*.
這條法律可以改善地方農民的生活，但絕非萬靈丹。
同｜cure-all, elixir, nostrum

---

pandemonium
[ˌpændɪˋmonɪəm]
解｜pan/demon/(i)um
all/demon/(n.)

(n.) 大混亂
例｜When the news came, *pandemonium* broke out. 消息傳來，引起大亂。
同｜turmoil, tumult, chaos
衍｜demon (n.) 惡魔

panorama
[ˌpænəˋræmə]

解 | pan/orama
all/see

(n.) 全景；全貌

例 | a *panorama* of American history
美國歷史全貌

同 | overview, survey

衍 | panoramic (a.) 全景的

panegyric
[ˌpænəˋdʒɪrɪk]

解 | pan/agora/ic
all/speak/(n.)
（在廣場對全體演說）

(n.) 讚頌；頌詞

例 | wrote a *panegyric* on the centennial of the great man's birth
為偉人百歲誕辰寫了一篇頌詞

同 | eulogy, encomium, accolade

衍 | agora (n.) 廣場；集會

panoply
[ˋpænəplɪ]

解 | pan/oply
all/hoplite
（原指步兵的全套裝備）

(n.) 全套；全副陳列

例 | the full *panoply* of a military funeral
軍事葬禮的全套禮儀

同 | array, range, trappings

衍 | hoplite (n.)（古希臘）重裝步兵

pantomime
[ˋpæntəˌmaɪm]

解 | panto/mime
all/mime

(n.) 默劇

例 | In the game of charades, one player uses *pantomime* to represent a word or phrase that the other players have to try to guess.
玩猜字謎遊戲時，一人用默劇呈現某字或片語，別人得猜出來。

同 | mime

衍 | mimic (v.) 模仿

para-: beside

Track 169

parable
[ˋpærəbl̩]

解 | para/ball
beside/throw（本意是丟到旁邊，即以此喻彼）

(n.) 寓言故事

例 | the *parable* of the prodigal son
敗家子的寓言

同 | allegory, fable

paragon

[ˋpærəgən]

解｜para/agon
beside/angle

(n.) 典範；模範

例｜a *paragon* of virtue 道德典範

同｜epitome, model, paradigm

parody

[ˋpærədɪ]

解｜par/od/y
beside/song/(n.)

(n.) 諷刺性的模仿

例｜a film that is a *parody* of several horror movies 這部電影諷刺幾部恐怖片

(n.) 拙劣可笑之事；扭曲

例｜The judge's ruling is a *parody* of justice.
法官的判決扭曲正義。

同｜travesty, distortion, caricature

衍｜parody (v.) 經由模仿而諷刺

parry

[ˋpærɪ]

解｜par/ry
beside/(v.)

(v.) 招架；擋開；迴避

例｜She cleverly *parried* the reporters' questions.
她巧妙招架記者的問題。

同｜ward off, deflect, evade

衍｜parry (n.) 招架；隔擋

pastor: shepherd

Track 170

pastoral

[ˋpæstərəl]

解｜pastor/al
shepherd/(a.)

(a.) 牧人的；田園的

例｜a *pastoral* landscape 田園風光

同｜bucolic, idyllic, rustic

衍｜pastor (n.) 牧師
pasture (n.) 牧場；草地

repast

[rɪˋpæst]

解｜re/past
back/shepherd
（原指放回牧場去吃草）

(n.) 餐飲；食物

例｜She offered us a light *repast* before we set out on our trip.
在我們出發前她給我們一些小點心。

同｜meal

pars, spars: spare

Track 170

sparse
[spars]
解 | sparse
spare

(a.) 稀疏的；稀少的
例 | areas of *sparse* population 人口稀疏地區
同 | scanty, meager, scarce

parsimonious
[͵parsə`moniəs]
解 | pars(i)/mon(i)ous
spare/(a.)

(a.) 吝嗇的
例 | She's too *parsimonious* to heat the house properly.
她太吝嗇，暖氣開不夠熱。
同 | sparing, stingy, miserly
衍 | parsimony (n.) 吝嗇

path, pass, pati: feel

Track 170

impassive
[ɪm`pæsɪv]
解 | in/pass/ive
not/feel/(a.)

(a.) 無感覺的；喜怒不形於色的
例 | Her face remained *impassive* throughout the trial.
整場審判她面無表情。
同 | expressionless, dispassionate
衍 | impassivity (n.) 無感覺；無表情

impassioned
[ɪm`pæʃənd]
解 | in/pass/ioned
in/feel/(a.)

(a.) 慷慨激昂的；熱情洋溢的
例 | made an *impassioned* appeal for the victims
為受害者慷慨陳詞
同 | fervent, ardent, passionate

incompatible
[͵ɪnkəm`pætəbḷ]
解 | in/con/pati/able
not/together/feel/able

(a.) 不相容的；合不來的
例 | The two theories are totally *incompatible*.
兩種理論完全不相容。
同 | incongruous, inconsistent
衍 | compatibility (n.) 相容性

Track 171

antipathy

[æn`tɪpəθɪ]

解 | a/path/y
without/feel/(n.)

(n.) 反感；厭惡

例 | There has always been strong *antipathy* between the two groups.
這兩個團體之間一向有很深的反感。

同 | hostility, antagonism, animosity

衍 | antipathetic (a.) 反感的；厭惡的

apathy

[`æpəθɪ]

解 | a/path/y
without/feel/(n.)

(n.) 冷漠

例 | She heard the story with *apathy*.
她冷漠地聽完這個故事。

同 | impassiveness, indifference

衍 | apathetic (a.) 冷漠的

dispassionate

[dɪs`pæʃənɪt]

解 | dis/pass/ionate
not/feel/(a.)

(a.) 冷靜的；理性的

例 | Journalists aim to be *dispassionate* observers.
記者努力當個冷靜的觀察者。

同 | unemotional, impassive, nonchalant

衍 | passionate (a.) 熱情的

empathy

[`ɛmpəθɪ]

解 | en/path/y
make/feel/(n.)

(n.) 同理心

例 | His months spent researching prison life gave him greater *empathy* towards convicts.
他研究監獄生活幾個月，因而對囚犯產生了較大的同理心。

衍 | empathetic (a.) 有同理心的

pathological

[͵pæθə`ladʒɪkəl]

解 | path(o)/log/ical
suffer/word/(a.)

(a.) 病理學的；病態的

例 | a *pathological* liar 說謊成習，已經成為病態

同 | compulsive, obsessive

衍 | pathology (n.) 病理學

psychopath

[`saɪkə͵pæθ]

解 | psych(o)/path
mind/suffer

(n.) 精神病患者；喪心病狂

例 | a dangerous *psychopath* who needed to be locked up
一個危險的喪心病狂，得鎖起來

同 | maniac, lunatic

衍 | psychopathy (n.) 精神病

simpatico

[sɪm`patɪko]

解 | sim/pati/co
same/feel/(a.)

(a.) 合得來的；好相處的

例 | my closest friends and *simpatico* colleagues
我最親近的朋友與合得來的同事

同 | amiable, genial, congenial

patr: father, fatherland

Track 172

patronage

[`pætrənɪdʒ]

解 | patr/onage
father/(n.)

(n.) 贊助；資助

例 | The college relied on the *patronage* of its wealthy graduates to expand its funds.
大學靠有錢校友的贊助來擴充資金。

同 | sponsorship, donation

(n.) 光顧；照顧生意

例 | The new branch library is expected to have a heavy *patronage*.
圖書館新設的分館預期會有許多使用者光顧。

衍 | patron (n.) 贊助者；顧客

patronize

[`petrən.aɪz]

解 | patr/onize
father/(v.)

(v.) 光顧；照顧生意

例 | I *patronize* this bookstore regularly.
我經常光顧這家書店。

(v.) 對……以恩人自居；屈尊俯就地對待

例 | Stop *patronizing* me—I understand the play as well as you do.
別把我當小孩，這齣戲我懂得不比你少。

衍 | patronizing (a.) 擺出恩賜態度的

repatriate

[ri`petrɪ.et]

解 | re/patr(i)/ate
back/fatherland/(v.)

(v.) 遣送回國

例 | *repatriate* prisoners of war 戰俘遣送回國

衍 | repatriation (n.) 遣送回國

pec: sin Track 173

peccadillo
[ˏpɛkəˋdɪlo]
解 | pec/cadillo
sin/small

(n.) 輕罪；小過錯
例 | a youthful *peccadillo* 年輕人犯的小過錯
同 | misdemeanor, delinquency

impeccable
[ɪmˋpɛkəbḷ]
解 | in/pec/cable
not/sin/able

(a.) 無可挑剔的；零缺點的
例 | spoke *impeccable* French
說的法文無可挑剔
同 | flawless, unblemished, irreproachable
衍 | impeccability (n.) 無缺點；無過失

pejorative
[pəˋdʒɔrətɪv]
解 | pej/orative
sin/(a.)

(a.) 輕蔑的；貶抑的
例 | Make sure students realize that "fat" is a *pejorative* word.
一定要讓學生知道「肥」是貶抑的字。
同 | disparaging, derogatory
衍 | pejorative (n.) 貶抑詞語

pecun: money Track 173

impecunious
[ˏɪmpəˋkjunɪəs]
解 | in/pecun(i)/ous
not/money/(a.)

(a.) 一文不名的
例 | She came from a respectable but *impecunious* family.
她來自高尚但貧窮的家庭。
同 | penurious, impoverished, indigent

pecuniary
[pɪˋkjunɪˏɛrɪ]
解 | pecun(i)/ary
money/(a.)

(a.) 金錢方面的
例 | He was free from all *pecuniary* anxieties.
他沒有任何金錢方面的憂慮。
同 | financial, monetary, fiscal

ped: foot

Track 174

expedite

[ˋɛkspɪˏdaɪt]

解 | ex/ped/ite
out/foot/(v.)

(v.) 迅速執行；加快

例 | We'll do what we can to *expedite* the processing of your insurance claim.
我們會盡量加快處理你的保險索賠。

同 | accelerate, precipitate, facilitate

衍 | expeditious (a.) 迅速的

expedient

[ɪkˋspidɪənt]

解 | ex/ped(i)/ent
out/foot/(a.)

(a.) 方便的；權宜的

例 | They found it *expedient* to negotiate with the terrorists.
他們覺得和恐怖份子談判是比較方便的作法。

同 | convenient, politic, pragmatic

衍 | expedient (n.) 權宜之計
expediency (n.) 方便性；權宜之計

impediment

[ɪmˋpɛdəmənt]

解 | in/ped(i)/ment
in/foot/(n.)

(n.) 阻礙；障礙

例 | The country's debt was a serious *impediment* to economic improvement.
國債嚴重阻礙經濟進步。

同 | hindrance, obstacle, obstruction

衍 | impede (v.) 阻礙

pedestrian

[pəˋdɛstrɪən]

解 | ped/estr(i)an
foot/person/(n.)

(n.) 行人；徒步者

例 | There are no *pedestrians* on the sidewalk.
人行道上不見行人。

(a.) 平淡的；缺乏想像力的

例 | The *pedestrian* prose could really put me to sleep.
平淡的文字令我想睡覺。

同 | plodding, tedious, monotonous

stampede

[stæmˋpid]

解 | stamp/pede
stamp/foot

(n.) 奔逃；驚逃

例 | a *stampede* to the exits 群衆奔逃到出口

同 | charge, panic, rush

衍 | stampede (v.) 奔逃；驚逃
stamp (v.) 跺腳；重踩

ped: child

Track 175

pedant

[ˋpɛdn̩t]

解 | ped/ant
child/ant
（原指教小孩的老師）

(n.) 賣弄學問的人；學究

例 | Far from being a *pedant*, the professor was quite humble and shy.
這位教授絕非學究，其實很謙虛又害羞。

衍 | pedantic (a.) 賣弄學問的
pedantry (n.) 賣弄學問

pedagogical

[ˏpɛdəˋgadʒɪkl]

解 | ped/agog/ical
child/leader/(a.)

(a.) 教學的；教育的

例 | prevailing *pedagogical* methods
盛行的教育方法

同 | educational

衍 | pedagogue (n.) 教師
pedagogy (n.) 教學法

pel, puls: push

Track 175

dispel

[dɪˋspɛl]

解 | dis/pel
apart/push

(v.) 驅散；排除

例 | *dispel* a rumor 排除謠言

同 | banish, dismiss, eliminate

repel

[rɪˋpɛl]

解 | re/pel
back/push

(v.) 擊退；排斥

例 | The rebels were *repelled* by army units.
叛軍被軍隊擊退。

(v.) 使厭惡；使產生反感

例 | She was *repelled* by his arrogance.
他的傲慢態度令她反感。

同 | revolt, repulse, nauseate

衍 | repulsion (n.) 擊退；排斥；嫌惡
repulsive (a.) 排斥性的；令人厭惡的

compelling

[kəm`pɛlɪŋ]

解 | con/pel/ling
intensifier/push/(a.)

(a.) 強有力的

例 | a *compelling* performance
強有力的演出

同 | enthralling, captivating, engrossing

(a.) 令人信服的

例 | *compelling* evidence
令人信服的證據

衍 | compel (v.) 強迫；迫使

unappealing

[ˌʌnə`pilɪŋ]

解 | un/ad/peal/ing
not/to/push/(a.)

(a.) 不吸引人的

例 | an *unappealing* pile of old magazines
不吸引人的一堆舊雜誌

同 | unattractive, unappetizing

衍 | appeal to 吸引
appealing (a.) 吸引人的

pen, pun: pain, punish

Track 176

penal

[`pinḷ]

解 | pen/al
punish/(a.)

(a.) 刑罰的；懲罰的

例 | Australia was once a *penal* colony.
澳洲原本是懲罰犯人的殖民地。

同 | disciplinary, punitive, correctional

衍 | penalize (v.) 懲罰

impunity

[ɪm`pjunətɪ]

解 | in/pun/ity
not/punish/(n.)

(n.) 免除（懲罰）

例 | We cannot go on polluting Earth with *impunity*.
我們不能一直污染地球下去而不付出代價。

同 | immunity, indemnity, exemption

penitent

[`pɛnətənt]

解 | pen/itent
pain/(a.)

(a.) 懺悔的

例 | She stood there like a *penitent* child.
她站在那裡，像個懺悔的小孩。

同 | repentant, contrite, remorseful

衍 | penitence (n.) 懺悔

subpoena

[səbˋpinə]

解 | sub/poen/a
under/pain/(n.)
(古代傳票開頭用語;意思是 under pain of ...,威脅收票人必須出庭)

(n.) 傳票

例 | received a *subpoena* to appear as a witness for the prosecution
收到傳票,要出庭擔任檢方證人

同 | summons

衍 | subpoena (v.) 傳喚;傳訊

pend, pens, pond, pons: hang, weigh, pay

Track 177

despondent

[dɪˋspɑndənt]

解 | de/spond/ent
away/pay/(a.)

(a.) 沮喪的;絕望的

例 | *despondent* about his health
關於健康感到絕望

同 | disheartened, crestfallen, disconsolate

衍 | despondency (n.) 沮喪;絕望
despair (n., v.) 絕望

dispense

[dɪˋspɛns]

解 | dis/pense
apart/pay

(v.) 分配;分發

例 | The servants are ready to *dispense* the drinks. 僕人準備好分發飲料了。

(v.) 執行;行使

例 | *dispense* justice 執行正義

同 | administer, discharge, execute

衍 | dispense with 免除;不用
indispensable (a.) 不可或缺的

ponder

[ˋpɑndɚ]

解 | pond/er
weigh/(v.)

(v.) 衡量;思考

例 | *pondered* their chances of success
衡量他們成功的機會

同 | consider, contemplate

perpendicular

[͵pɝpənˋdɪkjəlɚ]

解 | per/pend/icular
intensifier/hang/(a.)

(a.) 垂直的

例 | a perfectly *perpendicular* pillar
一根完全垂直的柱子

同 | upright, erect, vertical

compensate
[ˋkampən͵set]

解｜con/pens/ate
together/pay/(v.)

(v.) 補償；賠償

例｜Victims of the accident will be *compensated* for their injuries. 車禍受害者受傷將獲得賠償。

同｜recompense, reimburse, remunerate

衍｜compensation (n.) 賠償；報酬

compendium
[kəmˋpɛndɪəm]

解｜con/pend(i)/um
together/hang/(n.)

(n.) 摘要；概略

例｜a *compendium* of herbal medicine
草藥概略

同｜summary, synopsis, précis

impending
[ɪmˋpɛndɪŋ]

解｜in/pend/ing
in/hang/(a.)

(a.) 即將來臨的

例｜the *impending* trial 即將到來的審判

同｜imminent, approaching, looming

penchant
[ˋpɛntʃənt]

解｜pench/ant
hang/(n.)

(n.) 傾向；嗜好

例｜He has a *penchant* for champagne.
他嗜好香檳。

同｜inclination, predilection, partiality

pending
[ˋpɛndɪŋ]

解｜pend/ing
hang/(a.)

(a.) 懸而未決的

例｜The results of the investigation are *pending*.
調查結果尚未確定。

同｜unresolved, undetermined

pensive
[ˋpɛnsɪv]

解｜pens/ive
weigh/(a.)

(a.) 沉思的

例｜a *pensive* mood 沉思的情緒

同｜contemplative, reflective, introspective

ponderous
[ˋpandərəs]

解｜pond/erous
weigh/(a.)

(a.) 沉重的；笨拙的

例｜*ponderous* elephants in a circus parade
馬戲團遊行中步履沉重的大象

同｜clumsy, cumbersome, lumbering

preponderance
[prɪˋpandərəns]

解 | pre/pond/derance
before/weigh/(n.)
（比較重）

(n.) 佔多數；優勢

例 | the *preponderance* of women among older people
老年人口中婦女佔多數

同 | majority, prevalence, predominance

衍 | preponderant (a.) 佔優勢的

---

propensity
[prəˋpɛnsətɪ]

解 | pro/pens/ity
forward/hang/(n.)

(n.) 性向；習性

例 | the criminal *propensities* of the family
這個家族的犯罪傾向

同 | inclination, tendency, predisposition

---

spontaneous
[spanˋtenɪəs]

解 | spont/an(e)ous
pay/(a.)

(a.) 自發的；自然的

例 | The rally was completely *spontaneous*.
這場集會完全是自動自發。

同 | unforced, impulsive, automatic

衍 | spontaneity (n.) 自發性；自然性
respond (v.) 回應；反應

---

per-: through, intensifier

Track 179

perilous
[ˋpɛrələs]

解 | per/ilous
through/(a.)

(a.) 危險的

例 | a *perilous* journey 危險的旅行

同 | hazardous, treacherous, precarious

衍 | peril (n.) 危險

---

persnickety
[pɚˋsnɪkɪtɪ]

解 | persnickety
particular

(a.) 挑剔的；要求嚴格的

例 | a *persnickety* job such as hanging wallpaper
像貼壁紙這種要求嚴格的工作

同 | pernickety, fastidious, finicky

衍 | particular (a.) 挑剔的

peregrinate

[ˋpɛrəgrɪˏnet]

解｜per/egrine/ate
through/field/(v.)

(v.) 遊歷；旅行

例｜spent the summer *peregrinating* around Ireland 整個夏天都在愛爾蘭四處遊歷

同｜traverse, wander, roam

衍｜peregrination (n.) 遊歷
peregrine (n.) 遊隼

perpetrate

[ˋpɝpəˏtret]

解｜per/pater/ate
intensifier/father/(v.)
（原指生出來）

(v.) 犯（罪）

例｜The attack was *perpetrated* by a street gang. 這次攻擊是一個街頭幫派幹的。

同｜commit, execute, effect

衍｜perpetrator (n.) 罪犯

persevere

[ˏpɝsəˋvɪr]

解｜per/severe
intensifier/severe

(v.) 堅持到底

例｜Even though he was tired, he *persevered* and finished the marathon.
雖然很累，他還是堅持到底跑完馬拉松。

同｜persist

衍｜perseverance (n.) 堅持
severe (a.) 嚴格的；嚴厲的

percolate

[ˋpɝkəˏlet]

解｜per/colate
through/strain

(v.) 過濾；滲透；擴散

例｜Rumors *percolated* throughout the town.
謠言擴散全鎮。

同｜diffuse, seep, permeate

衍｜percolation (n.) 過濾；滲透；擴散
percolator (n.) 過濾式咖啡壺
colander (n.) 濾盆

peri-: around

Track 180

peripatetic

[ˏpɛrəpəˋtɛtɪk]

解｜peri/patet/ic
around/walk/(a.)

(a.) 漫遊的；流動的

例｜He had a *peripatetic* career as a salesman.
他是推銷員，這一行得在外奔波。

同｜itinerant, nomadic, ambulatory

periphrastic

[ˌpɛrəˋfræstɪk]

解 | peri/phrast/ic
around/phrase/(a.)

(a.) 迂迴的；囉嗦的

例 | "At this point in time" is an example of *periphrastic* speech.
「在這個時間點上」是迂迴措辭的例子。

同 | circumlocutory, circuitous, tautological

衍 | periphrasis (n.) 迂迴說法
phrase (n.) 片語
paraphrase (n., v.) 同義表達

pest: pest

Track 181

pester

[ˋpɛstɚ]

解 | pest/er
pest/(v.)

(v.) 煩擾；糾纏

例 | Stop *pestering* me!
別煩我！

同 | harass, annoy, badger

衍 | pest (n.) 害蟲

pesticide

[ˋpɛstɪˌsaɪd]

解 | pest(i)/cide
pest/kill

(n.) 殺蟲劑；農藥

例 | washed the vegetable thoroughly to get rid of any *pesticide*
蔬菜洗乾淨才不會有農藥

pestilential

[ˌpɛstəlˋɛnʃəl]

解 | pest/ilent(i)al
pest/(a.)

(a.) 瘟疫似的；煩人的

例 | What a *pestilential* man!
真是煩人的傢伙！

同 | irritating, annoying, exasperating

衍 | pestilence (n.) 瘟疫

infest

[ɪnˋfɛst]

解 | in/fest
in/pest

(v.) 騷擾；侵害

例 | farmland *infested* by fire ants
遭紅火蟻侵害的農場

同 | overrun, overspread, invade

衍 | infestation (n.) 騷擾；侵害

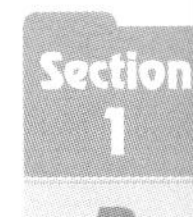

competence
[ˋkampətəns]

解 | con/pet/ence
together/seek/(n.)

(n.) 能力；勝任；稱職

例 | questioned his *competence* to finish the task without help 質疑他獨立完工的能力

同 | capability, expertise, aptitude

衍 | competent (a.) 勝任的；稱職的
compete (v.) 競爭

perpetuate
[pəˋpɛtʃu͵et]

解 | per/pet(u)/ate
through/seek/(v.)

(v.) 使永久存在

例 | a monument to *perpetuate* the memory of those killed in war
用以永誌不忘戰死之士的紀念碑

同 | preserve, immortalize, commemorate

衍 | perpetual (a.) 永久的；永恆的

impetus
[ˋɪmpətəs]

解 | in/pet/us
in/seek/(n.)

(n.) 動力；動機；誘因

例 | The reward money should be sufficient *impetus* for someone to come forward with information.
賞金應該提供足夠的誘因使人出來提供線索。

同 | incentive, motivation, inducement

impetuous
[ɪmˋpɛtʃuəs]

解 | in/pet(u)/ous
in/seek/(a.)

(a.) 急躁的；衝動的

例 | an *impetuous* young man 衝動的年輕人

同 | impulsive, rash, reckless

衍 | impetuosity (n.) 急躁；衝動

petition
[pəˋtɪʃən]

解 | pet/ition
seek/(n.)

(n.) 請願（書）；請求

例 | We presented a *petition* to the legislature to change the law.
我們向議會提交請願書，要求更改法律。

同 | entreaty

衍 | petition (v.) 向……請願
petitioner (n.) 請願者

petulant
[ˋpɛtʃələnt]

解 | pet/ulant
seek/(a.)

(a.) 任性的；壞脾氣的

例 | sounded as *petulant* as a spoiled child
口氣和寵壞的小孩一樣任性

同 | insolent, peevish, querulous

衍 | petulance (n.) 任性；壞脾氣

propitiate
[prəˋpɪʃɪ͵et]

解｜pro/pit(i)/ate
forward/seek/(v.)

(v.) 取悅；使息怒

例｜He made an offering to *propitiate* the angry gods. 他獻祭以取悅憤怒的神明。

同｜appease, placate, conciliate

衍｜propitiation (n.) 撫慰；贖罪

---

propitious
[prəˋpɪʃəs]

解｜pro/pit(i)/ous
forward/seek/(a.)

(a.) 吉利的；有利的

例｜a *propitious* sign 吉兆

同｜auspicious, opportune, providential

衍｜unpropitious (a.) 不吉利的

---

phan, phen: show

Track 183

diaphanous
[daɪˋæfənəs]

解｜dia/phan/ous
across/show/(a.)

(a.) 透明的；看得穿的

例｜The bride wore a *diaphanous* veil.
新娘戴著透明頭紗。

同｜sheer, translucent, flimsy

---

phenomenal
[fəˋnɑmən!]

解｜phen/omenal
show/(a.)

(a.) 驚人的

例｜the *phenomenal* success of the young company 年輕公司驚人的成功

同｜extraordinary, stunning, astounding

衍｜phenomenon (n.) 現象；奇觀
（複數為 phenomena）

---

phob: fear, hate

Track 183

phobia
[ˋfobɪə]

解｜phob/ia
fear/(n.)

(n.) 恐懼症；懼怕

例｜His fear of crowds eventually developed into a *phobia*. 他怕人多，後來發展為恐懼症。

同｜dread, horror, aversion

衍｜phobic (a., n.) 恐懼症的（患者）

xenophobia
[ˌzɛnəˋfobɪə]
解 | xeno/phob/ia
foreigner/fear/(n.)

(n.) 仇外；懼外
例 | *xenophobia* against Chinese immigrants in Indonesia 印尼對華人移民的仇視
衍 | xenophobic (a.) 仇外的；懼外的
xenophobe (n.) 仇外者；懼外者

physi: nature, body

Track 183

metaphysical
[ˌmɛtəˋfɪzɪkḷ]
解 | meta/phys/ical
beyond/nature/(a.)

(a.) 形上學的；抽象的
例 | a *metaphysical* world of spirits
靈魂的形上世界
同 | abstract, theoretical
衍 | metaphysics (n.) 形上學
physics (n.) 物理學
physical (a.) 物理的；身體的

neophyte
[ˋniəˌfaɪt]
解 | neo/phyte
new/body

(n.) 新信徒；新手
例 | a *neophyte* of the monastery
修道院的新人
同 | proselyte, novice, tyro

physiological
[ˌfɪzɪəˋladʒɪkḷ]
解 | physi(o)/log/ical
nature/word/(a.)

(a.) 生理學的；生理的
例 | the *physiological* effects of deep-sea diving
深海潛水對生理的影響
衍 | physiology (n.) 生理學

plac: please

Track 184

complacency
[kəmˋplesṇsɪ]
解 | con/plac/ency
intensifier/please/(n.)

(n.) 自滿
例 | Success brings with it the danger of *complacency*. 成功會帶來自滿的危險。
同 | smugness
衍 | complacent (a.) 自滿的

complaisant
[kəmˋpleznt̩]

解 | con/plais/ant
intensifier/please/(a.)

(a.) 樂於取悅他人的；殷勤的

例 | If someone asked him for an autograph, he was *complaisant* enough to oblige.
若有人請他簽名，他都很樂於照辦。

同 | acquiescent, amenable, obliging

衍 | complaisance (n.) 有禮；殷勤

placate
[ˋpleket]

解 | plac/ate
please/(v.)

(v.) 撫慰；使……息怒

例 | The angry customer was not *placated* by the clerk's apology.
店員道歉，憤怒的客人仍不肯息怒。

同 | appease, conciliate, propitiate

implacable
[ɪmˋplækəbl̩]

解 | in/plac/able
not/please/able

(a.) 不能安撫的；無法和解的

例 | an *implacable* enemy 無法和解的敵人

同 | inexorable, unappeasable, adamant

placid
[ˋplæsɪd]

解 | plac/id
please/(a.)

(a.) 平靜的；安祥的

例 | *placid* skies 平靜的天空

同 | tranquil, imperturbable, serene

衍 | placidity (n.) 平靜；安祥

placebo
[pləˋsibo]

解 | plac/ebo
please/(n.)

(n.) 安慰劑

例 | *placebo* effect 安慰劑作用

plen, plet: full, fill

Track 185

implement
[ˋɪmpləmənt]

解 | in/plem/ent
in/fill/(v.)

(v.) 推行；實施

例 | the cost of *implementing* the new law
實施新法的成本

同 | execute, apply, enact

衍 | implement (n.) 工具
implementation (n.) 實施；完成

replenish

[rɪˋplɛnɪʃ]

解 | re/plen/ish
again/fill/(v.)

(v.) 補充；添加

例 | The waitress came to *replenish* their glasses.
女侍過來給他們續杯。

同 | refill, recharge, reload

衍 | replenishment (n.) 補充；添加

supplement

[ˋsʌpləmənt]

解 | sub/plem/ent
under/fill/(v.)

(v.) 補貼；補充

例 | does odd jobs to *supplement* his income
做零工為了補貼收入

同 | augment, enlarge, complement

衍 | supplement (n.) 補充（物）；副刊
supplementary (a.) 補充的

plethora

[ˋplɛθərə]

解 | plet/hora
full/whole

(n.) 過多

例 | a *plethora* of newspaper opinion polls
報紙辦的意見調查太多了

同 | excess, profusion, abundance

replete

[rɪˋplit]

解 | re/plete
again/fill

(a.) 充滿……；充斥……

例 | The book is *replete* with photographs.
這本書裡面都是照片。

同 | crammed, jammed, teeming

complementary

[ˌkampləˋmɛntərɪ]

解 | con/plem/entary
together/full/(a.)

(a.) 補充的；互補的

例 | the *complementary* forces of yin and yang
陰和陽兩股力量互補

同 | harmonizing, reciprocal, compatible

衍 | complement (v.) 補充；補足
complement (n.) 補充物；互補物
complete (v., a.) 完成；完整的

deplete

[dɪˋplit]

解 | de/plete
not/full

(v.) 耗盡；枯竭

例 | Activities such as logging and mining *deplete* our natural resources.
諸如伐木、採礦之類的活動會枯竭我們的天然資源。

同 | exhaust, drain, sap

衍 | depletion (n.) 耗盡；枯竭

plumb: lead Track 186

aplomb [əˋplɑm] 解｜a/plomb of/lead	**(n.) 穩重；泰然自若** 例｜You've handled a difficult situation with perfect *aplomb*. 你很沉穩地處理了一樁麻煩的情況。 同｜poise, composure, equanimity
plummet [ˋplʌmɪt] 解｜plum/met lead/small	**(v.) 直線下墜** 例｜Prices *plummeted*. 價格直直落。 同｜plunge, collapse 衍｜plummet (n.) 鉛錘；測鉛

polis, polit: city, government Track 186

cosmopolitan [ˏkɑzməˋpɑlətn̩] 解｜cosmo/polit/an order/city/(a.)	**(a.) 國際化的；世界性的** 例｜the *cosmopolitan* taste of the store's customers 店中客人國際化的品味 同｜worldly, sophisticated, urbane 衍｜cosmopolis (n.) 國際化大都市 cosmos (n.) 宇宙
politic [ˋpɑləˏtɪk] 解｜polit/ic city/(a.)	**(a.) 精明的** 例｜I did not think it *politic* to express my reservations. 當時我覺得，說出內心的反對意見不太明智。 同｜prudent, judicious, expedient 衍｜politick (v.) 競選；拉票

poly-: many

Track 186

nonplus
[ˌnanˋplʌs]
解 | non/plus
not/many

(v.) 使不知所措；使陷於窘境
例 | I was *nonplussed* by his openly expressed admiration of me.
他公開表示崇拜我，令我不知所措。
同 | baffle, perplex, bewilder
衍 | nonplus (n.) 窘境；兩難
nonplused (a.) 不知所措的

polyglot
[ˋpalɪˌglat]
解 | poly/glot
many/tongue

(a.) 多語的
例 | a *polyglot* community made up of many cultures
一個由多種文化組成的多語社區
同 | multilingual
衍 | polyglot (n.) 多語人士

polymath
[ˋpalɪˌmæθ]
解 | poly/math
many/skill

(n.) 博學者
例 | Leonardo da Vinci was a true *polymath*.
達文西是真正的萬事通。

pon, pos: place

Track 187

decompose
[ˌdikəmˋpoz]
解 | de/con/pose
not/together/place

(v.) 分解；腐敗
例 | the smell of *decomposing* leaves
樹葉腐敗的氣味
同 | disintegrate, decay, putrefy
衍 | compose (v.) 組成

component
[kəmˋponənt]
解 | con/pon/ent
together/place/(n.)

(n.) 成分；元件；要素
例 | an important *component* of the program
計畫中的一個要素
同 | ingredient, constituent, element
衍 | component (a.) 組成的

composure

[kəm`poʒɚ]

解 | con/pos/ure
together/place/(n.)

(n.) **平靜；鎮定**

例 | tried to regain her *composure*
努力恢復鎮定

同 | poise, equanimity, equilibrium

衍 | composed (a.) 平靜的；鎮定的

impostor

[ɪm`pastɚ]

解 | in/post/er
in/place/person

(n.) **冒牌貨；騙子**

例 | The prince turned out to be an *impostor*.
結果證明王子是冒牌的。

同 | fake, fraud, charlatan

衍 | impose on 欺騙

poise

[pɔɪz]

解 | poise
place

(n.) **鎮定；平穩**

例 | kept her *poise* 保持鎮定

同 | equilibrium, composure, equanimity

衍 | poise (v.) 平衡；做好準備

postulate

[`pastʃə͵let]

解 | post/ulate
place/(v.)
（類似 suppose）

(v.) **假定；假設**

例 | Scientists have *postulated* the existence of water on the planet.
科學家假設這個行星上有水。

同 | posit, hypothesize, assume

衍 | postulate (n.) 假設
suppose (v.) 假設

apposite

[`æpəzɪt]

解 | ad/pos/ite
to/place/(a.)

(a.) **恰當的；貼切的**

例 | enriched his essay with some very *apposite* quotations
用一些很貼切的引句為他的文章增色

同 | appropriate, pertinent

discompose

[͵dɪskəm`poz]

解 | dis/con/pose
not/together/place

(v.) **使不安**

例 | *discomposed* by the strange message
看到奇怪的訊息而感到不安

同 | disturb, upset

衍 | discomposed (a.) 不安的
discomposure (n.) 不安

disposition
[ˌdɪspəˋzɪʃən]

解 | dis/pos/ition
apart/place/(n.)

(n.) 處置；部署

例 | the *disposition* of the armed forces
軍隊的部署

(n.) 傾向；性情

例 | the judge's *disposition* to clemency
法官有寬容的傾向

同 | temperament, propensity, proclivity

衍 | dispose (v.) 處理

---

exponent
[ɪkˋsponənt]

解 | ex/pon/ent
out/place/(n.)

(n.) 提倡者

例 | America's foremost *exponent* of gay rights
美國首屈一指的同志權提倡者

同 | advocate, proponent, champion

衍 | expound (v.) 闡述；詳細解說

---

expose
[ɪkˋspoz]

解 | ex/pose
out/place

(v.) 暴露；露出

例 | The gold covering was flaking away, *exposing* the wooden core.
金漆剝落，露出裡面的木頭。

(v.) 揭發

例 | He has been *exposed* as a liar and a traitor.
他被揭發為騙子與賣國賊。

同 | uncover, reveal, unveil

衍 | exposure (n.) 暴露；揭發

---

exposition
[ˌɛkspəˋzɪʃən]

解 | ex/pos/ition
out/place/(n.)

(n.) 說明（文）

例 | The subject requires some *exposition*.
這個主題需要說明。

同 | elucidation, explication, interpretation

(n.) 展覽會

例 | the great Paris *Exposition* of 1899
1899 年盛大的巴黎博覽會

---

posit
[ˋpazɪt]

解 | pos/it
place/(v.)

(v.) 假設

例 | The philosopher *posits* the existence of the soul.
哲學家假設靈魂存在。

同 | postulate, propound, hypothesize

predisposed

[ˏpridɪsˋpozd]

解 | pre/dis/pos/ed
before/apart/place/(a.)

(a.) 先有傾向的；先有意向的

例 | With her experience, she is *predisposed* to distrust people.
因為她有經驗，所以她具有不信任別人的傾向。

同 | inclined, prone

衍 | predisposition (n.) 傾向；先天素質
disposition (n.) 性格；傾向

---

repose

[rɪˋpoz]

解 | re/pose
back/place

(n.) 休息；睡眠；靜止

例 | In *repose*, her face still showed signs of the strain she had been under.
睡覺時她臉上仍看得出來壓力的跡象。

同 | relaxation, idleness

衍 | repose (v.) 休息；靜臥

---

port: carry

Track 189

disport

[dɪˋsport]

解 | dis/port
apart/carry

(v.) 娛樂

例 | *disported* themselves with silly games while they waited in the airport
在機場等待時用愚蠢的遊戲自娛

同 | entertain, divert, amuse

衍 | disport (n.) 娛樂

---

importune

[ˏɪmpɚˋtjun]

解 | in/port/une
in/carry/(v.)

(v.) 強求

例 | He *importuned* them to help.
他強求他們幫忙。

同 | beseech, entreat, implore

衍 | importunate (a.) 強求的；糾纏不休的

potent: power
Track 189

potential
[pə`tɛnʃəl]
解 | potent(i)/al
power/(a.)

(a.) 有潛力的；潛在的
例 | a *potential* threat to the environment
對環境的潛在威脅
同 | prospective, probable, latent
衍 | potential (n.) 潛力

potent
[`potn̩t]
解 | potent
power

(a.) 強效的；強大的
例 | The party could be a *potent* political force in the future.
這個政黨將來可能成為一股強大的政治勢力。
同 | powerful, formidable, compelling
衍 | potency (n.) 效力；力量

potentate
[`potn̩.tet]
解 | potent/ate
power/(n.)

(n.) 君主；統治者
例 | diplomatic missions to foreign *potentates*
出訪外國元首的外交任務
同 | sovereign, monarch

pre-: before
Track 190

premeditate
[prɪ`mɛdə.tet]
解 | pre/meditate
before/meditate

(v.) 預先考慮；預謀
例 | *premeditated* murder 預謀殺人
同 | plot
衍 | premeditation (n.) 預謀
meditate (v.) 思考；沉思

premise
[`prɛmɪs]
解 | pre/mise
before/take

(n.) 假設；前提
例 | the basic *premises* of the argument
論證的基本前提
同 | proposition, assumption, hypothesis
衍 | premise (v.) 假設

(n.) 地方；場所
例 | They were asked to leave the *premises*.
他們被要求離開該處。

precocious
[prɪ`koʃəs]

解 | pre/coc(i)/ous
before/cook/(a.)

(a.) 早熟的

例 | a *precocious* child 早熟的小孩

衍 | precocity (n.) 早熟

prefabricated
[ˌpri`fæbrɪketɪd]

解 | pre/fabric/ated
before/fiber/(a.)

(a.)（建築）預製構件的

例 | a *prefabricated* house 預製構件的房屋

衍 | prefabrication (n.) 預製構件
fabric (n.) 布料
fiber (n.) 纖維

premature
[ˌprimə`tjʊr]

解 | pre/mature
before/mature

(a.) 過早的；早產的

例 | such a step would be *premature* at this stage
走這一步在此階段還嫌太早

同 | rash, precipitous

衍 | mature (a.) 成熟的

prepossessing
[ˌpripə`zɛsɪŋ]

解 | pre/possess/ing
before/possess/(a.)

(a.) 使人產生好印象的；討人喜歡的

例 | She lives in one of the least *prepossessing* parts of the city.
她住在城裡最不討人喜歡的區段之一。

同 | attractive, appealing, winsome

衍 | prepossess (v.) 使人產生好印象
possess (v.) 擁有

preposterous
[pri`pastərəs]

解 | pre/post/erous
before/after/(a.)
（原指前後顛倒）

(a.) 荒謬的；可笑的

例 | The whole idea is *preposterous*!
整個點子太荒謬！

同 | absurd, ridiculous, ludicrous

prescient
[`prɛʃɪənt]

解 | pre/sci/ent
before/know/(a.)

(a.) 預知未來的

例 | a *prescient* article that foretold the results of the election
一篇預知未來的文章預測到選舉結果

同 | prophetic, clairvoyant

衍 | prescience (n.) 預知未來

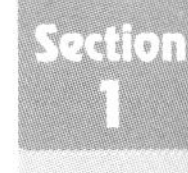

prec: pray

Track 191

deprecate [ˋdɛprəˏket] 解｜de/prec/ate down/pray/(v.)	**(v.) 反對；輕視** 例｜*deprecates* TV sitcoms as childish and simpleminded 批評電視情境喜劇幼稚、頭腦簡單 同｜belittle, disparage, denigrate 衍｜deprecation (n.) 輕視
imprecation [ˏɪmprɪˋkeʃən] 解｜in/prec/ation in/pray/(n.)	**(n.) 咒罵** 例｜He muttered *imprecations* under his breath. 他低聲咒罵。 同｜curse, malediction, anathema 衍｜imprecate (v.) 詛咒
precarious [prɪˋkɛrɪəs] 解｜prec/ar(i)ous pray/(a.) （原指該禱告上帝了）	**(a.) 岌岌可危的；沒把握的；不穩定的** 例｜the club's *precarious* financial situation 社團岌岌可危的財務情況 同｜insecure, unpredictable, hazardous 衍｜precariousness (n.) 岌岌可危

preci: price

Track 191

appreciable [əˋpriʃɪəbḷ] 解｜ad/preci/able to/price/able	**(a.) 看得出來的；夠大的** 例｜no *appreciable* difference 看不出有何差別 同｜considerable, substantial, significant
depreciate [dɪˋpriʃɪˏet] 解｜de/preci/ate down/price/(v.)	**(v.) 貶值** 例｜These changes have greatly *depreciated* the value of the house. 這些改變大幅貶低了房子的價值。 **(v.) 貶低；不重視** 例｜They *depreciate* the importance of art in education. 他們不重視藝術在教育中的重要性。 同｜belittle, disparage, denigrate 衍｜depreciation (n.) 貶值；貶低

prehens, pris: seize

Track 192

reprehensible

[ˌrɛprɪˋhɛnsəbḷ]

解 | re/prehens/ible
against/seize/able

(a.) 應該指摘的；有重大過失的

例 | suspended for three games because of *reprehensible* behavior
被停賽三場，因為行為有重大過失

同 | objectionable, culpable, ignoble

衍 | reprehend (v.) 斥責；指摘
reprehension (n.) 指摘

reprisal

[rɪˋpraɪzḷ]

解 | re/pris/al
back/seize/(n.)

(n.) 報復

例 | He declined to be named for fear of *reprisal*.
他不願具名，因為怕遭到報復。

同 | retaliation, revenge, retribution

衍 | reprise (v., n.) 重演；重複

apprehension

[ˌæprɪˋhɛnʃən]

解 | ad/prehens/ion
to/seize/(n.)

(n.) 憂慮；擔心

例 | an atmosphere of nervous *apprehension*
緊張憂慮的氣氛

同 | foreboding, anxiety

衍 | apprehensive (a.) 憂慮的

(n.) 理解；理解力

例 | a person of dull *apprehension*
理解力遲鈍的人

(n.) 逮捕

例 | successful *apprehension* of the criminal
成功逮捕罪犯

衍 | apprehend (v.) 逮捕；理解

prehensile

[prɪˋhɛnsḷ]

解 | prehens/ile
seize/(a.)

(a.) 可以抓物的

例 | the monkey's *prehensile* tail
猴子可抓物的尾巴

apprise

[əˋpraɪz]

解 | ad/prise
to/seize

(v.) 告知

例 | Let me *apprise* you of the current situation.
讓我告訴你現在的情況。

同 | inform, advise

comprehensive
[ˌkamprɪˋhɛnsɪv]
解｜con/prehens/ive
together/seize/(a.)

(a.) 廣泛的；無所不包的；全面的
例｜*comprehensive* insurance 全險
同｜encyclopedic, universal
衍｜comprehensiveness (n.) 全面性；周延性

prim, prin: first

Track 193

primacy
[ˋpraɪməsɪ]
解｜prim/acy
first/(n.)

(n.) 主要性；主導地位
例｜the *primacy* of industry over agriculture
工業先於農業的主導地位
同｜preeminence, priority, precedence

pristine
[ˋprɪstin]
解｜prist/ine
first/(a.)

(a.) 純淨的；未受污染的；原始的
例｜a *pristine* forest 原始森林
同｜immaculate, unadulterated, unsullied

primordial
[praɪˋmɔrdɪəl]
解｜prim/ord(i)/al
first/order/(a.)

(a.) 原始的；洪荒的
例｜Scientists believe that life began in *primordial* oceans.
科學家相信生命起源於太初的海洋。
同｜primeval, antediluvian, primal

pro-: forward, before, for

Track 194-195

profile
[ˋprofaɪl]
解｜pro/file
forward/line

(n.) 輪廓；側面
例｜his handsome *profile* 他英俊的輪廓

(n.) 簡介；概況
例｜wrote a *profile* of Martin Luther King
寫了一篇金恩博士的簡介
同｜portrait, depiction, sketch
衍｜profile (v.) 做簡介　　file (n.) 縱列

promulgate

[prə`mʌlget]

解 | pro/mulg/ate
forward/milk/(v.)
（原指擠奶）

(v.) 傳播；散佈

例 | aesthetic ideas which Ruskin had been the first to *promulgate*
羅斯金最早傳播的美學觀念

同 | publicize, propagate, disseminate

衍 | promulgation (n.) 傳播；普及

propaganda

[ˏprɑpə`gændə]

解 | pro/pag/anda
forward/pact/(n.)

(n.)（政治）宣傳

例 | The news report was nothing but *propaganda*.
新聞報導只不過是宣傳。

同 | promotion, advertising, publicity

procrastinate

[pro`kræstəˏnet]

解 | pro/crastin/ate
forward/tomorrow/(v.)

(v.) 拖延

例 | He *procrastinated* and missed the submission deadline.
他拖拖拉拉，沒趕上交稿日期。

同 | delay, stall, temporize

衍 | procrastination (n.) 耽擱

profane

[prə`fen]

解 | pro/fane
before/temple

(a.) 褻瀆的；不敬的

例 | his wildly *profane* language
他極其不敬的言詞

同 | obscene, blasphemous, irreverent

衍 | profanity (n.) 褻瀆

(a.) 世俗的；非宗教的

例 | a talk that tackled subjects both sacred and *profane* 演講中處理到的主題包括宗教與非宗教

衍 | profane (v.) 褻瀆；玷污

proffer

[`prɑfɚ]

解 | pro/ob/fer
forward/toward/carry

(v.) 提供

例 | He *proffered* his assistance. 他提供援助。

同 | tender, offer

衍 | proffer (n.) 提供　　offer (v.) 提供

prolix

[`prolɪks]

解 | pro/lix
forward/liquid

(a.) 冗長的；囉嗦的

例 | The speech was unnecessarily *prolix*.
演講長得沒有必要。

同 | verbose

promenade

[ˌpraməˋned]

解 | pro/men/ade
forward/menace/(v.)
（原指驅趕動物行走）

(v.) 散步

例 | They *promenaded* along the beach.
他們沿海灘漫步。

同 | stroll, amble, perambulate

衍 | promenade (n.) 步道；散步
menace (v., n.) 威脅

propagate

[ˋprapəˌget]

解 | pro/pag/ate
forward/pact/(v.)

(v.) 繁殖

例 | The wild flowers and herbs get cut before they have a chance to flower and *propagate*.
野花野草在有機會開花繁殖之前就被割掉了。

(v.) 傳播

例 | Such lies are *propagated* in the media.
這種謊言在媒體傳播。

同 | disseminate, circulate, transmit

衍 | propagation (n.) 繁殖；傳播

prostrate

[ˋprastret]

解 | pro/strate
forward/spread

(a.) 俯臥的；躺平的

例 | The police found the body in a *prostrate* position. 警察發現屍體俯臥在地。

(a.) 屈服的；無力的

例 | His wife was *prostrate* with shock.
他老婆驚嚇得渾身無力。

同 | overwhelmed, overpowered, crushed

衍 | prostrate (v.) 俯臥；使屈服
prostration (n.) 俯臥；屈服；無力

portray

[porˋtre]

解 | por/tract/y
forward/draw/(v.)

(v.) 描繪；描寫；扮演

例 | The lawyer *portrayed* his client as a victim of child abuse.
律師描繪他的當事人為兒時受虐者。

同 | describe, depict

衍 | portrait (n.) 肖像

portend

[porˋtɛnd]

解 | por/tend
forward/stretch

(v.) 預示；表示

例 | The hooting of the owl was thought to *portend* death.
貓頭鷹的叫聲被認為預示死亡。

同 | presage, augur, herald

衍 | portent (n.) 預兆　　portentous (a.) 預警的

prob, prov: prove, test

Track 196

approbation

[ˌæprəˋbeʃən]

解 | ad/prob/ation
to/prove/(n.)

(n.) 批准；認可

例 | That plan has the *approbation* of the school board.
那項計畫獲得教育局批准。

同 | sanction, approval, assent

(n.) 讚許；稱讚

例 | Their hard work deserves *approbation*.
他們如此努力工作，值得嘉許。

衍 | disapprobation (n.) 不贊成；批評
approve (v.) 批准；同意
approval (n.) 批准；同意
disapprove (v.) 不同意
disapproval (n.) 不同意

---

opprobrium

[əˋprobrɪəm]

解 | ob/probr(i)/um
against/test/(n.)

(n.) 強烈批評；斥責

例 | They're going ahead with the plan despite public *opprobrium*.
雖然民眾強烈批評，他們還是要進行計畫。

同 | vilification, censure, denunciation

(n.) 恥辱

例 | the *opprobrium* of being associated with gangsters and thugs
和流氓、惡棍掛勾的污名

衍 | opprobrious (a.) 斥責的；可恥的

---

improbable

[ɪmˋprabəbl̩]

解 | in/prob/able
not/prove/able

(a.) 不大可能的

例 | The team made an *improbable* comeback.
雖然機率渺茫，但是隊伍東山再起。

同 | unlikely, dubious

衍 | probable (a.) 很有可能的
probability (n.) 可能性；或然率

---

probity

[ˋprobətɪ]

解 | prob/ity
test/(n.)

(n.) 正直；誠實

例 | a person of indisputable *probity*
操守正直、無可非議的人

同 | uprightness, integrity, rectitude

reprobate

[ˋrɛprə͵bet]

解 | re/prob/ate
against/test/(v.)

(v.) 指責；斥責

例 | *reprobating* the laxity of the age
斥責時代的道德淪喪

(a.) 邪惡的；道德淪喪的

例 | a *reprobate* judge who could be bribed
可賄賂之道德淪喪的法官

(n.) 道德淪喪者；惡棍

例 | a program for rehabilitating hard-core *reprobates* 死硬派道德淪喪者的改造計畫

同 | rogue, scoundrel, villain

衍 | reprove (v.) 責備；指責
reprobation (n.) 斥責

propr: one's own

Track 197

proprietary

[prəˋpraɪə͵tɛrɪ]

解 | propr/ietary
one's own/(a.)

(a.) 私有的；專利的

例 | *proprietary* software 專利軟體

衍 | proprietor (n.) 業主；擁有人

appropriate

[əˋproprɪ͵et]

解 | ad/propr(i)/ate
to/one's own/(v.)

(v.) 撥款；挪用

例 | *appropriate* money for the research program
撥款供研究計畫所用

衍 | appropriation (n.) 撥款；挪用

(a.) 恰當的；合適的

例 | an *appropriate* response 恰當的回應

同 | suitable, proper, apt

衍 | appropriateness (n.) 恰當性；合適性

propriety

[prəˋpraɪətɪ]

解 | propr/iety
one's own/(n.)

(n.) 恰當性；合適性；合乎禮節

例 | They debated the *propriety* of the punishment that he was given.
他們在辯論他受到的懲罰是否恰當。

同 | appropriateness

衍 | proper (a.) 恰當的；合適的

pug: fight
Track 198

repugnant [rɪ`pʌgnənt] 解 ∣ re/pugn/ant against/fight/(a.)	**(a.)** 令人厭惡的 例 ∣ *repugnant* language 令人厭惡的言語 同 ∣ revolting, repulsive, repellent 衍 ∣ repugnance (n.) 反感；厭惡
impugn [ɪm`pjun] 解 ∣ in/pugn in/fight	**(v.)** 責難；質疑 例 ∣ He *impugned* his rival's character. 他質疑對手的品格。 同 ∣ challenge
pugilism [`pjudʒəˌlɪzəm] 解 ∣ pug/ilism fight/(n.)	**(n.)** 拳擊 例 ∣ practiced *pugilism* 練習拳擊 同 ∣ boxing 衍 ∣ pugilist (n.) 拳擊手
pugnacious [pʌg`neʃəs] 解 ∣ pugn/acious fight/(a.)	**(a.)** 好鬥的 例 ∣ one *pugnacious* member on the committee who won't agree to anything 委員會上一位好鬥的成員，什麼都要反對 同 ∣ aggressive, belligerent, bellicose 衍 ∣ pugnacity (n.) 好鬥

punct: point, prick
Track 199

compunction [kəm`pʌŋkʃən] 解 ∣ con/punct/ion intensifier/prick/(n.)	**(n.)** 良心不安；內疚 例 ∣ cheated without *compunction* 作弊卻內心坦然 同 ∣ scruples, misgivings, qualms

poignant

[ˋpɔɪnənt]

解 | poign/ant
prick/(a.)

(a.) 刺鼻的；尖酸的；感人的

例 | a *poignant* farewell to his sons
和兒子道別的感人場面

同 | pathetic, piteous

衍 | poignancy (n.) 尖酸；感人

puncture

[ˋpʌŋktʃɚ]

解 | punct/ure
prick/(v.)

(v.) 戳穿；刺穿

例 | My response *punctured* his whole argument.
我的回應戳穿了他整個論證。

同 | deflate, rupture

衍 | puncture (n.) 刺破；小洞

punctilious

[pʌŋkˋtɪlɪəs]

解 | punct/il(i)ous
point/(a.)

(a.) 一絲不苟的

例 | old-money aristocrats with a *punctilious* sense of propriety
世襲財富的貴族，對禮儀的要求一絲不苟

同 | meticulous, scrupulous, exacting

pungent

[ˋpʌndʒənt]

解 | pung/ent
prick/(a.)

(a.) 辛辣的；刺鼻的

例 | the *pungent* smell of vinegar
醋的刺鼻味道

同 | acrid, tart, piquant

(a.) 尖酸的

例 | a *pungent* satire of current politics
對當前政治的尖酸諷刺

衍 | pungency (n.) 辛辣；尖酸

put: count, consider

Track 200

disputatious

[ˏdɪspjuˋteʃəs]

解 | dis/put/at(i)ous
apart/consider/(a.)

(a.) 好爭論的

例 | *disputatious* academicians
好爭論的學者

同 | controversial, contentious

衍 | dispute (n., v.) 爭論；爭執

impute [ɪm`pjut] 解 | in/pute in/count	**(v.) 歸咎於；歸因於** 例 | The success was *imputed* to him. 成功被歸因於他。 同 | attribute, ascribe, assign 衍 | imputation (n.) 歸罪；指控
indisputable [ˌɪndɪ`spjutəbḷ] 解 | in/dis/put/able not/apart/consider/able	**(a.) 無庸爭議的；確定的** 例 | *indisputable* proof 無可置疑的證據 同 | incontrovertible, irrefutable, indubitable
putative [`pjutətɪv] 解 | put/ative consider/(a.)	**(a.) 以爲是的；一般認爲是的** 例 | The *putative* reason for her dismissal was poor job performance. 她被開除，一般認為是因為工作表現差。 同 | apparent, alleged, reputed
repudiate [rɪ`pjudɪˌet] 解 | re/pud(i)/ate against/consider/(v.)	**(v.) 否認；駁斥** 例 | *repudiate* the allegations 否認指控 **(v.) 拒絕；排斥** 例 | *repudiated* aggression and violence 拒絕侵略與暴力 同 | reject, renounce, forswear 衍 | repudiation (n.) 否認；拒絕
repute [rɪ`pjut] 解 | re/pute back/consider	**(n.) 名氣；名聲** 例 | a repair shop of good *repute* 一家名聲極佳的修理店 同 | reputation, renown, fame 衍 | repute (v.) 相信是；認為是 reputation (n.) 名聲 reputed (a.) 知名的 disrepute (n.) 壞名聲

2

ques, quis: ask, seek

Track 201

perquisite
[ˋpɝkwəzɪt]

解｜per/quis/ite
intersifier/ask/(n.)

(n.) 額外補貼；特權

例｜Use of the company's jet is a *perquisite* of the job.
使用公司專機是這項工作的特權。

同｜perk

acquisition
[ˏækwəˋzɪʃən]

解｜ad/quis/ition
to/seek/(n.)

(n.) 取得；獲得

例｜the *acquisition* of funds for the war effort
取得資金為戰爭經費

同｜obtaining, procurement

(n.) 獲得之物；購入之物

例｜the latest *acquisitions* of the museum
博物館最新購入之物

衍｜acquire (v.) 取得；獲得

inquest
[ˋɪnˏkwɛst]

解｜in/quest
in/ask

(n.) 審訊；正式調查

例｜The court has ordered an *inquest* into his death.
法院命令調查他的死因。

同｜inquiry, investigation

prerequisite
[ˏpriˋrɛkwəzɪt]

解｜pre/re/quis/ite
before/back/ask/(a.)

(a.) 不可或缺的

例｜*prerequisite* knowledge 不可或缺的知識

同｜essential, vital, indispensable

衍｜prerequisite (n.) 先決條件

query
[ˋkwɪrɪ]

解｜quer/y
ask/(v.)

(v.) 詢問；質疑

例｜No one *queried* the authenticity of the report.
無人質疑報告的真實性。

同｜question, suspect, dispute

衍｜query (n.) 詢問；質問

quizzical

[ˋkwɪzɪkḷ]

解 | quiz/zical
ask/(a.)

(a.) 質疑的；不解的

例 | She raised a *quizzical* eyebrow when she saw what he was wearing.
看到他穿的衣服，她挑起一道眉毛表示不解。

同 | puzzled, perplexed, mystified

R

radic, rudi: root

Track 202

radical [ˋrædɪkḷ] 解 | radic/al root/(a.)	**(a.) 根本的** 例 | There are some *radical* differences between the two proposals. 兩項提議之間有根本的差別。 同 | fundamental, basic **(a.) 激進的** 例 | a *radical* wing of extremists 極端份子中的激進派 衍 | radical (n.) 激進派
rudimentary [ˌrudəˋmɛntəri] 解 | rudi/mentary root/(a.)	**(a.) 基本的；初步的** 例 | anyone with *rudimentary* carpentry skills 任何只要有基本木工技能的人 **(a.) 原始的；落後的** 例 | equipped with *rudimentary* stone tools only 只有基本的石製工具 同 | primitive, crude 衍 | rudiment (n.) 基礎；初步
eradicate [ɪˋrædɪˌket] 解 | e/radic/ate out/root/(v.)	**(v.) 根除；拔除** 例 | programs to *eradicate* illiteracy 消除文盲的計畫 同 | eliminate, annihilate, expunge 衍 | eradication (n.) 根除；拔除

rapt: seize

Track 203

surreptitious [ˏsɜəpˋtɪʃəs] 解｜sub/rept/it(i)ous under/seize/(a.)	(a.) 祕密的；偷偷摸摸的 例｜took a *surreptitious* glance 偷看一眼 同｜clandestine, secretive, furtive
rapacious [rəˋpeʃəs] 解｜rap/acious seize/(a.)	(a.) 貪婪的 例｜*rapacious* landlords 貪婪的地主 同｜covetous, avaricious, insatiable 衍｜rapacity (n.) 貪婪
rapture [ˋræptʃɚ] 解｜rapt/ure seize/(n.)	(n.) 狂喜；享受 例｜We listened with *rapture* as the orchestra played. 管絃樂團演奏，我們聽得很高興。 同｜ecstasy, euphoria, elation 衍｜rapturous (a.) 狂喜的 enrapture (v.) 使著迷；使狂喜 rapture (v.) 使著迷；使狂喜

re-: again, against, back

Track 204-205

recoil [rɪˋkɔɪl] 解｜re/coil back/coil	(v.) 彈回；退卻；瑟縮 例｜We *recoiled* in horror at the sight of his wounded arm. 看到他受傷的手臂，我們嚇得後退。 同｜flinch, shrink, cower 衍｜recoil (n.) 彈回；瑟縮；後座力 coil (n., v.) 盤；捲
recuperate [rɪˋkjupəˏret] 解｜recuper/ate recover/ate	(v.) 康復；療養 例｜He went to the countryside to *recuperate*. 他到鄉下去療養。 同｜recover, convalesce

(v.) 取回；得回

例 | He won an appeal and *recuperated* the money.
他上訴成功，取回了錢。

衍 | recuperation (n.) 康復；取回

regale

[ˋriˏgel]

解 | re/gale
again/gallant

(v.)（以美食）款待

例 | The carol-singers were *regaled* with refreshment.
聖詩團受到點心款待。

(v.)（以故事）娛樂

例 | *regaled* her with a colorful account of the meeting 多彩多姿地描述這場會面來娛樂她

同 | entertain, divert

衍 | gallant (a.) 華麗的

rehabilitate

[ˏrihəˋbɪləˏtet]

解 | re(h)/abil/itate
back/able/(v.)

(v.) 恢復；復健

例 | efforts to *rehabilitate* patients after treatment 治療過後努力給病患復健

(v.) 復職

例 | With the fall of the government, many former dissidents were *rehabilitated*.
政府垮台，許多從前的異議人士紛紛復職。

同 | reinstate, reinstall, restore

衍 | rehabilitation (n.) 恢復；復職
disability (n.) 失能

reimburse

[ˏriɪmˋbɜs]

解 | re/in/burse
back/in/purse

(v.) 補償；償還

例 | *reimbursed* him for his traveling expenses
把他的旅行開銷償還給他

同 | refund, compensate, recompense

衍 | reimbursement (n.) 補償；償還

reluctant

[rɪˋlʌktənt]

解 | re/luct/ant
against/struggle/(a.)

(a.) 不情願的；勉強的

例 | The man was *reluctant* to leave.
此人不願離開。

同 | loath, unwilling

衍 | reluctance (n.) 不情願；勉強

repeal
[rɪ`pil]

解｜re/peal
back/call

(v.) 撤銷；廢除

例｜The Act was *repealed* after 10 years.
十年後法案被撤銷。

同｜revoke, rescind, abrogate

衍｜repeal (n.) 撤銷；廢除
appeal (n., v.) 呼籲；訴求

reprimand
[`rɛprə͵mænd]

解｜re/primand
back/press

(v.) 訓斥；斥責

例｜He was publicly *reprimanded* for his behavior. 他的行為遭到當眾申斥。

同｜rebuke, admonish, upbraid

衍｜reprimand (n.) 訓斥；斥責

retaliation
[rɪ͵tælɪ`eʃən]

解｜re/tali/ation
back/tally/(n.)
（原指算帳、討回來）

(n.) 報復

例｜The bombing was in *retaliation* for an air strike. 炸彈攻擊是為了報復空襲。

同｜revenge, retribution, reprisal

衍｜retaliate (v.) 報復　tally (n., v.) 帳；計算

reveal
[rɪ`vil]

解｜re/veal
back/veil

(v.) 透露；顯示；揭曉

例｜The police didn't *reveal* his identity.
警方並未透露他的身分。

同｜divulge, disclose, release

衍｜veil (n.) 面紗；布幔

reverberate
[rɪ`vɝbə͵ret]

解｜re/verb/erate
back/strike/(v.)

(v.) 回響

例｜Her voice *reverberated* around the room.
她的聲音在房中回響。

同｜resound, echo, resonate

衍｜reverberation (n.) 回響

revile
[rɪ`vaɪl]

解｜re/vile
again/vile

(v.) 辱罵

例｜He was *reviled* for his callous behavior.
他粗鄙的行為遭到辱罵。

同｜censure, lambaste, denounce

衍｜vile (a.) 卑鄙的；低劣的

rebuke
[rɪ`bjuk]

解｜re/buke
against/strike

(v.) 斥責

例｜strongly *rebuked* the child for playing with matches 嚴斥小孩玩火柴

同｜reprimand, reproach, reprove

衍｜rebuke (n.) 斥責

recalcitrant

[rɪˋkælsɪtrənt]

解 | re/calcitr/ant
back/kick/(a.)

(a.) 頑強的；不服管束的

例 | a heart-to-heart talk with the *recalcitrant* youth 和不服管束的青年真心談話

同 | intransigent, refractory, intractable

衍 | recalcitrance (n.) 頑強；不服管束

redress

[rɪˋdrɛs]

解 | re/dress
again/address

(v.) 糾正；矯正；補救

例 | It is time to *redress* the injustices of the past.
過去的不公，現在該矯正了。

同 | remedy, rectify, amend

衍 | redress (n.) 糾正；補救；賠償
address (v.) 處理

refute

[rɪˋfjut]

解 | re/fute
back/beat

(v.) 駁斥；反駁

例 | *refuted* the allegations 駁斥指控

同 | deny, repudiate, rebut

衍 | refutation (n.) 反駁

reiterate

[riˋɪtə͵ret]

解 | re/it/erate
again/go/(v.)

(v.) 重做；重申

例 | Allow me to *reiterate*: if I am elected, I will not raise taxes.
容我重申：我若當選，絕不增稅。

同 | restate, recapitulate

衍 | reiteration (n.) 重做；重申

relapse

[rɪˋlæps]

解 | re/lapse
again/fall

(n.) 舊病復發；舊習復犯

例 | a drug addict who has had a *relapse*
有毒癮者復犯了

同 | backsliding, recidivism, regression

衍 | relapse (v.) 復發；復犯
collapse (n., v.) 倒塌

relentless

[rɪˋlɛntlɪs]

解 | re/lent/less
back/slow/without

(a.) 不放鬆的；不留情的

例 | *relentless* pressure 無情的壓力

同 | unrelenting, persistent, severe

衍 | relent (v.) 緩解；寬容

remedial

[rɪ`midɪəl]

解 | re/medi/al
back/heal/(a.)

(a.) 補救的；治療的

例 | *remedial* action to repair damaged bridges
補救措施來修理受損的橋樑

同 | compensatory

衍 | remedy (n., v.) 補救；治療

---

reproach

[rɪ`protʃ]

解 | re/proach
against/test
（構造同 reprove）

(n.) 責備；指摘

例 | His behavior was beyond *reproach*.
他的行為已經不知該如何指責才是了。

同 | rebuke, reproof, censure

衍 | reproach (v.) 責備；斥責
reprove (v.) 責備；指責

---

requite

[rɪ`kwaɪt]

解 | re/quite
back/pay

(v.) 回報；報答

例 | The king promised to *requite* his hospitality.
國王答應回報他的招待。

同 | reciprocate, recompense

(v.) 報復

例 | *requited* the abuse he suffered
回報他從前受到的虐待

衍 | requital (n.) 回報；報復
unrequited (a.) 沒有回報的

---

revamp

[ri`væmp]

解 | re/vamp
again/vamp

(v.) 翻修；改造

例 | The company has *revamped* the design of its best-selling car.
公司把最暢銷款的汽車重新設計過。

同 | renovate, overhaul, refurbish

衍 | vamp (v.) 修補；翻新

---

revere

[rɪ`vɪr]

解 | re/vere
again/fear

(v.) 尊崇；崇敬

例 | The Chinese *revere* the aged and sagacious.
中國人敬老尊賢。

同 | esteem, venerate

衍 | reverent (a.) 尊崇的；崇敬的
reverence (n.) 尊崇；崇敬

---

raconteur

[ˌrækɑn`tɜ]

解 | racont/eur
recount/person

(n.) 擅長講故事的人

例 | He's a brilliant *raconteur*. 他很會講故事。

同 | storyteller

衍 | recount (v.) 敘述；講述
account (v.) 說明；解釋

reciprocate

[rɪˋsɪprə͵ket]

解 | reci/proc/ate
backward/forward/(v.)
（原意是來回、互相）

(v.) 回報；交換

例 | *reciprocated* the favor by driving their neighbor to the airport
開車送鄰居到機場；以此回報對方的幫忙

同 | requite, repay, match

衍 | reciprocal (a.) 互相的；交互的

---

rect: straight, right

Track 208

escort

[ˋɛskɔrt]

解 | es/cort
intensifier/correct
（原意是男女約會時有人伴隨以確保行為不踰矩）

(v.) 護送；陪同

例 | Several fighters *escorted* the bombers back to base.
幾架戰鬥機護送轟炸機返回基地。

同 | accompany, conduct, convoy

衍 | escort (n.) 護送（者）；陪伴（者）

---

rectify

[ˋrɛktə͵faɪ]

解 | rect(i)/fact/y
right/make/(v.)

(v.) 矯正；改正

例 | Mistakes made now cannot be *rectified* later.
現在發生的錯誤以後沒有機會改正。

同 | amend, remedy, redress

衍 | rectification (n.) 矯正；改正
rectifiable (a.) 可以矯正的

---

resurrect

[͵rɛzəˋrɛkt]

解 | re/sur/rect
again/up/right

(v.) 使復活；使復興

例 | It gave him a chance to *resurrect* his career.
這讓他有機會挽救他的事業。

同 | revive, regenerate, revitalize

衍 | resurrection (n.) 復活；復興

---

insurrection

[͵ɪnsəˋrɛkʃən]

解 | in/sur/rect/ion
in/up/right/(n.)

(n.) 起義；叛亂

例 | the famous *insurrection* of the slaves in ancient Rome under Spartacus
古羅馬時代在斯巴提卡領導下著名的奴隸叛亂

同 | rebellion, uprising, insurgency

adroit

[əˋdrɔɪt]

解 | ad/roit
toward/right
（一般人是右手較靈活）

(a.) 技巧高超的；敏捷的

例 | an *adroit* leader 手腕高明的領袖

同 | adept, dexterous, agile

衍 | adroitness (n.) 高超的技巧；敏捷
maladroit (a.) 笨拙的

incorrigible

[ɪnˋkɔrɪdʒəbḷ]

解 | in/corrig/ible
not/correct/able

(a.) 不可救藥的；積重難返的

例 | He is always the class clown and his teachers say he is *incorrigible*.
他在班上一直扮演小丑，老師說他沒救了。

同 | inveterate, confirmed, incurable

衍 | correct (v.) 矯正

reg: rule

Track 209

interregnum

[ˌɪntəˋrɛgnəm]

解 | inter/regn/um
between/rule/(n.)

(n.) 王位空窗期；政府暫停運作時；過渡期

例 | The democratic regime proved to be a short-lived *interregnum* between dictatorships.
民主政權只是夾在兩個獨裁政體中短暫的過渡。

同 | hiatus, interval

regimen

[ˋrɛdʒəˌmɛn]

解 | reg(i)/men
rule/(n.)

(n.) 養生法；訓練；管制

例 | a daily exercise *regimen*
每日運動的規律

sovereignty

[ˋsavrɪntɪ]

解 | super/reign/ty
over/rule/(n.)

(n.) 主權；獨立；主權國家

例 | Full West German *sovereignty* was achieved in 1955.
西德完整的主權在 1955 年實現。

同 | autonomy, independence

衍 | sovereign (n.) 君主
sovereign (a.) 最高的；獨立的

rid, ris: laugh
Track 209

deride [dɪˋraɪd] 解 | de/ride intensifier/laugh	(v.) 挖苦；嘲笑 例 | The decision was *derided* by environmentalists. 這項決定遭到環保人士嘲笑。 同 | ridicule, mock, jeer 衍 | derisive (a.) 挖苦的；嘲笑的 derision (n.) 挖苦；嘲笑
risible [ˋrɪzəbḷ] 解 | ris/ible laugh/able	(a.) 可笑的 例 | The suggestion was downright *risible*. 這個建議簡直可笑。 同 | ridiculous, absurd

rig: hard
Track 209

rigid [ˋrɪdʒɪd] 解 | rig/id hard/(a.)	(a.) 硬的；無彈性的 例 | a *rigid* container 硬容器 (a.) 僵硬的；死板的；嚴格的 例 | a *rigid* training routine 嚴格的訓練規律 同 | inflexible, severe, rigorous 衍 | rigidity (n.) 僵硬；死板；嚴格
rigorous [ˋrɪgərəs] 解 | rig/orous hard/(a.)	(a.) 嚴格的；嚴厲的 例 | the *rigorous* enforcement of all rules 所有規則都要嚴格執行 同 | severe, spartan, harsh 衍 | rigor (n.) 嚴格；嚴厲；艱苦

rob: strong
Track 210

corroborate [kəˋrɑbəˌret] 解丨con/robor/ate together/strong/(v.)	**(v.) 證實；確定；加強** 例丨The witnesses *corroborated* the policeman's testimony. 證人證實了警方的證詞。 同丨verify, endorse, validate 衍丨corroboration (n.) 證實；加強
robust [rəˋbʌst] 解丨rob/ust strong/(a.)	**(a.) 強健的；堅固的** 例丨He is in *robust* health. 他的身體很好。 同丨vigorous 衍丨robustness (n.) 強健；堅固

rod, ros: bite
Track 210

erode [ɪˋrod] 解丨e/rode out/bite	**(v.) 侵蝕** 例丨The soil has been *eroded* by rain. 土壤被雨水侵蝕。 同丨abrade, weather, deteriorate 衍丨erosion (n.) 侵蝕
corrode [kəˋrod] 解丨con/rode intensifier/bite	**(v.) 腐蝕；損害** 例丨Years of lies and secrets had *corroded* their relationship. 多年的謊言與祕密腐蝕了他們的關係。 同丨undermine 衍丨corrosion (n.) 腐蝕；損害 corrosive (a., n.) 腐蝕性的；腐蝕劑

rog: ask

Track 211

derogatory
[dɪ`ragə.torɪ]
解 | de/roga/tory
down/ask/(a.)

(v.) 貶抑的
例 | *derogatory* remarks 貶抑的話
同 | disparaging, demeaning
衍 | derogate (v.) 貶抑；誹謗

interrogate
[ɪn`tɛrə.get]
解 | inter/rog/ate
between/ask/(v.)

(v.) 審問；質詢
例 | The police wished to *interrogate* her.
警方想審問她。
同 | question
衍 | interrogation (n.) 審問；質詢

arrogate
[`ærə.get]
解 | ad/rog/ate
to/ask/(v.)

(v.) 擅取；冒用
例 | She *arrogated* the leadership role to herself.
她擅自取得領袖地位。
同 | assume, seize, expropriate
衍 | arrogation (n.) 擅取；冒用

arrogant
[`ærəgənt]
解 | ad/rog/ant
to/ask/(a.)

(a.) 傲慢的；自大的
例 | an *arrogant* official 傲慢的官員
同 | overbearing, haughty, supercilious
衍 | arrogance (n.) 傲慢；自大

abrogate
[`æbrə.get]
解 | ab/rog/ate
away/ask/(v.)

(v.) 取消；廢除
例 | The treaty has been *abrogated*.
合約已經廢除。
同 | repudiate, revoke, repeal
衍 | abrogation (n.) 取消；廢除

prerogative
[prɪ`ragətɪv]
解 | pre/rog/ative
before/ask/(n.)

(n.) 特權
例 | It's a writer's *prerogative* to decide the fate of her characters.
作家有權決定角色的命運。
同 | entitlement, privilege

surrogate
[`sɝəgɪt]
解 | sub/rog/ate
under/ask/(n.)

(n.) 代理人；代替品
例 | He could not attend the meeting, so he sent his *surrogate*.
他不克出席會議，所以派出代理人。
同 | substitute, proxy, delegate
衍 | surrogate (a.) 代替的；代理的

sal, saut, sault: leap
Track 212

assail
[ə`sel]
解 | ad/sail
to/leap

(v.) 攻擊
例 | The movie was *assailed* by critics.
電影遭到批評家攻擊。
同 | assault
衍 | unassailable (a.) 無懈可擊的
assault (n., v.) 攻擊

desultory
[`dɛsl̩,torɪ]
解 | de/sult/ory
away/leap/(a.)
（原意是跳來跳去）

(a.) 散漫的；雜亂的
例 | a *desultory* discussion about the news of the day
有一搭沒一搭地談論當日新聞
同 | casual, cursory, perfunctory

salient
[`selɪənt]
解 | sal(i)/ent
leap/(a.)

(a.) 突出的；顯著的；最重要的
例 | She began to summarize the *salient* points of the proposal.
她開始摘要提案中的要點。
同 | prominent, conspicuous, primary
衍 | salience (n.) 突出性；重要性
saliency (n.) 突出性；重要性

resilience
[rɪ`zɪlɪəns]
解 | re/sil(i)/ence
back/leap/(n.)

(n.) 彈性；韌性
例 | an indomitable *resilience* in the face of misfortune 面對不幸表現出的強大韌性
同 | flexibility, adaptability
衍 | resilient (a.) 有韌性的

exultation
[,ɛgzʌl`teʃən]
解 | ex/ult/ation
out/leap/(n.)

(n.) 狂喜
例 | The crowd cheered in *exultation*.
群眾狂喜歡呼。
同 | jubilation, elation, ecstasy
衍 | exultant (a.) 狂喜的

salut, san: health

Track 213

salubrious
[sə`lubrɪəs]
解 | salubr(i)/ous
health/(a.)

(a.) 有益健康的
例 | the *salubrious* Atlantic air
有益健康的大西洋空氣
同 | healthful, salutary, wholesome

salutary
[`sæljə͵tɛrɪ]
解 | salut/ary
health/(a.)

(a.) 有益的；有幫助的；有益健康的
例 | The low interest rates should have a *salutary* effect on business.
低利率應該對商業有益。
同 | beneficial, advantageous

sanitary
[`sænə͵tɛrɪ]
解 | san/itary
health/(a.)

(a.) 衛生的；清潔的
例 | *sanitary* living conditions 衛生的生活環境
同 | hygienic, salubrious, wholesome
衍 | sanitation (n.) 公共衛生

sanct, secr: sacred

Track 214

desecrate
[`dɛsɪ͵kret]
解 | de/secr/ate
not/sacred/(v.)

(v.) 褻瀆
例 | Hooligans *desecrated* the temple.
流氓褻瀆廟宇。
同 | violate, profane, vandalize
衍 | desecration (n.) 褻瀆；汙辱

execrate
[`ɛksɪ͵kret]
解 | ex/ecr/ate
out/sacred/(v.)

(v.) 憎恨；詛咒；譴責
例 | *execrated* the terrorists responsible for the bomb attack 譴責行炸彈攻擊的恐怖份子
同 | denounce, detest, condemn
衍 | execration (n.) 憎恨；詛咒；譴責

sacrosanct
[`sækro͵sæŋkt]
解 | sacr(o)/sanct
sacred/sacred

(a.) 神聖不可侵犯的
例 | The tradition is regarded as *sacrosanct*.
這項傳統被認為神聖不可侵犯。
同 | inviolable, sacred, hallowed

sanction

[ˋsæŋkʃən]

解｜sanct/ion
sacred/(n.)
（原指神意；所以有肯定與否定兩種解釋）

(n.) 制裁

例｜economic *sanctions* against nations harboring terrorism
對庇護恐怖主義的國家經濟制裁

同｜penalty, embargo, boycott

衍｜sanction (v.) 對……實施制裁

(n.) 批准；認可

例｜The soldiers' conduct did not have the king's *sanction*.
士兵的行為並未得到國王的批准。

衍｜sanction (v.) 批准；認可

sanctity

[ˋsæŋktətɪ]

解｜sanct/ity
sacred/(n.)

(n.) 神聖性；不可侵犯性

例｜the *sanctity* of the elderly nun
老修女的神聖性

同｜holiness, godliness, sacredness

sanctuary

[ˋsæŋktʃuˏɛrɪ]

解｜sanct(u)/ary
sacred/(n.)

(n.) 聖地；庇護（所）；避難（所）

例｜The refugees found *sanctuary* when they crossed the border.
難民越過邊界就找到了避難所。

同｜refuge, haven, shelter

sanctimonious

[ˏsæŋktəˋmonɪəs]

解｜sanct(i)/mon(i)ous
sacred/(a.)

(a.) 道貌岸然的；故作虔誠的

例｜*sanctimonious* religious leaders preaching about morality
道貌岸然的宗教領袖在宣講道德

衍｜sanctimony (n.) 故作虔誠

sap, sav, sag: taste, wise

Track 215

savant

[səˋvɑnt]

解｜sav/ant
wise/(n.)

(n.) 學者；專家

例｜a *savant* in the field of medical ethics
醫療倫理方面的專家

同｜scholar, pundit, sage

savvy

[ˋsævɪ]

解 | sav/vy
wise/(n.)

(n.) 了解；認識；精明

例 | Much will depend on his political *savvy*.
很多事情要仰賴他的政治智慧。

同 | shrewdness, astuteness, acumen

衍 | savvy (v.) 了解；認識
savvy (a.) 精明的

savor

[ˋsevɚ]

解 | sav/or
taste/(n.)

(n.) 滋味；味道

例 | Without her love, life has lost its *savor* for me.
沒有她的愛，我的生命已經沒有滋味了。

同 | taste, flavor

衍 | savor (v.) 品嚐；享受
savory (a.) 美味的；有趣味的
unsavory (a.) 味道不好的；令人反感的

insipid

[ɪnˋsɪpɪd]

解 | in/sip/id
not/taste/(a.)

(a.) 沒有味道的；無趣的

例 | some *insipid* movie recently shown on TV
最近電視播出的一部無趣的電影

同 | bland, dull, flat

sagacious

[səˋgeʃəs]

解 | sag/ac(i)ous
wise/(a.)

(a.) 睿智的；有智慧的

例 | The President sent his most *sagacious* aide to help Republican candidates.
總統派出最有智慧的助理去幫助共和黨候選人。

同 | discerning, sage, judicious

衍 | sagacity (n.) 睿智；智慧

presage

[ˋprɛsɪdʒ]

解 | pre/sage
before/wise

(n.) 預兆；預感

例 | The sight of the first robin is always a welcome *presage* of spring.
看到第一隻知更鳥是令人高興的春之前兆。

同 | omen, portent, augury

衍 | presage (v.) 預示；預兆

sat: enough Track 216

satiate [ˋseʃɪˏet] 解 sat(i)/ate enough/(v.)	**(v.) 使飽足；使滿足** 例 A long drink of water at last *satiated* my thirst. 好好喝口水終於解了我的渴。 同 sate, satisfy, slake 衍 satiate (a.) 飽足的 satiety (n.) 飽足；滿足 insatiable (a.) 無法滿足的
satiric [səˋtɪrɪk] 解 sat/iric enough/(a.)	**(a.) 諷刺的；挖苦的** 例 *satiric* writers 諷刺作家 同 ironic 衍 satirical (a.) 諷刺的；挖苦的 satire (n.) 諷刺；諷刺的詩文
saturate [ˋsætʃəˏret] 解 sat/urate enough/(v.)	**(v.) 浸透；充斥；使飽和** 例 Images of the war *saturated* the news. 戰爭影像充斥新聞畫面。 同 permeate, suffuse, pervade 衍 saturation (n.) 飽和

scend: climb Track 216

condescending [ˏkandɪˋsɛndɪŋ] 解 con/de/scend/ing together/down/climb/(a.)	**(a.) 屈尊俯就似的；高傲的** 例 She looked us up and down in a *condescending* manner. 她上上下下瞧我們一陣，一付高傲的樣子。 同 patronizing, supercilious, snobbish 衍 condescend (v.) 屈尊俯就
descent [dɪˋsɛnt] 解 de/scent down/climb	**(n.) 下降；下坡** 例 The plane began its *descent* through the clouds. 飛機穿過雲層開始下降。 衍 descend (v.) 下降

(n.) 世系；血統

例 | His mother was of Italian *descent*.
他母親有義大利血統。

同 | lineage, ancestry, genealogy

---

transcend

[træn`sɛnd]

解 | trans/cend
across/climb

(v.) 超越；克服

例 | music that *transcends* cultural boundaries
可以超越文化邊界的音樂

同 | overcome, surpass, exceed

衍 | transcendental (a.) 超越的；卓越的

---

scin: shine

Track 216

scintilla

[sɪn`tɪlə]

解 | scint/illa
shine/(n.)

(n.) 一丁點；微量

例 | not a *scintilla* of evidence
一丁點證據都沒有

同 | spark, trace, iota

---

scintillate

[`sɪntḷet]

解 | scint/illate
shine/(v.)

(v.) 發出火花；閃爍；發光

例 | The diamond ring *scintillated* in the sunlight.
鑽戒在陽光下閃爍。

同 | sparkle, gleam, glitter

衍 | scintillation (n.) 閃爍；火光

---

scond: hide

Track 216

abscond

[æb`skɑnd]

解 | ab/scond
away/hide

(v.) 潛逃；逃亡

例 | The suspect *absconded* to Canada.
嫌犯逃到加拿大去了。

同 | escape, flee, decamp

recondite

[ˋrɛkən͵daɪt]

解｜re/cond/ite
back/hide/(a.)

(a.) 深奧的；難懂的

例｜Geochemistry is a *recondite* subject.
地質化學是門深奧難懂的學問。

同｜abstruse, arcane, esoteric

scrib, script: write

Track 217

ascribe

[əˋskraɪb]

解｜ad/scribe
to/write

(v.) 將……歸因於

例｜*ascribed* their military victory to good intelligence beforehand
將他們的軍事勝利歸因於事先做好情報工作

同｜attribute, assign, accredit

衍｜ascription (n.) 歸因；歸屬

inscribe

[ɪnˋskraɪb]

解｜in/scribe
in/write

(v.) 刻

例｜The monument was *inscribed* with the soldiers' names. 紀念碑上刻有士兵的名字。

同｜carve, engrave, etch

衍｜inscription (n.) 碑文；銘文

nondescript

[ˋnandɪ͵skrɪpt]

解｜non/de/script
not/down/write

(a.) 難以形容的；沒有特色的

例｜I work in one of the *nondescript* office buildings downtown.
我在鬧區一棟沒有特色的辦公大樓上班。

同｜featureless

proscribe

[proˋskraɪb]

解｜pro/scribe
against/write

(v.) 禁止

例｜acts that are *proscribed* by law
法律禁止的行為

同｜prohibit, forbid, ban

衍｜proscription (n.) 禁止；禁令

descry

[dɪˋskraɪ]

解｜de/scrib/y
down/write/(v.)

(v.) 看見；看出；發現

例｜could just *descry* the ship coming over the horizon 勉強可以看見船隻從水平線上冒出來

同｜discern, perceive, detect

secu, sequ, su: follow

Track 218-219

consecutive

[kənˋsɛkjʊtɪv]

解 | con/secu/tive
together/follow/(a.)

(a.) 連續的

例 | Prices fell for three *consecutive* years
連續第三年物價下跌。

同 | successive, uninterrupted, straight

desuetude

[ˋdɛswɪˌtjud]

解 | de/suet/ude
not/follow/(n.)

(n.) 廢止；不用

例 | an archaic word that has fallen into *desuetude*
一個老字現在已經沒人用了

同 | disuse

prosecute

[ˋprɑsɪˌkjut]

解 | pro/secu/te
forward/follow/(v.)

(v.) 起訴

例 | *prosecuted* on murder charges
以謀殺罪起訴

同 | indict, arraign, accuse

(v.) 進行

例 | We have to *prosecute* this war to a successful conclusion.
我們得進行這場戰爭直到最後勝利。

衍 | prosecution (n.) 起訴；進行

pursuit

[pɚˋsut]

解 | pro/suit
forward/follow

(n.) 追逐；追尋

例 | the *pursuit* of profit 追求利潤

(n.)（職業、嗜好等）活動

例 | reading, knitting, and other quiet *pursuits*
閱讀、編織等安靜的嗜好

同 | occupation, activity

衍 | pursue (v.) 追求；追尋

sectarian

[sɛkˋtɛrɪən]

解 | sect/arian
follow/(a.)

(a.) 派系的

例 | years of *sectarian* violence
多年的派系暴力

同 | factional, partisan, schismatic

衍 | sect (n.) 派系

sequential

[sɪˋkwɛnʃəl]

解 | sequ/ent(i)al
follow/(a.)

(a.) 照順序的；系列的

例 | files arranged in a *sequential* system
檔案依序排列

同 | consecutive, successive

衍 | sequence (n.) 順序；系列

sequester

[sɪˋkwɛstɚ]

解 | sequ/ester
follow/(v.)

(v.) 隔離

例 | The jury is *sequestered* until it has returned the verdict.
陪審團要隔離到交出判決為止。

同 | quarantine, isolate, segregate

inconsequential

[ɪn͵kɑnsəˋkwɛnʃəl]

解 | in/con/sequ/ent(i)al
not/together/follow/(a.)

(a.) 無關聯的；不重要的

例 | an *inconsequential* error that does nothing to lessen the value of the report
一個無損於報告價值、無足輕重的錯誤

同 | insignificant, irrelevant, negligible

衍 | consequence (n.) 後果；結果
consequential (a.) 隨之發生的；必然的

obsequious

[əbˋsikwɪəs]

解 | ob/sequ(i)/ous
toward/follow/(a.)

(a.) 諂媚的；奉承的

例 | welcomed by an *obsequious* manservant
一個奉承的男僕出來迎客

同 | servile, ingratiating

衍 | obsequiousness (n.) 諂媚；奉承

persecution

[͵pɜsɪˋkjuʃən]

解 | per/secu/tion
intensifier/follow/(n.)

(n.) 迫害；騷擾

例 | victims of religious *persecution*
宗教迫害的受害人

同 | oppression, abuse, maltreatment

衍 | persecute (v.) 迫害

secular

[ˋsɛkjəlɚ]

解 | secul/ar
follow/(a.)

(a.) 世俗的；非宗教的

例 | Both *secular* and religious institutions can apply for the funds.
不論宗教與非宗教機構都可以申請資金。

同 | temporal, mundane, lay

intrinsic

[ɪnˋtrɪnsɪk]

解 | intrin/secu
inward/follow

(a.) 固有的；內在的；本質的

例 | the *intrinsic* value of a gem
寶石的內在價值

同 | inherent, innate, inborn

non sequitur
[͵nɑnˋsikwɪtɚ]

解 | non sequ/itur
not follow/(n.)
（亦即 it does not follow）

(n.) 不相干的事；沒有邏輯關聯的話
例 | We were talking about the new restaurant when she threw in some *non sequitur* about her dog.
我們在聊那家新開的餐廳，她卻插進一句不相干的話；講她家的狗。

sed, sid: sit

Track 220-221

dissident
[ˋdɪsədənt]

解 | dis/sid/ent
apart/sit/(n.)

(n.) 持不同意見者；異議人士
例 | a *dissident* who had been jailed by the regime
一位曾遭當局監禁的異議人士
同 | dissenter, objector, nonconformist
衍 | dissident (a.) 持不同意見的

insidious
[ɪnˋsɪdɪəs]

解 | in/sid(i)/ous
in/sit/(a.)

(a.) 陰險的；潛伏的
例 | the *insidious* erosion of rights and liberties
權利與自由偷偷遭到侵蝕
同 | cunning, crafty, wily

residue
[ˋrɛzə͵dju]

解 | re/sid/ue
back/sit/(n.)

(n.) 殘餘；殘留
例 | The *residue* of his estate was divided among his daughters.
他產業剩餘的部分由幾個女兒瓜分。
同 | remainder, remnant
衍 | residual (a.) 殘留的

subsidy
[ˋsʌbsədɪ]

解 | sub/sid/y
under/sit/(n.)

(n.) 補助；補貼
例 | studying abroad under government *subsidies* 公費留學
同 | grant, endowment, aid
衍 | subsidize (v.) 補助；資助

assess

[ə`sɛs]

解 | ad/sess
toward/sit

(v.) 評估；估價

例 | After the hurricane, officials *assessed* the town's need for aid.
颶風過後，官員評估該鎮是否需要援助。

同 | evaluate, gauge, appraise

衍 | assessment (n.) 評估；估價

assiduous

[ə`sɪdʒʊəs]

解 | ad/sid(u)/ous
toward/sit/(a.)

(a.) 勤勉的；周到的

例 | tended her garden with *assiduous* attention
勤勉地照料花園

同 | meticulous, sedulous, conscientious

besiege

[bɪ`sidʒ]

解 | be/siege
be/sit

(v.) 包圍；圍困

例 | The army *besieged* the castle.
軍隊包圍城堡。

同 | beleaguer, surround

衍 | siege (n.) 包圍；圍困

sedate

[sɪ`det]

解 | sed/ate
sit/(a.)

(a.) 平靜的；鎮定的；從容的

例 | We walked the beach at a *sedate* pace.
我們從容地在海邊漫步。

同 | unruffled, poised, calm

衍 | sedate (v.) 使用鎮定劑
sedative (n., a.) 鎮定劑；有鎮定效果的

sedulous

[`sɛdʒələs]

解 | sed/ulous
sit/(a.)

(a.) 勤勉的；專注的

例 | an impressively *sedulous* suitor
追求者十分殷勤，令人佩服

同 | diligent, assiduous, industrious

衍 | sedulity (n.) 勤勉；專注

sedentary

[`sɛdn̩ˌtɛrɪ]

解 | sed/entary
sit/(a.)

(a.) 久坐不動的；定居的

例 | a *sedentary* job 久坐不動的工作

同 | seated, stationary

subside

[səb`saɪd]

解 | sub/side
under/sit

(v.) 平息；退卻

例 | After his anger had *subsided*, he was able to look at things rationally.
在怒火退卻之後，他能夠比較理性地看待事情。

同 | abate, decline, recede

supersede
[ˌsupɚˋsid]

解 | super/sede
over/sit

(v.) 取代
例 | This edition *supersedes* the previous one.
本版取代了舊版。
同 | replace, supplant

subsidiary
[səbˋsɪdɪˌɛrɪ]

解 | sub/sid(i)/ary
under/sit/(a.)

(a.) 附帶的；次要的；附屬的
例 | *subsidiary* details 附帶的細節
同 | subordinate, secondary, auxiliary
衍 | subsidiary (n.) 附屬機構；子公司

sens, sent: feel

Track 222

resent
[rɪˋzɛnt]

解 | re/sent
against/feel

(v.) 怨恨
例 | He *resents* the fact that his brother got all the attention.
他反感的是他兄弟獲得所有的關注。
同 | begrudge
衍 | resentment (n.) 怨恨；反感

dissension
[dɪˋsɛnʃən]

解 | dis/sent/ion
apart/feel/(n.)

(n.) 意見不合
例 | There was *dissension* within the Cabinet over these policies.
內閣中關於這些政策出現意見不合。
同 | dispute, dissent, discord
衍 | dissent (n.) 異議；反對意見
dissent (v.) 不同意；反對

insensate
[ɪnˋsɛnˌset]

解 | in/sens/ate
not/feel/(a.)

(a.) 無知覺的；無生命的
例 | *insensate* objects such as rocks
像岩石之類沒有知覺的物體
同 | insensible, unconscious, insentient

(a.) 不講理的；無理的
例 | an *insensate* boss who refuses to allow time off for funerals
不准請喪假的不講理老闆

Track 223

insensible [ɪnˋsɛnsəbl̩] 解｜in/sens/ible not/feel/able	**(a.) 無知覺的；無反應的** 例｜I found her *insensible* on the floor. 我發覺她人事不知躺在地上。 同｜insentient, unconscious, insensate **(a.) 覺察不出的；極細微的** 例｜the *insensible* movement of the hour hand 時針的極細微動作
sensational [sɛnˋseʃənəl] 解｜sens/ational feel/(a.)	**(a.) 引起轟動的** 例｜a *sensational* murder trial 引起轟動的謀殺案審判 同｜amazing, astonishing **(a.)（報導風格）擅色腥的；聳動的** 例｜The newspapers ran *sensational* stories about kids indulging in drugs. 報上刊出關於青少年吸毒的聳動報導。 衍｜sensation (n.) 感覺；轟動的事件
sensitize [ˋsɛnsəˏtaɪz] 解｜sens/itize feel/(v.)	**(v.) 使敏感；使熟悉；使注意** 例｜The association aims to *sensitize* employers to the problems faced by left-handed people in the workplace. 協會目的是要僱主注意到左撇子員工在職場面對的問題。 衍｜sensitive (a.) 敏感的
sentient [ˋsɛnʃənt] 解｜sent(i)/ent feel/(a.)	**(a.) 有知覺的；有意識的** 例｜*sentient* beings 有知覺的生物 同｜aware, conscious 衍｜sentience (n.) 知覺；意識

sign: mark
Track 224

consign
[kən`saɪn]

解 | con/sign
together/mark

(v.) 交付；委託；託運

例 | She *consigned* the painting to an auction house.
她把畫交付給拍賣公司。

(v.) 註定……的命運

例 | a writer *consigned* to oblivion
註定沒沒無聞的作家

同 | banish, relegate

衍 | consignment (n.) 委託（物）

designate
[`dɛzɪg,net]

解 | de/sign/ate
down/mark/(v.)

(v.) 指定；標示

例 | The wooden stakes *designate* the edge of the building site.
木樁標示出建築工地的周圍。

同 | specify, define

(v.) 委任；指派

例 | Traditionally, the president *designates* his or her successor.
傳統是由總裁指定接班人。

衍 | designation (n.) 指定；稱號

sim-, syn-: same
Track 224

assimilate
[ə`sɪml̩,et]

解 | ad/sim/ilate
to/same/(v.)

(v.) 同化

例 | Many tribes disappeared, having been *assimilated* into mainstream culture.
許多部落消失，因為被主流文化同化。

同 | subsume, incorporate, integrate

(v.) 吸收

例 | Children need to *assimilate* new ideas.
兒童需要吸收新觀念。

衍 | assimilation (n.) 同化；吸收

simultaneous

[ˌsaɪmḷˋtenɪəs]

解 | simul/tan(e)/ous
same/time/(a.)

(a.) 同時發生的

例 | The two gunshots were *simultaneous*.
兩聲鎗響在同時發生。

同 | concurrent, coincident, synchronous

衍 | simultaneously (adv.) 在同時間

---

syndrome

[ˋsɪnˌdrom]

解 | syn/drome
together/run

(n.) 併發症；症候群

例 | the bored-housewife *syndrome*
無聊主婦症候群

---

sist, sta, stit: stand, be

Track 225-226

constituent

[kənˋstɪtʃuənt]

解 | con/stit/(u)ent
together/be/(a.)

(a.) 構成的；組成的

例 | The company can be separated into several *constituent* parts.
公司可以分成幾個部分。

同 | component, integral

衍 | constituent (n.) 成分；選民
constituency (n.) 選區之全體選民

---

extant

[ɪkˋstænt]

解 | ex/tant
out/be

(a.) 現存的

例 | Only a dozen copies of this rare book are *extant*.
這本善本書現存只有 12 本。

同 | surviving, existent, remaining

---

circumstantial

[ˌsɝkəmˋstænʃəl]

解 | circum/stant/(i)al
around/be/(a.)

(a.) 間接的；推測性的

例 | *circumstantial* evidence 間接的證據

同 | indirect, inferential, contingent

(a.) 詳細的；細節豐富的

例 | a *circumstantial* account of the meeting
對於會議的詳細描述

衍 | circumstance (n.) 環境；情況

prestigious
[prɛsˋtɪdʒɪəs]
解 | pre/stig(i)/ous
before/stand/(a.)

(a.) 有名望的
例 | *prestigious* journals 有名望的期刊
同 | reputable, distinguished, esteemed
衍 | prestige (n.) 聲望

---

reinstate
[ˏriɪnˋstet]
解 | re/in/state
again/in/stand

(v.) 恢復；使復職
例 | After his name was cleared, he was *reinstated* as Chairperson.
在他的名聲恢復清白之後，他重新擔任主席。
同 | rehabilitate, restore, reinstall

---

stagnant
[ˋstægnənt]
解 | stagn/ant
stand/(a.)

(a.) 停滯的；無發展的
例 | a *stagnant* economy 經濟停滯
同 | immobile, inert, static
衍 | stagnate (v.) 停止　stagnation (n.) 停滯
stagnancy (n.) 停滯

---

subsistence
[səbˋsɪstəns]
解 | sub/sist/ence
under/be/(n.)

(n.) 生存；生計
例 | They depend for *subsistence* on fish and game.
他們的生計靠的是魚與獵物。
同 | survival, sustenance, livelihood
衍 | subsist (v.) 生存；存活

---

substitute
[ˋsʌbstəˏtjut]
解 | sub/stit/ute
under/be/(n.)

(n.) 代替品；代替者
例 | You'll be getting a *substitute* until your regular teacher is feeling better.
到你們老師身體復原之前，由代課老師上課。
同 | replacement, proxy, surrogate
衍 | substitute (v., a.) 代替（的）

---

restitution
[ˏrɛstəˋtjuʃən]
解 | re/stit/ution
back/be/(n.)

(n.) 歸還
例 | *restitution* of land allegedly seized by the occupying power
據稱是佔領軍強佔的土地要歸還

(n.) 賠償
例 | paid the amount in *restitution* for the damage caused 為造成的損壞照價賠償
同 | compensation, reparation, damages
衍 | restitute (v.) 恢復；償還

stalwart

[ˋstɔlwɚt]

解 | stal/wart
stand/worthy

(a.) 健壯的；英勇的；堅定的

例 | a *stalwart* supporter of peace
和平的堅定支持者

同 | staunch, dedicated, constant

apostate

[əˋpastet]

解 | apo/state
away/stand

(n.) 叛徒；變節者

例 | an *apostate* from Catholicism 天主教的叛徒

同 | heretic, defector, renegade

衍 | apostate (a.) 背叛的；變節的
apostasy (n.) 背叛；變節

apostle

[əˋpasl̩]

解 | apo/stle
away/be

(n.) 門徒；使徒；提倡者

例 | an ardent *apostle* of the Mediterranean diet
地中海式飲食的熱情擁護者

同 | advocate, proponent, promoter

consistent

[kənˋsɪstənt]

解 | con/sist/ent
together/be/(a.)

(a.) 前後一致的；連貫的；相符合的

例 | statements not *consistent* with the truth
與事實不一致的陳述

同 | compatible, congruous

衍 | inconsistent (a.) 不連貫的；不一致的
consistency (n.) 連貫性；一致性

forestall

[forˋstɔl]

解 | fore/stall
before/stand

(v.) 搶先一步防止

例 | They will resign to *forestall* a vote of no confidence.
他們要搶在不信任投票之前辭職。

同 | preempt, anticipate, preclude

inconstancy

[ɪnˋkanstn̩sɪ]

解 | in/con/stanc/y
not/together/stand/(n.)

(n.) 易變；不忠實

例 | the *inconstancy* of public opinion 民意善變

同 | instability, changeability, fickleness

衍 | constant (a.) 不變的；忠實的
constancy (n.) 不變；忠實
inconstant (a.) 易變的；不忠實的

obstinate

[ˋabstənɪt]

解 | ob/stin/ate
against/stand/(a.)

(a.) 頑固的；固執的

例 | *obstinate* resistance to change 頑抗改變

同 | intransigent, intractable, obdurate

衍 | obstinacy (n.) 頑固；固執

stasis
[ˋstesɪs]

解 | stas/is
stand/(n.)

(n.) 停止；靜止不動；停滯（複數為 stases）

例 | The country is in economic *stasis*.
國家處於經濟停滯。

同 | stagnation

衍 | static (a.) 靜止不動的；不變的

stature
[ˋstætʃɚ]

解 | stat/ure
stand/(n.)

(n.) 身高；高度；地位

例 | The university has grown in *stature* during her time as president.
在她擔任校長期間，大學的地位提高了。

同 | status, prestige, reputation

status quo
[ˌstetəs ˋkwo]

解 | stat/us quo
stand/(n.) which

(n.) 現狀

例 | He is content with the *status quo* and does not like change.
他對現狀滿意，不喜歡改變。

staunch
[stɔntʃ]

解 | staunch
stand

(a.) 堅定的；忠實的

例 | He's a *staunch* believer in the value of regular exercise.
他堅定相信規律運動的價值。

同 | stalwart, loyal, dedicated

衍 | staunchness (n.) 堅定；忠實

stolid
[ˋstalɪd]

解 | stol/id
stand/(a.)

(a.) 不動感情的；不易激動的

例 | She remained *stolid* during the trial.
審判期間她一直不動感情。

同 | impassive, phlegmatic, unemotional

衍 | stolidity (n.) 不動感情；不易激動

substantiate
[səbˋstænʃɪˌet]

解 | sub/stant(i)/ate
under/be/(v.)

(v.) 證實；證明

例 | None of the allegations were ever *substantiated*.
這些指控無一經過證實。

同 | verify, confirm, corroborate

衍 | substantiation (n.) 證實；證明
substance (n.) 物質
substantial (a.) 實在的；大量的

soci: join, group Track 228

associate
[ə`soʃɪ.et]
解 | ad/soci/ate
to/group/(v.)

(v.) 聯想
例 | Most people *associate* this brand with good quality.
大部分人會把這個品牌和高品質聯想在一起。
同 | link, identify, equate

(v.) 交往
例 | The man used to to *associate* with anarchist groups.
此人從前和無政府團體往來。
衍 | associate (n.) 合夥人；同事
associate (a.) 附屬的；連帶的
association (n.) 聯想；協會

dissociate
[dɪ`soʃɪ.et]
解 | dis/soci/ate
not/group/(v.)

(v.) 切割；分離
例 | attempts to *dissociate* herself from her past 嘗試和過去切割
同 | detach, disconnect, sever

sol-: one Track 229

disconsolate
[dɪs`kanslɪt]
解 | dis/con/sol/ate
not/together/one/(a.)

(a.) 憂鬱的；哀傷的
例 | the *disconsolate* widow 哀傷的寡婦
同 | despondent, desolate, forlorn

consolation
[.kansə`leʃən]
解 | con/sol/ation
together/one/(n.)

(n.) 安慰；慰藉
例 | His kind words were a *consolation* to me.
他的好話對我是個安慰。
同 | comfort, solace
衍 | console (v.) 安慰
inconsolable (a.) 極度傷心的

solitude

[ˋsɑlə͵tjud]

解 | sol/itude
one/(n.)

(n.) 獨處

例 | enjoyed her few hours of freedom and *solitude* 享受短短幾個小時的自由與獨處

同 | seclusion, withdrawal, privacy

衍 | solitary (a.) 單獨的

consolidate

[kənˋsɑlə͵det]

解 | con/sol/idate
together/one/(v.)

(v.) 合併

例 | The two funds will *consolidate* into one.
兩筆基金將合而為一。

(v.) 鞏固；加強

例 | Rebel forces have *consolidated* their hold on the region. 叛軍鞏固了對此地區的掌控。

同 | secure, reinforce, fortify

衍 | consolidation (n.) 合併；鞏固

desolate

[ˋdɛsl̩ɪt]

解 | de/sol/ate
intensifier/one/(a.)

(a.) 荒蕪的；無人煙的

例 | The lake was bounded by *desolate* moorlands. 湖泊四周都是荒無人煙的沼澤地。

同 | barren, bleak, uninhabited

(a.) 悲傷的

例 | a *desolate* widow 悲傷的寡婦

衍 | desolation (n.) 荒蕪；悲哀

solidarity

[sɑləˋdærətɪ]

解 | sol/idarity
one/(n.)

(n.) 團結

例 | The vote was a show of *solidarity*.
這次投票展現的是團結。

同 | unanimity, concord, consensus

solu, solv: loosen

Track 230

absolve

[əbˋsɑlv]

解 | ab/solve
away/loosen

(v.) 免除；寬恕

例 | No amount of remorse will *absolve* shoplifters who are caught.
店中行竊，再怎麼懺悔也不能免罪。

同 | exonerate, discharge, acquit

衍 | absolution (n.) 免除；赦免

dissolution

[ˌdɪsəˋluʃən]

解 | dis/solu/tion
apart/loosen/(n.)

(n.) 終結；瓦解

例 | the *dissolution* of the company 公司解體

同 | cessation, termination, disintegration

(n.) 放蕩；放縱

例 | from hedonism to *dissolution*
從享樂主義到放浪形骸

衍 | dissolve (v.) 溶解
dissolute (a.) 放蕩的；放縱的

---

resolve

[rɪˋzɑlv]

解 | re/solve
back/loosen

(v.) 解決；化解

例 | *resolve* a dispute 化解爭端

同 | settle, solve, reconcile

(v.) 下決心；做決定

例 | *resolve* to lose weight 決心減重

衍 | resolve (n.) 決心；決定
unresolved (a.) 尚未解決的

---

resolute

[ˋrɛzəˌlut]

解 | re/solu/te
back/loosen/(a.)

(a.) 堅決的；堅定的

例 | He has remained *resolute* in his opposition to the bill. 他反對提案的立場堅定。

同 | resolved, adamant, unwavering

衍 | irresolute (a.) 不堅定的；舉棋不定的
resolution (n.) 決定；決心；解決

---

solvent

[ˋsɑlvənt]

解 | solv/ent
loosen/(a.)

(a.) 收支平衡的；有償債能力的

例 | a *solvent* company 收支平衡的公司

衍 | solvent (n.) 溶劑　　insolvency (n.) 周轉不靈
solve (v.) 解決

---

som, sop: sleep

Track 231

somnolence

[ˋsɑmnələns]

解 | somn/olence
sleep/(n.)

(n.) 昏昏欲睡

例 | This novel induces *somnolence*.
這部小說令人想睡覺。

同 | sleepiness, drowsiness, lethargy

衍 | somnolent (a.) 昏昏欲睡的

soporific
[ˌsopəˋrɪfɪk]
解 | sopor(i)/fic
sleep/make

(a.) 令人想睡的；催眠的
例 | the *soporific* heat of summer
夏日催眠的熱度
同 | somnolent, sedative, hypnotic

---

insomnia
[ɪnˋsamnɪə]
解 | in/somn/ia
not/sleep/(n.)

(n.) 失眠
例 | has suffered from *insomnia* virtually his entire life
幾乎一輩子都患失眠
衍 | insomniac (n.) 失眠症患者

---

somnambulism
[samˋnæmbjəlɪzəm]
解 | somn/ambul/ism
sleep/walk/(n.)

(n.) 夢遊（症）
例 | The man suffers from *somnambulism* and doesn't sleep well.
此人患有夢遊症，睡不好。
同 | sleepwalking
衍 | somnambulant (a.) 夢遊的
somnambulist (n.) 夢遊者
ambulance (n.) 救護車

---

spect, spic, spis: look

Track 232

despicable
[ˋdɛspɪkəbl̩]
解 | de/spic/able
down/look/able

(a.) 可恥的；卑劣的
例 | such *despicable* conduct 這種可恥的行為
同 | contemptible, loathsome, detestable
衍 | despise (v.) 瞧不起

---

respite
[ˋrɛspɪt]
解 | re/spite
again/look

(n.) 暫緩；喘息
例 | The bad weather has continued without *respite*.
壞天氣持續不停。
同 | lull, intermission, recess
衍 | respite (v.) 暫緩

specimen

[ˋspɛsəmən]

解 | spec(i)/men
look/(n.)

(n.) 樣品；標本；實例

例 | The church is a magnificent *specimen* of baroque architecture.
這所教堂是巴洛克建築的極佳樣品。

同 | sample, exemplification, instance

---

spectral

[ˋspɛktrəl]

解 | spectr/al
look/(a.)

(a.) 幽靈般的；恐怖的

例 | A *spectral* shape moved through the thick yellow mist.
黃色濃霧中有個幽靈般的形體在移動。

同 | ghostly, phantom, ghastly

衍 | specter (n.) 幽靈；鬼怪

---

conspicuous

[kənˋspɪkjʊəs]

解 | con/spic(u)/ous
intensifier/look/(a.)

(a.) 醒目的；顯著的

例 | The sign was placed in a very *conspicuous* spot.
招牌放在非常醒目的位置。

同 | striking, noticeable, perceptible

---

perspicacious

[ˏpɜspɪˋkeʃəs]

解 | per/spic/ac(i)ous
through/look/(a.)

(a.) 有洞察力的；敏銳的

例 | a *perspicacious* businessman 敏銳的商人

同 | keen, astute, perceptive

衍 | perspicacity (n.) 洞察力；敏銳度

---

perspicuous

[pɚˋspɪkjʊəs]

解 | per/spic(u)/ous
through/look/(a.)

(a.) 清楚的；明白的

例 | a powerful and *perspicuous* argument
有力又清楚的論證

同 | limpid, lucid, intelligible

---

prospective

[prəˋspɛktɪv]

解 | pro/spect/ive
forward/look/(a.)

(a.) 潛在的；未來的；可能的

例 | *prospective* customers for this product
這項產品的潛在客戶

同 | potential, probable

衍 | prospect (n.) 展望；前景

---

respectively

[rɪˋspɛktɪvlɪ]

解 | re/spect/ively
back/look/(adv.)

(adv.) 分別地；依此順序

例 | Mary and Ann were 12 and 16 years old, *respectively*.
Mary 和 Ann 分別是 12 歲與 16 歲。

Track 233

retrospective

[ˌrɛtrəˋspɛktɪv]

解 | retro/spect/ive
backward/look/(a.)

(a.) 回顧的

例 | a *retrospective* analysis of what went wrong
對於出了什麼岔子做一次回顧分析

(a.) 溯及既往的

例 | The law is *retrospective*.
這條法律溯及既往。

同 | retroactive

衍 | retrospective (n.) 回顧展
retrospect (n.) 回顧

specious

[ˋspiʃəs]

解 | spec(i)/ous
look/(a.)

(a.) 看似有理的

例 | a *specious* argument 看似有理的論證

同 | misleading, deceptive, fallacious

spectrum

[ˋspɛktrəm]

解 | spectr/um
look/(n.)

(n.) 光譜；全套

例 | the political *spectrum* 政治光譜

同 | gamut, scope, span

speculate

[ˋspɛkjəˌlet]

解 | spec/ulate
look/(v.)

(v.) 猜測；推測

例 | She could only *speculate* about her friend's motives.
她只能猜測她朋友的動機。

同 | conjecture, hypothesize, postulate

(v.) 投機買賣；炒作

例 | *speculating* on the stock market
投機炒作股票

衍 | speculation (n.) 猜測；投機買賣
speculative (a.) 推測的；投機的

spir: breathe

Track 234

aspiration [ˌæspəˋreʃən] 解 │ ad/spir/ation toward/breathe/(n.)	(n.) 志向；抱負；熱望 例 │ I've never had any political *aspirations*. 我從未有過政治野心。 同 │ desire, ambition 衍 │ aspire (v.) 熱望；嚮往
inspiring [ɪnˋspaɪrɪŋ] 解 │ in/spir/ing in/breathe/(a.)	(a.) 鼓舞人心的；啟發靈感的 例 │ He was an *inspiring* example to his pupils. 他對學生而言是很有啟發性的典範。 同 │ inspirational, uplifting, encouraging 衍 │ inspire (v.) 激勵；鼓舞 inspiration (n.) 啟示；靈感

stereo: solid

Track 234

stereotype [ˋstɛrɪəˌtaɪp] 解 │ stereo/type solid/type	(n.) 刻板模式；刻板印象 例 │ the *stereotype* of the alcoholic as a down-and-out vagrant 「酒鬼都是窮途潦倒的流浪漢」這種刻板印象 同 │ cliché, formula 衍 │ stereotype (v.) 以刻板印象看待
sterile [ˋstɛrəl] 解 │ ster/ile solid/(a.)	(a.) 貧瘠的；不能生育的 例 │ vast tracts of *sterile* desert land 大片貧瘠的沙漠地 同 │ unproductive, infertile, barren 衍 │ sterilize (v.) 消毒；結紮

stig: sting, prick, mark
Track 235

stigmatize
[ˋstɪgməˏtaɪz]

解 | stig/matize
mark/(v.)

(v.) 汙名化；使蒙上汙名

例 | People should not be *stigmatized* on the basis of race.
不能因為種族而把人汙名化。

同 | condemn, denounce, brand

衍 | stigma (n.) 恥辱；汙名
stigmatization (n.) 汙名化

stingy
[ˋstɪndʒɪ]

解 | sting/y
sting/(a.)

(a.) 吝嗇的；小氣的

例 | The company was too *stingy* to raise salaries.
公司太小氣，都不加薪。

同 | miserly, parsimonious, penurious

衍 | stinginess (n.) 吝嗇；小氣

instigate
[ˋɪnstəˏget]

解 | in/stig/ate
in/prick/(v.)

(v.) 唆使；煽動；發動

例 | The revolt is believed to have been *instigated* by a high-ranking general.
叛變據說是一位高階將領唆使的。

同 | provoke, incite, goad

衍 | instigation (n.) 煽動；發動
instigator (n.) 煽動者

strain, strict: tighten
Track 236

constrain
[kənˋstren]

解 | con/strain
together/tighten

(v.) 強迫；迫使

例 | felt *constrained* to explain further
感覺有必要進一步解釋

同 | compel, coerce, oblige

(v.) 限制；抑制

例 | *constrained* his anger at the rude interruption
遭到無禮打斷，他強抑怒火

同 | restrain, restrict, curb

衍 | constraint (n.) 強迫；限制

constrict

[kən`strɪkt]

解 | con/strict
together/tighten

(v.) 收縮

例 | The drug is used to *constrict* blood vessels.
這種藥用來收縮血管。

同 | narrow, compress, contract

(v.) 限制

例 | a life *constricted* by poverty and disease
生活受到貧窮與疾病的限制

衍 | constriction (n.) 收縮；限制

stringent

[`strɪndʒənt]

解 | string/ent
tighten/(a.)

(a.) 嚴格的；嚴厲的

例 | *stringent* decontamination procedures
嚴格的除污染程序

同 | strict, rigorous, rigid

衍 | stringency (n.) 嚴格性

unrestrained

[ˏʌnrɪ`strend]

解 | un/re/strain/ed
not/back/tighten/(a.)

(a.) 不受限制的；無拘束的

例 | This was a period of *unrestrained* corruption.
這是無限制貪污的時代。

同 | uninhibited, unrestricted, unchecked

衍 | restrain (v.) 限制；節制
restraint (n.) 限制；節制

stricture

[`strɪktʃɚ]

解 | strict/ure
tighten/(n.)

(n.) 限制；約束

例 | severe moral *strictures* of Victorian England
維多利亞時代嚴格的道德約束

同 | constraint, restriction, restraint

(n.) 嚴厲的批評

例 | The *strictures* of the United Nations have failed to have any effect on the warring factions.
聯合國的嚴厲批評未能絲毫影響到交戰的派系。

衍 | strict (a.) 嚴格的；嚴厲的

suav: sweet
Track 237

assuage
[ə`swedʒ]
解 | ad/sua/ge
to/sweet/(v.)

(v.) 緩和；減輕
例 | He couldn't *assuage* his guilt over the divorce.
他無法減輕對於離婚的罪惡感。
同 | relieve, alleviate, mitigate

persuasive
[pɚ`swesɪv]
解 | per/sua/sive
intensifier/sweet/(a.)

(a.) 有說服力的
例 | *persuasive* evidence 有說服力的證據
同 | convincing, cogent, compelling
衍 | persuade (v.) 說服
persuasion (n.) 說服；信念

suave
[swɑv]
解 | sua/ve
sweet/(a.)

(a.) 溫文儒雅的
例 | The *suave* gentleman was a great favorite of the elegant ladies.
溫文儒雅的紳士很受優雅仕女喜愛。
同 | debonair, sophisticated, urbane

sub-: under, after
Track 238

subjugate
[`sʌbdʒə͵get]
解 | sub/jug/ate
under/yoke/(v.)

(v.) 征服
例 | a people *subjugated* by invaders
一個被侵略者征服的民族
同 | conquer, subdue, vanquish
衍 | subjugation (n.) 征服
yoke (n.) 軛；枷鎖

subterfuge
[`sʌbtɚ͵fjudʒ]
解 | subter/fuge
under/flee

(n.) 藉口；詭計
例 | They obtained the documents by *subterfuge*.
他們用詭計取得了文件。
同 | trickery, intrigue, deception
衍 | refuge (n.) 避難（所）；庇護（所）

subtle

[ˋsʌtl̩]

解 | sub/tle
under/(a.)

(a.) 含蓄的；隱約的；細微的

例 | a *subtle* difference in meaning between the words 兩個字的意思有細微的差別

同 | delicate, elusive, obscure

衍 | subtlety (n.) 含蓄；隱約

---

submerge

[səbˋmɝdʒ]

解 | sub/mer/ge
under/sea/(v.)

(v.) 浸入；淹沒

例 | The town was *submerged* by the flood.
市鎮被洪水淹沒。

同 | immerse, inundate, overwhelm

衍 | emerge (v.) 浮現；顯現

---

subordinate

[səˋbɔrdn̩ɪt]

解 | sub/ordin/ate
under/order/(a.)

(a.) 附屬的；次要的

例 | plays a *subordinate* role 扮演從屬的角色

同 | secondary, subsidiary, subservient

衍 | subordinate (n.) 屬下；部屬

---

subservient

[səbˋsɝvɪənt]

解 | sub/serv(i)/ent
under/serve/(a.)

(a.) 從屬的；次要的

例 | His other interests were *subservient* to his compelling passion for art.
他對藝術有至高的熱情，別的興趣都屬次要。

(a.) 順從的

例 | Women were expected to be meek and *subservient*.
從前要求婦女得溫馴順從。

同 | submissive, deferential, acquiescent

衍 | subservience (n.) 從屬；順從

---

succinct

[səkˋsɪŋkt]

解 | sub/cinct
under/around

(a.) 簡潔的；扼要的

例 | a *succinct* description 扼要的描述

同 | concise, compact, terse

衍 | succinctness (n.) 簡潔

---

suffocate

[ˋsʌfəˌket]

解 | sub/foc/ate
under/throat/(v.)

(v.) 窒息；悶死

例 | The poor dog could *suffocate* in the car on a hot day like this.
這麼熱的天，可憐的狗關在車上可能會悶死。

同 | smother, stifle, asphyxiate

衍 | suffocation (n.) 窒息

supplant
[sə`plænt]
解 | sub/plant
under/plant

(v.) 取代
例 | old traditions being *supplanted* by modern ways 老傳統被現代作法取代
同 | replace, displace, supersede

sur-, super-: over

Track 239

supercilious
[ˌsupə`sɪlɪəs]
解 | super/cil(i)/ous
over/hair/(a.)（本意是把眉毛揚起表示不屑）

(a.) 高傲的；傲慢的
例 | reacted to their breach of etiquette with a *supercilious* smile
對方失禮，以傲慢的微笑回應
同 | haughty, arrogant, patronizing

surveillance
[sə`veləns]
解 | sur/veil/lance
over/see/(n.)

(n.) 監視；監督
例 | under police *surveillance* 受警方監視
同 | scrutiny, monitoring, supervision
衍 | survey (n., v.) 測量；調查；檢視

surge
[sɜdʒ]
解 | sur/ge
over/(n.)

(n.) 一波；高漲；激增
例 | The sport is enjoying a *surge* in popularity.
這門運動近來人氣暴增。
同 | swell, boost, rush
衍 | surge (v.) 洶湧而來；激增

insurgent
[ɪn`sɜdʒənt]
解 | in/sur/gent
in/over/(n.)

(n.) 叛亂者；挑戰體制者
例 | *Insurgents* are trying to gain control of the country's transportation system.
叛亂者設法掌握該國的運輸系統。
同 | rebel, mutineer, subversive
衍 | insurgent (a.) 叛亂的；挑戰體制的
insurgency (n.) 叛亂　insurgence (n.) 叛亂

resurgence
[rɪ`sɜdʒəns]
解 | re/sur/gence
again/over/(n.)

(n.) 東山再起；死灰復燃
例 | There has been a *resurgence* of interest in jazz. 對爵士樂的興趣再度興起。
同 | revival, rally, resurrection
衍 | resurgent (a.) 死灰復燃的

T

tach, tact, tag, tig: touch

Track 240

contagious

[kən`tedʒəs]

解 | con/tag(i)/ous
together/touch/(a.)

(a.) 傳染性的；有感染力的

例 | a *contagious* disease 傳染病

同 | infectious, communicable, epidemic

衍 | contagion (n.) 傳染

---

intangible

[ɪn`tændʒəbḷ]

解 | in/tang/ible
not/touch/able

(a.) 無形的

例 | education's *intangible* benefits
教育的無形利益

同 | impalpable, abstract, obscure

衍 | tangible (a.) 有形的；具體的

---

detached

[dɪ`tætʃt]

解 | de/tach/ed
not/touch/(a.)

(a.) 分離的

例 | a *detached* house
一棟獨立房舍

(a.) 立場超然的

例 | a *detached* observer
立場超然的觀察者

同 | disinterested, objective, aloof

衍 | detachment (n.) 分離；公正；分遣隊
detach (v.) 分開；拆卸；派遣
attach (v.) 附加；黏附

---

integrate

[`ɪntə͵gret]

解 | in/tegr/ate
not/touch/(v.)

(v.) 統合；整合

例 | proposes to *integrate* our reserve forces more closely with the regular forces
提議將預備部隊和正規軍更緊密整合

同 | consolidate, amalgamate, merge

衍 | integration (n.) 統合；整合
integer (n.) 整數
intact (a.) 完好如初的

syntactical
[sɪnˋtæktɪkəl]
解 | syn/tact/ical
together/touch/(a.)

(a.) 句法的
例 | A good composition should demonstrate *syntactical* variety.
好的作文，句法要有變化。
衍 | syntax (n.) 語法；句法
syntactic (a.) 句法的

tangential
[tænˋdʒɛnʃəl]
解 | tang/ent(i)al
touch/(a.)

(a.) 關聯性不高的
例 | arguments *tangential* to the main point
與主題關聯不高的論證
同 | incidental, peripheral
衍 | tangent (n.) 切線

tacit: silent

Track 240

tacit
[ˋtæsɪt]
解 | tacit
silent

(a.) 未明言的；暗示的
例 | There was a *tacit* agreement that he would pay off the loan.
大家有默契，同意他要付清貸款。
同 | implicit, implied

taciturn
[ˋtæsə͵tɝn]
解 | tacit/urn
silent/(a.)

(a.) 沉默寡言的
例 | a *taciturn* man 沉默寡言的人
同 | reticent, uncommunicative
衍 | taciturnity (n.) 沉默寡言

reticent
[ˋrɛtəsn̩t]
解 | re/tic/ent
back/silent/(a.)

(a.) 保持沉默的；不露口風的
例 | was extremely *reticent* about his personal affairs
關於他的私事隻字不提
同 | reserved, restrained, uncommunicative
衍 | reticence (n.) 沉默

tain, ten, tin: hold

Track 241-242

entertain

[ˌɛntɚˋten]

解 | inter/tain
between/hold

(v.) 娛樂；款待

例 | He often *entertains* foreign visitors at home.
他經常在家款待外國訪客。

(v.) 懷有；抱著

例 | He *entertained* the suspicion that he was being swindled.
他懷疑自己被騙。

同 | harbor, nurture, nurse

衍 | entertainment (n.) 娛樂

---

abstain

[əbˋsten]

解 | abs/tain
away/hold

(v.) 戒絕；不沾；棄權

例 | *abstain* from drinking 戒酒

同 | refrain, desist, eschew

衍 | abstemious (a.) 有節制的
abstention (n.) 戒絕；棄權

---

attainment

[əˋtenmənt]

解 | ad/tain/ment
to/hold/(n.)

(n.) 達成；達到；成就

例 | Her scientific *attainments* have made her quite well-known in the field of biology.
她的科學成就使她在生物學界相當有名。

同 | accomplishment, achievement

衍 | attain (v.) 達成；達到

---

countenance

[ˋkaʊntənəns]

解 | coun/ten/ance
together/hold/(n.)
（contain 的變化拼法）

(v.) 容忍

例 | They would not *countenance* any breach of fair play.
他們不容忍破壞公平競爭的行為。

同 | tolerate, permit, approve

衍 | countenance (n.) 外貌；表情

---

discontent

[dɪskənˋtɛnt]

解 | dis/con/tent
not/together/hold

(n.) 不滿

例 | There were reports of growing *discontent* among the military.
據報導，軍方出現越來越多的不滿情緒。

同 | dissatisfaction, disaffection, grievance

衍 | discontent (a.) 不滿的
content (a.) 滿足的
content (n.) 內容

pertinent

[ˋpɜtṇənt]

解 | per/tin/ent
intensifier/hold/(a.)

(a.) 貼切的；相關的

例 | He impressed the jury with his concise, *pertinent* answers.
他扼要、切題的回答令陪審團印象深刻。

同 | relevant, apposite, applicable

衍 | pertinence (n.) 中肯；切題

impertinent

[ɪmˋpɜtṇənt]

解 | in/per/tin/ent
not/intensifier/hold/(a.)

(a.) 無關的；粗魯的；無禮的

例 | asked a lot of *impertinent* questions
問了許多無禮的問題

同 | rude, insolent, impudent

衍 | impertinence (n.) 粗魯；無禮

sustenance

[ˋsʌstənəns]

解 | sub/ten/ance
under/hold/(n.)

(n.) 食物；營養

例 | Without *sustenance* the creature will die.
再不吃東西，這隻動物會死。

同 | nourishment, nutrition, nutriment

(n.) 維持；支持；維生

例 | He kept two cows for the *sustenance* of his family. 他養兩條牛以維持家人所需。

衍 | sustain (v.) 維持；支持

tenacious

[tɪˋneʃəs]

解 | ten/ac(i)ous
hold/(a.)

(a.) 頑強的；堅持到底的

例 | A *tenacious* trainer, she adheres to her grueling swimming schedule no matter what.
她對自己的訓練很堅持，無論如何都要遵守嚴苛的游泳時間表。

同 | persevering, persistent, pertinacious

衍 | tenacity (n.) 頑強；固執

tenet

[ˋtɛnɪt]

解 | ten/et
hold/small

(n.) 教條；信條；守則

例 | Recycling is a central *tenet* of the environmental faith.
回收是環保信念的中心守則。

同 | principle, doctrine, creed

untenable

[ʌnˋtɛnəbḷ]

解 | un/ten/able
not/hold/able

(a.) 無法防衛的；站不住腳的

例 | The government's position on this issue is *untenable*. 政府對此議題的立場是不通的。

同 | indefensible, unjustifiable

衍 | tenable (a.) 站得住腳的

temp, tempor: time, mix

Track 243

extemporaneous [ɛk.stɛmpəˋrenɪəs] 解｜ex/tempor/an(e)ous out/time/(a.)	**(a.) 即席的；即興的** 例｜an *extemporaneous* speech 即興演說 同｜impromptu, spontaneous, improvised
temperance [ˋtɛmprəns] 解｜temper/ance mix/(n.)	**(n.) 節制；適度** 例｜My father attributes his ripe old age to *temperance* in all things, especially eating and drinking. 我父親高壽，他說是因為做什麼都有節制，尤其是吃喝。 同｜restraint, moderation, abstinence 衍｜temperate (a.) 有節制的；適度的
temporal [ˋtɛmpərəl] 解｜tempor/al time/(a.)	**(a.) 時間的** 例｜a *temporal* relation, not a spatial one 時間關係而非空間關係 **(a.) 俗世的；非宗教的** 例｜the *temporal* aspects of church government 教會政府的非宗教層面 同｜lay, secular, mundane
contemporary [kənˋtɛmpə.rɛrɪ] 解｜con/tempor/ary together/time/(a.)	**(a.) 同時代的** 例｜Queen Elizabeth was *contemporary* with Shakespeare. 伊莉莎白女王和莎士比亞同時代。 同｜contemporaneous, concurrent, coeval **(a.) 當代的；現代的** 例｜*contemporary* art 當代藝術 衍｜contemporary (n.) 同時代的人（物） temporary (a.) 暫時的

tens, tent: stretch

Track 244

contention
[kən`tɛnʃən]

解 | con/tent/ion
together/stretch/(n.)

(n.) 論點；主張

例 | I agree with her *contention*. 我同意她的論點。

同 | argument, claim, assertion

(n.) 爭論；爭執

例 | That has been a source of *contention* for years. 多年來那件事一直都引起爭論。

衍 | contend (v.) 爭論；競爭
contentious (a.) 愛爭論的；引起爭議的

attenuate
[ə`tɛnjuˏet]

解 | ad/ten(u)/ate
to/stretch/(v.)

(v.) 稀釋；減弱；縮小

例 | Earplugs will *attenuate* the loud sounds of the machinery. 耳塞可以減弱機器的噪音。

同 | diminish, reduce

衍 | attenuation (n.) 稀釋；減弱

distend
[dɪ`stɛnd]

解 | dis/tend
apart/stretch

(v.) 膨脹；擴張

例 | an abdomen *distended* by disease
因為疾病而脹起的小腹

同 | expand, dilate, inflate

衍 | distension (n.) 膨脹；擴張

intensify
[ɪn`tɛnsəˏfaɪ]

解 | in/tens(i)/fact/y
in/stretch/make/(v.)

(v.) 增強；變激烈

例 | They *intensified* their efforts to increase sales. 他們更加努力要增加銷售。

同 | strengthen, escalate, augment

衍 | intense (a.) 密集的；強烈的
intensification (n.) 增強；加劇

pretense
[`priˏtɛns]

解 | pre/tense
before/stretch

(n.) 藉口；偽裝

例 | Their indifference is merely *pretense*.
他們表現出漠不關心的樣子；其實是裝的。

(n.) 炫耀；自稱（有本事）

例 | He was a humble man, without any *pretense*. 他是謙虛的人，不會自誇。

同 | pretentiousness, ostentation

衍 | pretend (v.) 假裝

pretentious

[prɪˋtɛnʃəs]

解 | pre/tent(i)/ous
before/stretch/(a.)

(a.) 炫耀的；賣弄的；做作的

例 | The houses in the neighborhood are large and *pretentious*.
這一區的房子都很大、很氣派。

同 | ostentatious, pompous, showy

衍 | pretension (n.) 炫耀；賣弄

tendentious

[tɛnˋdɛnʃəs]

解 | tend/ent(i)ous
stretch/(a.)

(a.) 偏袒的；有偏見的

例 | A judge shouldn't make such *tendentious* remarks.
法官不應該說這種偏袒的話。

同 | biased, partisan, prejudiced

衍 | tendency (n.) 傾向；偏好

tenuous

[ˋtɛnjʊəs]

解 | ten(u)/ous
stretch/(a.)

(a.) 稀薄的；細的

例 | *tenuous* air in the high mountains
高山上的稀薄空氣

(a.) 薄弱的

例 | The student had only a *tenuous* grasp on the theory.
學生對此理論只有薄弱的掌握。

同 | insubstantial, flimsy, fragile

ostensible

[asˋtɛnsəbl̩]

解 | ob/tens/ible
toward/stretch/able

(a.) 外表的；表面的

例 | the *ostensible* reason for the meeting
這場會議表面的原因

同 | apparent, seeming, alleged

ostentatious

[ˌastɛnˋteʃəs]

解 | ob/tent/at(i)ous
toward/stretch/(a.)

(a.) 炫耀的；賣弄的

例 | an *ostentatious* display of knowledge
賣弄學問

同 | showy, pretentious, flamboyant

衍 | ostentation (n.) 炫耀；賣弄

terra: earth

Track 246

subterranean
[ˌsʌbtəˋrenɪən]
解 | sub/terra(n)/ean
under/earth/(a.)

(a.) 地下的；秘密的
例 | a *subterranean* bunker 地下碉堡
同 | underground
衍 | terrain (n.) 地形

---

inter
[ɪnˋtɜ]
解 | in/terra
in/earth

(v.) 入土；下葬
例 | The soldier was *interred* with great honors at Arlington National Cemetery.
士兵在阿靈頓國家公墓隆重安葬。
同 | bury, inhume, entomb

---

terrestrial
[təˋrɛstrɪəl]
解 | terre/str(i)al
earth/(a.)

(a.) 地球的；陸地的
例 | *terrestrial* plants 陸地植物
衍 | extraterrestrial (a.) 外星的
extraterrestrial (n.) 外星生物

---

term, termin: end, limit

Track 246

indeterminate
[ˌɪndɪˋtɜmənɪt]
解 | in/de/termin/ate
not/down/limit/(a.)

(a.) 不明確的；未定的
例 | an *indeterminate* number of people
不確定多少人
同 | vague, undetermined, indefinite
衍 | determine (v.) 決定；確定

---

interminable
[ɪnˋtɜmənəbl̩]
解 | in/termin/able
not/end/able

(a.) 沒完沒了的
例 | an *interminable* sermon 沒完沒了的佈道
同 | endless, everlasting, ceaseless
衍 | terminate (v.) 終止；結束

---

termination
[ˌtɜməˋneʃən]
解 | termin/ation
end/(n.)

(n.) 終止；結束
例 | the *termination* of a lease 租約結束
同 | conclusion, discontinuation, cessation

conterminous
[kən`tɝmɪnəs]
解 | con/termin/ous
together/limit/(a.)

(a.) 相鄰的；有交界的；同一邊界的
例 | two *conterminous* nations 兩個鄰國
同 | adjoining, bordering, contiguous

thes, thet: put

Track 247

thesis
[`θisɪs]
解 | thes/is
put/(n.)

(n.) 命題；論點；論文（複數為 theses）
例 | the central *thesis* of his lecture
他演講的中心論點
同 | theory, contention, argument

hypothesis
[haɪ`pɑθəsɪs]
解 | hypo/thes/is
under/put/(n.)

(n.) 假說（複數為 hypotheses）
例 | the *hypothesis* that life originated in the oceans 生命起源於海洋這個假說
同 | theory, supposition, postulation
衍 | hypothetical (a.) 假設性的

anathema
[ə`næθəmə]
解 | ana/the/ma
against/put/(n.)

(n.) 被極度厭惡之人或事；詛咒
例 | a politician who is *anathema* to conservatives 這位政客被保守派極度厭惡
同 | abomination, curse

antithetical
[ˏæntɪ`θɛtɪkḷ]
解 | anti/thet/ical
against/put/(a.)

(a.) 對立的；完全相反的
例 | the *antithetical* forces of good and evil
善與惡這兩股對立的勢力
同 | contradictory, incompatible
衍 | antithesis (n.) 對立；相反
synthesis (n.) 綜合；合成

epithet
[`ɛpɪθɛt]
解 | epi/thet
on/put

(n.) 稱號；封號；外號
例 | His charitable works have earned him the *epithet* “Mr. Philanthropy.”
他的慈善工作給他贏得「博愛先生」的封號。
同 | sobriquet, nickname, title

tom: cut
Track 248

dichotomy
[daɪˋkɑtəmɪ]
解 | dich(o)/tom/y
two/cut/(n.)

(n.) 二分法；一分為二
例 | the *dichotomy* between theory and practice
理論與實際二元
同 | division, chasm, bifurcation

epitome
[ɪˋpɪtəmɪ]
解 | epi/tome
upon/cut

(n.) 摘要；概略
例 | an *epitome* of a larger work 長篇作品的概略
(n.) 典範；代表
例 | He was the *epitome* of gentlemanliness.
他是紳士風度的典範。
同 | embodiment, incarnation

tome
[tom]
解 | tome
cut

(n.) 大部頭的書
例 | a thick *tome* on the Roman Empire
論羅馬帝國的一本大書
同 | volume, opus, title

tort: twist
Track 248

distortion
[dɪsˋtɔrʃən]
解 | dis/tort/ion
apart/twist/(n.)

(n.) 扭曲；變形
例 | a *distortion* of the car chassis resulting from collision
汽車底盤因為撞擊而扭曲
同 | warp, contortion, deformity
衍 | distort (v.) 扭曲；歪曲

tortuous
[ˋtɔrtʃʊəs]
解 | tort(u)/ous
twist/(a.)

(a.) 曲折的；繞圈子的
例 | a *tortuous* path through the swamps
曲折的小路穿過沼澤
同 | winding, meandering, serpentine
(a.) 不正直的；陰險的
例 | a *tortuous* conspiracy 曲折的陰謀

extortion

[ɪk`stɔrʃən]

解 | ex/tort/ion
intensifier/twist/(n.)

(n.) 敲詐；勒索

例 | He was arrested and charged with *extortion*.
他被捕並以勒索罪起訴。

同 | blackmail

衍 | extort (v.) 敲詐；勒索　torture (n., v.) 折磨

contort

[kən`tɔrt]

解 | con/tort
intensifier/twist

(v.) 扭曲；歪曲

例 | features *contorted* with fury
五官因為憤怒而扭曲

同 | twist, distort

衍 | contortion (n.) 扭曲；歪曲
contortionist (n.) 柔術表演者

tract: pull, draw

Track 249

distraught

[dɪ`strɔt]

解 | dis/traught
apart/pull

(a.) 心煩意亂的；六神無主的

例 | *Distraught* relatives are waiting for news of the missing children.
六神無主的親人在等待失蹤小孩的消息。

同 | distressed, devastated, hysterical

衍 | distract (v.) 使分心；使分散注意

subtract

[səb`trækt]

解 | sub/tract
under/pull

(v.) 扣減；減

例 | calculate profit by *subtracting* cost from revenue 營收減去成本就可算出利潤

同 | deduct, remove

衍 | subtraction (n.) 減；減法

extraction

[ɪk`strækʃən]

解 | ex/tract/ion
out/pull/(n.)

(n.) 抽出；取出；節錄

例 | tooth *extractions* and other dental procedures 拔牙之類的牙科手術

(n.) 血統；出身

例 | a man of Irish *extraction*
一位愛爾蘭血統的男子

同 | descent, ancestry, lineage

衍 | extract (v.) 抽出；拔出；提煉出
extract (n.) 提取物；摘錄

intractable
[ɪnˋtræktəbl̩]
解 | in/tract/able
not/draw/able

(a.) 不好管束的；棘手的
例 | an *intractable* child 不好管束的小孩
同 | unmanageable, unamenable
衍 | tractable (a.) 馴良的；易處理的

---

protract
[proˋtrækt]
解 | pro/tract
forward/draw

(v.) 拖延；持續
例 | The highway project was *protracted* by years of litigation.
修築公路的計畫因為多年訴訟而拖延下去。
同 | prolong, extend
衍 | protracted (a.) 漫長的

---

traction
[ˋtrækʃən]
解 | tract/ion
pull/(n.)

(n.) 牽引力；摩擦力
例 | A patch of ice caused the car to lose *traction*.
一片冰造成汽車失去抓地力。
同 | grip, friction, adhesion

---

retract
[rɪˋtrækt]
解 | re/tract
back/pull

(v.) 縮回
例 | A cat can *retract* its claws.
貓可以收回爪子。

(v.) 收回；撤回
例 | They *retracted* the job offer.
他們收回了工作提議。
同 | withdraw, revoke
衍 | retraction (n.) 縮回；撤回

---

trans-: across

Track 250

trespass
[ˋtrɛspəs]
解 | tres/pass
across/pass

(v.) 擅自進入；侵犯
例 | No *trespassing*.
禁止擅入。
同 | invade, infringe
衍 | trespass (n.) 擅自進入；侵犯

tranquil
[ˋtræŋkwɪl]
解 | tran/quil
across/quiet

(a.) 平靜的；安寧的
例 | The house was once again *tranquil* after the kids went outside to play.
孩子們出去玩了；房子回歸平靜。
同 | peaceful, serene, placid
衍 | tranquility (n.) 平靜；安寧

transparent
[trænsˋpɛrənt]
解 | trans/par/ent
across/appear/(a.)

(a.) 透明的
例 | *transparent* glass 透明玻璃
同 | pellucid, translucent

(a.) 明顯的
例 | The symbolism of this myth is *transparent*.
這則神話的象徵意義相當明顯。
衍 | transparency (n.) 透明

transitory
[ˋtrænsə͵torɪ]
解 | trans/it/ory
across/go/(a.)

(a.) 短暫的；暫時的
例 | the *transitory* nature of earthly pleasures
世間享樂都不長久
同 | temporary, transient, ephemeral
衍 | transience (n.) 短暫
transit (n., v.) 經過；運送

trench: cut

Track 251

entrenched
[ɪnˋtrɛntʃt]
解 | en/trench/ed
make/cut/(a.)

(a.) 根深蒂固的
例 | *entrenched* attitudes that won't change
不會改變的根深蒂固的態度
同 | ingrained, established, confirmed
衍 | entrench (v.) 挖壕溝；確立
trench (n.) 戰壕；壕溝

trenchant
[ˋtrɛntʃənt]
解 | trench/ant
cut/(a.)

(a.) 銳利的；強有力的
例 | a writer with a *trenchant* wit
具有鋒利機智的作家
同 | incisive, keen, acute

trep, trem: tremble

intrepid [ɪnˋtrɛpɪd] 解｜in/trep/id not/tremble/(a.)	**(a.)** 無畏的 例｜an *intrepid* explorer 無畏的探險家 同｜dauntless, audacious, valiant
trepidation [ˏtrɛpəˋdeʃən] 解｜trep/idation tremble/(n.)	**(n.)** 憂慮；疑懼 例｜*trepidation* about starting a new job 對開始新工作心有疑懼 同｜apprehension, anxiety, tension
tremulous [ˋtrɛmjələs] 解｜tremul/ous tremble/(a.)	**(a.)** 顫抖的；膽怯的 例｜He spoke with a *tremulous* voice. 他語音顫抖。 同｜trembling, quavering, timorous 衍｜tremble (n., v.) 顫抖；發抖
tremendous [trɪˋmɛndəs] 解｜trem/endous tremble/(a.) （大到令人發抖）	**(a.)** 巨大的；龐大的 例｜a writer of *tremendous* talent 有龐大才華的作家 同｜enormous, colossal, prodigious

tribute: give

Track 252

tribute [ˋtrɪbjut] 解｜tribute give	**(n.)** 貢品；敬意；禮讚 例｜an event at which artists and musicians paid *tribute* to the famous composer 一項活動中，藝術家與音樂家對大作曲家致敬 同｜accolade, homage, acclaim

attribute

[ˋætrə͵bjut] (n.)
[əˋtrɪbjut] (v.)

解 | ad/tribute
to/give

(n.) 特性；特質

例 | Both candidates possess the *attributes* we want in a leader.
兩名候選人都擁有領袖應該具備的特質。

同 | feature, characteristic, trait

(v.) 歸因於

例 | *attributed* the success of the expedition entirely to one man
探險隊的成功完全歸功於一人

衍 | attribution (n.) 歸屬；屬性

tributary

[ˋtrɪbjə͵tɛrɪ]

解 | tribut/ary
give/(n.)

(n.) 進貢國；支流

例 | This stream is a *tributary* of the Ohio River.
這條溪是俄亥俄河的支流。

衍 | tributary (a.) 進貢的；貢獻的

retribution

[͵rɛtrɪˋbjuʃən]

解 | re/tribute/ion
back/give/(n.)

(n.) 報復；報應

例 | The killer acted without fear of *retribution*.
殺手行事好像不怕遭到報應。

同 | penalty, revenge, retaliation

trib, trit: rub

Track 253

detrimental

[dɛtrəˋmɛntḷ]

解 | de/trim/ental
down/rub/(a.)

(a.) 有害的；不利的

例 | a *detrimental* effect on health
對健康有不利的影響

同 | inimical, deleterious, pernicious

衍 | detriment (n.) 損傷

attrition

[əˋtrɪʃən]

解 | ad/trit/ion
to/rub/(n.)

(n.) 損耗

例 | a war of *attrition* 消耗戰

同 | debilitation, sapping

(n.) 摩擦；磨損

例 | the *attrition* of the edges of the teeth
牙齒邊緣的磨損

contrite

[kən`traɪt]

解 | con/trite
together/rub

(a.) 懺悔的；懊悔的

例 | a *contrite* criminal 懺悔的罪犯

同 | remorseful, repentant, penitent

衍 | contrition (n.) 懺悔；懊悔

diatribe

[`daɪə͵traɪb]

解 | dia/tribe
across/rub

(n.) 斥責；謾罵

例 | a bitter *diatribe* about how unfair the tax system is 痛罵不公平的稅制

同 | harangue, denunciation, tirade

tribulation

[͵trɪbjə`leʃən]

解 | trib/ulation
rub/(n.)

(n.) 苦難；折磨

例 | the trials and *tribulations* of starting a new business 新創企業的考驗與折磨

同 | affliction, ordeal, hardship

trite

[traɪt]

解 | trite
rub

(a.) 老套的；陳腐的

例 | That argument has become *trite*.
那套論證已經太老套了。

同 | hackneyed, banal, clichéd

trus, trud: thrust

Track 254

abstruse

[æb`strus]

解 | abs/truse
away/thrust

(a.) 深奧難懂的

例 | the *abstruse* calculations of mathematicians 數學家深奧的演算

同 | recondite, arcane, esoteric

protrusion

[pro`truʒən]

解 | pro/trus/ion
forward/thrust/(n.)

(n.) 突出

例 | the bizarrely shaped *protrusions* of a coral reef 珊瑚礁形狀怪異的突出

同 | jut, projection, protuberance

衍 | protrude (v.) 突出

intrusion

[ɪnˋtruʒən]

解｜in/trus/ion
in/thrust/(n.)

(n.) 侵入；侵犯

例｜She didn't want his constant *intrusion* into her life.
她不喜歡他老是侵犯到她的生活。

同｜invasion, incursion, intervention

衍｜intrude (v.) 侵入

obtrude

[əbˋtrud]

解｜ob/trude
against/thrust

(v.) 干擾；打擾；多管閒事

例｜Please stop *obtruding* in your brother's affairs.
請不要再干擾你兄弟的事情。

同｜interlope, meddle, interfere

衍｜obtrusion (n.) 干擾；打擾
obtrusive (a.) 冒失的；干擾到別人的

tum: swell

Track 255

contumacious

[ˌkantjuˋmeʃəs]

解｜con/tum/acious
together/swell/(a.)
（自我膨脹）

(a.) 頑抗的；不服從的

例｜The judge threatened to charge the *contumacious* witness with contempt of court.
法官揚言要對頑抗的證人處以蔑視法庭罪。

同｜rebellious, insubordinate, balky

衍｜contumely (n.) 傲慢；無禮；侮辱

protuberance

[proˋtjubərəns]

解｜pro/tuber/ance
forward/swell/(n.)

(n.) 突起；突出物

例｜mossy *protuberances* on the tree trunk
樹幹上覆蓋青苔的突起

同｜bump, lump, protrusion

衍｜protuberant (a.) 突起的

tumultuous

[tjuˋmʌltʃuəs]

解｜tum/ult(u)ous
swell/(a.)

(a.) 騷亂的；狂暴的

例｜a *tumultuous* crowd 騷亂的群眾

同｜turbulent, boisterous, agitated

衍｜tumult (n.) 混亂；激動

turgid
[ˋtɝdʒɪd]

解 | turg/id
swell/(a.)

(a.) 腫脹的
例 | *turgid* leeches having had their fill of blood
腫脹的水蛭已經吸飽了血

(a.) 浮誇的；誇張的
例 | *turgid* prose 浮誇的文字
同 | bombastic, pompous, pretentious
衍 | turgidity (n.) 腫脹；浮誇

turb: agitate

Track 255

imperturbable
[ˏɪmpɚˋtɝbəbḷ]

解 | in/per/turb/able
not/intensifier/agitate/able

(a.) 冷靜的；鎮定的
例 | The chef was absolutely *imperturbable*—even when the kitchen caught on fire.
大廚絕對冷靜，就連廚房著火時也不例外。
同 | serene, composed, poised
衍 | perturb (v.) 煩擾；使不安

turbulent
[ˋtɝbjələnt]

解 | turb/ulent
agitate/(a.)

(a.) 動盪的；混亂的；洶湧的
例 | The sixties were a *turbulent* period in American history.
六〇年代在美國歷史上是個動盪不安的時代。
同 | tempestuous, tumultuous, chaotic
衍 | turbulence (n.) 動盪；亂流

U

umbra: shade Track 256

adumbrate
[ˋædʌmˏbret]

解 | ad/umbr/ate
to/shade/(v.)

(v.) 預示；暗示

例 | The strife in Kansas in the 1850s *adumbrated* the civil war that would follow.
1850 年代堪薩斯州的動亂預示了即將來臨的內戰。

同 | foreshadow, herald, intimate

衍 | adumbration (n.) 預示

penumbra
[pɪˋnʌmbrə]

解 | pen/umbra
half/shade

(n.) 半明半暗處；模糊地帶；外圍

例 | Downtown Chicago and its *penumbra*
芝加哥鬧區與其外圍

同 | periphery, outskirts

umbrage
[ˋʌmbrɪdʒ]

解 | umbr/age
shade/(n.)

(n.) 樹蔭；陰影

例 | in the *umbrage* of the trees 在樹蔭下

(n.) 憤怒；生氣

例 | took *umbrage* at the slightest suggestion of disrespect 只要遭到一點點不敬就會生氣

同 | offense, resentment

un-: not Track 257

unscathed
[ʌnˋskeðd]

解 | un/scath/ed
not/scathe/(a.)

(a.) 毫髮無損的

例 | escaped *unscathed* 毫髮無損地逃脫

同 | unharmed

衍 | scathe (v.) 損害；損傷

unscrupulous
[ʌnˋskrupjələs]

解 | un/scrupul/ous
not/scruple/(a.)

(a.) 不講道德的；肆無忌憚的
例 | an *unscrupulous* businessman
一個不講道德的商人
同 | unprincipled, unethical, immoral
衍 | scruple (n.) 道德原則；顧慮

unwitting
[ʌnˋwɪtɪŋ]

解 | un/wit/ting
not/know/(a.)

(a.) 不知情的；無意的
例 | an *unwitting* accomplice 不知情的共犯
同 | unconscious, unsuspecting, oblivious
衍 | unwittingly (adv.) 無意中地
wit (n., v.) 機智；知道

uncommunicative
[ˌʌnkəˋmjunəˌketɪv]

解 | un/conmmun/icative
not/common/(a.)

(a.) 不愛說話的
例 | a quiet, *uncommunicative* man
安靜、不愛講話的人
同 | taciturn, reticent, laconic
衍 | communicate (v.) 溝通
communicative (a.) 健談的；通訊的
communication (n.) 溝通；傳播
common (a.) 共同的；普通的

unconscionable
[ʌnˋkɑnʃənəbḷ]

解 | un/con/scion/able
not/intensifier/know/able

(a.) 過份的；不合理的；沒良心的
例 | *unconscionable* sales practices
不合理的銷售方式
同 | unethical, immoral, unprincipled
衍 | conscience (n.) 良心

unearth
[ʌnˋɝθ]

解 | un/earth
not/earth

(v.) 發掘出
例 | *unearthed* several prehistoric artifacts
挖掘出幾件史前文物

(v.) 揭發；揭露
例 | *unearthed* evidence of bribery
揭發出賄賂的證據
同 | discover, reveal, expose

unforeseen
[ˌʌnforˋsin]

解 | un/fore/seen
not/before/seen

(a.) 預料之外的
例 | due to *unforeseen* circumstances
由於預料之外的情況
同 | unpredicted, unanticipated
衍 | foresee (v.) 預見；預料

Track 258

unkempt

[ʌnˋkɛmpt]

解 | un/kempt
not/combed

(a.) 凌亂的

例 | She wore rumpled clothing and her hair was *unkempt*.
她衣衫不整、頭髮凌亂。

同 | untidy, messy, disheveled

衍 | comb (v.) 梳

unseemly

[ʌnˋsimlɪ]

解 | un/seem/ly
not/see/(a.)

(a.) 不合適的；不得體的

例 | an *unseemly* quarrel 吵得很失態

同 | indecorous, inappropriate

unsparing

[ʌnˋspɛrɪŋ]

解 | un/spar/ing
not/spare/(a.)

(a.) 不留情的

例 | an *unsparing* critic 不留情的批評家

(a.) 毫無保留的

例 | won her mother's *unsparing* approval
贏得她母親毫無保留的贊成

同 | unstinting, unreserved

衍 | spare (v.) 赦免；吝惜

unwavering

[ʌnˋwevərɪŋ]

解 | un/waver/ing
not/waver/(a.)

(a.) 不動搖的；堅定的

例 | an *unwavering* stare 堅定的凝視

同 | resolute, resolved, steadfast

衍 | waver (v.) 搖擺；動搖

und: wave, flow

Track 259

redundant

[rɪˋdʌndənt]

解 | re(d)/und/ant
again/flow/(a.)

(a.) 累贅的；重複的；多餘的

例 | Avoid *redundant* expressions in your writing.
寫作中要避免重複的表達。

同 | superfluous, surplus, unnecessary

衍 | redundancy (n.) 累贅；多餘

redound

[rɪˋdaʊnd]

解 | re(d)/ound
back/flow

(v.) 起作用；造成

例 | deeds that *redound* to one's discredit
做的事情結果造成自己名譽受損

同 | contribute to, result in

inundate

[ˋɪnʌn͵det]

解 | in/und/ate
in/flow/(v.)

(v.) 泛濫；淹沒

例 | Rising rivers could *inundate* low-lying areas.
河水上漲，可能會淹沒低地。

同 | deluge, submerge, overwhelm

衍 | inundation (n.) 泛濫；淹沒

undulate

[ˋʌndjə͵let]

解 | und/ulate
wave/(v.)

(v.) 波動；起伏

例 | The land *undulates* between 200 and 250 feet above sea level.
土地在海拔 200 和 250 英尺之間起伏。

同 | fluctuate, billow, oscillate

衍 | undulation (n.) 波動；起伏

ungu: oil

Track 260

unctuous

[ˋʌŋktʃʊəs]

解 | unctu/ous
oil/(a.)

(a.) 油腔滑調的；甜言蜜語的

例 | She saw through his *unctuous* manners.
她看穿他甜言蜜語的態度。

同 | sycophantic, ingratiating, obsequious

anoint

[əˋnɔɪnt]

解 | ad/oint
to/oil

(v.)（儀式性的）塗油膏；封冕

例 | Critics *anointed* the author as the bright new talent.
評論家封冕這位作家為耀眼的新才子。

同 | consecrate, sanctify, ordain

衍 | anointment (n.) 塗油膏；封冕

urb: city Track 260

urban
[ˋɝbən]
解 | urb/an
city/(a.)

(a.) 都市的
例 | *urban* areas 都會地區
同 | metropolitan, municipal

urbane
[ɝˋben]
解 | urb/ane
city/(a.)

(a.) 溫文有禮的
例 | an *urbane*, kindly and generous man
一位溫文有禮、仁慈又慷慨的男子
同 | suave, sophisticated, elegant
衍 | urbanity (n.) 溫文有禮

us, ut: use Track 260

disabuse
[ˌdɪsəˋbjuz]
解 | dis/ab/use
not/away/use

(v.) 開導；使省悟
例 | Let me *disabuse* you of your foolish notions about married life.
你對婚姻生活有些愚蠢的想法，我來開導你。
同 | undeceive, disenchant, disillusion
衍 | abuse (v.) 濫用；虐待

peruse
[pəˋruz]
解 | per/use
through/use

(v.) 瀏覽；翻閱
例 | He *perused* the newspaper over breakfast.
他邊吃早飯邊瀏覽報紙。
同 | scrutinize, scan
衍 | perusal (n.) 瀏覽；翻閱

usury
[ˋjuʒurɪ]
解 | us/ury
use/(n.)

(n.) 高利貸
例 | It's sheer *usury* to charge such exorbitant interest rates.
索取如此高的利息，簡直是高利貸。
衍 | usurious (a.) 高利貸的

usurp

[juˋzɝp]

解 | us/rap
use/seize

(v.) 篡奪；盜用

例 | *usurp* the throne 篡奪王位

同 | expropriate, appropriate, arrogate

衍 | usurper (n.) 篡奪者
usurpation (n.) 篡奪

utilitarian

[ˏjutɪləˋtɛrɪən]

解 | ut/ilitar(i)an
use/(a.)

(a.) 功利主義的；講究實用的；實際的

例 | an ugly, *utilitarian* building
醜陋、功利主義的建築

同 | practical, functional, pragmatic

衍 | utilitarian (n.) 功利主義者
utilitarianism (n.) 功利主義
utility (n.) 效用
utilize (v.) 利用；使用

v

vac, van: empty

Track 261

devoid [dɪˋvɔɪd] 解 | de/vo/id intensifier/empty/(a.)	**(a.) 缺乏的；完全沒有的** 例 | a landscape *devoid* of life 整片景觀完全沒有生物 同 | lacking, destitute, depleted 衍 | void (n.) 空虛；虛無
evanescent [ˏɛvəˋnɛsn̩t] 解 | e/van/escent out/empty/(a.)	**(a.) 短暫的；稍縱即逝的** 例 | beauty that is as *evanescent* as a rainbow 和彩虹一樣短暫的美 同 | ephemeral, fleeting, transitory 衍 | evanescence (n.) 短暫
vainglorious [ˏvenˋglorɪəs] 解 | vain/glor(i)/ous empty/glory/(a.)	**(a.) 自大的；虛榮的** 例 | a *vainglorious* fool 自大的傻瓜 同 | egoistic, proud 衍 | glory (n.) 榮耀
vacate [ˋveket] 解 | vac/ate empty/(v.)	**(v.) 空出；讓出** 例 | a congressional seat *vacated* by the retiring senator 參議員退休而空出的國會一席 同 | relinquish 衍 | vacant (a.) 空的 vacancy (n.) 空缺；空位

val, vail: strong, worth

Track 262

ambivalent
[æm`bɪvələnt]

解 | ambi/val/ent
both/strong/(a.)

(a.) 情感矛盾的；舉棋不定的

例 | The public has a rather *ambivalent* attitude toward science.
民眾對科學的態度有點矛盾。

同 | equivocal, indecisive, irresolute

衍 | ambivalence (n.) 情感矛盾

validate
[`vælə͵det]

解 | val/idate
worth/(v.)

(v.) 使生效；證實有效

例 | The court *validated* the contract.
法院判定合約有效。

同 | ratify, verify, endorse

衍 | invalidate (v.) 削弱；證實無效
valid (a.) 有價值的；有效的

prevail
[prɪ`vel]

解 | pre/vail
before/srong

(v.) 勝出；勝利

例 | We can only hope that common sense will *prevail*.
我們只能期望常識終能勝出。

(v.) 盛行；流行

例 | the west winds that *prevail* in the mountains
山區勝行的西風

同 | predominate, preponderate, abound

衍 | prevalent (a.) 盛行的
prevalence (n.) 盛行；流行

valiant
[`væljənt]

解 | val(i)/ant
strong/(a.)

(a.) 英勇的；勇敢的

例 | Despite their *valiant* efforts, they lost the game.
雖然他們表現英勇，比賽仍然敗北。

同 | valorous, intrepid, plucky

衍 | valor (n.) 英勇；勇氣

vad, vas: go

Track 263

pervasive
[pɚˋvesɪv]

解 | per/vas/ive
through/go/(a.)

(a.) 普遍的；瀰漫的

例 | a *pervasive* odor 瀰漫的氣味

同 | prevalent, permeating, ubiquitous

衍 | pervade (v.) 瀰漫；充斥

evasion
[ɪˋveʒən]

解 | e/vas/ion
out/go/(n.)

(n.) 逃避；躲避

例 | He was arrested for tax *evasion*.
他因為逃稅被捕。

同 | dodging, elusion, circumvention

衍 | evade (v.) 逃避
evasive (a.) 逃避的；躲避的

van, vant: front

Track 263

avant-garde
[avaŋˋgard]

解 | ad/vant-garde
to/front-guard

(a.) 前衛的

例 | Her tastes were too *avant-garde* for her contemporaries.
她的品味太過前衛，同代人無法接受。

同 | advanced, progressive, revolutionary

衍 | avant-garde (n.) 前衛人士

vanguard
[ˋvænˏgard]

解 | van/guard
front/guard

(n.) 先鋒；前鋒

例 | Talk radio is often regarded as being in the *vanguard* of the conservative movement.
收音機談話節目常被視為站在保守派運動的前鋒。

同 | forefront, spearhead

vantage
[ˋvæntɪdʒ]

解 | vant/age
front/(n.)

(n.) 有利的位置；立足點

例 | From our *vantage* point it's very clear what must be done.
從我們的立場來看，該幹什麼非常清楚。

同 | viewpoint, standpoint, perspective

衍 | advantage (n.) 利益；好處

vari: change

Track 263

prevaricate
[prɪˋværəˏket]
解 | pre/varic/ate
before/change/(v.)

(v.) 支吾；說謊
例 | He seemed to *prevaricate* when journalists asked pointed questions about his involvement.
記者直接問他是否涉案，他好像在支吾。
同 | equivocate, hedge
衍 | prevarication (n.) 支吾；說謊

variation
[ˏvɛrɪˋeʃən]
解 | vari/ation
change/(n.)

(n.) 變化；不同
例 | regional *variations* in farming practice
農耕方法隨地區有所不同
同 | dissimilarity, disparity, discrepancy
衍 | vary (v.) 改變；變化
variable (a., n.) 可變的；變數
variability (n.) 可變性
various (a.) 各式各樣的

variegated
[ˋvɛrɪˏgetɪd]
解 | vari/egated
change/(a.)

(a.) 雜色的；各式各樣的
例 | the *variegated* costumes of the dancers in the nightclub
夜店舞者各式各樣的服裝
同 | multicolored, various
衍 | variety (n.) 種類；變化

ven, vent: come

Track 264

covenant
[ˋkʌvɪnənt]
解 | con/ven/ant
together/come/(n.)

(n.) 盟約；合同
例 | an international *covenant* on human rights
國際人權公約
同 | compact, treaty, accord
衍 | covenant (v.) 承諾

conventionality

[kən͵vɛnʃənˋælətɪ]

解｜con/vent/ionality
together/come/(n.)

(n.) 恪守常規；傳統作法

例｜the *conventionality* of her views
她的觀點相當傳統

同｜orthodoxy

衍｜convention (n.) 傳統；習俗
conventional (a.) 傳統的

inventory

[ˋɪnvən͵torɪ]

解｜in/vent/ory
in/come/(n.)

(n.) 存貨（清單）；盤存；清點

例｜We made an *inventory* of the library's collection. 我們清點了圖書館的藏書。

同｜catalogue, roster, tally

provenance

[ˋprɑvənəns]

解｜pro/ven/ance
from/come/(n.)

(n.) 起源；出處

例｜Has anyone traced the *provenances* of these paintings?
這些畫的來源有沒有人追查過？

同｜origin, source

vent

[vɛnt]

解｜vent
come

(v.) 通風；排出；發洩

例｜She *vented* her frustrations by kicking the car. 她踢汽車洩憤。

同｜release, discharge

衍｜vent (n.) 排出口；通風口；發洩
ventilate (v.) 使通風　　ventilation (n.) 通風

venue

[ˋvɛnju]

解｜ven/ue
come/(n.)

(n.) 場地；場所

例｜The nightclub provided an ideal *venue* for her performance.
夜店給她的表演提供了理想的場地。

同｜locale, forum, platform

ver: true

Track 265

aver

[əˋvɝ]

解｜ad/ver
to/true

(v.) 斷言；堅稱

例｜He *averred* that he was innocent.
他堅稱自己無罪。

同｜assert, maintain, affirm

veracity [və`ræsətɪ] 解 ver/acity true/(n.)	**(n.) 眞實性** 例 We questioned the *veracity* of his statements. 我們質疑他的陳述是否真實。 同 truthfulness, accuracy, authenticity 衍 veracious (a.) 真實的；可靠的
verifiable [`vɛrə,faɪəbḷ] 解 very/fact/able true/make/able	**(a.) 可以查證的** 例 We're not sure whether that's a *verifiable* hypothesis. 我們沒把握那項假說是否可查證。 同 demonstrable, confirmable, provable 衍 verify (v.) 查證；驗證
verisimilitude [,vɛrəsə`mɪlə,tjud] 解 veri/sim/ilitude true/same/(n.)	**(n.) 逼眞；寫實** 例 the novel's degree of *verisimilitude* 這本小說寫實的程度 衍 verisimilar (a.) 很可能是真的

verb: word

Track 265

proverb [`prɑvɝb] 解 pro/verb for/word	**(n.) 諺語；格言** 例 The old man has a *proverb* for every occasion. 老人每一種場合都有個諺語可用。 同 adage, maxim, epigram 衍 proverbial (a.) 諺語的；出名的
verbatim [vɝ`betɪm] 解 verb/atim word/(adv.)	**(adv.) 一字不差地；逐字地** 例 quoted the speech *verbatim* 一字不差引述演說 同 literally, exactly, precisely 衍 verbatim (a.) 一字不差的
verbose [vɚ`bos] 解 verb/ose word/(a.)	**(a.) 囉唆的；冗長的** 例 a *verbose* style 冗長的風格 同 loquacious, garrulous, voluble 衍 verbosity (n.) 囉唆；冗長

vers, vert: turn, change

Track 266

averse
[ə`vɜs]
解｜ab/verse
away/turn

(a.) 反對的；不願意的
例｜*averse* to strenuous exercise
不願做費力的運動
同｜antipathetic, hostile, antagonistic
衍｜aversion (n.) 厭惡；反感

---

irreversible
[ˌɪrɪ`vɜsəbḷ]
解｜in/re/vers/ible
not/back/turn/able

(a.) 不可逆轉的
例｜*irreversible* damage to the environment
不可逆轉的環境破壞
同｜irreparable, irremediable
衍｜reversible (a.) 可以逆轉的
reverse (v.) 逆轉；顛倒

---

revert
[rɪ`vɜt]
解｜re/vert
back/turn

(v.) 回復；回歸
例｜Life will soon *revert* to normal.
生活即將回歸正常。
同｜return, retrogress, regress
衍｜reversion (n.) 回復；回歸

---

adverse
[æd`vɜs]
解｜ad/verse
toward/turn

(a.) 不利的；負面的；有害的
例｜the *adverse* effects of the drug
這種藥的負面作用
同｜unfavorable, disadvantageous, inauspicious
衍｜adversity (n.) 逆境；不幸

---

controversial
[ˌkantrə`vɜʃəl]
解｜contro/vers/(i)al
against/turn/(a.)

(a.) 引起爭議的
例｜*controversial* issues such as abortion and capital punishment
像墮胎、死刑之類引起爭議的話題
同｜contentious, disputed, contended
衍｜controvert (v.) 反駁
controversy (n.) 爭議

---

conversant
[`kanvəsṇt]
解｜con/vers/ant
together/turn/(a.)

(a.) 熟悉的；有經驗的
例｜a world traveler who is highly *conversant* with the customs of foreign cultures
對外國文化相當熟悉之周遊世界的旅客
同｜knowledgeable, experienced, proficient

conversely
[kən`vɜslɪ]

解 | con/verse/ly
together/change/(adv.)

(adv.) 相反地

例 | He was regarded either as too imitative or, *conversely*, as too bold.
有人認為他太過模仿別人，相反地也有人認為他太大膽。

衍 | converse (n., a.) 相反（的）

diverse
[daɪ`vɜs]

解 | dis/verse
apart/change

(a.) 不同的；各式各樣的

例 | His message appealed to a *diverse* audience.
他的訊息吸引到各式各樣的聽眾。

同 | various, sundry, diversified

衍 | diversity (n.) 多樣性；變化

diversion
[daɪ`vɜʒən]

解 | dis/vers/ion
apart/turn/(n.)

(n.) 轉向；改道

例 | The development requires the *diversion* of two rivers.
這項開發計畫需要將兩條河流改道。

(n.) 分散注意；轉移目標

例 | The bomb threats were intended to create a *diversion*.
炸彈威脅的用意是要轉移注意。

同 | distraction

(n.) 消遣；娛樂

例 | New York is a city full of *diversions*.
紐約是充滿各式娛樂的城市。

衍 | divert (v.) 轉向；轉移；娛樂

inadvertent
[ˌɪnəd`vɜtn̩t]

解 | in/ad/vert/ent
not/toward/turn/(a.)

(a.) 無意的；意外的

例 | an *inadvertent* encounter with a rattlesnake in the brush
在樹叢中意外碰上響尾蛇

同 | unintentional, unintended, unpremeditated

incontrovertible
[ˌɪnkɑntrə`vɜtəbl̩]

解 | in/contro/vert/ible
not/against/turn/able

(a.) 確切無疑的

例 | *incontrovertible* facts 確切無疑的事實

同 | indisputable, incontestable, irrefutable

衍 | controvert (v.) 反駁

subversive

[səbˋvɝsɪv]

解 | sub/vers/ive
under/turn/(a.)

(a.) 破壞性的；顛覆性的

例 | He was arrested and charged with *subversive* activities.
他因為進行顛覆性的行為而遭逮捕起訴。

同 | disruptive, inflammatory, seditious

衍 | subvert (v.) 推翻；顛覆
subversion (n.) 推翻；顛覆

universal

[junəˋvɝsḷ]

解 | uni/vers/al
one/turn/(a.)

(a.) 具有普遍性的

例 | Propagation of the species is a *universal* trait to life.
物種要延續，這是生命普遍具有的特質。

同 | general, ubiquitous, comprehensive

衍 | universality (n.) 普遍性　universe (n.) 宇宙

avert

[əˋvɝt]

解 | ab/vert
away/turn

(v.) 避開；移開

例 | She *averted* her eyes. 她移開目光。

(v.) 避免；防止

例 | an attempt to *avert* political chaos
嘗試避免政治混亂

同 | avoid, forestall, preclude

衍 | aversion (n.) 厭惡；反感

vest: clothe

Track 268

divest

[daɪˋvɛst]

解 | dis/vest
not/clothe

(v.) 剝奪；除去；脫下

例 | The boss intends to *divest* you of all your power. 老闆打算剝奪你一切權力。

同 | deprive, dispossess, relieve

衍 | divestiture (n.) 剝奪

investiture

[ɪnˋvɛstətʃɚ]

解 | in/vest/iture
in/clothe/(n.)

(n.) 任命；授權

例 | the *investiture* of a new Cabinet member
任命新閣員

同 | inauguration, appointment, installation

衍 | invest (v.) 任命；授權；投資
investment (n.) 投資

travesty

[ˋtrævɪstɪ]

解 | trans/vest/y
across/clothe/(n.)
（男扮女裝的鬧劇演出）

(n.) 嚴重的扭曲；拙劣的模仿

例 | The trial was a *travesty* of justice.
這場審判嚴重扭曲正義。

同 | perversion, parody, caricature

衍 | travesty (v.) 諷刺；扭曲
transvestite (n.) 異性裝扮癖者

vestige

[ˋvɛstɪdʒ]

解 | vest/ige
clothe/(n.)

(n.) 遺跡；殘留

例 | A few strange words carved on a tree were the only *vestige* of the lost colony of Roanoke.
樹上刻的幾個奇怪的字就是消失的羅阿諾克殖民地僅存的遺跡。

同 | remnant, remainder, relic

衍 | vestigial (a.) 殘留的

via: way

Track 269

convey

[kənˋve]

解 | con/via/y
together/way/(v.)

(v.) 運送；傳遞

例 | They *conveyed* the goods by ship.
他們用船運送這批貨。

(v.) 表達；表示

例 | It's impossible to *convey* how sorry I feel.
我無法表達我的歉意。

同 | express, communicate, indicate

衍 | conveyance (n.) 運送；傳遞；表示

deviant

[ˋdivɪənt]

解 | de/via/ant
away/way/(a.)

(a.) 有偏差的；不正常的

例 | *deviant* behavior 不正常行為

同 | aberrant, divergent, anomalous

衍 | deviance (n.) 偏差；反常
deviation (n.) 偏差；偏離
deviate (v.) 偏離

impervious [ɪmˋpɝvɪəs] 解｜in/per/via/ous not/through/way/(a.)	**(a.) 不受影響的** 例｜He seems *impervious* to the chill wind. 冷風似乎影響不到他。 同｜immune, invulnerable, insusceptible **(a.) 透不過的** 例｜a coat *impervious* to rain 防雨外套
obviate [ˋɑbvɪˌet] 解｜ob/via/ate against/way/(v.)	**(v.) 防止；避免；排除** 例｜The new medical treatment *obviates* the need for surgery. 新療法免除了開刀的必要。 同｜preclude, remove, eliminate 衍｜obviation (n.) 排除；避免
trifling [ˋtraɪflɪŋ] 解｜tri/fle/ing three/way/(a.)	**(a.) 瑣碎的；不重要的；微小的** 例｜Deciding what you want to do for a living is no *trifling* matter. 決定要幹哪一行，這絕非小事。 同｜trivial, insignificant, inconsequential 衍｜trifle (n.) 無價值的小事、小東西 trifle (v.) 取笑；輕視
trivial [ˋtrɪvɪəl] 解｜tri/via/al three/way/(a.) （來自三叉路口的傳聞）	**(a.) 瑣碎的；不重要的；微不足道的** 例｜*trivial* problems 瑣碎的問題 同｜insignificant, inconsequential, trifling 衍｜nontrivial (a.) 重要的；非同小可的
via [ˋvaɪə] 解｜via way	**(prep.) 取道；經由** 例｜I'll let her know *via* one of our friends. 我會經由一位共同的朋友轉告她。

vid, vis: see

Track 270

envision

[ɪnˋvɪʒən]

解 | en/vis/ion
make/see/(v.)

(v.) 想像；展望

例 | The inventor *envisioned* many uses for his creation.
發明家想像他的發明有各種用途。

同 | visualize, envisage, imagine

衍 | vision (n.) 幻想；願景；視覺

improvization

[ˏɪmprəvaɪˋzeʃən]

解 | in/pro/viz/ation
not/before/see/(n.)

(n.) 即興創作（之作品）

例 | That comedy skit was a totally unrehearsed *improvization*.
那個喜劇橋段是完全沒排練過的即興。

同 | extemporisation

衍 | improvise (v.) 即興創作

providential

[ˏprɑvəˋdɛnʃəl]

解 | pro/vid/ent(i)al
forward/see/(a.)

(a.) 天佑的；幸運的

例 | The battle was won with the aid of a *providential* wind.
天助風力，讓我們贏了戰爭。

同 | opportune, auspicious, propitious

衍 | providence (n.) 天意；遠見
provide (v.) 提供；預作準備

prudent

[ˋprudn̩t]

解 | pro/vid/ent
forward/see/(a.)

(a.) 明智的；謹慎的

例 | It is not always *prudent* to approach strangers in desolate spots.
在偏僻處接近陌生人，這可能不大明智。

同 | judicious, sagacious, circumspect

衍 | prudence (n.) 明智；謹慎
imprudent (a.) 不明智的；不謹慎的
provident (a.) 有先見之明的

voyeur

[vwɑˋjɝ]

解 | voy/eur
see/person

(n.) 偷窺者

例 | The *voyeur* set up a camera in the dressing room.
這個偷窺者在更衣室裝了攝影機。

衍 | voyeuristic (a.) 偷窺的
voyeurism (n.) 偷窺癖

vict, vinc: conquer

Track 271

evince [ɪˋvɪns] 解 | e/vince out/conquer	**(v.) 表現出** 例 | She *evinced* an interest in art at an early age. 她很年輕時就表現出對藝術的興趣。 同 | reveal, manifest, demonstrate
convince [kənˋvɪns] 解 | con/vince together/conquer	**(v.) 說服；勸服** 例 | He *convinced* me that the story was true. 他說服我相信故事是真的。 同 | persuade 衍 | conviction (n.) 說服力；信念；定罪 convict (v.) 定罪；判罪 convincing (a.) 有說服力的
vindicate [ˋvɪndə͵ket] 解 | vinc/dic/ate conquer/speak/(v.)	**(v.) 證明正確** 例 | The decision to include him in the team was completely *vindicated* when he scored two goals. 當初找他加入隊伍的決定完全正確，因為他得了兩分。 同 | justify, warrant, substantiate **(v.) 證明無罪** 例 | They said they welcomed the trial as a chance to *vindicate* themselves. 他們表示歡迎審判；有機會證明自己是對的。
provincial [prəˋvɪnʃəl] 解 | pro/vinc(i)/al forward/conquer/(a.) （從羅馬出去征服來的地方）	**(a.) 行省的；偏狹的** 例 | She is too *provincial* to try foreign foods. 她觀念太狹隘，不願嘗試外國食品。 同 | unsophisticated, parochial, insular 衍 | province (n.) 行省；省份 provincial (n.) 行省居民；態度偏狹者

vir: man

Track 272

virtual

[ˋvɜtʃuəl]

解 | vir/tual
man/(a.)

(a.) 實際上的；虛擬的

例 | The man's a *virtual* dictator.
此人形同獨裁者。

同 | effective, practical

衍 | virtue (n.) 道德；德性

virtuoso

[ˏvɜtʃuˋoso]

解 | vir/tuoso
man/(n.)

(n.) 技藝超群者；大師

例 | He's a real *virtuoso* in the kitchen.
他在廚房裡是當之無愧的大師。

同 | genius, expert, maestro

衍 | virtuosity (n.) 超群的技藝

vit, viv: life, live

Track 272

convivial

[kənˋvɪvɪəl]

解 | con/viv(i)/al
intensifier/life/(a.)

(a.) 歡樂的；宴飲的

例 | a *convivial* host 歡樂的主人

同 | genial, affable, amiable

衍 | conviviality (n.) 歡樂；宴飲交際

viable

[ˋvaɪəbḷ]

解 | vi/able
live/able

(a.) 可以存活的；可行的

例 | He could not suggest a *viable* alternative.
他提不出一個可行的替代方案。

同 | workable, feasible, practicable

衍 | viability (n.) 可以存活性；可行性

vitality

[vaɪˋtælətɪ]

解 | vit/ality
live/(n.)

(n.) 生命力；活力

例 | the economic *vitality* of our cities
城市的經濟活力

同 | animation, vivacity, buoyancy

衍 | vital (a.) 極重要的；生命必需的

viti: vice
Track 273

vitiate [ˋvɪʃɪˏet] 解｜viti/ate vice/(v.)	**(v.) 傷害；破壞；使無效** 例｜The impact of the film was *vitiated* by poor acting. 電影的衝擊因為演技太差而被打了折扣。 同｜impair, detract, compromise 衍｜vitiation (n.) 傷害；破壞；使無效
vitriol [ˋvɪtrɪəl] 解｜vitri/ol vice/(n.)	**(n.) 硫酸；尖刻的話** 例｜His speech was full of political *vitriol*. 他的話中充斥政治諷刺。 同｜acrimony, asperity, virulence 衍｜vitriolic (a.) 尖刻的；刻薄的
vituperate [vaɪˋtjupəˏret] 解｜vitu/per/ate vice/prepare/(v.)	**(v.) 謾罵；痛斥** 例｜He *vituperated* against all presidents with equal gusto. 他痛斥每一個總統；罵得同樣帶勁。 同｜berate, revile, lambaste 衍｜vituperation (n.) 謾罵；痛斥

voc, vok: voice, call
Track 274

avocation [ˏævəˋkeʃən] 解｜a/voc/ation without/call/(n.) （非職業）	**(n.) 副業；愛好** 例｜Cooking is my *avocation*. 烹飪是我的愛好。 同｜hobby 衍｜vocation (n.) 職業 calling (n.) 職業
revoke [rɪˋvok] 解｜re/voke back/call	**(v.) 撤回；撤銷** 例｜*revoke* a will 撤回遺囑 同｜abrogate, repeal, rescind 衍｜revocation (n.) 撤回；廢止

irrevocable
[ɪˋrɛvəkəbḷ]

解 | in/re/voc/able
not/back/call/able

(a.) 無法挽回的

例 | an *irrevocable* loss 無法挽回的損失

同 | irreversible, unalterable, unchangeable

advocate
[ˋædvəkɪt]

解 | ad/voc/ate
to/call/(v.)
（即 call for）

(v.) 支持；提倡

例 | Many doctors *advocate* the Mediterranean diet.
許多醫生提倡地中海式飲食。

同 | recommend, favor, champion

衍 | advocate (n.) 提倡者；辯護律師
advocacy (n.) 擁護；提倡

convocation
[ˏkɑnvəˋkeʃən]

解 | con/voc/ation
together/call/(n.)

(n.) 召集；會議

例 | the first speaker to address the *convocation*
對大會演說的頭一位演講人

同 | assembly, conference, convention

衍 | convoke (v.) 召集

provoke
[prəˋvok]

解 | pro/voke
forward/call

(v.) 挑起；刺激

例 | A planned golf course has *provoked* anger among locals.
計畫興建高爾夫球場挑起地方人士的怒火。

同 | arouse, elicit, goad

(v.) 挑釁；激怒

例 | He thought that I was trying to *provoke* him.
他以為我想要激怒他。

衍 | provocation (n.) 刺激；挑釁

vociferous
[voˋsɪfərəs]

解 | voc(i)/fer/ous
call/carry/(a.)

(a.) 大聲表達意見的；強烈要求的

例 | a *vociferous* opponent of gay rights
同性戀權益的強烈反對者

同 | vehement, outspoken, forthright

volu, volv: roll

Track 275

convoluted [ˋkɑnvə͵lutɪd] 解︱con/volut/ed together/roll/(a.)	**(a.) 曲折的；複雜難懂的** 例︱a *convoluted* explanation that left the listeners even more confused than before 讓聽者愈發迷糊的複雜解釋 同︱involved, intricate, elaborate 衍︱convolute (v.) 曲折；迴旋 convolution (n.) 曲折；迴旋
voluble [ˋvɑljəbl̩] 解︱volu/ble roll/able	**(a.) 滔滔不絕的；健談的** 例︱The woman was as *voluble* as her husband was silent. 老婆健談，老公沉默；兩人同樣嚴重。 同︱loquacious, garrulous, verbose 衍︱volubility (n.) 多話；健談
voluminous [vəˋlumənəs] 解︱vol/uminous roll/(a.)	**(a.) 大量的；（衣服）寬鬆的；長篇的** 例︱a writer of *voluminous* output 量產作家 同︱capacious, commodious, ample 衍︱volume (n.) 體積；量；卷

Section 2
冷僻字根

A

Track 276

abash
[əˋbæʃ]

解 | ad/bash
to/bashful

(v.) 使不安；使窘迫

例 | felt terribly *abashed* when she walked into the wrong hotel room
走錯旅館房間，她感到很窘

同 | disconcert, discomfit, embarrass

衍 | abashed (a.) 不安的；窘迫的
unabashed (a.) 蠻不在乎的
bashful (a.) 害羞的

abet
[əˋbɛt]

解 | a/bet
to/bait（用餌引誘）

(v.) 唆使；煽動

例 | Several villagers are accused of aiding and *abetting* the smugglers.
幾名村民被指控協助並唆使走私犯。

同 | assist, encourage

衍 | bait (n., v.) 餌；引誘

abiding
[əˋbaɪdɪŋ]

解 | abid/ing
abide/(a.)

(a.) 長久的；不變的

例 | an *abiding* interest in nature
對大自然長久的興趣

同 | enduring, lasting, persisting

衍 | abide (v.) 持續；居住；容忍

abominate
[əˋbaməˏnet]

解 | ab/omin/ate
away/omen/(v.)
（視為不祥而躲避）

(v.) 厭惡；痛恨

例 | a politician who is revered by his supporters and *abominated* by his enemies
這位政客，支持者崇拜他、敵人痛恨他

同 | abhor, detest, loathe

衍 | abomination (n.) 令人厭惡之事物
abominable (a.) 可惡的；糟透的
omen (n.) 預兆

abortive

[ə`bɔrtɪv]

解｜ ab/ort/ive
away/rise/(a.)

(a.) 流產的；失敗的

例｜ an *abortive* attempt to recover the sunken pirate ship
打撈沉沒海盜船的嘗試失敗

同｜ failed, futile, ineffectual

衍｜ abort (v.) 墮胎；放棄
abortion (n.) 墮胎；放棄

abrasive

[ə`bresɪv]

解｜ ab/ras/ive
away/erase/(a.)

(a.) 有研磨作用的

例｜ The waves had an *abrasive* action on the rocks.
波浪會磨損岩石。

(a.) 惱人的；令人不悅的

例｜ She was a tough girl with an *abrasive* manner.
她是強悍的女孩；態度令人不悅。

同｜ rough, harsh, tough

衍｜ abrade (v.) 磨損
abrasion (n.) 磨損
erase (v.) 擦去
eraser (n.) 板擦；橡皮擦

abreast

[ə`brɛst]

解｜ a/breast
to/breast

(adv.) 並肩；並排

例｜ The road was full of bicycles, three or more *abreast*.
路上都是自行車，三、四輛並排。

(adv.) 不落後

例｜ keeps *abreast* of the news
不落後於新聞發展

衍｜ breast (n.) 胸膛

accost

[ə`kɔst]

解｜ ad/cost
to/coast
（船員向岸上人民打招呼）

(v.) 搭訕

例｜ *accost* her on the street and ask for an autograph
在街頭向她搭訕並請她簽名

同｜ hail, address, approach

衍｜ coast (n.) 岸

acquit
[ə`kwɪt]

解 | ad/quit
to/quit

(v.) 判定……無罪；免除……責任

例 | The jury *acquitted* her of attempted arson.
陪審團免除她意圖縱火罪。

同 | absolve, exonerate, exculpate

(v.) 表現

例 | The recruits *acquitted* themselves like veterans.
徵召來的新人表現不輸老手。

衍 | acquittal (n.) 無罪宣判；責任履行
quit (v.) 離去；不幹

aerie
[`ɛrɪ]

解 | aer/ie
air/ie

(n.)（高處之）鷹巢（或住所）

例 | The eagle brought the snake back to the *aerie*.
老鷹把蛇帶回鷹巢。

衍 | aerial (a.) 空中的；高空的

affiliation
[ə͵fɪlɪ`eʃən]

解 | ad/fil/(i)ation
to/son/(n.)
（本意為當兒子）

(n.) 加入；入會；從屬關係

例 | This group has *affiliations* with several international organizations.
本團體加入幾個國際組織。

同 | incorporation, integration, association

衍 | affiliate (v.) 加入；入會；隸屬
affiliate (n.) 從屬機關；會員；子公司

aftermath
[`æftɚ͵mæθ]

解 | after/math
after/mowing
（割完草之處）

(n.) 後塵；餘波；後果

例 | in the *aftermath* of the war
在戰爭後塵

同 | fallout, wake

agape
[ə`gep]

解 | a/gape
to/gape

(a., adv.) 目瞪口呆；裂開的

例 | He stood there with mouth *agape*.
他站在那兒，目瞪口呆。

衍 | gape (v., n.) 張口（呆望）；裂開

agrarian

[ə`grɛrɪən]

解 | agr/ar(i)an
land/(a.)

(a.) 土地的；農業的

例 | Brazil is diversifying its *agrarian* economy.
巴西正在將農業經濟多元化。

同 | agricultural, rural, pastoral

akin

[ə`kɪn]

解 | a/kin
to/kin

(a.) 類似的；有血緣關係的

例 | His interests are *akin* to mine.
他的興趣和我接近。

同 | comparable, parallel, equivalent

衍 | kin (n.) 親人
kinship (n.) 親屬關係；血緣關係

alacrity

[ə`lækrətɪ]

解 | alacr/ity
cheerful/(n.)

(n.) 爽快；輕快

例 | accepted the invitation with *alacrity*
爽快接受邀請

同 | eagerness, enthusiasm, ardor

aloof

[ə`luf]

解 | ad/loof
to/windward
（船隻頂風）

(a.) 有距離的；保持距離的；冷淡的

例 | The new kid was really not so *aloof* as we thought him at first, just painfully shy.
新來的小孩其實不像我們一開始想的那麼冷淡，只是害羞得厲害。

同 | distant, remote, forbidding

衍 | aloofness (n.) 距離；冷淡

ample

[`æmpl̩]

解 | ample
large

(a.) 大量的；充分的；寬敞的

例 | There is *ample* time for discussion.
討論的時間很充裕。

同 | adequate, abundant, profuse

衍 | amplify (v.) 擴大；詳述
amplification (n.) 擴大；詳述
amplifier (n.) 擴大器；按普

anguish

[`æŋgwɪʃ]

解 | ang(u)/ish
anxious/(n.)

(n.) 痛苦；苦惱

例 | He experienced the *anguish* of divorce after 10 years of marriage.
結婚 10 年後，他經歷到離婚的痛苦。

同 | agony, torment, torture

衍 | anguish (v.) 使痛苦；使苦惱
anxious (a.) 焦慮的　　anxiety (n.) 焦慮

Track 278

antics

[ˋæntɪks]

解｜ante/ics
before/(n.)
（古老、古怪）

(n.) 耍寶；淘氣

例｜We'll have no more of your *antics*, so just settle down.
別再耍寶，坐好！

同｜caper, escapade, frolic

衍｜antic (a.) 耍寶的；淘氣的
antique (a., n.) 古老的；骨董

arcane

[ɑrˋken]

解｜arc/ane
ark/ane（裝在法櫃中的）

(a.) 秘密的；神秘的；內行人才知道的

例｜an *arcane* ritual 神秘的儀式

同｜esoteric, abstruse, recondite

衍｜ark (n.) 法櫃；約櫃

aroma

[əˋromə]

解｜aro/ma
air/(n.)

(n.) 芳香；氣味；風味

例｜The wine has a fruity *aroma*.
酒具有果香。

同｜fragrance, scent, redolence

衍｜aromatic (a.) 芳香的

arson

[ˋɑrsn̩]

解｜ars/on
ash/(n.)（燒成灰）

(n.) 縱火（罪）

例｜The cause of the fire has not yet been determined, but investigators suspect *arson*.
火災原因尚未確定，但調查人員懷疑是有人縱火。

同｜incendiarism, pyromania

衍｜arsonist (n.) 縱火犯

ascetic

[əˋsɛtɪk]

解｜ascet/ic
exercise/(a.)

(a.) 苦修的；苦行的

例｜an *ascetic* diet of rice and beans
只吃米飯和豆子的苦行僧飲食

同｜austere, abstinent, abstemious

衍｜ascetic (n.) 苦行者
asceticism (n.) 苦修主義
exercise (v.) 運動；鍛鍊

asinine

[ˋæsn̩.aɪn]

解｜as/inine
ass/(a.)

(a.) 蠢的；愚鈍的；驢子的

例｜another *asinine* bit of advertising
又一則蠢廣告

同｜idiotic, imbecile, absurd

衍｜ass (n.) 驢子

astute

[ə`stjut]

解｜ast/ute
cunning/(a.)

(a.) 敏銳的；精明的

例｜an *astute* observer 精明的觀察家

同｜perspicacious, canny, insightful

衍｜astuteness (n.) 敏銳；精明

atonement

[ə`tonmənt]

解｜at/one/ment
at/one/(n.)
（重回神的身邊）

(n.) 補償；贖罪

例｜I was making a pilgrimage in *atonement* for my sins.
我去朝聖，為了贖罪。

同｜expiation, recompense, redress

衍｜atone (v.) 補償；贖罪

audacious

[ɔ`deʃəs]

解｜aud/acious
bold/(a.)

(a.) 大膽的；魯莽的

例｜This is her most *audacious* film so far.
這是她截至目前為止最大膽的電影。

同｜bold, daring, intrepid

衍｜audacity (n.) 大膽；魯莽
bold (a.) 大膽的

austere

[ɔ`stɪr]

解｜austere
harsh

(a.) 嚴厲的；嚴格的

例｜an *austere* visage 面容嚴厲

同｜stern, severe, dour

(a.) 簡樸的

例｜They choose *austere* furnishings for the office.
他們為辦公室挑選簡樸的擺設。

衍｜austerity (n.) 嚴厲；簡樸

avarice

[`ævərɪs]

解｜av/arice
have/(n.)
（想要擁有一切）

(n.) 貪婪

例｜The tycoon was driven by *avarice*.
這位大亨的原動力是貪婪。

同｜greed, cupidity, rapacity

衍｜avaricious (a.) 貪婪的

avid

[`ævɪd]

解｜av/id
have/(a.)（很想要）

(a.) 渴望的；狂熱的

例｜They took an *avid* interest in politics.
他們對政治有狂熱的興趣。

同｜keen, eager, ardent

衍｜avidity (n.) 渴望；狂熱

B

Track 279

balk [bɔk] 解｜balk bank（田埂阻擋）	**(v.) 猶豫；拒絕；阻礙** 例｜sensitive gardeners who *balk* at using pesticides 敏感的園丁，拒絕使用農藥 同｜eschew, resist, demur from 衍｜balk (n.) 阻礙 bank (n.) 岸
barren [ˋbærən] 解｜bar/ren bare/(a.)	**(a.) 寸草不生的；貧瘠的；不孕的** 例｜*barren* land 荒地 同｜sterile, infertile, desolate 衍｜bare (a.) 光禿禿的；空的
beatific [ˏbiəˋtɪfɪk] 解｜beat(i)/fic bless/make	**(a.) 幸福的；快樂的** 例｜a *beatific* smile 幸福的微笑 同｜rapturous, ecstatic, blissful 衍｜beatitude (n.) 幸福；快樂 bless (v.) 祝福
bedizen [bɪˋdaɪzn̩] 解｜be/dizen be/dress	**(v.) 盛裝；打扮** 例｜an elderly actress *bedizened* with makeup and jewelry 年老的女演員，打扮得濃妝艷抹、珠光寶氣 同｜adorn, array, decorate
bedraggled [bɪˋdrægl̩d] 解｜be/drag/gled be/drag/(a.) （衣裙下襬在泥水中拖過）	**(a.) 濕透的；髒亂的；破敗的** 例｜One by one the refugees reached the shore, weary and *bedraggled*. 難民一個個來到岸上；筋疲力竭、渾身濕透。 同｜disheveled, messy, drenched 衍｜bedraggle (v.) 淋濕 drag (v.) 拖

befuddled

[bɪˋfʌdl̩d]

解 | be/fuddle/ed
be/confuse/(a.)

(a.) 困惑的；迷糊的

例 | Most of the applicants were *befuddled* by the wording of one of the questions on the driving test.
考駕照筆試有個問題措詞怪異，大部分申請人都看不懂。

同 | muddled, perplexed, bewildered

衍 | befuddle (v.) 使迷惑

begrudge

[bɪˋgrʌdʒ]

解 | be/grudge
be/grudge

(v.) 吝惜；不願給予

例 | I don't *begrudge* the money we've given.
我們捐出去的錢，我並不吝惜。

同 | resent, grudge, mind

(v.) 妒忌

例 | *begrudged* her neighbor's wealth
妒忌鄰居的財富

衍 | grudge (n., v.) 怨恨；妒忌
grudgingly (adv.) 不情願地

belie

[bɪˋlaɪ]

解 | be/lie
be/lie（說謊）

(v.) 掩飾；偽裝

例 | He made a light-hearted speech which *belied* his deep disappointment.
他故作輕鬆說話，掩飾內心深深的失望。

(v.) 與……矛盾；拆穿

例 | Their actions *belie* their claim of innocence.
他們的行為與自稱無辜的說法矛盾。

同 | contradict, debunk, discredit

bemused

[bɪˋmjuzd]

解 | be/muse/ed
be/muse/(a.)

(a.) 困惑的；迷惘的

例 | They wandered about with *bemused* expressions.
他們帶著困惑的神情走來走去。

同 | bewildered, perplexed, befuddled

衍 | bemuse (v.) 令人困惑
muse (v.) 沉吟；沉思

bent

[bɛnt]

解 | bent
bend（彎向某個方向）

(n.) 傾向；才華

例 | Some students have a scientific *bent*.
有些學生具有科學傾向。

同 | predisposition, penchant, proclivity

衍 | bend (v.) 彎

berserk

[ˋbɜsɜk]

解 | ber/serk
bear/shirt
（身披熊皮的北歐維京族戰士）

(a.) 狂暴的；發飆的

例 | He went *berserk* when he heard his wife had left him.
聽到老婆離他而去，他發起飆來。

同 | frenzied, insane, hysterical

---

beseech

[bɪˋsitʃ]

解 | be/seech
be/seek

(v.) 懇求；乞求

例 | Parishioners ardently *beseeched* the local bishop not to close their beloved church.
教區民眾熱烈懇求地方主教不要關掉他們至愛的教會。

同 | implore, importune, supplicate

衍 | seek (v.) 尋找；尋求

---

besmirch

[bɪˋsmɚtʃ]

解 | be/smirch
be/smear

(v.) 抹黑；弄髒

例 | He had *besmirched* the good name of his family.
他玷污了家族的好名聲。

同 | sully, tarnish, taint

衍 | smear (v.) 抹黑；弄髒

---

bewilder

[bɪˋwɪldɚ]

解 | be/wilder
be/wilderness
（身處曠野）

(v.) 使迷失方向；使困惑；使不解

例 | The change in policy seems to have *bewildered* many of our customers.
政策改變似乎令許多顧客困惑不解。

同 | baffle, bemuse, perplex

衍 | bewildered (a.) 困惑的；不解的
bewilderment (n.) 困惑；迷惘
wilderness (n.) 荒野

---

bigotry

[ˋbɪgətrɪ]

解 | bigotry
by/god/(n.)
（言必稱 by God）

(n.) 偏見；不容異己

例 | a deeply ingrained *bigotry* against all foreigners
根深蒂固的偏見；排擠所有外國人

同 | prejudice, bias, fanaticism

衍 | bigot (n.) 偏執己見者

bilk

[bɪlk]

解 | bilk
milk（擠奶）

(v.) 欺騙；詐欺

例 | *bilked* old men out of their savings
騙老人的積蓄

同 | defraud, swindle, hoodwink

blackball

[ˋblæk͵bɔl]

解 | black/ball
black/ball
（秘密投票投入黑球表示反對）

(v.) 投票反對（某人加入）；排斥

例 | The club secretly *blackballs* applicants who belong to that religion.
該教的信徒申請加入社團時遭到暗中排擠。

同 | ban, blacklist, exclude

blanch

[blæntʃ]

解 | blanch
blank

(v.) 臉色發白

例 | She *blanched* and remained silent when the store owner accused her of taking the money.
店老闆指控她偷錢，她臉色發白、一語不發。

同 | pale, bleach, blench

衍 | blank (n., a.) 空白（的）

bleak

[blik]

解 | bleak
black

(a.) 荒涼的；陰冷的；令人沮喪的

例 | It was a dark and *bleak* wintry day.
那是個陰暗的冬日。

同 | desolate, stark, gloomy

衍 | bleakness (n.) 荒涼；陰冷

blemish

[ˋblɛmɪʃ]

解 | blem/ish
blame/(v.)

(v.) 玷汙；破壞

例 | The incident *blemished* his reputation.
這樁事件玷汙了他的名聲。

同 | mar, impair, blight

衍 | blemish (n.) 瑕疵；汙點
blame (n., v.) 過錯；責怪

blight

[blaɪt]

解 | blight
black（植物枯萎）

(n.) 破壞；禍害

例 | The expanding urban sprawl is a *blight* on the countryside.
都市四處蔓延，破壞了鄉村。

同 | scourge, bane, plague

衍 | blight (v.) 破壞；摧殘

bloated

[ˋblotɪd]

解 | bloat/ed
blow/(a.)（吹氣）

(a.) 膨脹的

例 | a *bloated* sense of his own importance
對自己的重要性自我膨脹

同 | distended, inflated, dilated

衍 | bloat (v.) 膨脹

bogus

[ˋbogəs]

解 | bogus
false

(a.) 假造的；不實的

例 | a *bogus* insurance claim
假造的保險索賠

同 | counterfeit, spurious, fraudulent

bolster

[ˋbolstɚ]

解 | bolster
support

(v.) 支撐；加強

例 | a convincing argument that was *bolstered* by the speaker's reputation
有說服力的論證，又受到演說者聲譽的加強

同 | reinforce, boost, buttress

衍 | bolster (n.) 支撐物；靠枕

bombastic

[bɑmˋbæstɪk]

解 | bomb/astic
bomb/(a.)

(a.) 誇張的；說大話的

例 | a *bombastic* prig
滿口大話、自以為是的人

同 | pompous, ostentatious, grandiloquent

衍 | bombast (n.) 大話
bomb (n., v.) 炸彈；炸
bombard (v.) 轟炸

bouquet

[buˋke]

解 | bouqu/et
bush/(n.)（一叢花）

(n.) 花束；香氣

例 | The Chardonnay has a great depth of flavor and *bouquet*.
莎當妮白酒味道與香氣都很有深度。

(n.) 恭維；誇獎

例 | *Bouquets* go to Ann for ensuring a well-planned event.
Ann 因確保一場精心策畫的活動之進行而受到誇獎。

同 | commendation, tribute, accolade

衍 | bush (n.) 樹叢

bowdlerize
[ˋbaʊdləˏraɪz]

解｜bowdler/ize
Bowdler/(v.)
（人名，曾刪改淨化莎翁戲劇）

(n.) 刪節；刪改

例｜*bowdlerize* a classic novel by removing offensive language
移除不雅文字；以這種方式刪改古典小說

同｜expurgate, censor

bracing
[ˋbresɪŋ]

解｜brac/ing
brac/(a.)

(a.) 令人振奮的

例｜a chilly but *bracing* day
寒冷但令人振奮的天氣

同｜invigorating, refreshing, exhilarating

衍｜brace (n., v.) 支柱；支撐
bracing (n.) 支撐

brandish
[ˋbrændɪʃ]

解｜brand/ish
brand/(v.)
（揮舞火炬）

(v.) 揮舞

例｜She *brandished* a stick at the dog.
她對狗揮舞棍子。

同｜wave, wield, swing

衍｜firebrand (n.) 火炬

brash
[bræʃ]

解｜brash
break

(a.) 自以爲是的；大膽的；無禮的

例｜a *brash* request to get something for free
大膽要求想要不勞而獲

同｜impudent, bold, arrogant

衍｜brashness (n.) 自以為是；大膽

brittle
[ˋbrɪtḷ]

解｜brittle
break

(a.) 脆的；易碎的

例｜Glass is a *brittle* material.
玻璃是易碎材料。

同｜breakable, fragile, delicate

brook
[brʊk]

解｜brook
brook

(v.) 容忍

例｜will *brook* no disobeying of the rules
不容忍犯規行為

同｜tolerate, allow, abide

衍｜brook (n.) 小溪

Track 282

buffer

[ˋbʌfɚ]

解｜buffer
bumper

(n.) 緩衝

例｜a *buffer* zone between the two superpowers
兩個強權之間的緩衝區

同｜cushion, bulwark, safeguard

衍｜buffer (v.) 保護；減少衝擊
bumper (n.) 保險桿
bump (v.) 碰撞

buoyant

[ˋbɔɪənt]

解｜buoy/ant
buoy/(a.)

(a.) 有浮力的；上漲的

例｜a *buoyant* economy 經濟蓬勃

(a.) 輕快的；活潑的

例｜The actors were *buoyant* as they prepared for the evening's performance.
演員們在準備晚上的演出，心情輕快。

同｜effervescent, blithe, jovial

衍｜buoy (n.) 浮標；浮筒；救生圈
buoy up 浮起
buoyancy (n.) 浮力；輕快

bureaucracy

[bjʊˋrakrəsɪ]

解｜bureau/crac/y
bureau/rule/(n.)

(n.) 官僚（作風）

例｜She was fed up with all the red tape and *bureaucracy*.
她很受不了繁複的公文與官僚作風。

同｜red tape, paperwork

衍｜bureaucrat (n.) 官僚
bureau (n.) 局；處；書桌

burgeon

[ˋbɝdʒən]

解｜burgeon
bud

(v.) 萌芽；快速成長

例｜The trout population in the stream is *burgeoning* now that the water is clean.
水變乾淨了，溪中的鱒魚族群快速成長。

同｜bloom, flourish, proliferate

衍｜bud (n., v.)（發）芽

burnish

[ˋbɝnɪʃ]

解｜burn/ish
bright/(v.)

(v.) 擦亮

例｜*burnished* the floor of the ballroom to a soft luster
舞廳地板擦到發出柔和的光澤

同｜polish, buff

衍｜burnish (n.) 光澤；光亮

bustle

[ˋbʌsḷ]

解 | bus/tle
busy/hustle

(v.) 忙亂；忙碌

例 | On Saturdays the city's downtown *bustles* with activity.
星期六，城中鬧區各種活動呈現出一片忙亂。

同 | scurry, scamper, hurry

衍 | bustle (n.) 忙碌
bustling (a.) 忙碌的
hustle (n., v.) 忙亂；趕緊

buttress

[ˋbʌtrɪs]

解 | butt/ress
butt/(v.)
（突出的拱壁；用以支撐建築）

(v.) 支撐；加強

例 | Authority was *buttressed* by religious belief.
宗教信仰加強了當局的權威。

同 | reinforce, bolster, brace

衍 | buttress (n.) 支撐；扶壁
butt (v.) 突出

byzantine

[ˋbɪzən͵tin]

解 | byzantine
Byzantine
（拜占庭帝國複雜的宮庭政治）

(a.) 極複雜的；難懂的

例 | rules of *byzantine* complexity
極其複雜的規則

同 | labyrinthine, convoluted, intricate

衍 | Byzantine Empire 拜占庭帝國

C

Track 283

cadge

[kædʒ]

解 | cadge
catch

(v.) 乞得；騙（白食）

例 | *cadged* a free cup of coffee
討來一杯免費的咖啡

同 | sponge, scrounge

cajole

[kə`dʒol]

解 | ca/jole
cage/jail
（裝進牢籠）

(v.) 哄騙

例 | had to *cajole* them into going
必須哄騙他們去

同 | coax, wheedle, maneuver

衍 | cage (n.) 籠子
jail (n.) 監牢

caliber

[`kæləbɚ]

解 | qua/libra
what/scales
（在天秤上稱量）

(n.) 口徑；水準；才幹

例 | They could ill afford to lose a man of his *caliber*.
他們不能損失像他這麼有才幹的人。

同 | quality, excellence, expertise

衍 | calibrate (v.) 測口徑；校準
Libra (n.) 天秤座

callous

[`kæləs]

解 | call/ous
callus/(a.)

(a.) 長繭的；麻木的；無情的

例 | a *callous* indifference to suffering
對別人的苦難，無情地漠不關心

同 | insensitive, hardened, indifferent

衍 | callus (n.) 繭

calumniate

[kə`lʌmnɪ.et]

解 | calumn/(i)ate
call/(v.)

(v.) 誹謗；中傷

例 | Candidates shamelessly *calumniated* one another.
候選人無恥地互相誹謗中傷。

同 | slander, libel, vilify

衍 | calumny (n.) 誹謗

canon

[ˋkænən]

解｜can/on
cane/(n.)
（可當量尺用的棍子）

(n.) 教規；準則；標準

例｜The appointment violated the *canons* of fair play and equal opportunity.
這項人事任命有違公平競爭與機會均等的原則。

同｜tenet, precept, norm

(n.)（作家之）眞作集

例｜the Shakespeare *canon* 莎士比亞作品集

衍｜canonical (a.) 正統的；權威版本的
cane (n.) 藤條；棍子

canvass

[ˋkænvəs]

解｜canvass
canvas
（投入帆布袋中）

(v.) 拉票

例｜He's *canvassing* for the Green Party.
他在為綠黨拉票。

(v.) 尋求

例｜They're *canvassing* support among shareholders.
他們在股東間爭取支持。

同｜seek, solicit

衍｜canvas (n.) 帆布；畫布

cardinal

[ˋkɑrdnəl]

解｜card/inal
heart/(a.)

(a.) 主要的；根本的；深紅的

例｜the *cardinal* principles of news reporting
新聞報導的主要原則

同｜fundamental, premier, paramount

衍｜cardinal (n.) 紅衣主教

caulk

[kɔk]

解｜caulk
chalk
（用石灰填補）

(v.) 填隙

例｜He carefully *caulked* the area around the windows.
他把窗戶周圍的縫隙仔細填補起來。

衍｜caulk (n.) 填隙材料
chalk (n.) 石灰；白堊

celebrated

[ˋsɛlə͵bretɪd]

解｜celebrat/ed
celebrate/(a.)

(a.) 著名的；膾炙人口的

例｜a *celebrated* author 一位著名作家

同｜acclaimed, lionized, lauded

衍｜celebrate (v.) 慶祝；歌頌

chauvinism

[ˋʃovɪn͵ɪzəm]

解｜chauvin/ism
Chauvin/(n.)
（人名，拿破崙士兵；是盲目愛國主義的代表）

(n.) 沙文主義

例｜Their ingrained *chauvinism* has blinded them to their country's faults.
他們根深蒂固的沙文主義令他們無視國家的缺點。

同｜jingoism

衍｜chauvinistic (a.) 沙文主義的

checkered

[ˋtʃɛkɚd]

解｜checker/ed
checkers/(a.)
（西洋棋盤為黑白格子）

(a.) 方格花紋的；時好時壞的

例｜He has had a *checkered* career with many ups and downs.
他的事業大起大落。

同｜varied, irregular, erratic

衍｜checkers (n.) 西洋跳棋

cherish

[ˋtʃɛrɪʃ]

解｜cher/ish
dear/(v.)

(v.) 珍愛；呵護

例｜I will always *cherish* that memory.
我永遠珍惜那段回憶。

同｜adore, treasure, harbor

churlish

[ˋtʃɝlɪʃ]

解｜churl/ish
churl/(a.)

(a.) 粗魯的；無禮的

例｜It seemed *churlish* to refuse her invitation.
拒絕她的邀請好像有點無禮。

同｜rude, ungracious, boorish

衍｜churl (n.) 鄉巴佬；老粗

clamber

[ˋklæmbɚ]

解｜clamb/er
climb/(v.)

(v.) 攀爬

例｜The children *clambered* over the rocks.
孩子們爬過岩石。

同｜scramble, climb

clandestine

[klænˋdɛstɪn]

解｜clan/destine
clam/intestine
（像蛤的腸子一樣，關得很緊）

(a.) 秘密的；暗中的

例｜the *clandestine* operations of the CIA
中央情報局的秘密作業

同｜surreptitious, covert, furtive

衍｜clam (n.) 蛤
intestine (n.) 小腸

cloak

[klok]

解 | cloak
cloak

(v.) 掩蓋；掩飾

例 | *cloaked* their military maneuvers from the outside world
掩飾他們的軍事行動，不讓外界知道

同 | conceal, veil, shroud

衍 | cloak (n.) 斗篷；披肩；藉口

coffer

[ˋkɔfɚ]

解 | coffer
box
（與 coffin 同樣都是盒子）

(n.) 資金；金庫

例 | Tourism brought $200 million into local government *coffers*.
觀光業為地方政府財庫進帳兩億。

同 | funds, reserves, treasury

衍 | coffin (n.) 棺材

cloying

[ˋklɔɪɪŋ]

解 | cloy/ing
fill/(a.)

(a.) 過度甜膩的

例 | The romance never becomes *cloying*.
這部言情小說不會甜得膩人。

同 | sentimental, nauseating

衍 | cloy (v.) 因過量而使人倒胃口

coda

[ˋkodə]

解 | coda
Cauda
（拉丁語，指尾巴）

(n.) 終曲；尾聲

例 | The movie's *coda* shows the main character as an adult 25 years later.
主角 25 年後的成人之姿於電影尾聲中亮相。

同 | finale

comely

[ˋkʌmlɪ]

解 | comely
come/(a.)

(a.) 悅目的；漂亮的

例 | a brood of *comely* children
一家子漂亮的孩子

同 | attractive, gorgeous, prepossessing

衍 | comeliness (n.) 美麗

comeuppance

[kʌmˋʌpəns]

解 | come/up/pance
come/up/(n.)

(n.) 報應

例 | One of these days, he'll get his *comeuppance* for treating people so arrogantly.
過不了多久，他就會因為如此傲慢對人而得到報應。

同 | deserts, due, requital

Track 285

construe
[kən`stru]

解 | con/stru(e)
together/build

(v.) 詮釋；理解爲

例 | *construed* his success as the result of being at the right place at the right time
將他的成功詮釋為在對的時間適得其所之結果

同 | interpret, analyze, understand

衍 | misconstrue (v.) 誤解；錯誤詮釋

---

conundrum
[kə`nʌndrəm]

解 | con/un/drum
together/in/drum
（蒙在鼓裡）

(n.) 謎；難題

例 | the *conundrum* of how an ancient people were able to build such massive structures
古代人如何能夠建造如此碩大的構造之謎

同 | puzzle, riddle, enigma

---

coterie
[`kotərɪ]

解 | cot/erie
cottage/(n.)
（同在一個小木屋）

(n.) 同志；圈內人

例 | His films are admired by a small *coterie* of critics.
他的電影受到一小批影評人的欣賞。

同 | clique, gang, clan

衍 | cottage (n.) 小木屋

---

coup
[ku]

解 | coup
strike

(n.) 閃電出擊；政變

例 | Winning that big contract was a real *coup*.
贏得那份大合約是一次真正的突擊。

同 | triumph, feat, stunt

---

covert
[`kʌvət]

解 | covert
covered

(a.) 秘密的；暗中的

例 | spy agencies taking *covert* action
情報機關採取秘密行動

同 | furtive, clandestine, surreptitious

---

cower
[`kaʊɚ]

解 | cower
coward

(v.) 瑟縮；畏怯

例 | They *cowered* at the sight of the gun.
看到槍，他們瑟縮畏懼。

同 | cringe, flinch

衍 | coward (n.) 懦夫

craft

[kræft]

解 | craft
craft

(n.) 手腕；狡計

例 | constructed a surface of artlessness with *craft*
施手腕打造出純真的表象

同 | cunning, guile, wiliness

衍 | craft (n.) 技藝；行業；載具
handicraft (n.) 手工藝
crafty (a.) 狡滑的

craven

[ˋkrevən]

解 | crav/en
crack/(a.)

(a.) 懦弱的

例 | a *craven* refusal to deliver the unwelcome news personally
不願親自傳達壞消息，這是懦弱的表現

同 | cowardly, faint-hearted, spineless

crude

[krud]

解 | crude
rough

(a.) 未加工的

例 | *crude* oil 原油

(a.) 粗糙的；原始的

例 | Prussian infantrymen lined the *crude* barricade.
普魯士步兵沿粗糙的路障防守。

同 | primitive, rudimentary, rough

衍 | crudity (n.) 粗糙；原始

culminate

[ˋkʌlmə͵net]

解 | culmin/ate
top/(v.)

(v.) 達到頂點；結束

例 | My arguments with the boss *culminated* in my resignation.
我和老闆爭執到最後就是我提出辭呈。

同 | peak, climax, terminate

衍 | culmination (n.) 達到頂點

culprit

[ˋkʌlprɪt]

解 | culp/rit
blame/(n.)

(n.) 罪犯；罪魁禍首

例 | The police eventually located the *culprits*.
警察最後找到了罪犯。

同 | criminal, malefactor, delinquent

衍 | culpable (a.) 有罪的；要負責的
inculpable (a.) 無罪的；無過錯的

Track 286

curb [kɜb] 解︱curb curve （人行道與馬路之間的障礙）	**(v.) 控制；遏止** 例︱trying to *curb* her curiosity 努力控制她的好奇心 同︱restrain, repress, suppress 衍︱curb (n.) 路邊；抑制 curve (n.) 曲線；彎曲 curbstone (n.) 路邊石
curfew [ˋkɜf ju] 解︱cur/few cover/fire（燈火管制）	**(n.) 宵禁** 例︱No one is allowed on the streets during the *curfew*. 宵禁期間禁止在街頭行走。
curtail [kɜˋtel] 解︱curt/ail cut/(v.)	**(v.) 削減；縮減** 例︱School activities are being *curtailed* due to a lack of funds. 由於經費不足學校活動減少。 同︱diminish, retrench, pare
cynical [ˋsɪnɪkḷ] 解︱cyn/ical dog/(a.)	**(a.) 認爲人性本惡的；挖苦的** 例︱*Cynical* people believe that everyone is selfish. 憤世嫉俗的人認為人皆自私自利。 同︱skeptical, negative, pessimistic 衍︱cynic (n.) 犬儒；諷世者 cynicism (n.) 犬儒主義；譏諷

D

Track 287

dabble

[ˋdæbl̩]

解 | dab/ble
dip/(v.)（試試水溫）

(v.) 涉足；涉獵；淺嚐

例 | *dabbles* in art 涉足藝術

同 | toy with, dip into

衍 | dip (v.) 浸泡

dalliance

[ˋdælɪəns]

解 | dalli/ance
delight/(n.)

(n.) 閒混；調戲

例 | an extremely serious scientist who is not much given to *dalliance* or idle chitchat
不喜歡閒混或閒聊、極嚴肅的科學家

同 | frolic, rollicking

衍 | dally (v.) 調情；嬉戲
delight (n., v.)（使）愉快

daunt

[dɔnt]

解 | daunt
fear

(v.) 嚇倒；使氣餒

例 | The raging inferno didn't *daunt* the firefighters for a moment.
大火肆虐，但完全嚇不倒消防隊員。

同 | intimidate, deter, cow

衍 | dauntless (a.) 無畏的
undaunted (a.) 不懼怕的

dearth

[dɝθ]

解 | dear/th
dear/(n.)

(n.) 稀少；缺乏

例 | There was a *dearth* of usable firewood at the campsite.
露營區可用的柴火太少。

同 | scarcity, deficiency, paucity

衍 | dear (a.) 昂貴的

deem

[dim]

解 | deem
judge

(v.) 視為；看作；相信

例 | *deemed* it wise to go slow
認為放緩腳步比較明智

同 | consider, suppose, reckon

deleterious

[ˌdɛləˋtɪrɪəs]

解｜delet/er(i)ous
delete/(a.)

(a.) 有害的

例｜*deleterious* to health 對健康有害

同｜detrimental, injurious, inimical

衍｜delete (v.) 刪除

---

dexterous

[ˋdɛkstərəs]

解｜dexter/ous
right/(a.)
（一般人是右手靈活）

(a.) 敏捷的；靈巧的

例｜a *dexterous* surgeon 手腕靈巧的外科醫生

同｜deft, adroit, nimble

衍｜dexterity (n.) 敏捷；靈巧
ambidextrous (a.) 左右手同樣靈巧的

---

didactic

[daɪˋdæktɪk]

解｜didact/ic
teach/(a.)

(a.) 說教的；教化的

例｜The poet's works became increasingly *didactic* after his religious conversion.
詩人的作品在他轉換宗教之後變得越來越說教。

同｜instructive, educational, doctrinal

衍｜autodidact (n.) 自學自修者

---

dilatory

[ˋdɪləˌtorɪ]

解｜dilat/ory
delay/(a.)

(a.) 拖延的；拖拖拉拉的

例｜The homeowner is claiming that local firefighters were *dilatory* in responding to the call.
屋主說本地消防隊員接到電話之後姍姍來遲。

同｜tardy, lax, sluggish

衍｜delay (n., v.) 延後；拖延

---

dilemma

[daɪˋlɛmə]

解｜di/lemma
two/take

(n.) 進退兩難；困境

例｜I don't know what to do; it's a real *dilemma*.
我不知道怎麼辦；真正是進退兩難。

同｜predicament, quandary

---

dilettante

[ˋdɪləˌtant]

解｜dilet/tante
delight/(n.)

(n.) 愛好者；一知半解者

例｜You can always tell a true expert from a *dilettante*.
是真正的專家還是玩票的，一望即知。

同｜dabbler, amateur

衍｜delight (n., v.)（使）愉快

din
[dɪn]

解 | din
din（擬聲字）

(n.) 噪音；嘈雜

例 | It was hard to hear anything above the *din* in the restaurant.
餐館內人聲嘈雜，什麼都聽不清楚。

同 | racket, clamor, cacophony

distaff
[ˋdɪstæf]

解 | dis/staff
apart/staff
（紡織用的棍子）

(a.) 女性的；母系的

例 | the *distaff* side of the family 家族的母系

同 | feminine, maternal

衍 | distaff (n.) 紡紗桿
staff (n.) 棍；杖

dither
[ˋdɪðɚ]

解 | dither
tremble

(v.) 躊躇；猶豫；慌亂

例 | They wasted several minutes while she *dithered*.
她猶豫不決，令他們浪費掉幾分鐘。

同 | vacillate, hesitate, falter

衍 | dither (n.) 緊張；慌亂

doff
[dɔf]

解 | d/off
do/off（即 take off）

(v.) 脫掉

例 | *doffed* his hat 脫帽

同 | remove, divest

衍 | don (v.) 穿上；戴上

dogged
[ˋdɔgɪd]

解 | dog/ged
dog/(a.)（像狗一樣）

(a.) 頑固的；持之以恆的

例 | Her *dogged* efforts eventually paid off.
她頑強的努力終於有了結果。

同 | tenacious, resolute, persistent

dormant
[ˋdɔrmənt]

解 | dorm/ant
sleep/(a.)

(a.) 休止的；潛伏的

例 | The seeds will remain *dormant* until the spring.
種籽將休眠到春天。

同 | inactive, inert, quiescent

衍 | dormancy (n.) 休止；潛伏
dormitory (n.) 宿舍（簡寫 dorm）

doughty [ˋdaʊtɪ] 解 dought/y strong/(a.)	**(a.) 強悍的；勇敢的** 例 a *doughty* warrior 強悍的戰士 同 valiant, dauntless, intrepid
dovetail [ˋdʌv͵tel] 解 dove/tail dove/tail （接榫要切成鴿尾形才不易脫落）	**(v.) 接榫；吻合** 例 two careers that *dovetailed* nicely 兩樁事業完美接榫 同 accord, match, harmonize 衍 dovetail (n.) 楔形榫頭 dove (n.) 鴿子
droll [drol] 解 droll odd	**(a.) 滑稽的；幽默的** 例 a *droll* little man with a peculiar sense of humor 一個具有獨特幽默感、滑稽的小個子 同 funny, humorous, comical 衍 drollness (n.) 滑稽；幽默
dupe [djup] 解 dupe stupid	**(v.) 欺騙；愚弄** 例 We were *duped* into thinking the dummy was a real alien. 我們被騙了，以為人偶是真正的外星人。 同 deceive, hoodwink, trick 衍 dupe (n.) 呆子；易受騙的人

ℰ

Track 289

echelon

[ˋɛʃə͵lɑn]

解｜echelon
ladder

(n.) 階層

例｜the upper *echelons* of the bureaucracy
上層官僚

同｜rank, grade, stratum

elegy

[ˋɛlədʒɪ]

解｜e/leg/y
out/speak/(n.)

(n.) 輓歌；悲歌

例｜"O Captain! My Captain!" is Walt Whitman's *elegy* on the death of President Lincoln.
「我的統帥」是惠特曼為紀念林肯之死而寫的輓歌。

同｜lament, dirge, requiem

衍｜elegiac (a.) 輓歌的；哀傷的

embargo

[ɪmˋbargo]

解｜en/bar/go
in/bar/go

(n.) 禁運；禁止

例｜an *embargo* on oil sales
禁止銷售石油

同｜boycott, prohibition, proscription

衍｜bar (n., v.) 條；棒；阻礙

embroil

[ɪmˋbrɔɪl]

解｜en/broil
make/boil

(v.) 捲入；牽連到

例｜*embroiled* in controversy
捲入爭議

同｜involve, entangle, enmesh

empirical

[ɛmˋpɪrɪkḷ]

解｜empir/ical
experience/(a.)

(a.) 經驗主義的；以觀察爲依據的

例｜*empirical* data
實際觀察到的資料

同｜observed, verifiable, experiential

衍｜empiricism (n.) 經驗主義

emulate

[ˋɛmjə͵let]

解｜em/ulate
aim/(v.)

(v.) 模仿；效法

例｜artists *emulating* the style of their teachers
藝術家模仿老師的風格

同｜imitate, mimic, reproduce

衍｜emulation (n.) 模仿；效法
aim (n., v.) 目標；瞄準

encomium

[ɛnˋkomɪəm]

解｜en/comi/um
in/comedy/(n.)

(n.) 讚頌；頌詞

例｜the *encomiums* bestowed on a teacher at her retirement ceremonies
在老師退休典禮上給她的讚頌

同｜eulogy, panegyric, accolade

衍｜encomiastic (a.) 讚頌的
comedy (n.) 喜劇

endorse

[ɪnˋdɔrs]

解｜en/dorse
make/back

(v.) 背書；贊同；認可

例｜They fully *endorse* a general trade agreement.
他們完全贊成全面貿易協定。

同｜approve, advocate, champion

衍｜endorsement (n.) 背書；贊同；認可
dorsal (a.) 背部的

engross

[ɪnˋgros]

解｜en/gross
make/gross

(v.) 使全神貫注

例｜ideas that have *engrossed* the minds of scholars for generations
好幾代以來一直吸引學者專注的一些觀念

同｜preoccupy, engage, rivet

衍｜engrossed (a.) 全神貫注的
gross (a., n.) 總的；總額

enjoin

[ɪnˋdʒɔɪn]

解｜en/join
make/join

(v.) 命令；警告

例｜*enjoined* us to be careful
警告我們要小心

同｜urge, command, admonish

(v.) 禁止

例｜was *enjoined* by conscience from telling a lie
因為良心而不能說謊

衍｜injunction (n.) 命令；禁止令

enmity

[ˋɛnmətɪ]

解 | enm/ity
enemy/(n.)

(n.) 敵意

例 | We need to put aside old *enmities* for the sake of peace.
為了和平我們得放下從前的敵意。

同 | hostility, animosity, antagonism

ennui

[ˋanwi]

解 | ennui
annoy

(n.) 倦怠；無聊

例 | the *ennui* of winter 冬日的倦怠

同 | lassitude, languor, lethargy

衍 | annoy (v.) 打擾；騷擾

enthrall

[ɪnˋθrɔl]

解 | en/thrall
make/thrall

(v.) 迷住；吸引

例 | Last night he *enthralled* fans from six to sixty.
昨晚從六歲到六十歲的粉絲都被他迷住。

同 | captivate, enchant, beguile

衍 | enthralling (a.) 迷人的
thrall (n.) 奴隸；奴僕

entice

[ɪnˋtaɪs]

解 | en/tice
in/fire

(v.) 誘惑；引誘

例 | The show should *entice* a new audience into the theater.
這場秀應該能吸引新觀衆進入劇場。

同 | tempt, lure, allure

衍 | enticement (n.) 誘惑；引誘物

entitlement

[ɪnˋtaɪtl̩mənt]

解 | en/title/ment
make/title/(n.)

(n.) 權利；特權；津貼

例 | their *entitlement* to social-security benefits
他們的社會福利特權

同 | prerogative, claim, license

衍 | entitle (v.) 給予……特權
title (n.) 頭銜；名稱

entourage

[ˌantuˋraʒ]

解 | en/tour/age
in/tour/(n.)

(n.) 隨行人員；隨從

例 | the President and his *entourage*
總統與隨行人員

同 | retinue, escort, company

衍 | tour (n., v.) 旅遊

epicure
[ˋɛpɪˏkjʊr]

解 | epicure
Epicurus

(n.) 享樂主義者；講究美食者

例 | As an *epicure*, he is tempted by their new range of specialty foods.
此人是美食主義者，受到他們新系列特殊美食的引誘。

同 | gourmet, gourmand, connoisseur

衍 | epicurean (a.) 享樂主義的
epicurean (n.) 享樂主義者
Epicurus (n.) 伊比鳩魯（古希臘哲學家）

episode
[ˋɛpəˏsod]

解 | epi(s)/ode
among/sing

(n.) 事件；插曲；一集（連續劇）

例 | It was a brief romantic *episode* in a life devoted to work.
一生奉獻於工作，這是一段短暫的浪漫插曲。

同 | incident, occurrence, interlude

衍 | episodic (a.) 插曲式的；不連貫的

ersatz
[ɛrˋzɑts]

解 | er/satz
out/sit

(a.) 代用的；人造的；假的

例 | *ersatz* coffee 替代咖啡

同 | artificial, substitute, imitation

erstwhile
[ˋɝstˏhwaɪl]

解 | erst/while
first/while

(a.) 從前的

例 | *erstwhile* friends 從前的朋友

同 | former, sometime, quondam

衍 | erstwhile (adv.) 從前

esoteric
[ˏɛsəˋtɛrɪk]

解 | eso/teric
in/most（圈內人的）

(a.) 秘傳的；深奧難解

例 | Metaphysics is an *esoteric* subject to most.
大多數人都覺得形上學是深奧難解的領域。

同 | abstruse, arcane, recondite

esteemed
[əˋstimd]

解 | esteem/ed
estimate/(a.)

(a.) 受尊敬的

例 | my *esteemed* colleagues 尊敬的同僚們

同 | honored, revered, eminent

衍 | esteem (n., v.) 尊崇；尊敬
estimate (n., v.) 估計

estimable [ˋɛstəməbl̩] 解｜estim/able estimate/able	**(a.) 可敬的；值得尊重的** 例｜an *estimable* rival 可敬的對手 同｜commendable, laudable, praiseworthy
etch [ɛtʃ] 解｜etch eat	**(v.) 蝕刻；深印** 例｜scenes *etched* in our minds 深刻在我們腦海的景象 同｜engrave, inscribe, incise
ethos [ˋiθɑs] 解｜ethos ethic	**(n.) 特質；精神** 例｜the journalistic *ethos* of pursuing the truth 追求真象是新聞業的職業精神 同｜character, atmosphere, ethics 衍｜ethic (n., a.) 倫理（的）；道德（的）

F

Track 291

fabricated

[ˋfæbrɪ͵ketɪd]

解 | fabric/ated
fiber/(a.)（編造）

(a.) 杜撰的；不實的

例 | *fabricated* evidence 不實的證據
同 | forged, counterfeit
衍 | fabricate (v.) 製造；杜撰
fabrication (n.) 製造；虛構物
fabric (n.) 布料；織物
fiber (n.) 纖維

facetious

[fəˋsiʃəs]

解 | facet/(i)ous
face/(a.)
（扮鬼臉 make faces）

(a.) 詼諧的；滑稽的

例 | just being *facetious* 只是開玩笑
同 | waggish, flippant, frivolous
衍 | facetiousness (n.) 詼諧；滑稽

fallacious

[fəˋleʃəs]

解 | fall/ac(i)ous
fall/(a.)

(a.) 錯誤的

例 | a *fallacious* belief 錯誤的觀念
同 | erroneous, faulty, flawed
衍 | fallacy (n.) 錯誤

fallow

[ˋfælo]

解 | fall/ow
fall/(a.)

(a.) 休耕的；未耕種的

例 | *fallow* farmland 休耕的農地
同 | uncultivated, dormant

famished

[ˋfæmɪʃt]

解 | fam/ished
hunger/(a.)

(a.) 飢餓的

例 | After a full day of skiing, I was feeling absolutely *famished*.
滑雪一整天後，感覺很餓。
同 | ravenous, starving
衍 | famish (v.) 使挨餓
famine (n.) 飢荒；飢餓

fanatical

[fə`nætəkḷ]

解｜fan/atical
fan/(a.)

(a.) 狂熱的；極端的

例｜a political faction with *fanatical* views
一個看法極端的政治派系

同｜zealous, extremist, bigoted

衍｜fanatic (a.) 狂熱的；極端的
fanatic (n.) 狂熱者；極端份子
fan (n.) 迷；愛好者

---

fastidious

[fæs`tɪdɪəs]

解｜fast/id(i)ous
fast/(a.)

(a.) 挑剔的；過份講究的

例｜*fastidious* workmanship 很講究的做工

同｜meticulous, scrupulous, punctilious

---

fathom

[`fæðəm]

解｜fathom
fathom

(v.) 測量；探測；理解

例｜couldn't *fathom* the problem 無法理解問題

同｜probe, comprehend, penetrate

衍｜fathom (n.) 噚（水深單位）

---

fatuous

[`fætʃʊəs]

解｜fatu/ous
foolish/(a.)

(a.) 愚蠢的

例｜a *fatuous* remark 愚蠢的話

同｜silly, inane, nonsensical

衍｜infatuated (a.) 迷上了的；入迷的

---

fawning

[`fɔnɪŋ]

解｜fawn/ing
fawn/(a.)

(a.) 奉承的；諂媚的

例｜a *fawning* dog 諂媚的狗

同｜obsequious, ingratiating, groveling

衍｜fawn (v.) 奉承；討好

---

felicitous

[fə`lɪsətəs]

解｜felic/itous
happy/(a.)

(a.) 恰當的；極適合的

例｜His nickname was particularly *felicitous*.
他的綽號相當貼切。

同｜apt, apposite, pertinent

(a.) 令人愉快的

例｜The view is the room's only *felicitous* feature.
這個房間唯一的好處是景觀不錯。

衍｜felicity (n.) 恰當；得體；幸福；快樂

Track 292

feral [ˋfɪrəl] 解｜fer/al wild/(a.)	**(a.) 野生的；凶猛的** 例｜*feral* animals 凶猛的野獸 同｜fierce, ferocious, savage
fetid [ˋfɛtɪd] 解｜fet/id stink/(a.)	**(a.) 惡臭的** 例｜a *fetid* swamp 惡臭的沼澤 同｜stinking, malodorous, reeking 衍｜feces (n.) 糞便
fiat [ˋfaɪæt] 解｜fiat do （古代告示的第一個字，意為 let it be done）	**(n.) 命令** 例｜government by *fiat* 以命令統治 同｜decree, edict, mandate
fickle [ˋfɪkḷ] 解｜fickle false	**(a.) 善變的；無常的** 例｜He blames poor sales on *fickle* consumers. 銷售差，他說要怪客戶太善變。 同｜capricious, volatile, mercurial 衍｜fickleness (n.) 善變
figurative [ˋfɪgjərətɪv] 解｜figur/ative figure/(a.)	**(a.) 比喻的；象徵的** 例｜a *figurative* expression 比喻的說法 同｜metaphorical, allegorical, emblematic 衍｜a figure of speech 比喻；比方 figure (n.) 體形；人物；數字 figure (v.) 計算；估計
flag [flæg] 解｜flag flap	**(v.) 下垂；衰退；低落** 例｜One's mental energy *flags* in the afternoon. 到了下午，精神會低落。 同｜decline, wane, ebb 衍｜flagging (a.) 下垂的；低落的 flag (n.) 旗子

flammable

[ˋflæməbl̩]

解｜flam/mable
flame/able

(a.) 易燃的

例｜loose *flammable* clothing 寬鬆易燃的衣物

同｜inflammable, combustible, incendiary

衍｜flame (n.) 火焰

flawless

[ˋflɔlɪs]

解｜flaw/less
flaw/without

(a.) 無瑕疵的；完美的

例｜a *flawless* plan 完美的計畫

同｜unblemished, intact, immaculate

衍｜flaw (n.) 缺點；瑕疵

fleeting

[ˋflitɪŋ]

解｜fleet/ing
fleet/(a.)

(a.) 短暫的

例｜a *fleeting* glimpse 短暫瞥一眼

同｜transitory, ephemeral, evanescent

衍｜fleet (a.) 快速的
fleet (v.) 疾飛；掠過
flee (v.) 逃離

flighty

[ˋflaɪtɪ]

解｜flight/y
fly/(a.)

(a.) 不穩定的；善變的

例｜a *flighty* woman 善變的女人

同｜volatile, skittish, capricious

衍｜flight (n.) 飛行

flinch

[flɪntʃ]

解｜flinch
bend

(v.) 瑟縮；畏懼

例｜He *flinched* when I tapped him on the shoulder.
我拍他肩膀時他瑟縮了一下。

同｜wince, recoil, shrink

衍｜unflinching (a.) 不懼的

flippancy

[ˋflɪpənsɪ]

解｜flip/pancy
flip/(n.)

(n.) 輕佻；不莊重

例｜highly inappropriate *flippancy* during religious services
進行宗教儀式時很不合宜的輕佻行為

同｜levity, frivolousness, insouciance

衍｜flippant (a.) 輕佻的
flip (v.) 翻轉

Track 293

floppy

[ˋflɑpɪ]

解｜flop/py
flop/(a.)

(a.) 鬆軟的；下垂的

例｜the dog's long, *floppy* ears
狗兒鬆垮垮的長耳朵

同｜limp, flaccid, flabby

衍｜flop (v.) 晃動；倒下；失敗

---

florid

[ˋflɔrɪd]

解｜flor/id
flower/(a.)

(a.) 華麗的；裝飾過度的

例｜*florid* writing 修飾過度的文字

同｜flamboyant, ornate, baroque

衍｜floridity (n.) 華麗

---

flout

[flaʊt]

解｜flout
flute（吹笛嘲弄）

(v.) 藐視；嘲弄；無視

例｜continued to *flout* the law 持續藐視法律

同｜scorn, defy, disdain

---

flutter

[ˋflʌtɚ]

解｜flutter
float

(v.) 飄動；拍動；顫動

例｜Her heart *fluttered* when she found that his eyes were still on her.
發現他的眼光還停留在她身上，她的心跳加快。

同｜palpitate, quiver

衍｜flutter (n.) 飄動；拍動；顫動
float (v.) 漂浮

---

forage

[ˋfɔrɪdʒ]

解｜forage
fodder

(v.) 覓食；搜尋

例｜Villagers were forced to *forage* for food.
村民被迫得四處覓食。

同｜hunt, rummage, ferret

衍｜forage (n.) 覓食；草料
fodder (n.) 飼料

---

foreshadow

[forˋʃædo]

解｜fore/shadow
before/shadow

(v.) 預示；成爲……前兆

例｜Her early interest in airplanes *foreshadowed* her later career as a pilot.
她早年對飛機有興趣，預示她將來成為飛行員。

同｜augur, presage, portend

衍｜foreshadow (n.) 預兆

forgery

[ˋfɔrdʒərɪ]

解 | for/gery
fire/(n.)

(n.) 造假

例 | The defendant was found guilty of *forgery*.
判決被告犯了偽造罪。

同 | counterfeiting, falsification, fabrication

(n.) 假貨

例 | The painting was discovered to be a *forgery*.
發現這幅畫是假貨。

衍 | forge (v.) 鍛造；偽造
forge (n.) 熔鐵爐；鐵工廠

forlorn

[fɚˋlɔrn]

解 | for/lorn
completely/loosen

(a.) 悲傷；絕望

例 | She was *forlorn* when she found out the trip had been cancelled.
知道旅行取消了，她非常失望。

同 | dejected, despondent, disconsolate

(a.) 孤寂；荒涼

例 | a *forlorn* wanderer in a *forlorn* field
孤單的流浪者在荒涼的野外

forum

[ˋforəm]

解 | forum
place
（古羅馬公共集會所）

(n.) 討論會

例 | *Forums* were held for staff to make suggestions. 為員工舉辦討論會以提供建議。

同 | conference, seminar, convention

(n.) 公開討論場所

例 | The club provides a *forum* for people who share an interest in local history.
社團提供場地，對本地歷史有共同興趣者可以聚會。

frantic

[ˋfræntɪk]

解 | frantic
insane

(a.) 驚慌的；瘋狂的

例 | They made a *frantic* search for the missing child. 他們驚慌地搜尋失蹤兒童。

同 | distraught, frenzied

funereal

[fjuˋnɪrɪəl]

解 | funer/eal
funeral/(a.)

(a.) 陰鬱的；肅穆的

例 | the *funereal* atmosphere of the place
此地陰鬱的氣氛

同 | solemn, somber, gloomy

衍 | funeral (n.) 葬禮

G

Track 294

gainsay [gen`se] 解 | gain/say against/say	**(v.) 否認；反駁；反對** 例 | It is difficult to *gainsay* his claim. 很難反駁他的說法。 同 | contradict, repudiate, refute
galvanize [`gælvə,naɪz] 解 | galvan/ize Galvani/(v.) （人名，發現電擊可造成已死青蛙腿部抽動）	**(v.) 刺激；激起** 例 | foreign invasion that *galvanized* patriotism 外國入侵激起了愛國心 同 | jolt, spur, prod 衍 | galvanization (n.) 刺激；激勵
gambol [`gæmbl̩] 解 | gamb/ol skip/(v.)	**(v.) 跳躍；嬉戲** 例 | lambs *gamboling* in the meadow 羊在草地嬉戲 同 | frisk, frolic, caper 衍 | gambol (n.) 跳躍；嬉戲
garish [`gɛrɪʃ] 解 | garish showy	**(a.) 過份鮮艷的；刺眼的** 例 | silly hats in *garish* colors 色彩鮮艷、愚蠢的帽子 同 | gaudy, glaring, flashy
garner [`gɑrnɚ] 解 | garn/er grain/(v.)（拾穗）	**(v.) 收集；積聚** 例 | She *garnered* more evidence to support her theory. 她收集更多證據來支持她的理論。 同 | accumulate, amass, assemble 衍 | grain (n.) 穀子

garrulous

[ˋgærələs]

解｜ gar/rulous
call/(a.)（擬聲字）

(a.) 多話的；囉嗦的

例｜ He became more *garrulous* after drinking a couple of beers.
兩罐啤酒下肚，他話就多了。

同｜ loquacious, voluble, verbose

衍｜ garrulity (n.) 多話；饒舌

gauche

[goʃ]

解｜ gauche
left（一般人左手較笨拙）

(a.) 不圓滑的；笨拙的

例｜ Would it be *gauche* of me to ask her how old she is?
要是去問她今年幾歲，會不會太不圓滑？

同｜ gawky, maladroit, inept

衍｜ gaucheness (n.) 不圓滑；笨拙

gaudy

[ˋgɔdɪ]

解｜ gaudy
showy

(a.) 華麗而俗氣的

例｜ The showgirls wore *gaudy* costumes.
秀場女郎身穿庸俗華麗的服裝。

同｜ garish, lurid, flashy

衍｜ gaudiness (n.) 華麗；庸俗

gawky

[ˋgɔkɪ]

解｜ gawk/y
gawk/(a.)

(a.) 笨拙的；笨手笨腳的

例｜ a *gawky* adolescent 笨手笨腳的青少年

同｜ clumsy, ungainly, gauche

衍｜ gawkiness (n.) 笨拙
gawk (v.) 張口瞪視

gingerly

[ˋdʒɪndʒəlɪ]

解｜ ginger/ly
gentle/ly

(a.) 小心翼翼的

例｜ gave the cork on the bottle of champagne a *gingerly* twist
香檳酒瓶上的軟木塞輕輕擰一下

同｜ cautious, circumspect, wary

衍｜ gingerliness (n.) 小心翼翼
gingerly (adv.) 小心翼翼地
gentle (a.) 溫和的

gimmick

[ˋgɪmɪk]

解｜ gim/mick
game/(n.)

(n.) 手段；手法

例｜ a marketing *gimmick* 行銷手段

同｜ stunt, contrivance, stratagem

Track 295

glamor
[ˋglæmɚ]

解 | glam/or
glam/(n.)

(n.) 魔力；魅力

例 | the *glamor* of Hollywood 好萊塢的魅力

同 | allure, enchantment, charm

衍 | glamorous (a.) 有魅力的
glam (n.) 魅力

glimmer
[ˋglɪmɚ]

解 | glim/mer
gleam/(v.)

(v.) 發微光；閃爍

例 | Candles *glimmered* in the windows of the inn. 燭光在客棧窗口閃爍。

同 | gleam, flicker, shimmer

衍 | glimmer (n.) 閃爍；微光
gleam (n., v.) 閃爍

glib
[glɪb]

解 | glib
slippery

(a.) 能言善道的；油嘴滑舌的

例 | a *glib* politician 能言善道的政客

同 | slick

glower
[ˋglaʊɚ]

解 | glow/er
glow/(v.)

(v.) 怒目而視

例 | The librarian *glowered* at us when she heard us laughing.
圖書館員聽到我們在笑，對我們怒目而視。

同 | scowl, glare

衍 | glowering (a.) 怒目而視的
glow (n., v.)（發）光；（發）熱

glut
[glʌt]

解 | glut
swallow

(n.) 供應過度

例 | There is a *glut* of cars on the market.
市場上汽車供應過度

同 | surplus, excess, surfeit

衍 | glut (v.) 過度供應
glutton (n.) 貪吃者
gluttony (n.) 貪吃；暴食

goad
[god]

解 | go/ad
go/(v.)
（驅趕牛羊用的尖棍）

(v.) 刺激；驅使

例 | The threat of legal action should *goad* them into complying.
訴訟的威脅應該可以驅使他們同意。

同 | provoke, spur, prod

衍 | goad (n.) 刺激（物）

gossamer

[ˋgasəmɚ]

解｜gos/samer
goose/summer
（深秋野外掛在樹枝上的棉絮狀蛛網）

(a.) 薄的；輕飄飄的

例｜*gossamer* veils 薄面紗

同｜diaphanous, gauzy, filmy

衍｜gossamer (n.) 蛛絲；薄紗

gourmand

[ˋgurmənd]

解｜gourmand
glutton

(n.) 貪吃的人；老饕

例｜the kind of *gourmand* who swallows food without even pausing to taste it
只知狼吞虎嚥而不知味的這種老饕

同｜glutton

衍｜gourmet (n.) 老饕；美食家

granule

[ˋgrænjul]

解｜gran/ule
grain/(n.)

(n.) 細粒；微粒

例｜Is there one *granule* of truth in that statement?
那項陳述有一丁點事實在裡頭嗎？

同｜scintilla, mite, iota

衍｜grain (n.) 穀粒；顆粒

grating

[ˋgretɪŋ]

解｜grat/ing
grate/(a.)

(a.) 令人煩躁的；刺耳的

例｜a *grating* noise 刺耳的噪音

同｜harsh, annoying, irritating

衍｜grate (v.) 摩擦；刺激

grovel

[ˋgravḷ]

解｜grovel
prostrate

(v.) 匍匐；卑躬屈膝

例｜He had to *grovel* to get her to accept his apology.
他得卑躬曲膝求她接受道歉。

同｜fawn, toady

衍｜groveling (a.) 卑躬屈膝的

grotesque

[groˋtɛsk]

解｜grot/esque
grotto/(a.)
（洞穴中發現的怪異古壁畫）

(a.) 荒誕的；怪異的

例｜The actors wore dark capes and *grotesque* masks.
演員披著黑斗篷、戴著怪異面具。

同｜fantastic, bizarre, outlandish

衍｜grotesque (n.) 怪異風格；怪誕圖樣
grotto (n.) 洞穴

grouse [graʊs] 解︱grouse grouse（擬聲字）	**(v.) 發牢騷；抱怨** 例︱She's been *grousing* to her boss about the working conditions. 她一直對老闆抱怨工作環境太差。 同︱grumble, cavil, carp
gruesome [ˋgrusəm] 解︱grue/some cruel/(a.)	**(a.) 可怕的；恐怖的** 例︱didn't stick around to hear the *gruesome* details of the car accident 沒有留下來聽車禍可怕的細節 同︱grisly, ghastly, horrid 衍︱gruesomeness (n.) 可怕；恐怖
grumpy [ˋgrʌmpɪ] 解︱grump/y grumble/(a.)	**(a.) 脾氣壞的；愛抱怨的** 例︱I was feeling *grumpy* after my long flight. 長途飛行之後，我心情正差。 同︱surly, testy, irascible 衍︱grumble (v.) 抱怨

H

Track 296

hackneyed [ˋhæknɪd] 解｜hackney/ed horse/(a.)（出租馬匹）	**(a.) 陳腔濫調的；老套的** 例｜*hackneyed* slogans 老套口號 同｜vapid, trite, clichéd 衍｜hack (n.) 出租馬車；僱傭文人 hacker (n.) 電腦駭客
halcyon [ˋhælsɪən] 解｜halcyon peaceful	**(a.) 平靜的；安詳的** 例｜*halcyon* days 平靜的日子 同｜serene, tranquil, placid
hallmark [ˋhɔl͵mark] 解｜hall/mark hall/mark （證明金銀器品質的正字標記）	**(n.) 品質證明；戳記** 例｜the *hallmark* on silver 銀器上的正字標記 **(n.) 特徵；特質** 例｜the tiny bubbles that are the *hallmark* of fine champagnes 小氣泡是高級香檳的特徵 同｜feature, trait, attribute
haphazard [͵hæpˋhæzɚd] 解｜hap/hazard happen/hazard	**(a.) 隨意的；碰運氣的** 例｜made a *haphazard* guess 亂猜一下 同｜random, indiscriminate, arbitrary 衍｜hazard (n.) 危險；風險
hapless [ˋhæplɪs] 解｜hap/less happy/without	**(a.) 倒霉的；不幸的** 例｜the *hapless* victims of exploitation 遭到剝削的不幸受害者 同｜unfortunate, wretched, miserable

harangue
[hə`ræŋ]

解｜hara/ngue
hara/(n.)（擬聲字）

(n.) 高談闊論；長篇的斥責

例｜launched into a long *harangue* about poor customer service
開始長篇大論斥責對客戶服務不佳

同｜oration, diatribe, tirade

衍｜harangue (v.) 高談闊論

harbinger
[`harbɪndʒɚ]

解｜harbing/er
shelter/person
（走在前面為國王出巡安排住宿的先行官）

(n.) 先驅；前兆

例｜Robins are the *harbingers* of spring.
知更鳥是春之前兆。

同｜precursor, forerunner, herald

衍｜harbinger (v.) 預示
harbor (n.) 港口

harmonious
[har`monɪəs]

解｜harmon(i)/ous
harmony/(a.)

(a.) 和諧的；和睦的；悅耳的

例｜*harmonious* colors 和諧的色彩

同｜congruous, coordinated, compatible

衍｜harmony (n.) 和諧；和音

harrow
[`hæro]

解｜harrow
harrow（用耙子耙地）

(v.) 折磨；使痛苦

例｜a *harrowing* experience 痛苦的經驗

同｜afflict, torment, torture

衍｜harrowing (a.) 折磨人的；痛苦的
harrow (n., v.) 耙子；耙地

haughty
[`hɔtɪ]

解｜haught/y
high/(a.)

(a.) 傲慢的

例｜The *haughty* waiter smirked when I remarked that it was odd that a French restaurant didn't even have French fries on the menu.
我說法國餐廳菜單上怎麼沒有炸薯條，傲慢的待者不屑地笑笑。

同｜arrogant, snobbish, supercilious

衍｜hauteur (n.) 傲慢

havoc
[`hævək]

解｜hav/voc
have/call（從前戰場上「開始劫掠」的命令）

(n.) 破壞；混亂

例｜The hurricane wreaked *havoc* in the South.
颶風在南部造成嚴重破壞。

同｜devastation, desolation, ruination

Track 297

heal

[hil]

解 | heal
heal
(回復 health)

(v.) 治癒；痊癒

例 | His concern is to *heal* sick people.
他關心的是要治癒病人。

同 | cure, remedy, restore

衍 | health (n.) 健康
healthy (a.) 健康的

hearken

[ˋharkən]

解 | heark/en
hear/(v.)

(v.) 聆聽

例 | *Hearken*! There's a rider coming this way.
你聽，有個騎士往這來了。

同 | listen, attend, heed

heave

[hiv]

解 | heave
lift

(v.) 舉起；拉抬

例 | She *heaved* the sofa back into place.
她拉抬沙發歸位。

同 | lift, hoist

(v.) 發出（嘆息）

例 | She sat down and *heaved* a sigh of relief.
她坐下，長噓一口氣，如釋重負。

(v.) 投擲

例 | The quarterback *heaved* the ball down the field.
四分衛將球用力擲出。

衍 | heavy (a.) 重的

hectic

[ˋhɛktɪk]

解 | hect/ic
hold/(a.)
(持續發燒)

(a.) 忙亂的

例 | the *hectic* days before the election
選舉前那段忙亂的日子

同 | frantic, frenetic, frenzied

hedge

[hɛdʒ]

解 | hedge
hedge

(v.) 避險；防備

例 | ought to *hedge* your bets
你下的賭注應該採取避險措施

同 | safeguard, protect, shield

衍 | hedge (n.) 樹籬；避險措施

hedonist
[ˋhidn̩ɪst]

解 | hedon/ist
pleasure/(n.)

(n.) 享樂主義者

例 | She was living the life of a committed *hedonist*.
她過的是十足享樂主義的生活。

同 | sybarite, epicure, gourmand

衍 | hedonism (n.) 享樂主義

heedless
[ˋhidlɪs]

解 | heed/less
heed/without

(a.) 不注意的；不留心的

例 | the *heedless* use of natural resources
天然資源濫用

同 | neglectful, inattentive, reckless

衍 | heed (n., v.) 注意；小心

hegemony
[hiˋdʒɛmənɪ]

解 | heg(e)/mony
seek/(n.)

(n.) 霸權

例 | the struggle for *hegemony* in Asia
爭奪亞洲霸權

同 | predominance, dominion, supremacy

heresy
[ˋhɛrəsɪ]

解 | here/sy
hear/say

(n.) 異端邪說

例 | He was preaching dangerous *heresies*.
他在傳播危險的異端邪說。

同 | dissention, unorthodoxy, schism

衍 | heretic (a.) 異端的；異教的
heretic (n.) 異教徒；異端邪說者

hermetic
[hɚˋmɛtɪk]

解 | herm/etic
Hermes/(a.)
（希臘神 Hermes 據說發明煉金術用的密封玻璃管）

(a.) 不透氣的；密封的

例 | a *hermetically* sealed box 密封的盒子

同 | airtight, watertight

(a.) 隱居的

例 | leads a *hermetic* life 過著隱居的生活

衍 | hermit (n.) 隱士

hew
[hju]

解 | hew
cut

(v.) 砍；劈

例 | *hewed* our way through the jungle
劈出一條路穿過叢林

同 | chop, hack, carve

hirsute
[ˋhɝˏsut]

解 | hirs/ute
hair/(a.)

(a.) 多毛的
例 | His body was *hirsute* all over.
他全身長毛。
同 | hairy

histrionic
[ˏhɪstrɪˋanɪk]

解 | histr(i)/onic
story/(a.)

(a.) 演員的；戲劇的
例 | *histrionic* arts 表演藝術

(a.) 誇張的；戲劇化的
例 | *histrionic* displays of temper 誇張地發脾氣
同 | melodramatic, exaggerated, theatrical
衍 | history (n.) 歷史

hoary
[ˋhorɪ]

解 | hoar/y
gray/(a.)

(a.)（頭髮）灰白的；古老的
例 | a *hoary* gentleman 白髮老紳士
同 | elderly, aged, venerable

hobble
[ˋhabḷ]

解 | hob/ble
hop/(v.)

(v.) 蹣跚；跛行
例 | *hobbling* around on crutches 撐著拐杖跛行

(v.) 限制（行動）
例 | She is sometimes *hobbled* by self-doubt.
她有時候因為缺乏自信而不敢行動。
同 | hamper, impede
衍 | hop (v.) 跳

hodgepodge
[ˋhadʒˏpadʒ]

解 | hodge/podge
shake/pot

(n.) 大雜燴
例 | a *hodgepodge* of mediocre art, bad art, and really bad art
一大堆平庸藝品、低劣藝品和真正差的藝品
同 | jumble, assortment, miscellany
衍 | pot (n.) 鍋；壺

hoodwink
[ˋhʊdˏwɪŋk]

解 | hood/wink
hood/wink（把眼矇住）

(v.) 欺騙；哄騙
例 | *hoodwinked* people into paying 騙人付錢
同 | defraud, swindle, finagle
衍 | hood (n.) 頭套
wink (v.) 眨眼

horrendous [hɔˋrɛndəs] 解︱hor/rendous horror/(a.)	**(a.) 恐怖的；糟透的** 例︱*horrendous* crimes 恐怖的罪行 同︱dreadful, horrifying, awful 衍︱horror (n.) 恐怖
hub [hʌb] 解︱hub hub（原意為輪輻）	**(n.) 輻輳；中樞** 例︱the financial *hub* of the area 該地區的財務中樞 同︱center, core, focus
husband [ˋhʌzbənd] 解︱husband husband （男主人管理家庭開銷）	**(v.) 節約** 例︱ought to *husband* our resources 我們應該節約資源 同︱economize, conserve, preserve 衍︱husbandry (n.) 節約；農事
hype [haɪp] 解︱hyper over	**(n.) 誇大宣傳；吹噓** 例︱relied on *hype* and headlines to stoke up interest 靠誇大宣傳與新聞報導來炒熱興趣 同︱promotion, propaganda 衍︱hype (v.) 大肆宣傳；吹捧
hysterical [hɪsˋtɛrɪkl̩] 解︱hyster/ical hysteria/(a.)	**(a.) 歇斯底里的；過度激動的** 例︱became *hysterical* and began screaming 變得歇斯底里並開始大叫 同︱overwrought, frenzied 衍︱hysteria (n.) 歇斯底里

Track 299

iconoclast

[aɪˋkɑnə͵klæst]

解｜icon(o)/clast
icon/break

(n.) 打破偶像者；挑戰傳統者

例｜The *iconoclast* picks on Michelin-starred restaurants.
這位挑戰傳統者專找米其林星級餐廳的麻煩。

同｜nonconformist, skeptic, heretic

衍｜iconoclastic (a.) 打破偶像的
iconoclasm (n.) 打破偶像
icon (n.) 偶像；圖像

idolatry

[aɪˋdɑlətrɪ]

解｜idol/atry
idol/(n.)

(n.) 偶像崇拜；盲目崇拜

例｜her *idolatry* of her favorite rock star
她對喜愛的搖滾明星的崇拜

同｜idolization, worship, adulation

衍｜idol (n.) 偶像

idyllic

[aɪˋdɪlɪk]

解｜idyl/lic
ideal/(a.)

(a.) 田園的；安寧祥和的

例｜an *idyllic* retreat in the countryside
鄉間一處安靜祥和的退隱所在

同｜halcyon, utopian, pastoral

衍｜idyll (n.) 田園詩；牧歌
ideal (n., a.) 理想（的）

imperial

[ɪmˋpɪrɪəl]

解｜imperi/al
empire/(a.)

(a.) 帝國的

例｜Russia's *imperial* past
俄羅斯的帝國歷史

(a.) 專橫的；高高在上的

例｜Our customers thought we were *imperial* and uninterested in them.
客人認為我們姿態太高，不理睬他們。

同｜imperious, domineering, arrogant

衍｜empire (n.) 帝國

Track 300

imperative

[ɪmˋpɛrətɪv]

解 | imperat/ive
empire/(a.)

(a.) 必要的；不可逃避的；強制的

例 | It is *imperative* that you find him as soon as possible.
儘快找到他；一定要辦到。

同 | vital, crucial, essential

衍 | imperative (n.) 必須做的事

---

indolence

[ˋɪndələns]

解 | in/dol/ence
not/pains/(n.)
（不願惹麻煩）

(n.) 懶散；懶惰

例 | My failure is probably due to my own *indolence*.
我失敗的原因可能是自己太懶。

同 | sloth, sluggishness, lethargy

衍 | indolent (a.) 懶散的

---

inimical

[ɪˋnɪmɪkl̩]

解 | inimic/al
enemy/(a.)

(a.) 有害的

例 | forces *inimical* to democracy
對民主有害的勢力

同 | detrimental, deleterious, pernicious

(a.) 不友善的；有敵意的

例 | his father's *inimical* glare
他父親不懷好意的瞪視

---

insolence

[ˋɪnsələns]

解 | insol/ence
insult/(n.)

(n.) 傲慢；無禮

例 | will not tolerate such *insolence* from their own children
不容許自己小孩如此無禮

同 | cheekiness, impudence, rudeness

衍 | insolent (a.) 傲慢的；無禮的
insult (n., v.) 侮辱

---

insular

[ˋɪnsələ˞]

解 | insul/ar
island/(a.)

(a.) 島嶼的

例 | *insular* residents 島嶼居民

(a.) 偏狹的；狹隘的

例 | an *insular* community that is not receptive of new ideas
一個不接受新觀念、偏狹的社區

同 | parochial, provincial, petty

衍 | insularity (n.) 島國；偏狹

inveigle

[ɪnˋvegl̩]

解 | in/veigle
not/eye
（矇住對方眼睛）

(v.) 哄騙；誘騙

例 | *inveigled* her into volunteering for the experiment
騙她自告奮勇參加實驗

同 | cajole, wheedle, coax

invidious

[ɪnˋvɪdɪəs]

解 | invid(i)/ous
envy/(a.)
（惹人羨慕）

(a.)（情況）容易惹別人不快的

例 | She put herself in the *invidious* position of being the manager's favorite.
她使自己成為經理的紅人；這是容易惹別人不快的處境。

同 | unpleasant, awkward, undesirable

(a.) 不公平的；偏袒的

例 | The boss made *invidious* distinctions between employees.
老闆在員工之間做出不公平的區分。

衍 | envy (n., v.) 羨慕

iridescent

[ɪrəˋdɛsənt]

解 | iri(d)/escent
iris/(a.)

(a.) 七彩的；燦爛的

例 | the *iridescent* films of oil on top of puddles
積水上漂浮一層七彩油膜

同 | shimmering, kaleidoscopic

衍 | iris (n.) 彩虹；虹膜
iridescence (n.) 七彩；燦爛

J

Track 301

jargon [ˋdʒɑrgən] 解｜jargon chatter（擬聲字）	**(n.) 行話；黑話** 例｜The instructions are written in electrician's *jargon*. 說明文字用的是電工術語。 同｜cant, argot
jeremiad [ˌdʒɛrəˋmaɪæd] 解｜jeremi/ad Jeremiah/(n.) （舊約聖經中的先知耶利米，以痛斥族人醉生夢死著稱）	**(n.) 訴苦；抱怨；斥責** 例｜a *jeremiad* against the political apathy shown by so many young people 痛斥眾多年輕人對政治冷漠 同｜diatribe, harangue, tirade
jingoism [ˋdʒɪŋgoˌɪzəm] 解｜jingo/ism jingo/(n.) （日本軍國主義）	**(n.) 軍國主義；狹隘愛國主義** 例｜the *jingoism* of Hollywood war films 好萊塢戰爭片中的軍國主義 同｜chauvinism, xenophobia 衍｜jingoistic (a.) 軍國主義的
jumble [ˋdʒʌmbl̩] 解｜jumble mix	**(n.) 一團；混雜** 例｜The books were in a chaotic *jumble*. 書籍混亂成一堆。 同｜welter, clutter, muddle 衍｜jumble (v.) 混雜；混成一團

K

Track 302

kernel [ˋkɜnḷ] 解｜kern/al corn/(n.)	**(n.) 果仁；粒；一點點** 例｜There's not a *kernel* of truth in what they say. 他們說的話一丁點事實都沒有。 **(n.) 核心；要點** 例｜The foreword contains the *kernel* of the policy. 序文裡面有政策的要點。 同｜core, quintessence, gist 衍｜corn (n.) 穀粒；玉米
kindle [ˋkɪndḷ] 解｜kindle candle	**(v.) 點燃；照亮；激發** 例｜*kindle* interest 燃起興趣 同｜arouse, inspire, spur
knack [næk] 解｜knack trick	**(n.) 訣竅；技法** 例｜a jazz musician with an incredible *knack* for improvisation 這位爵士樂手即興演奏的技法令人不可思議 同｜gift, talent, bent
knell [nɛl] 解｜knell knock（擬聲字）	**(n.) 鐘聲；喪鐘** 例｜a death *knell* for the bill 為提案敲起喪鐘 同｜toll 衍｜knell (v.) 敲鐘；敲喪鐘

Track 303

labyrinthine

[læbəˋrɪnθɪn]

解 | labyrinth/ine
labyrinth/(a.)

(a.) 迷宮似的；極複雜的

例 | a *labyrinthine* criminal justice system
刑事司法系統極其複雜

同 | intricate, convoluted, byzantine

衍 | labyrinth (n.) 迷宮

lacerate

[ˋlæsəˏret]

解 | lacer/ate
lace/(v.)

(v.) 撕裂；割傷

例 | The broken glass *lacerated* his feet.
碎玻璃割傷他的腳。

同 | gash, slash, mangle

衍 | laceration (n.) 撕裂傷；割傷
lace (n.) 蕾絲；花邊

lackadaisical

[ˏlækəˋdezɪkḷ]

解 | lack/adaisical
lack/(a.)

(a.) 興趣缺缺的；無精打采的

例 | his *lackadaisical* approach to homework
他對寫功課很沒興趣

同 | languid, enervated, listless

衍 | lack (n., v.) 缺乏

laconic

[ləˋkanɪk]

解 | lacon/ic
Lacon/(a.)
（古希臘地名，人民以惜字如金著稱）

(a.) 極度精簡的；沉默寡言的

例 | a *laconic* man 沉默寡言的人

同 | taciturn, reticent

lament

[ləˋmɛnt]

解 | la/ment
la/(v.)（擬聲字）

(v.) 悲嘆；哀悼

例 | She *lamented* over the loss of her best friend.
她在哀悼最好的朋友。

同 | grieve, mourn, wail

衍 | lament (n.) 悲嘆；哀悼

lampoon

[læm`pun]

解 | lamp/oon
drink/(n.)
（喝酒時唱的歌）

(n.) 諷刺詩文

例 | a *lampoon* of student life in the early twenties
諷刺 20 世紀初學生生活的詩文

同 | parody, burlesque, caricature

衍 | lampoon (v.) 以詩文嘲諷

---

larceny

[`larsn̩ɪ]

解 | larcen/y
theft/(n.)

(n.) 竊盜（罪）

例 | He was arrested and charged with *larceny*.
他被捕並以竊盜罪起訴。

同 | theft, pilfering, burglary

---

largesse

[lar`dʒes]

解 | larg/esse
large/(n.)

(n.) 慷慨的贈予

例 | He took advantage of his friend's *largesse*.
他利用朋友的慷慨。

同 | liberality, munificence, bounty

衍 | largess (n.) 慷慨的贈予

---

latent

[`letn̩t]

解 | lat/ent
late/(a.)

(a.) 潛伏的；休眠的

例 | He has a *latent* talent for acting that he hasn't had a chance to express yet.
他有潛在的演戲才華，但一直沒有機會表現。

同 | dormant, quiescent, inactive

衍 | latency (n.) 潛伏
late (a.) 遲的；晚的

---

layperson

[`lepɜsən]

解 | lay/person
lay/person

(n.) 門外漢；外行

例 | For a *layperson*, he knows a lot about the law.
他是個外行人，卻很懂法律。

同 | amateur, dabbler, dilettante

---

leery

[`lɪrɪ]

解 | leer/y
leer/(a.)

(a.) 猜疑的；不放心的

例 | felt *leery* of the business opportunity
對這件商機感覺不放心

同 | wary, cautious, alert

衍 | leer (n., v.) 睨視；斜眼看

Track 304

leniency

[ˋlinjənsɪ]

解 | len(i)/ency
soft/(n.)

(n.) 寬容；寬大

例 | The defense requested *leniency* in light of their client's lack of a prior criminal record.
辯方要求寬大處理，因為他們的當事人沒有前科。

同 | mercy, clemency, lenity

衍 | lenient (a.) 寬容的
relent (v.) 寬容；緩和

libertine

[ˋlɪbəˏtin]

解 | liber/tine
free/person

(n.) 放蕩者；玩樂者

例 | The legend of Don Juan depicts him as a playboy and *libertine*.
唐璜的傳奇把他描繪為花花公子、放蕩者。

同 | philanderer, debauchee, profligate

衍 | liberty (n.) 自由

licentious

[laɪˋsɛnʃəs]

解 | licent/(i)ous
license/(a.)

(a.) 放蕩的；不道德的

例 | He was a puritan in a *licentious* age.
他是生在放蕩時代的清教徒。

同 | dissolute, dissipated, debauched

衍 | license (n.) 執照；自由；為所欲為

limpid

[ˋlɪmpɪd]

解 | limp/id
clear/(a.)

(a.) 清澈的

例 | *limpid* water 清澈的水

同 | pellucid, transparent, translucent

衍 | limpidity (n.) 清澈
lymph (n.) 淋巴；血清

lionize

[ˋlaɪəˏnaɪz]

解 | lion/ize
lion/(v.)

(v.) 吹捧爲名人

例 | The band leader has been *lionized* by the media.
樂團團長受到媒體吹捧。

同 | fete, glorify, exalt

衍 | lionization (n.) 吹捧
lion (n.) 獅子；名人

lissome

[ˋlɪsəm]

解 | lis/some
lithe/(a.)

(a.) 柔軟的；敏捷的

例 | a *lissome* ballet dancer
柔軟度佳的芭蕾舞者

同 | agile, supple

衍 | lithe (a.) 柔軟的；靈活的

listless

[ˋlɪstlɪs]

解｜list/less
lust/less

(a.) 無精打采的

例｜The heat made everyone tired and *listless*.
天氣熱，大家都懶洋洋。

同｜lethargic, enervated, languid

衍｜listlessness (n.) 無精打采
lust (n., v.) 慾望；渴望

livid

[ˋlɪvɪd]

解｜liv/id
liver/(a.)（豬肝色）

(a.) 青灰色的；極怒的

例｜*livid* with rage
氣得臉色發青

同｜infuriated, irate, raging

衍｜lividity (n.) 青灰
liver (n.) 肝

looming

[ˋlumɪŋ]

解｜loom/ing
loom/(a.)

(a.) 逐漸逼近的

例｜the *looming* crisis
逐漸逼近的危機

同｜approaching, imminent

衍｜loom (v.) 隱約出現

lucrative

[ˋlukrətɪv]

解｜lucr/ative
lucre/(a.)

(a.) 賺錢的；有利可圖的

例｜a *lucrative* business
賺錢的生意

同｜profitable, remunerative

衍｜lucre (n.) 財富；利潤

lukewarm

[ˋlukˋwɔrm]

解｜luke/warm
weak/warm

(a.) 溫的；不夠熱心的

例｜gave them only *lukewarm* support
只給他們些許支持

同｜tepid, apathetic, unenthusiastic

lull

[lʌl]

解｜lull
calm（擬聲字）

(v.) 使安靜；使平息；使鬆懈

例｜He had been unable to *lull* his wife's anxiety about her illness.
她老婆對自己病情感到焦慮；他無法安撫。

同｜assuage, allay, pacify

衍｜lull (n.) 平息；平靜
lullaby (n.) 搖籃曲

lumber [ˋlʌmbɚ] 解︱lumb/er lame/(v.)	**(v.) 笨重地行動** 例︱She watched him *lumber* blindly down the steep narrow staircase. 她看著他跌跌撞撞地從陡峭狹窄的樓梯走下來。 同︱stump, trudge, stomp 衍︱lumbering (a.) 笨重的；緩慢的 lame (a.) 跛腳的
lunatic [ˋlunəˏtɪk] 解︱lun/atic moon/(a.) （傳說瘋子在月圓之夜會發作）	**(n.) 瘋子；傻子** 例︱smiling agape like a *lunatic* 張口傻笑，像個瘋子 同︱maniac, idiot, imbecile 衍︱lunatic (a.) 精神錯亂的；瘋狂的 lunar (a.) 月亮的；陰曆的
lurid [ˋlurɪd] 解︱lur/id liver/(a.) （原意是不健康的蒼白）	**(a.) 聳人聽聞的；蒼白的** 例︱the *lurid* reportage in the tabloids 小報聳人聽聞的報導 同︱sensational, melodramatic

M

Track 305

machination

[ˌmækəˋneʃən]

解 | machin/ation
machine/(n.)

(n.) 操作；陰謀

例 | parental *machinations* to get the children into good schools 家長操作把子女送進好學校

同 | maneuvering, scheme, plot

衍 | machine (n.) 機器

maelstrom

[ˋmelstrəm]

解 | mael/strom
mill/stream
（磨坊水車造成的漩渦）

(n.) 大漩渦；大混亂

例 | She was caught in a *maelstrom* of emotions.
她情緒翻擾有如身陷漩渦。

同 | turbulence, tumult, turmoil

衍 | mill (n.) 磨坊

makeshift

[ˋmekʃɪft]

解 | make/shift
make/shift

(a.) 暫時的；湊合的

例 | used my jacket as a *makeshift* pillow
用外套當作臨時枕頭

同 | temporary, provisional, stopgap

衍 | makeshift (n.) 暫時替代品
shift (n., v.) 變換；替代

malleable

[ˋmælɪəbl̩]

解 | malle/able
mallet/able
（可以槌扁）

(a.) 有延展性的

例 | a *malleable* metal 有延展性的金屬

(a.) 可塑的；可改造的

例 | Children are more *malleable* than adults.
小孩比大人的可塑性高。

同 | susceptible, amenable, pliable

衍 | malleability (n.) 延展性；可塑性
mallet (n.) 槌子

mar

[mɑr]

解 | mar
mark

(v.) 玷汙；損傷

例 | A large scar *marred* his face.
一塊大疤破壞他的相貌。

同 | spoil, blemish

衍 | mar (n.) 汙點；瑕疵

marginal

[ˋmardʒɪnḷ]

解｜margin/al
margin/(a.)

(a.) 邊緣的

例｜*marginal* notes 書頁邊緣上的註記

(a.) 微小的；不重要的

例｜had only *marginal* success with the business
生意只有小小的成功

同｜minor, insignificant, negligible

衍｜margin (n.) 邊緣
marginalize (v.) 邊緣化
marginalization (n.) 邊緣化

martinet

[ˏmartṇˋɛt]

解｜martinet
Martinet
（人名，法國軍團軍官，以紀律嚴明著稱）

(n.) 嚴格執行紀律者

例｜The prison's warden was a cruel *martinet*.
典獄長是殘忍的酷吏。

同｜disciplinarian, tyrant

matriculate

[məˋtrɪkjəˏlet]

解｜matr/iculate
mother/(v.)
（進入母校）

(v.) 錄取入學；註冊入學

例｜The college *matriculated* 1,000 students for the fall semester.
大學秋季班錄取 1,000 名新生。

同｜enroll, register

衍｜matriculation (n.) 錄取入學
alma mater 母校

maverick

[ˋmævərɪk]

解｜maverick
Maverick
（人名，美國牧場場主，獨樹一格不為牛隻烙印）

(n.) 我行我素者；特立獨行者

例｜He was too much of a *maverick* to fit into any formal organization.
他這個人太過我行我素，任何正式組織都不適合。

同｜nonconformist, eccentric, dissident

mellifluous

[məˋlɪflʊəs]

解｜mell(i)/flu/ous
mild/flow/(a.)

(a.) 甜美的；流暢的

例｜a *mellifluous* voice 甜美的聲音

同｜mellow, dulcet, euphonious

Track 306

mendacity
[mɛn`dæsətɪ]
解 | mend/acity
mend/(n.)

(n.) 虛僞；謊言
例 | highly fictionalized “memoirs” in which the facts were few and the *mendacities* many
高度虛構的「回憶錄」；事實很少、謊言衆多。
同 | disingenuousness, hypocrisy
衍 | mendacious (a.) 虛假的
mend (v.) 修理；修補

mendicant
[`mɛndɪkənt]
解 | mend/icant
mend/person

(n.) 乞丐
例 | those wretched *mendicants* on the streets of Calcutta 加爾各答街頭那些倒霉的乞丐
同 | beggar
衍 | mendicancy (n.) 乞討

mentor
[`mɛntɚ]
解 | ment/or
mind/person

(n.) 導師
例 | After college, her professor became her close friend and *mentor*.
大學畢業後，她的教授成為她的密友與導師。
同 | adviser, confidant, counselor
衍 | mentor (v.) 教導

mercurial
[mɝ`kjʊrɪəl]
解 | mercur(i)/al
mercury/(a.)
（如水銀般）

(a.) 多變的
例 | a *mercurial* temper 多變的性情
同 | volatile, capricious, protean
衍 | mercury (n.) 水銀

meretricious
[ˌmɛrə`trɪʃəs]
解 | meret/ricious
merit/(a.)
（沒有真正的 merit）

(a.) 俗氣的；沒有眞實價值的
例 | *meretricious* jewelry made of plastic
不値錢的塑料珠寶
同 | gaudy, tawdry, garish
衍 | merit (n.) 價値；優點

mesmerize
[`mɛsməˌraɪz]
解 | mesmer/ize
Mesmer/(v.)
（人名，提出催眠理論的醫師）

(v.) 催眠；迷住
例 | The children were *mesmerized* by a television show.
孩子們被電視節目迷住了。
同 | bewitch, enthrall, entrance

mete

[mit]

解 | mete
measure

(v.) 分配；給予

例 | *mete* out punishment 給予懲罰

同 | dispense, dole, distribute

衍 | meter (n.) 米；公尺

meticulous

[məˋtɪkjələs]

解 | met/iculous
measure/(a.)

(a.) 一絲不苟的

例 | a *meticulous* researcher
一絲不苟的研究員

同 | conscientious, scrupulous, punctilious

mettle

[ˋmɛtl̩]

解 | mettle
metal

(n.) 精神；毅力

例 | The competition will test her *mettle*.
這場比賽將考驗她的毅力。

同 | fortitude, tenacity, resolve

衍 | mettlesome (a.) 堅強的；勇敢的
metal (n.) 金屬

militate

[ˋmɪlɪˏtet]

解 | milit/ate
soldier/(v.)

(v.) 起作用；有影響

例 | His boyish looks *militated* against his getting a promotion.
他外貌像小男孩，對於升官有不利的影響。

同 | hinder, counter

衍 | military (n., a.) 軍方；軍事的

mirage

[məˋrɑʒ]

解 | mir/age
wonder/(n.)

(n.) 幻象；海市蜃樓

例 | A peaceful solution proved to be a *mirage*.
和平解決的希望終歸幻滅。

同 | delusion, fantasy

衍 | miracle (n.) 奇蹟

mire

[maɪr]

解 | mire
mud

(n.) 泥沼；困境

例 | found themselves in a *mire* of debt
發現自己陷入債務困境

同 | plight, predicament, straits

衍 | mire (v.) 使陷入困境
mud (n.) 泥巴

Track 307

mirth

[mɜθ]

解 | mir/th
merry/(n.)

(n.) 歡笑；歡樂

例 | Her clumsy attempt to cut the cake was the cause of much *mirth*.
她切蛋糕切得笨手笨腳，引起許多歡笑。

同 | merriment, hilarity, glee

衍 | mirthful (a.) 歡樂的
mirthless (a.) 不快樂的；陰鬱的
merry (a.) 歡樂的

miser

[ˋmaɪzɚ]

解 | mis/er
take/person

(n.) 小氣鬼；守財奴

例 | The *miser* liked to sit and count his money.
這個守財奴喜歡坐在那邊數他的錢。

同 | niggard, skinflint

衍 | miserly (a.) 小氣的；吝嗇的
misery (n.) 悲哀；悽慘

mollify

[ˋmɑləˏfaɪ]

解 | moll(i)/fact/y
mild/make/(v.)

(v.) 安撫；平息；緩和

例 | *mollified* the staff with a raise
用加薪平撫員工的不滿

同 | appease, placate, conciliate

衍 | mollification (n.) 撫慰；緩和

mores

[ˋmɔriz]

解 | mores
moral

(n.) 習俗；道德觀（複數）

例 | the *mores* of academic life as opposed to those of the business world
學術生活的道德標準和商界不同

同 | custom, convention, tradition

衍 | moral (a., n.) 道德（的）

morose

[məˋros]

解 | mor/ose
moral/(a.)

(a.) 陰鬱的；陰沉的

例 | those *morose* job seekers who have grown accustomed to rejection
那些陰鬱的求職者，已經習慣被人拒絕了

同 | sullen, gloomy, glum

muddled

[ˋmʌdl̩d]

解 | mud/dled
mud/(a.)

(a.) 混亂的；糊塗的

例 | She felt *muddled* and couldn't keep track of her thoughts.
她覺得頭腦糊塗、思緒凌亂。

同 | confused, bewildered, disoriented

衍 | muddle (v.) 搞混；使糊塗

mundane

[ˋmʌnden]

解｜mund/ane
world/(a.)

(a.) 平凡的；日常的

例｜*mundane* chores, like washing dishes
日常瑣事，如洗碗盤

同｜humdrum, quotidian, monotonous

(a.) 世俗的

例｜prayer and meditation helped her put her *mundane* worries aside
禱告與冥想幫她擱下世俗的憂慮

---

myopic

[maɪˋapɪk]

解｜my/op/ic
close/eye/(a.)
（閉上眼睛）

(a.) 近視的；短視的

例｜The government still has a *myopic* attitude to public spending.
政府對公共支出方面仍然短視。

同｜narrow-minded, unimaginative

衍｜myopia (n.) 近視

---

myriad

[ˋmɪrɪəd]

解｜myriad
myriad

(n.) 無數；大量

例｜a *myriad* of insects 無數的昆蟲

同｜multitude, host, legion

衍｜myriad (a., n.) 無數的；一萬

---

mystify

[ˋmɪstə͵faɪ]

解｜myst(i)/fact/y
myst/make/(v.)

(v.) 使困惑；使不解

例｜The cause of the disease *mystified* doctors for many years.
這種病的成因多年來令醫生不解。

同｜bewilder, perplex,, obfuscate

衍｜mystifying (a.) 令人不解的
myst (n.) 霧
mystery (n.) 神秘

Track 308

nadir
[ˋnedɚ]

解 | nadir
opposite

(n.) 最低點；最低潮

例 | the *nadir* of his career
他事業的最低點

同 | rock-bottom

narcissism
[narˋsɪsɪzm̩]

解 | narciss/ism
Narcissus/(n.)
（希臘神話中的自戀少年，愛上自己的水中倒影，後來變成水仙花）

(n.) 自戀；自我陶醉

例 | a degree of unjustified *narcissism*
帶點不合理的自戀

同 | conceit, vanity, egoism

衍 | narcissist (n.) 自戀者
narcissistic (a.) 自戀的

natty
[ˋnætɪ]

解 | nat/ty
neat/(a.)

(a.) 整潔的；瀟灑的

例 | a *natty* dresser 穿著瀟灑的人

同 | fashionable, dapper, debonair

衍 | nattiness (n.) 整潔；瀟灑
neat (a.) 整潔的

nausea
[ˋnɔʃɪə]

解 | nau/sea
sail/sea

(n.) 噁心；暈船；憎惡

例 | Intended to induce a feeling of nostalgia, it only induces in me a feeling of *nausea*.
它的用意是要引觀衆懷舊，卻只讓我感到噁心。

同 | disgust, revulsion, repugnance

衍 | navy (n.) 海軍

nemesis
[ˋnɛməsɪs]

解 | nemes/is
enemy/(n.)

(n.) 死敵（複數爲 nemeses）

例 | Did Harry Potter finally defeat his *nemesis*, Lord Voldemort?
哈利波特最後有沒有打敗他的死敵佛地魔？

同 | foe, rival, antagonist

noisome

[ˋnɔɪsəm]

解 | noi/some
annoy/(a.)

(a.) 惹人不快的

例 | a *noisome* remark 惹人不快的話

同 | disgusting, distasteful, foul

(a.) 有害健康的；臭的

例 | *noisome* smog 有害健康的霧霾

衍 | annoy (v.) 打擾；煩擾

nostrum

[ˋnastrəm]

解 | nostr/um
home/(n.)
（家傳秘方）

(n.) 偏方；秘方

例 | politicians repeating all the usual *nostrums* about the economy
政客講來講去都是關於經濟的一些常見的偏方

同 | remedy, cure, panacea

衍 | nostalgia (n.) 思鄉

O

Track 309

obeisance [o`besn̩s] 解 | obeis/ance obey/(n.)	**(n.) 行禮；致敬** 例 | pays *obeisance* to her mentors 對她的導師致敬 同 | homage, reverence, veneration 衍 | obey (v.) 服從
offset [`ɔf.sɛt] 解 | off/set off/set	**(v.) 抵銷；制衡** 例 | His speed *offset* his opponent's greater weight. 他的速度可以制衡對手優勢的體重。 同 | balance, counteract, neutralize 衍 | offset (n.) 抵銷；制衡
onerous [`anərəs] 解 | oner/ous burden/(a.)	**(a.) 繁重的** 例 | an *onerous* task 繁重的任務 同 | burdensome, arduous, strenuous 衍 | onus (n.) 負擔；污名
opine [o`paɪn] 解 | opine opine	**(v.) 表達意見；認爲** 例 | Many people *opine* that the content of Web pages should be better regulated. 許多人認為網頁內容應該加強管制。 同 | suggest, propound, maintain 衍 | opinion (n.) 意見
optimal [`aptəməl] 解 | opt/imal choose/(a.)	**(a.) 最佳的** 例 | He keeps his engine tuned for *optimal* performance. 他把引擎調整到性能最佳狀態。 同 | optimum, ideal, supreme 衍 | optimum (n., a.) 最佳的（狀態）

optimistic

[ˌaptəˋmɪstɪk]

解｜opt/imistic
choose/(a.)

(a.) 樂觀的

例｜The case is still pending, but my lawyers are *optimistic*.
案子尚未判決，但我的律師表示樂觀。

同｜positive, sanguine, confident

衍｜optimism (n.) 樂觀態度

---

outstrip

[aʊtˋstrɪp]

解｜out/strip
out/strip

(v.) 超越；勝過

例｜costs *outstrip* benefits
成本超過利益

同｜surpass, exceed, eclipse

---

overrate

[ˌovəˋret]

解｜over/rate
over/rate

(v.) 高估

例｜shouldn't *overrate* his importance to the team
不該高估他對全隊的重要性

同｜overestimate, overvalue, exaggerate

衍｜underrate (v.) 低估
rate (v.) 評估

---

overshadow

[ˌovəˋʃædo]

解｜over/shadow
over/shadow

(v.) 遮掩；蓋過

例｜Facts may be *overshadowed* by politics.
事實可能被政治掩蓋。

同｜eclipse, obscure, outstrip

---

overwrought

[ˋovəˋrɔt]

解｜over/wrought
over/worked

(a.) 過於緊張的；過度激動的

例｜The witness became *overwrought* as she described the crime.
證人描述犯罪過程時過度激動。

同｜agitated, edgy, distraught

Track 310

painstaking
[ˋpenzˌtekɪŋ]
解 | pains/tak/ing
pains/take/(a.)

(a.) 不辭辛勞的；煞費苦心的
例 | The book describes the election process in *painstaking* detail.
這本書描述選舉過程非常詳細。
同 | meticulous, assiduous, sedulous
衍 | take pains 盡力；費苦心

---

palatial
[pəˋleʃəl]
解 | palat(i)/al
palace/(a.)

(a.) 宮殿般的；豪華的
例 | a *palatial* five-star hotel 豪華五星級飯店
同 | magnificent, grand, deluxe
衍 | palace (n.) 宮殿

---

pamper
[ˋpæmpɚ]
解 | pamper
pamper（幫寶適紙尿褲的品牌名 Pampers）

(v.) 縱容
例 | They really *pamper* their guests at that hotel. 那家旅館服務客人真是無微不至。
同 | spoil, indulge, coddle

---

pariah
[pəˋraɪə]
解 | pariah
pariah
（印度的最低種姓）

(n.) 賤民；被排斥者
例 | He's a talented player but his angry outbursts have made him a *pariah* in the sport of baseball.
他是有才華的球員，但因為經常發脾氣而在棒球界遭人排斥。
同 | outcast, untouchable, reject

---

parley
[ˋparlɪ]
解 | parley
speak

(v.) 談判；討論
例 | The developers *parleyed* with the locals before building the mall.
開發商與地方人士談判，然後才興建商場。
同 | negotiate, confer, deliberate
衍 | parley (n.) 談判；討論
parliament (n.) 議會

parochial

[pəˋrokiəl]

解 | paroch(i)/al
parish/(a.)

(a.) 地方性的；偏狹的

例 | Voters worried about their own *parochial* concerns.
選民擔心的只是自己偏狹的關切。

同 | provincial, insular, myopic

衍 | parish (n.) 教區

partiality

[ˏparʃɪˋæləti]

解 | part/(i)ality
part/(n.)

(n.) 偏袒

例 | *Partiality* blinded the administrator to the benefits of the proposal.
官員因為偏袒，無視於提案的好處。

(n.) 偏好；偏愛

例 | his *partiality* for brandy 他對白蘭地的偏好

同 | predilection, proclivity, penchant

衍 | partial (a.) 偏袒的；偏愛的；部分的
impartial (a.) 中立的；公正的

partisan

[ˋpartəzn̩]

解 | partis/an
party/(a.)

(a.) 有黨派色彩的；偏袒的

例 | a blatantly *partisan* attitude 明顯偏袒的態度

同 | biased, prejudiced, sectarian

衍 | partisan (n.) 黨派支持者；黨員
party (n.) 政黨

passé

[pæˋse]

解 | passe
pass

(a.) 過時的；落伍的

例 | That style of music is now considered *passé*.
那種音樂現在被認為已經過時。

同 | outdated, outmoded, obsolete

pastiche

[pæsˋtiʃ]

解 | pas/tiche
paste/stitch

(n.) 雜燴；什錦

例 | a *pastiche* of others' works
集合他人作品的什錦

同 | potpourri, hodgepodge, mélange

衍 | paste (v.) 黏貼
stitch (v.) 縫

patent

[ˋpætn̩t]

解 | pat/ent
open/(a.)

(a.) 明顯的；清楚的

例 | *patent* shortcomings 明顯的缺點

同 | evident, manifest, overt

衍 | patent (n.) 專利

paucity
[ˋpɔsətɪ]

解 | pauc/ity
poor/(n.)

(n.) 貧乏；稀少

例 | a *paucity* of evidence 證據太少

同 | inadequacy, deficiency, scarcity

衍 | poverty (n.) 貧窮

pauper
[ˋpɔpɚ]

解 | paup/er
poor/person

(n.) 貧民；乞丐

例 | numerous *paupers* in the slums
貧民窟眾多的乞丐

同 | indigent, mendicant, beggar

peculiarity
[pɪˏkjulɪˋærətɪ]

解 | peculiar/ity
particular/(n.)

(n.) 奇特；特色

例 | the lovely *peculiarities* of the movie
這部電影有一些討人喜歡的特色

同 | idiosyncrasy, quirk, eccentricity

衍 | peculiar (a.) 奇特的
particular (a.) 特別的；獨特的

penury
[ˋpɛnjərɪ]

解 | pen/ury
pain/(n.)

(n.) 貧窮；赤貧

例 | lived a life of *penury* 一生貧困

同 | indigence, destitution

衍 | penurious (a.) 貧窮的

philistine
[ˋfɪlɪstin]

解 | philistine
Philistine
（非利士人，聖經中以色列人的鄰近民族，被視為庸俗、沒有文化）

(n.) 庸俗者；物質追求者

例 | She was no *philistine*, but an artist herself.
她並不庸俗；本身也是藝術家。

同 | materialist, bourgeois

phlegmatic
[flɛgˋmætɪk]

解 | phlegm/atic
phlegm/(a.)
（古代認為痰多的體質會令人動作遲緩）

(a.) 不易興奮的；遲緩的

例 | a *phlegmatic* attitude to every crisis
對每一次危機同樣採取毫不激動的態度

同 | imperturbable, unexcitable

衍 | phlegm (n.) 痰

pith

[pɪθ]

解｜pith
pit

(n.) 精髓；要旨

例｜finally got to the *pith* of the discussion
終於來到討論的重點

同｜essence, crux, gist

衍｜pithy (a.) 扼要的　　pit (n.) 果核；種籽

pittance

[ˋpɪtn̩s]

解｜pit/tance
bit/(n.)

(n.) 小錢；一點點

例｜offers only a *pittance* for a salary
薪水只給一點點

同｜mite

衍｜bit (n.) 一點點

plaintive

[ˋplentɪv]

解｜plain/tive
strike/(a.)

(a.) 悲傷的；憂鬱的

例｜a *plaintive* sigh 悲哀的嘆氣

同｜melancholy, doleful, piteous

衍｜complain (v.) 抱怨

platitude

[ˋplætəˌtjud]

解｜plat/itude
flat/(n.)

(n.) 老生常談

例｜His speech was filled with familiar *platitudes* about the value of hard work.
他的演說充斥關於苦幹價值的老生常談。

同｜cliché, truism, banality

衍｜platitudinous (a.) 老套的

plebeian

[plɪˋbiən]

解｜plebe(i)/an
people/(a.)

(a.) 平民的；普通的

例｜as *plebian* as cooking their own food
非常平民化；甚至自己煮飯

同｜lowbrow, philistine, uncouth

衍｜plebeian (n.) 百姓；平民

plucky

[ˋplʌkɪ]

解｜pluck/y
pluck/(a.)

(a.) 勇敢的；大膽的

例｜a *plucky* little rooster 勇敢的小公雞

同｜valiant, intrepid, dauntless

衍｜pluck (n.) 勇氣

pneumatic

[njuˋmætɪk]

解｜pneum/atic
air/(a.)

(a.) 充氣的；婀娜的

例｜a *pneumatic* sex symbol 婀娜多姿的性感象徵

同｜curvaceous, shapely

衍｜pump (n.) 打氣筒；幫浦
pneumonia (n.) 肺炎

Track 312

polarize
[ˋpoləˏraɪz]
解 | pol/arize
pole/(v.)

(v.) 兩極化；分化
例 | a campaign that *polarized* the electorate
選戰宣傳造成選民兩極化
同 | separate, divide
衍 | polarized (a.) 兩極化的
pole (n.) 極；竿子

polemic
[poˋlɛmɪk]
解 | polem/ic
pole/(n.)

(n.) 批判；反駁
例 | Her book is a fierce *polemic* against the inequalities in our society.
她的書是對社會不平等的猛烈批判。
同 | diatribe, invective, tirade
衍 | polemics (n.) 論證法；辯證術

pompous
[ˋpampəs]
解 | pomp/ous
pomp/(a.)

(a.) 浮誇的；自大的
例 | a *pompous* politician 自大的政客
同 | imperious, overbearing, grandiose
衍 | pomp (n.) 排場；浮華

populous
[ˋpapjələs]
解 | popul/ous
people/(a.)

(a.) 人口多的
例 | the most *populous* state in the U.S.
美國人口第一大州
同 | crowded, congested
衍 | population (n.) 人口
popular (a.) 熱門的；流行的

proximity
[prakˋsɪmətɪ]
解 | proxim/ity
near/(n.)

(n.) 接近；靠近
例 | the dangerous *proximity* of the curtains to the fireplace
窗簾太接近壁爐，很危險
同 | juxtaposition, adjacency
衍 | proximate (a.) 接近的；即將來臨的
approximately (adv.) 大約；差不多

potpourri
[ˏpopʊˋri]
解 | pot/pour/ri
pot/pour/(n.)
（都倒進鍋裡）

(n.) 雜燴；什錦
例 | a *potpourri* of hit songs from the last 10 years
十年來熱門歌曲的什錦
同 | assortment, medley, pastiche

practicable

[ˋpræktɪkəbl̩]

解｜practic/able
practice/able

(a.) 可行的

例｜All *practicable* steps must be examined.
所有可行的步驟都要檢查過。

同｜feasible, viable, attainable

pragmatism

[ˋprægmə͵tɪzəm]

解｜prag/matism
practice/(n.)

(n.) 實用主義；務實

例｜The right person for the job will balance vision with *pragmatism*.
能夠平衡願景與實務的人才是恰當人選。

衍｜pragmatic (a.) 務實的

prattle

[ˋprætl̩]

解｜prattle
prattle（擬聲字）

(v.) 閒扯；閒聊

例｜They *prattled* on into the night, discussing school, music, and friends.
他們閒聊到深夜，談的是學校、音樂、朋友。

同｜prate, babble, chatter

衍｜prattle (n.) 閒扯

prosaic

[proˋzeɪk]

解｜pros/aic
prose/(a.)
（散文相對於詩歌比較平淡）

(a.) 散文體的；平凡的；乏味的

例｜the *prosaic* life of a hardworking farmer
辛勞的農夫過的平凡日子

同｜everyday, humdrum, commonplace

衍｜prose (n.) 散文

puerile

[ˋpjuə͵rɪl]

解｜puer/ile
child/(a.)

(a.) 孩子氣的；不成熟的

例｜the *puerile* humor of their son
他們兒子那種幼稚的幽默感

同｜juvenile, childish, silly

衍｜puerility (n.) 幼稚

Q

Section Z Q

Track 313

quarantine [ˋkwɔrən͵tin] 解｜quar/antine four/(n.) （從前為防瘟疫，船隻卸貨前要在港口隔離 40 天）	**(n.) 隔離；檢疫** 例｜The infected people were put into *quarantine*. 染上疾病的人遭到隔離。 衍｜quarantine (v.) 隔離
querulous [ˋkwɛrələs] 解｜querul/ous quarrel/(a.)	**(a.) 愛發牢騷的** 例｜a *querulous* old man 愛發牢騷的老人 同｜petulant, complaining, grumpy 衍｜quarrel (n., v.) 爭吵
quiescent [kwaɪˋɛsn̩t] 解｜quies/cent quiet/(a.)	**(a.) 休止的；未發作的** 例｜The volcano is in a *quiescent* state. 火山休止中。 同｜latent, dormant, inactive 衍｜quiescence (n.) 休止；潛伏
quixotic [kwɪkˋsɑtɪk] 解｜quixot/ic Quixote/(a.) （Don Quixote 唐吉訶德）	**(a.) 唐吉訶德式的；脫離現實的** 例｜a *quixotic* attempt to persuade the tyrant to abdicate 異想天開，要說服暴君遜位 同｜utopian, romantic, extravagant
quotidian [kwoˋtɪdɪən] 解｜quot(i)/di/an when/day/(a.)	**(a.) 每日的；日常的；平凡的** 例｜*quotidian* routines 每天的例行公事 同｜everyday, commonplace, humdrum

R

Track 314

raiment [ˋremənt] 解｜rai/ment array/(n.)	**(n.) 衣著** 例｜the king's silken *raiment* 國王的絲綢衣著 同｜apparel, attire, garments 衍｜array (v.) 裝飾；排列
rampage [ˋræmˏpedʒ] 解｜ramp/age rush/(v.)	**(v.) 橫衝直撞；到處破壞** 例｜Mobs *rampaged* through the streets. 暴民在街頭到處破壞。 同｜riot 衍｜rampage (n.) 橫衝直撞；到處破壞 rampant (a.) 猖狂的　　ramp (n.) 坡道
rancor [ˋræŋkɚ] 解｜ranc/or stink/(n.)	**(n.) 怨恨；惡意** 例｜She answered her accusers calmly and without *rancor*. 她冷靜回應指控她的人，不帶怨恨。 同｜resentment, malice, animosity 衍｜rancorous (a.) 怨恨的
rarefied [ˋrɛrəˏfaɪd] 解｜rare/fact/ed rare/make/(a.)	**(a.) 深奧的；冷僻的；（空氣）稀薄的** 例｜the *rarefied* nature of much of their work 他們的研究大都相當冷僻 同｜esoteric, abstruse, exalted 衍｜rare (a.) 稀有的；稀薄的
rationale [ˏræʃəˋnæl] 解｜ration/ale reason/(n.)	**(n.) 道理；理由；根據** 例｜The *rationale* for starting the school day an hour later is that kids will supposedly get an extra hour of sleep. 早上延後一小時上學，道理在於學童應該可以多睡一小時。 同｜reasoning, theory, justification 衍｜rational (a.) 理性的

ravenous

[ˋrævɪnəs]

解 | raven/ous
raven/(a.)
（像烏鴉一樣貪吃）

(a.) 餓極的；貪婪的

例 | a *ravenous* appetite 食慾極佳

同 | starved, famished, voracious

衍 | raven (n.) 渡鴉

ravishing

[ˋrævɪʃɪŋ]

解 | rap/ishing
seize/(a.)

(a.) 迷人的；令人陶醉的

例 | You look utterly *ravishing*!
你的樣子太迷人了！

同 | gorgeous, stunning, dazzling

衍 | ravish (v.) 使陶醉

reap

[rip]

解 | reap
ripe（熟了就要收割）

(v.) 收割；收穫；獲得

例 | She is now *reaping* the benefits of her hard work. 她努力工作，現在收到成果了。

同 | harvest, garner, obtain

衍 | ripe (v.) 成熟

rend

[rɛnd]

解 | rend
break

(v.) 撕扯；撕破

例 | *rent* her hair in grief
悲痛到扯自己的頭髮

同 | tear, rip

restive

[ˋrɛstɪv]

解 | rest/ive
rest/(a.)（靜止不下來）

(a.) 焦躁不安的；蠢蠢欲動的

例 | the *restive* electorate 蠢蠢欲動的選民

同 | restless, fidgety, edgy

衍 | rest (v.) 休息；靜止

rhetoric

[ˋrɛtərɪk]

解 | rhetor/ic
orator/(n.)

(n.) 修辭；辭藻；雄辯

例 | *Rhetoric* is the art of persuasion.
修辭是說服的藝術。

同 | oratory, eloquence

衍 | rhetorical (a.) 修辭的　　orator (n.) 演說者

ridden

[ˋrɪdn̩]

解 | rid/den
ride/(a.)（本意是被騎乘）

(a.) 充斥……的；遭到……折磨的

例 | the corruption-*ridden* nation
充斥貪污的國家

同 | tormented, troubled

Track 315

rife

[raɪf]

解 | rife
river

(a.) 瀰漫的；充斥的

例 | Violence is *rife* in our cities.
我們的城市充斥暴力。

同 | widespread, extensive, ubiquitous

rift

[rɪft]

解 | rift
rip

(n.) 裂縫；斷裂

例 | the Mid-Atlantic *Rift*
大西洋中間的海底斷層

(n.) 嫌隙；不合

例 | The fight will only widen the *rift* with his brother.
他和兄弟打架，這一來嫌隙只會加深。

同 | breach, split, alienation

衍 | rip (v.) 撕破

ritual

[ˋrɪtʃuəl]

解 | rit/(u)al
rite/(n.)

(n.) 典禮；儀式

例 | The priest will perform the *ritual*.
神父將主持儀式。

同 | ceremony, rite, service

衍 | ritual (a.) 儀式性的
rite (n.) 儀式；祭典

ritzy

[ˋrɪtsɪ]

解 | ritz/y
Ritz/(a.)（麗池飯店）

(a.) 華麗的；豪華的

例 | a *ritzy* nightclub 豪華夜總會

同 | luxurious, deluxe, plush

riveting

[ˋrɪvɪtɪŋ]

解 | rivet/ing
rivet/(a.)

(a.) 令人全神貫注的

例 | a *riveting* story 令人全神貫注的故事

同 | engrossing, captivating, enthralling

衍 | rivet (n.) 鉚釘
rivet (v.) 釘牢；吸引

rococo

[rəˋkoko]

解 | rococo
rococo

(a.) 洛可可式的；裝飾繁雜的

例 | the *rococo* style 洛可可風格

同 | ornate, elaborate, baroque

rousing

[ˋraʊzɪŋ]

解 | rous/ing
rouse/(a.)

(a.) 激勵人心的

例 | a *rousing* speech 激勵人心的演說

同 | stirring, inspiring, galvanizing

衍 | rouse (v.) 喚起；激起

rue

[ru]

解 | rue
regret

(v.) 懊悔；悲嘆

例 | She might live to *rue* this impetuous decision.
這項衝動的決定她將來可能會後悔。

同 | regret, deplore, lament

衍 | rue (n.) 懊悔；悲嘆

rumination

[ˏruməˋneʃən]

解 | rumin/ation
rumen/(n.)

(n.) 反芻；沉思

例 | *ruminations* on the meaning of life
沉思生命的意義

同 | meditation, contemplation, musing

衍 | ruminate (v.) 反芻；沉思
rumen (n.)（反芻動物的）瘤胃

rustic

[ˋrʌstɪk]

解 | rust/ic
rural/(a.)

(a.) 鄉村的；農民的

例 | The inn has a *rustic* atmosphere.
這間旅館有一股鄉村氛圍。

同 | pastoral, bucolic

衍 | rural (a.) 鄉村的

S

Track 316

sangfroid [ˌsaŋˋfrwɑ] 解｜sang/froid blood/cold（冷血）	**(n.)** 冷靜；沉著 例｜took both his wins and his losses with remarkable *sangfroid* 勝負同樣沉著以對，令人佩服 同｜composure, equanimity, equilibrium
sanguine [ˋsæŋgwɪn] 解｜sang/uine blood/(a.) （古代認為血多的體質令人臉色紅潤、樂觀自信）	**(a.)** 樂觀的；自信的；（面色）紅潤的 例｜He is *sanguine* about the company's future. 關於公司前途，他頗有信心。 同｜optimistic, buoyant, confident
sap [sæp] 解｜sap sap（讓植物汁液流掉）	**(v.)** 削弱 例｜The illness *sapped* him of his stamina. 疾病讓他體力全失。 同｜undermine, debilitate 衍｜sap (n.)（植物的）汁液；精力
sarcastic [sɑrˋkæstɪk] 解｜sarc/astic sneer/(a.)	**(a.)** 諷刺的；挖苦的 例｜*sarcastic* comments 諷刺的評論 同｜sardonic, ironic, satirical 衍｜sarcasm (n.) 諷刺；挖苦 sneer (n., v.) 譏諷；嘲笑
saturnine [ˋsætɚˌnaɪn] 解｜saturn/ine Saturn/(a.) （神話中的冥王）	**(a.)** 陰鬱的 例｜He is *saturnine* in temperament. 他的個性陰鬱。 同｜gloomy, somber, melancholy

scant

[skænt]

解 | scant
scarce

(a.) 貧乏的；稀少的

例 | Food was in *scant* supply.
食物供應短缺。

同 | scanty, meager, negligible

衍 | scarce (a.) 稀少的

scathing

[ˋskeðɪŋ]

解 | scath/ing
scathe/(a.)

(a.) 嚴厲的；苛刻的

例 | a *scathing* condemnation
苛刻的譴責

同 | devastating, withering, severe

衍 | scathe (v.) 傷害
unscathed (a.) 完好無損的

schism

[ˋsɪzm̩]

解 | schism
split

(n.) 分裂

例 | wish to prevent *schism* in the party
希望防止黨內分裂

同 | division, split, rupture

衍 | schismatic (a.) 分裂的；派系的
split (n., v.) 分裂；分開

scrutinize

[ˋskrutn̩ˌaɪz]

解 | scrut/inize
search/(v.)

(v.) 審視；細看

例 | Her performance was carefully *scrutinized* by her employer. 老闆仔細審視她的表現。

同 | examine, inspect, peruse

衍 | scrutiny (n.) 審視；細看

senile

[ˋsinaɪl]

解 | sen/ile
old/(a.)

(a.) 衰老的

例 | her *senile* husband 她年邁的老公

同 | doddering, decrepit, feeble

衍 | senior (n., a.) 長者；年長的；資深的

serendipitous

[ˌsɛrənˋdɪpɪtəs]

解 | serendip/itous
Srilanka/(a.)
（以錫蘭 Srilanka 為背景的小說 The Three Princes of Serendip，裡面的主角總是意外行好運）

(a.) 僥倖的；意外得到的

例 | *serendipitous* discoveries
意外的發現

同 | chance, fortuitous, accidental

衍 | serendipity (n.) 僥倖；意外的好處

Track 317

serpentine

[ˋsɝpən͵tin]

解 | serpent/ine
serpent/(a.)

(a.) 曲折的；蜿蜒的

例 | a *serpentine* road 蜿蜒的路

同 | tortuous, zigzagging, meandering

衍 | serpent (n.) 蛇

---

sidestep

[ˋsaɪd͵stɛp]

解 | side/step
side/step
（即 step aside）

(v.) 避開；規避

例 | *sidestep* a question 避開問題

同 | bypass, evade, circumvent

---

skeptic

[ˋskɛptɪk]

解 | skeptic
skeptic

(n.) 懷疑（論）者

例 | *Skeptics* said the marriage wouldn't last.
懷疑者說這段婚姻不會長久。

同 | cynic, doubter, pessimist

衍 | skepticism (n.) 懷疑（論）
skeptical (a.) 懷疑的

---

skinflint

[ˋskɪn͵flɪnt]

解 | skin/flint
skin/flint
（燧石也要剝下一層皮）

(n.) 吝嗇鬼；一毛不拔者

例 | a penny-pinching *skinflint*
一毛不拔的吝嗇鬼

同 | miser, niggard, penny-pincher

衍 | flint (n.) 燧石

---

skirt

[skɝt]

解 | skirt
shirt
（原意是衣服下襬）

(v.) 繞過；避開

例 | carefully *skirted* the issue of race
小心避開種族議題

(v.) 位於……邊緣

例 | the fields that *skirted* the highway
公路邊上的田野

同 | border, fringe, flank

---

skittish

[ˋskɪtɪʃ]

解 | skit/tish
shoot/(a.)

(a.) 易受驚嚇的；緊張的

例 | the *skittish* hares 易受驚嚇的野兔

同 | restive, nervous, fidgety

slew

[slu]

解 | slew
crowd

(n.) 大批；大量

例 | He has written a *slew* of books.
他寫了一大批書。

同 | host, multitude, myriad

smelt

[smɛlt]

解 | smelt
melt

(v.) 煉取（金屬）；提煉

例 | the process for *smelting* iron ore
提煉鐵礦的過程

同 | refine, extract

衍 | melt (v.) 溶化

sobriquet

[ˋsobrɪ͵ke]

解 | sobriquet
sobriquet

(n.) 封號；綽號

例 | Jimmy Carter's *sobriquet*, Peanut Farmer
卡特的綽號：花生農夫

同 | epithet, nickname, alias

soiree

[swɑˋre]

解 | soir/ee
night/(n.)

(n.) 晚會；晚宴

例 | a fashionable *soiree* at a fancy hotel
豪華飯店的時髦晚宴

同 | party

solecism

[ˋsɑlə͵sɪzəm]

解 | solec/ism
Soloi/(n.)
（古希臘地名，雅典人認為此處人不懂語法也不知禮數）

(n.)（語法）錯誤；（社交）失禮

例 | committed the *solecism* of asking about the lady's age
竟然去問女士年齡；非常失禮

同 | gaffe, faux pas, blunder

sophisticated

[səˋfɪstɪ͵ketɪd]

解 | soph/isticated
wise/(a.)

(a.) 複雜的；先進的

例 | *sophisticated* production techniques
先進的生產技術

(a.) 富於經驗的；老於世故的

例 | a chic, *sophisticated* woman
時髦、世故的女子

同 | worldly, cosmopolitan, knowledgeable

衍 | sophistication (n.) 老於世故；複雜
sophist (n.) 智者；詭辯家

Track 318

sound

[saʊnd]

解 | sound
sound
（聽聲音探測水深）

(v.) 探測（水深）；打探（實情）

例 | I'm not sure if he's willing to negotiate, but I can *sound* him out.
不知道他願不願意談判，但我可以去打探。

spate

[spet]

解 | spate
spade

(n.) 一陣；大量

例 | a *spate* of burglaries 一陣竊盜案

同 | series, rash, rush

衍 | spade (n.) 鏟子

spendthrift

[ˋspɛnd͵θrɪft]

解 | spend/thrift
spend/thrift
（將前人節儉的成果花光）

(n.) 揮霍者；浪費的人

例 | The *spendthrift* managed to blow all of his inheritance in a single year.
這個浪費的人一年之內就把家產花光了。

同 | profligate, prodigal, wastrel

衍 | spendthrift (a.) 揮霍的；浪費的
thrift (n.) 節儉

splenetic

[splɪˋnɛtɪk]

解 | splen/etic
spleen/(a.)

(a.) 易怒的；壞脾氣的

例 | He wrote a characteristically *splenetic* article.
他寫了一篇文章，以他一貫的壞脾氣口吻。

同 | peevish, petulant, irascible

衍 | spleen (n.) 脾臟

sporadic

[spəˋrædɪk]

解 | spor/adic
spore/(a.)
（像孢子般分散）

(a.) 零星的；偶發的

例 | *sporadic* protests 零星的抗議

同 | occasional, irregular, periodic

衍 | spore (n.) 孢子

sportive

[ˋspɔrtɪv]

解 | sport/ive
sport/(a.)

(a.) 嬉戲的；開玩笑的

例 | in a *sportive* mood 帶著開玩笑的心情

同 | playful, frisky, jolly

衍 | sport (v.) 遊戲；玩樂

spurious
[ˋspjʊrɪəs]

解 | spur(i)/ous
false/(a.)

(a.) 假的；偽造的

例 | a *spurious* Picasso painting
偽造的畢卡索畫作

同 | counterfeit, bogus, specious

squalid
[ˋskwɑlɪd]

解 | squal/id
dirt/(a.)

(a.) 髒亂的

例 | The family lived in *squalid* conditions.
這家人的生活環境髒亂。

同 | filthy, grimy, foul

衍 | squalor (n.) 髒亂

squander
[ˋskwɑndɚ]

解 | squander
squander

(v.) 浪費；虛擲

例 | *squandered* a fortune 把財富敗光

同 | dissipate, waste

squeamish
[ˋskwimɪʃ]

解 | squeamish
squeamish

(a.) 極在意的；過份拘謹的

例 | I used to be *squeamish* about eating raw fish.
從前叫我吃生魚片我不肯。

同 | queasy, scrupulous, fastidious

衍 | squeamishness (n.) 過度在意

squelch
[skwɛltʃ]

解 | squelch
squelch（擬聲字）

(v.) 壓制；鎮壓

例 | *squelched* any signs of rebellion
壓制所有叛亂的跡象

同 | crush, repress, quell

stark
[stɑrk]

解 | stark
stiff

(a.) 明顯的；十足的

例 | He came running back in *stark* terror.
他跑回來，怕得要死。

同 | sheer, utter, absolute

衍 | starkness (n.) 明顯；突出

steeped
[ˋstipt]

解 | steep/ed
steep/(a.)

(a.) 沉浸在……的；充滿……的

例 | practices *steeped* in tradition
這些作法有深遠的傳統

衍 | steep (v.) 浸泡

Track 319

stentorian

[stɛnˋtoriən]

解 | stentor/(i)an
Stentor/(a.)
（人名，特洛伊戰爭中的希臘先鋒，以聲音宏亮著稱）

(a.) 大聲的；宏亮的

例 | a *stentorian* voice 宏亮的聲音

同 | loud, thunderous, blaring

stint

[stɪnt]

解 | stint
limit

(v.) 吝惜；節省

例 | not *stinting* with their praise 不吝惜讚美

同 | economize, spare

衍 | stint (n.) 限制；一段期間

stipulate

[ˋstɪpjə͵let]

解 | stipulate
stipulate

(v.) 規定；約定

例 | The rules *stipulate* that players must wear uniforms. 規則要求球員必須穿制服。

同 | specify, require

衍 | stipulation (n.) 規定；條件

stratagem

[ˋstrætədʒəm]

解 | strat/ag/em
spread/act/(n.)

(n.) 策略；計謀

例 | tried various *stratagems* to get the cat into the box 試了各種策略想把貓弄進盒子

同 | scheme, tactic, maneuver

strategic

[strəˋtidʒɪk]

解 | strat/eg/ic
spread/act/(a.)

(a.) 戰略的；關鍵的

例 | The bridges have great *strategic* value. 這些橋樑有重大戰略價值。

同 | tactical

衍 | strategy (n.) 戰略

stratum

[ˋstretəm]

解 | strat/um
spread/(n.)

(n.) 層；地層；階層（複數爲 strata）

例 | the lower *strata* of society 社會低層

同 | layer, level, rank

strut

[strʌt]

解 | strut
stiff

(v.) 昂首闊步

例 | He *strutted* around his vast office. 他在大辦公室昂首闊步。

同 | swagger, prance, stride

衍 | strut (n.) 昂首闊步

stoical

[ˋstoɪkḷ]

解｜stoic/al
Stoic/(a.)
（希臘哲學的斯多葛派）

(a.) 堅忍的；不受七情六慾影響的

例｜a *stoical* man who faces adversity with equanimity
以平靜面對逆境的堅毅人士

同｜impassive, uncomplaining, forbearing

衍｜stoic (n.) 高度自制者
stoicism (n.) 堅忍主義；斯多葛派

strident

[ˋstraɪdṇt]

解｜strid/ent
stride/(a.)（擬聲字）

(a.) 刺耳的；難聽的

例｜a *strident* slogan 刺耳的口號

同｜harsh, grating, rasping

stupefying

[ˋstjupə͵faɪɪŋ]

解｜stupe/fact/ying
stupid/make/(a.)

(a.) 使人目瞪口呆的

例｜a *stupefying* court ruling
令人目瞪口呆的法院判決

同｜astonishing, astounding

衍｜stupefy (v.) 使驚呆
stupefaction (n.) 驚慌失措

stygian

[ˋstɪdʒɪən]

解｜styg/(i)an
Styx/(a.)
（希臘神話中的冥河）

(a.) 黑暗的；陰沉的

例｜in *stygian* darkness 在深深的黑暗中

同｜dark, gloomy, somber

stymie

[ˋstaɪmɪ]

解｜stymie
stymie
（高爾夫術語：球擋住洞口）

(v.) 阻擋；阻礙

例｜*stymied* by red tape 遭到繁文褥節的阻撓

同｜impede, hamper, hinder

衍｜stymie (n.) 阻礙；困境

sully

[ˋsʌlɪ]

解｜sull/y
soil/(v.)

(v.) 弄髒；玷汙

例｜people that *sully* our national parks with trash
用垃圾弄髒我們國家公園的傢伙

同｜defile, taint, tarnish

衍｜soil (n.) 土壤

surly [ˋsɝlɪ] 解｜sur/ly sir/ly （不斷口稱 sir，語氣不善）	**(a.) 脾氣壞的；不友好的** 例｜The *surly* receptionist told us we'd have to wait outside in the rain. 不友好的接待員叫我們在外頭淋雨等候。 同｜crabbed, grumpy, glum 衍｜surliness (n.) 壞脾氣；粗暴
sybarite [ˋsɪbə͵raɪt] 解｜sybar/ite Sybaris/person （古希臘地名，此處人以奢侈著稱）	**(n.) 愛奢侈享樂者** 例｜a self-indulgent *sybarite* 放縱自己的享樂者 同｜hedonist, epicure 衍｜sybaritic (a.) 愛奢侈享樂的
sycophant [ˋsɪkəfənt] 解｜sycophant sycophant	**(n.) 逢迎拍馬者；諂媚者** 例｜mistook *sycophants* for friends 誤把逢迎拍馬者當作朋友 同｜toady, flatterer, flunkey 衍｜sycophancy (n.) 拍馬；諂媚

T

Track 320

tawdry

[ˋtɔdrɪ]

解｜tawdry
tawdry

(a.) 俗麗的；低俗的

例｜wearing cheap, *tawdry* rings on her fingers
手指上戴了好幾個廉價低俗的戒指

同｜gaudy, garish, meretricious

衍｜tawdriness (n.) 俗麗；庸俗

---

tedious

[ˋtidɪəs]

解｜ted(i)/ous
weary/(a.)

(a.) 令人厭煩的

例｜a long, *tedious* speech
漫長、令人厭煩的演說

同｜boring, monotonous, dull

衍｜tedium (n.) 厭煩；無聊

---

terse

[tɝs]

解｜terse
neat

(a.) 簡潔的；扼要的

例｜She gave me a few *terse* instructions and promptly left the room.
她給了我幾項扼要的指示，就離開房間了。

同｜curt, succinct, concise

衍｜terseness (n.) 簡潔

---

timorous

[ˋtɪmərəs]

解｜timor/ous
fear/(a.)

(a.) 膽怯的；提心吊膽的

例｜a shy and *timorous* teenager
害羞又膽怯的青少年

同｜apprehensive, fearful, diffident

衍｜timid (a.) 膽怯的

---

temerity

[təˋmɛrətɪ]

解｜tem/erity
dark/(n.)

(n.) 魯莽；大膽

例｜I doubt anyone will have the *temerity* to print these accusations.
我懷疑有誰會如此大膽把這些指控見諸文字。

同｜impudence, impertinence, audacity

---

tenebrous

[ˋtɛnəbrəs]

解｜tenebr/ous
dark/(a.)

(a.) 陰暗的；晦澀難懂的

例｜a *tenebrous* affair 陰暗的事件

同｜obscure, murky

thrift

[θrɪft]

解 | thrift
thrive

(n.) 節儉

例 | *Thrift* and hard work led to betterment.
節儉與努力造成進步。

同 | economy, frugality

衍 | thrifty (a.) 節儉的
thrive (v.) 繁榮；興盛

tirade

[ˋtaɪˏred]

解 | tir/ade
draw/(n.)

(n.) 長篇大論的斥責

例 | He went into a *tirade* about the failures of the government.
他開始大罵政府的失敗。

同 | diatribe, invective, denunciation

toady

[ˋtodɪ]

解 | toad/y
toad/(v.)

(v.) 逢迎拍馬；巴結

例 | He's always *toadying* to the boss.
他老是在拍老闆馬屁。

同 | flatter

衍 | toady (n.) 諂媚者
toad (n.) 蟾蜍

token

[ˋtokən]

解 | tok/en
take/(a.)

(a.) 象徵性的

例 | a *token* yearly pay of one dollar
象徵性的一元年薪

同 | nominal, symbolic, emblematic

衍 | token (n.) 代幣；代表；象徵

torpid

[ˋtɔrpɪd]

解 | torp/id
numb/(a.)

(a.) 懶散的；遲鈍的

例 | a *torpid* sloth that refused to budge off its tree branch
不願離開樹枝、懶散的樹懶

同 | lethargic, sluggish, inert

衍 | torpor (n.) 懶散；遲鈍

torrid

[ˋtɔrɪd]

解 | tor/rid
dry/(a.)

(a.) 炎熱的；炙熱的

例 | *torrid* desert sands 沙漠裡炎熱的沙子

同 | sweltering, sultry, scorching

(a.) 熱情的；火熱的

例 | a *torrid* love affair 火熱的戀情

Track 321

treacherous [ˋtrɛtʃərəs] 解｜treach/erous trick/(a.)	**(a.) 不忠的；不可靠的；危險的** 例｜They were not prepared to hike over such *treacherous* terrain. 他們沒有準備好要走過如此危險的地域。 同｜hazardous, perilous, precarious 衍｜treachery (n.) 背叛；欺騙
truculent [ˋtrʌkjələnt] 解｜truc/ulent fierce/(a.)	**(a.) 凶狠的；好鬥的** 例｜fans who became *truculent* and violent after their team's loss 球迷在球隊敗北後變得好勇鬥狠 同｜defiant, belligerent, pugnacious 衍｜truculence (n.) 凶狠；好鬥
trumpet [ˋtrʌmpɪt] 解｜trumpet trumpet	**(v.) 大力宣揚** 例｜The law was *trumpeted* as the best solution. 這條法律被大力宣揚為最佳解決方案。 同｜proclaim, declare, promulgate 衍｜trumpet (n., v.)（吹）喇叭
tyro [ˋtaɪro] 解｜tyr/o try/(n.)	**(n.) 新手；生手** 例｜a political *tyro* 政治新人 同｜novice, neophyte, initiate

U

Track 322

ubiquitous

[juˋbɪkwətəs]

解 | ubi/quit/ous
where/any/(a.)
(即 anywhere)

(a.) 無所不在的

例 | The company's advertisements are *ubiquitous*.
公司的廣告無所不在。

同 | omnipresent, universal, pervasive

衍 | ubiquity (n.) 無所不在

---

ultimatum

[ˏʌltəˋmetəm]

解 | ultim/atum
beyond/(n.)

(n.) 最後通牒

例 | She was given an *ultimatum*—work harder or lose her job.
她收到最後通牒：更努力工作，不然就開除。

衍 | ultimate (a.) 終極的；最後的

---

undermine

[ˏʌndɚˋmaɪn]

解 | under/mine
under/mine
(在底下開礦，即淘空)

(v.) 破壞；削弱

例 | She tried to *undermine* my authority by complaining about me to my boss.
她老是向老闆抱怨我的不是，想破壞我的權威。

同 | sap, sabotage, subvert

衍 | mine (v.) 採礦；挖掘

---

underrate

[ˏʌndɚˋret]

解 | under/rate
under/rate

(v.) 低估

例 | She *underrated* her student's ability.
她低估了學生的能力。

同 | undervalue, underestimate

衍 | rate (v.) 評估

---

underscore

[ʌndɚˋskor]

解 | under/score
under/score

(v.) 強調；凸顯

例 | The President's visit *underscores* the administration's commitment to the cause.
總統來訪，凸顯出政府貫徹這項主張的決心。

同 | highlight, stress, emphasize

衍 | score (v.) 刻痕；畫線

upbraid [ʌp`bred] 解 | up/braid up/pull	**(v.)** 責罵；訓斥 例 | His wife *upbraided* him for his irresponsible handling of the family finances. 老婆責罵他對家庭財務不負責。 同 | reprimand, rebuke, reproach
upheaval [ʌp`hivḷ] 解 | up/heav/al up/lift/(n.)	**(n.)** 動亂；劇變 例 | a period of cultural and social *upheavals* 一段文化與社會動盪時期 同 | disruption, turmoil, tumult 衍 | heavy (a.) 重的
utopian [ju`topɪən] 解 | utopi/an utopia/(a.)	**(a.)** 烏托邦式的；理想化的 例 | an overly ambitious and *utopian* reform project 野心太大、太理想化的改革計畫 同 | idealistic, visionary, quixotic 衍 | utopia (n.) 烏托邦

v

Track 323

vacillate [ˋvæsḷˏet] 解｜vacil/late sway/(v.)	**(v.) 波動；搖擺不定** 例｜She has been *vacillating* on this issue. 這件議題她的立場一直搖擺不定。 同｜fluctuate, oscillate, dither 衍｜vacillation (n.) 波動；搖擺
vandalism [ˋvændlɪzəm] 解｜vandal/ism Vandal/(n.) （北歐蠻族汪達爾人曾在羅馬大肆破壞）	**(n.) 蓄意破壞財物（或藝術品）** 例｜acts of theft and *vandalism* 偷竊與破壞的行為 同｜defacement, trashing 衍｜vandalize (v.) 蓄意破壞
vapid [ˋvæpɪd] 解｜vap/id vapor/(a.)（走了氣的）	**(a.) 乏味的；淡而無味的** 例｜a song with *vapid* lyrics 一首歌詞無味的歌曲 同｜flat, dull, boring 衍｜vapor (n.) 蒸氣
veer [vɪr] 解｜veer turn	**(v.) 轉向** 例｜The car *veered* sharply to the left. 汽車猛然向左轉。 同｜swerve, skew, deviate
vehement [ˋviəmənt] 解｜vehe/ment carry/(n.)	**(a.) 激烈的；猛烈的** 例｜*vehement* denunciations 激烈的譴責 同｜impassioned, fervid, ardent 衍｜vehemence (n.) 激烈；猛烈 vehicle (n.) 車輛；載具

venal

[ˋvinḷ]

解 | ven/al
vend/(a.)

(a.) 貪財的；可收買的

例 | a *venal* judge 貪財的法官

同 | corrupt, bribable, purchasable

衍 | venality (n.) 貪贓枉法
vend (v.) 販賣

venerable

[ˋvɛnərəbḷ]

解 | vener/able
love/able
（Venus 是維納斯）

(a.) 年高德劭的；歷史悠久的；可敬的

例 | a *venerable* tradition
歷史悠久的傳統

同 | venerated, revered, hallowed

衍 | venerate (v.) 崇敬
veneration (n.) 崇敬

venial

[ˋvinjəl]

解 | ven(i)/al
love/(a.)

(a.) 可寬恕的

例 | *venial* faults 可寬恕的過錯

同 | pardonable, excusable

venomous

[ˋvɛnəməs]

解 | venom/ous
venom/(a.)

(a.) 有毒的；惡毒的

例 | threw him a *venomous* look
惡狠狠瞪他一眼

同 | vicious, rancorous, malevolent

衍 | venom (n.) 毒液

vexation

[vɛkˋseʃən]

解 | vex/ation
vex/(n.)

(n.) 煩惱；苦惱

例 | stamped her foot in *vexation*
煩惱地跺腳

同 | annoyance, irritation, exasperation

衍 | vex (v.) 煩人；發愁

vibrant

[ˋvaɪbrənt]

解 | vibr/ant
tremble/(a.)

(a.) 振動的；鮮明的

例 | *vibrant* colors 鮮明的色彩

(a.) 充滿生氣的；活躍的

例 | a *vibrant* young woman
活潑的女子

同 | spirited, vigorous, energetic

衍 | vibrate (v.) 振動

vicarious

[vaɪˋkɛrɪəs]

解 | vicar(i)/ous
vicar/(a.)

(a.) 替代性的；感同身受的

例 | My friend was going to Italy and I was in a fever of *vicarious* excitement.
我朋友要去義大利，我替他興奮得不得了。

同 | substitute, derivative, surrogate

衍 | vice (a.) 副的；代理的
vicar (n.) 主教代理

vicissitude

[vəˋsɪsəˏtjud]

解 | vicis/situde
change/(n.)

(n.) 變化無常

例 | the *vicissitudes* of daily life
每天的生活變化無常

同 | mutability, inconstancy, fickleness

vigilant

[ˋvɪdʒələnt]

解 | vig/ilant
wake/(a.)

(a.) 提高警戒的；警覺的

例 | We remain *vigilant* against theft.
我們對偷竊提高警覺。

同 | observant, attentive, alert

衍 | vigilante (n.) 民間維持治安者；民兵
vigil (n.) 守夜；警戒

vigor

[ˋvɪgɚ]

解 | vigor
strong

(n.) 活力；精力

例 | She defended her beliefs with great *vigor*.
她大力為自己的觀念辯護。

同 | robustness, stamina, vitality

衍 | vigorous (a.) 活力旺盛的

vilify

[ˋvɪləˏfaɪ]

解 | vil(i)/fact/y
vile/make/(v.)

(v.) 詆毀；醜化

例 | claimed that she had been *vilified* by the press because of her views
她說因為自己的看法而被媒體醜化

同 | defame

衍 | vilification (n.) 詆毀；醜化
vile (a.) 惡劣的

vintage

[ˋvɪntɪdʒ]

解 | vint/age
vine/(n.)
（酒的釀造年份）

(a.) 年份好的；古典的；上品的

例 | *vintage* motor vehicles 經典老車

同 | quality, prime, classic

衍 | vintage (n.) 釀造（年份）
vine (n.) 葡萄藤

virulent

[ˋvɪrjələnt]

解 | virul/ent
virus/(a.)

(a.) 劇毒的；狠毒的

例 | a *virulent* attack on contemporary morals
對當代道德觀進行強烈的攻擊

同 | vitriolic, malicious, venomous

衍 | virulence (n.) 毒性；狠毒
virus (n.) 病毒

viscosity

[vɪsˋkasətɪ]

解 | viscos/ity
sticky/(n.)

(n.) 黏稠度

例 | the *viscosity* of motor oil 機油黏稠度

衍 | viscous (a.) 黏稠的

volatile

[ˋvalətḷ]

解 | vol/atile
fly/(a.)

(a.) 善變的；不穩定的

例 | a *volatile* market 不穩定的市場

同 | unpredictable, erratic, turbulent

衍 | volatility (n.) 善變；不穩定性

voracious

[voˋreʃəs]

解 | vor/acious
swallow/(a.)

(a.) 胃口大的；貪吃的

例 | a *voracious* appetite 胃口極大

同 | insatiable, prodigious, edacious

衍 | voracity (n.) 貪吃
devour (v.) 吞吃

vulgar

[ˋvʌlgɚ]

解 | vulgar
common

(a.) 粗鄙的；粗俗的

例 | I will not tolerate such *vulgar* language in my house.
在我家裡不容許如此粗俗的話語。

同 | coarse, gross, earthy

衍 | vulgarity (n.) 粗鄙；粗俗

vulnerable

[ˋvʌlnərəbḷ]

解 | vulner/able
wound/able

(a.) 易受傷害的；易受攻擊的

例 | The troops were in a *vulnerable* position.
部隊處於易受攻擊的位置。

同 | assailable, fragile

衍 | vulnerability (n.) 易受傷害

W

Track 325

waggish

[ˋwægɪʃ]

解｜wag/gish
wag/(a.)

(a.) 詼諧的

例｜a *waggish* rejoinder 一句詼諧的回敬

同｜frisky, jolly, jocular

衍｜wag (n.) 愛說笑的人

waiver

[ˋwevə]

解｜waiv/er
waive/(n.)

(n.) 放棄；棄權（證書）

例｜a criminal defendant's *waiver* of a jury trial
刑事案被告放棄陪審團審判的權利

同｜renunciation, relinquishment

衍｜waiver (v.) 放棄；棄權

wan

[wɑn]

解｜wan
dark

(a.) 蒼白的；無血色的

例｜She looked *wan* and frail. 她蒼白又虛弱。

同｜pallid, ashen, anemic

(a.) 暗淡的

例｜the *wan* light of the moon 月色暗淡

wane

[wen]

解｜wane
decrease

(v.) 月虧；衰退

例｜the *waning* days of late summer
夏末白天逐漸縮短

同｜decline, diminish, dwindle

衍｜wane (n.) 月虧；衰退

wanton

[ˋwantən]

解｜want/on
want/(a.)

(a.) 任性的；肆無忌憚的

例｜a *wanton* disregard for others' feelings
任性地不顧別人的感受

同｜willful

衍｜wantonness (n.) 任性；肆無忌憚

warranted

[wɔrəntɪd]

解｜war/ranted
guard/(a.)

(a.) 正當的

例｜a *warranted* use of force 正當使用武力

同｜deserved, justified, condign

衍｜warrant (n., v.) 授權；批准；保證
warranty (n.) 保證書；擔保

wary
[ˋwɛrɪ]

解｜war/y
aware/(a.)

(a.) 警惕的；小心的

例｜The store owner kept a *wary* eye on him.
店主人小心注意他。

同｜cautious, circumspect, prudent

衍｜wariness (n.) 警惕；小心
aware (a.) 明白的；知道的

wastrel
[ˋwestrəl]

解｜wastr/el
waste/(n.)

(n.) 揮霍者；浪子

例｜Her money was gambled away by her *wastrel* of a husband.
她的錢都被揮霍無度的老公賭輸了。

同｜spendthrift, profligate, prodigal

welter
[ˋwɛltɚ]

解｜welt/er
turn/(n.)

(n.) 混亂；雜亂；一堆

例｜a *welter* of junk
一堆亂七八糟、沒用的東西

同｜confusion, jumble, clutter

whet
[hwɛt]

解｜whet
sharpen（擬聲字）

(v.) 磨利；刺激

例｜We had some wine to *whet* our appetites.
我們喝點酒來刺激食慾。

同｜stimulate, arouse, kindle

whimsical
[ˋhwɪmzɪkḷ]

解｜whims/ical
whim/(a.)

(a.) 異想天開的；怪誕的

例｜She has a *whimsical* sense of humor.
她的幽默感很怪異。

同｜fanciful, droll, quaint

衍｜whim (n.) 突發奇想

whitewash
[ˋhwaɪt͵wɑʃ]

解｜white/wash
white/wash
（在牆上刷白石灰）

(v.) 粉飾；掩蓋眞相

例｜a book that tries to *whitewash* the country's past
這本書想要粉飾國家的過往

同｜suppress, conceal, camouflage

衍｜whitewash (n.) 粉飾；掩蓋

wile
[waɪl]

解｜wile
trick

(n.) 詭計；計謀

例｜feminine *wiles* 女性的計謀

同｜tricks, ruses, ploys

衍｜wily (a.) 詭計多端的；狡猾的

wilt [wɪlt] 解 | wilt wither	**(v.) 枯萎；凋謝；無力** 例 | Her happy mood *wilted*. 她的快樂情緒消失了。 同 | diminish, wane, ebb 衍 | wither (v.) 枯萎
windfall [ˋwɪnd͵fɔl] 解 | wind/fall wind/fall （隨風掉落的果實）	**(n.) 意外的收穫** 例 | They received a *windfall* because of the tax cuts. 因為減稅，他們有意外的收穫。 同 | bonanza, godsend
winnow [ˋwɪno] 解 | win/now wind/(v.) （揚起穀子讓風吹去殼）	**(v.) 篩檢；淘汰** 例 | *winnowed* the field to four contenders 淘汰到剩下四名參賽者 同 | separate, sift, filter
winsome [ˋwɪnsəm] 解 | win/some win/(a.)	**(a.) 博人好感的；討人喜歡的** 例 | a *winsome* smile 討喜的微笑 同 | appealing, charming, enchanting
wistful [ˋwɪstfəl] 解 | wist/ful wish/ful	**(a.) 惆悵的；嚮往的** 例 | He had a *wistful* look on his face. 他臉上帶著嚮往的表情 同 | nostalgic, yearning, longing
wizened [ˋwɪzn̩d] 解 | wizen/ed wither/(a.)	**(a.) 乾癟的；皺縮的** 例 | a *wizened* old man 乾癟的老頭 同 | wrinkled, creased, shriveled 衍 | wither (v.) 枯萎

Y

Track 327

yearn [jɜn] 解｜yearn desire	**(v.) 渴望；嚮往** 例｜*yearn* for critical approval 渴望評論家認可 同｜long, pine, crave 衍｜yearning (n.) 渴望；嚮往
yoke [jok] 解｜yoke join	**(n.) 軛；枷鎖** 例｜a people able at last to throw off the *yoke* and to embrace freedom 人民終於能夠去掉枷鎖、擁抱自由 同｜oppression, subjugation, bondage 衍｜yoke (v.) 套上車軛；套上枷鎖

Track 327

zeal [zil] 解 ∣ zeal desire	**(n.) 熱衷；狂熱** 例 ∣ his *zeal* for football 他對足球的狂熱 同 ∣ passion, ardor, enthusiasm 衍 ∣ zealous (a.) 狂熱的 zealot (n.) 狂熱份子
zenith [`zinɪθ] 解 ∣ zenith zenith	**(n.) 頂點；最高點** 例 ∣ at the *zenith* of his powers 在他權力的頂點 同 ∣ acme, pinnacle, apex

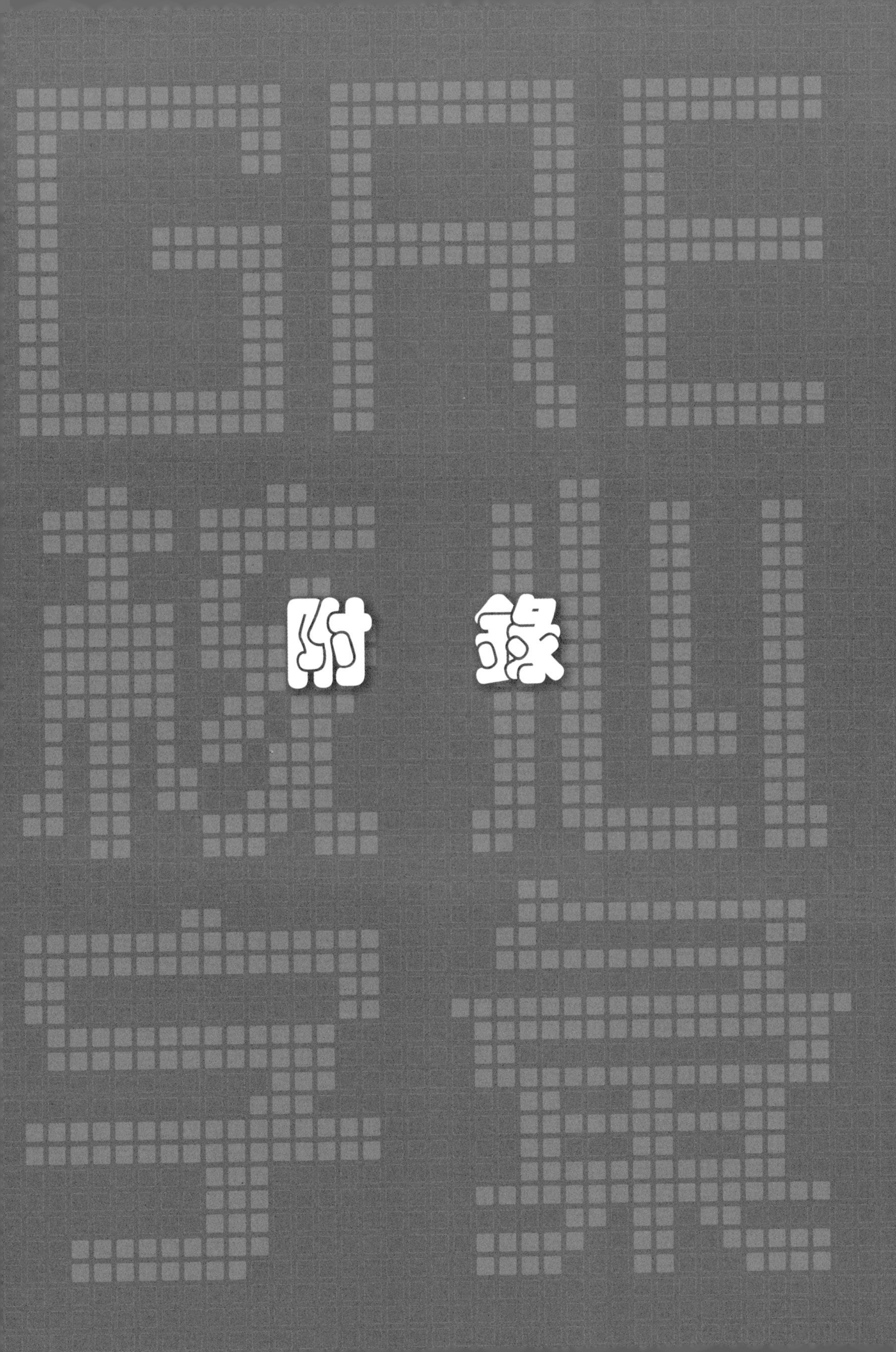

附錄

附錄一　字首字根一覽表

例字和詞性		字源拆解		中譯
a-, an-: without				
例	atypical (a.)	a/typ/ical	without/type/(a.)	非典型的
ab-, abs-: away, from				
例	absent (a.)	abs/ent	away/(a.)	缺席的
acr, acu: sharp				
例	acute (a.)	acu/te	sharp/(a.)	敏銳的；急性的
ad-: to, toward				
例	advance (v., n.)	ad/van/ance	toward/front/(n.)	前進
aesthes, aesthet: feel				
例	aesthetics (n.)	aesthet/ics	feel/(n.)	美學
ag, ig: act				
例	agent (n.)	ag/ent	act/(n.)	經紀人；情報員
algia: pain				
例	nostalgia (n.)	nost/algia	home/pain	思鄉
alter, ali: other				
例	alter (v.)	alter	other	改變
ambi-, amphi-: both, around				
例	ambition (n.)	ambi/it/ion	around/go/(n.)	野心
amble: walk				
例	ambulance (n.)	ambul/ance	walk/(n.)	救護車
amor: love				
例	amateur (n.)	am/ateur	love/person	業餘愛好者

例字和詞性		字源拆解		中譯
ana-: again				
例	analysis (n.)	ana/lys/is	again/loosen/(n.)	分析
andr, anthrop: man				
例	android (n.)	andr/oid	man/like	人形機器人
anim: life, spirit				
例	animal (n.)	anim/al	life/(n.)	動物
ante-: before				
例	anteroom (n.)	ante/room	before/room	會客室
anti-: against				
例	antiwar (a.)	anti/war	against/war	反戰的
apt, ept: fit				
例	adapt (v.)	ad/apt	to/fit	適應
arbitr: judge				
例	arbiter (n.)	arbit/er	judge/person	仲裁者
arch: chief, ancient, rule				
例	archaic (a.)	arch/aic	ancient/(a.)	老式的
ard: hard				
例	arduous (a.)	ard/(u)ous	hard/(a.)	費力的
art: skill				
例	artifact (n.)	art(i)/fact	skill/make	藝品；文物
asper: rough				
例	exasperate (v.)	ex/asper/ate	intensifier/rough/(v.)	激怒
aud: hear				
例	audience (n.)	aud(i)/ence	hear/(n.)	聽衆
aug: increase, great				
例	august (a.)	aug/ust	great/(a.)	偉大的
auto: self				
例	automatic (a.)	auto/mat/ic	self/move/(a.)	自動的

例字和詞性		字源拆解		中譯
avi: bird				
例	aviation (n.)	avi/ation	bird/(n.)	飛行

例字和詞性		字源拆解		中譯
ball, bol: throw				
例	symbol (n.)	syn/bol	together/throw	象徵
ban: forbid				
例	banish (v.)	ban/ish	forbid/(v.)	放逐
bat: beat				
例	battle (n.)	bat/tle	beat/(n.)	戰鬥
bel: war				
例	rebel (n., v.)	re/bel	against/war	叛徒；反叛
bene-, bon-: good				
例	bonus (n.)	bon/us	good/(n.)	紅利
bev, bib: drink				
例	beverage (n.)	bev/erage	drink/(n.)	飲料
bi-: two				
例	bicycle (n.)	bi/cycle	two/circle	單車
bio: life				
例	biology (n.)	bio/log/y	life/word/(n.)	生物學
ble, ple, plic: bend, fold				
例	double (n., v., a.)	dou/ble	two/fold	雙倍（的）
brev, brid: short				
例	abbreviate (v.)	ad/brev(i)/ate	to/short/(v.)	縮寫

C

例字和詞性		字源拆解		中譯
can, ken: know				
例	canny (a.)	can/ny	know/(a.)	精明的
cand: white, burn				
例	candle (n.)	cand/le	fire/(n.)	蠟燭
cant, chant: sing				
例	chant (n., v.)	chant	sing	歌唱
caper: leap				
例	caper (v.)	caper	leap	跳躍
capit: head				
例	capital (n.)	capit/al	head/(n.)	首都；資本
capt, cept, cip: take				
例	accept (v.)	ad/cept	to/take	接受
card, cord: heart				
例	concord (n.)	con/cord	together/heart	和諧
carn: flesh				
例	carnivore (n.)	carn(i)/vore	flesh/swallow	肉食動物
cas, cad, cid: fall, befall				
例	accident (n.)	ad/cid/ent	to/befall/(n.)	意外
cata-: down				
例	catalogue (n.)	cata/logue	down/word	目錄
caust: burn				
例	caustic (a.)	caust/ic	burn/(a.)	尖酸的
ced, ceed, cess: go				
例	proceed (v.)	pro/ceed	forward/go	前進
celer: speed, swift				
例	accelerate (v.)	ad/celer/ate	to/speed/(v.)	加速

例字和詞性		字源拆解		中譯
cens: judge				
例	censorship (n.)	cens/orship	judge/(n.)	審查制度
cent-: hundred				
例	century (n.)	cent/ury	hundred/(n.)	世紀
centr: center				
例	central (a.)	centr/al	center/(a.)	中央的
cern, crit: sift				
例	concern (n., v.)	con/cern	together/sift	關切；關心
chic: skill				
例	chic (a.)	chic	chic	時髦的
chron: time				
例	chronic (a.)	chron/ic	time/(a.)	長期的；慢性的
cide: kill				
例	suicide (n.)	sui/cide	self/kill	自殺
circum-, circul-: circle, around				
例	circular (a.)	circul/ar	around/(a.)	圓形的
cis: cut				
例	scissors (n.)	scis/sors	cut/(n.)	剪刀
cit, kin: move				
例	recital (n.)	re/cit/al	again/move/(n.)	背誦；獨奏會
civi, citi: city, government				
例	citizen (n.)	cit/izen	city/(n.)	市民；公民
clam, claim: shout				
例	exclamation (n.)	ex/clam/ation	out/shout/(n.)	驚呼
clin, cliv: slope, lean				
例	incline (v., n.)	in/cline	in/lean	傾斜；傾向
clud, clus: close				
例	include (v.)	in/clude	in/close	包括

例字和詞性		字源拆解		中譯
cogni, gnos: know				
例	recognize (v.)	re/cogn/ize	again/know/(v.)	辨認
con-, com-, col-, cor-, co-: together, intensifier				
例	consist (v.)	con/sist	together/be	組成
concil: council				
例	reconcile (v.)	re/concile	re/concile	調解
contra-, counter-: against				
例	contrast (n., v.)	contrast	against	對比；相反
corp: body				
例	corpse (n.)	corp/se	body/(n.)	死屍
crat: rule				
例	autocrat (n.)	auto/crat	self/rule	獨裁者
cre: grow				
例	increase (n., v.)	in/crea/se	in/grow/(v.)	增加
cred: believe				
例	credit (n., v.)	cred/it	believe/(n.)	信用；相信
crypt: hide				
例	crypt (n.)	crypt	crypt	地下墓穴
cult: cover				
例	agriculture (n.)	agr(i)/cult/ure	land/cover/(n.)	農業
cum, cub: lie				
例	accumulate (v.)	ad/cum/ulate	to/lie/(v.)	累積
cup: hold				
例	occupy (v.)	ob/cup/y	toward/hold/(v.)	佔領
cur, cour: run				
例	current (n.)	cur/rent	run/(n.)	流；潮流
cure: care				
例	curator (n.)	cur/ator	care/person	館長；策展人

D

例字和詞性		字源拆解		中譯
de-: not, down, away, intensifier				
例	describe (v.)	de/scribe	down/write	描寫
deca-: ten				
例	decade (n.)	dec/ade	ten/(n.)	十年
decor: adorn				
例	decorate (v.)	décor/ate	adorn/(v.)	裝飾
demo: people				
例	democracy (n.)	demo/crac/y	people/rule/(n.)	民主
deus, div, theo: god				
例	theology (n.)	theo/log/y	god/word/(n.)	神學
dia-: through, across				
例	dialogue (n.)	dia/logue	across/speak	對話
dict: speak				
例	predict (v.)	pre/dict	before/speak	預測
dign: worth				
例	dignity (n.)	dign/ity	worth/(n.)	尊嚴
dis-, dif-: not, apart				
例	distance (n.)	dis/sta/ance	apart/stand/(n.)	距離
doct: teach				
例	doctor (n.)	doct/or	teach/person	醫生；博士
dom, domin: house, lord				
例	dominate (v.)	domin/ate	lord/(v.)	主宰；支配
dos, dot, dow: give				
例	antidote (n.)	anti/dote	against/give	解藥
du-, dou-: two				
例	double (n., v., a.)	dou/ble	two/fold	雙倍（的）

例字和詞性		字源拆解		中譯
duc, duct: lead				
例	introduction (n.)	intro/duct/ion	inward/lead/(n.)	介紹
dur: hard, last				
例	endure (v.)	en/dure	make/last	持續；忍耐
dynam: power				
例	dynamite (n.)	dynam/ite	power/(n.)	炸藥
dys-: bad				
例	dysfunction (n.)	dys/fact/ion	bad/do/(n.)	功能失常

例字和詞性		字源拆解		中譯
ed: eat				
例	edible (a.)	ed/ible	eat/able	可食用的
empt, sumpt, sum: take				
例	consumer (n.)	con/sum/er	together/take/person	消費者
enni, annu: year				
例	anniversary (n.)	anni/vers/ary	year/turn/(n.)	周年
epi-: upon, on				
例	epidemic (n.)	epi/dem/ic	upon/people/(n.)	傳染病；疫情
equi: equal				
例	equivalent (a., n.)	equi/val/ent	equal/worth/(a.)	等值（的）
erc, erg, org: work				
例	energy (n.)	en/erg/y	make/work/(n.)	能量
err, ir: wander, angry				
例	error (n.)	err/or	wander/(n.)	錯誤

例字和詞性		字源拆解		中譯
esse: be				
例	essence (n.)	esse/nce	be/(n.)	要素
eu-: good, beautiful				
例	eulogy (n.)	eu/log/y	good/word/(n.)	讚頌
ex-, e-, ec-: out, intensifier				
例	exit (n.)	ex/it	out/(n.)	出口

例字和詞性		字源拆解		中譯
fab, fess, phet: speak				
例	professor (n.)	pro/fess/or	forward/speak/person	教授
fact, fect, fict: do, make				
例	factory (n.)	fact/ory	make/(n.)	工廠
fer: bear, carry				
例	prefer (v.)	pre/fer	before/carry	偏好
ferv: boil				
例	fervent (a.)	ferv/ent	boil/(a.)	熱情的
fid, fed: faith				
例	confidence (n.)	con/fid/ence	intensifier/faith/(n.)	信心
fin: end, limit				
例	finish (n., v.)	fin/ish	end/(v.)	結束
fine: fine				
例	finesse (n.)	fine/sse	fine/(n.)	技巧
flate: blow				
例	inflation (n.)	in/flat/ion	in/blow/(n.)	膨脹

例字和詞性		字源拆解		中譯
flect, flex: bend				
例	reflect (v.)	re/flect	back/bend	反射
fledg: fly				
例	fledgling (n.)	fledg/ling	fly/small	小鳥
flict: strike				
例	conflict (n., v.)	con/flict	together/strike	衝突
flu: flow				
例	fluent (a.)	flu/ent	flow/(a.)	流利的
folio: leaf				
例	foliage (n.)	foli/age	leaf/(n.)	樹葉
forc, fort: strong				
例	effort (n.)	ex/fort	out/strong	努力
found: bottom				
例	profound (a.)	pro/found	forwad/bottom	深遠的
fract, frag: break				
例	fraction (n.)	fract/ion	break/ion	分數；小數
frater: brother				
例	fraternity (n.)	frater/(n)ity	brother/(n.)	博愛
frict, friv: rub				
例	friction (n.)	frict/ion	rub/(n.)	磨擦
fruct: fruit				
例	fructify (v.)	fruct(i)/fact/y	fruit/make/(v.)	結果實
fulmin, fulg: lightning				
例	fulminate (v.)	fulmin/ate	lightning/(v.)	大聲斥責
fund, fus: pour, melt				
例	confuse (v.)	con/fuse	together/pour	混淆

例字和詞性		字 源 拆 解		中 譯
gen: born, produce, kind				
例	generation (n.)	gen/eration	born/(n.)	世代；生產
gest: carry				
例	suggest (v.)	sub/gest	under/carry	建議
giga-: billion, giant				
例	gigantic (a.)	gig/antic	giant/(a.)	巨大的
gloom: dark				
例	gloomy (a.)	gloom/y	dark/(a.)	陰暗的
grac, grati: pleasing, thankful				
例	grateful (a.)	grate/ful	thankful/(a.)	感激的
grad, gress: step				
例	progress (n., v.)	pro/gress	forward/step	進步
grand: great				
例	grandeur (n.)	grand/eur	great/(n.)	宏偉
graph, gram: write				
例	geography (n.)	geo/graph/y	earth/write/(n.)	地理
grav: heavy				
例	gravity (n.)	grav/ity	heavy/(n.)	重力
greg: group				
例	congregation (n.)	con/greg/ation	together/group/(n.)	集合；群衆
guil, guis: wile, deceit				
例	guile (n.)	guile	deceit	詭計

例字和詞性		字源拆解		中譯
hab, hib: hold, have				
例	inhabit (v.)	in/hab/it	in/have/(v.)	居住
her, hes: stick				
例	adhesive (n.)	ad/hes/ive	to/stick/(n.)	黏著劑
hexa-, sexa-: six				
例	hexapod (n.)	hexa/pod	six/foot	昆蟲
hilar: cheerful				
例	hilarious (a.)	hilar(i)/ous	cheerful/(a.)	歡笑的
hol: whole				
例	holistic (a.)	hol/istic	whole/(a.)	整體的
homo-: same				
例	homosexual (a.)	homo/sex(u)/al	same/sex/(a.)	同性戀的
homme: man				
例	human (n.)	hum/an	man/(n.)	人類
hum: ground, low, wet				
例	humid (a.)	hum/id	wet/(a.)	潮濕的

例字和詞性		字源拆解		中譯
id: it				
例	identity (n.)	id/entity	it/(n.)	身分；識別
in-, il-, im-, ir-: in				
例	intangible (a.)	in/tang/ible	not/touch/able	無形的

例字和詞性		字源拆解		中譯
in-, il-, im-, ir-: not				
例	inactive (a.)	in/act/ive	not/act/(a.)	不活動的
inter-: between				
例	interrupt (v.)	inter/rupt	between/break	打斷
it, i: go				
例	transit (n.)	trans/it	across/go	運送；行經

例字和詞性		字源拆解		中譯
ject, jet: throw				
例	eject (v.)	ex/ject	out/throw	彈射
journ, urn: day				
例	journey (n., v.)	journ/ey	day/(n.)	旅行
jov: joy				
例	jovial (a.)	jov(i)/al	joy/(a.)	歡樂的
jud, jur, jus: swear, law, right				
例	jury (n.)	jur/y	law/(n.)	陪審團
junct, join: join				
例	conjunction (n.)	con/junct/ion	together/join/(n.)	連接詞
juven: young				
例	juvenile (n.)	juven/ile	young/(n.)	青少年

K

例字和詞性		字源拆解		中譯
kilo-: thousand				
例	kilometer (n.)	kilo/meter	thousand/measure	公里

例字和詞性		字源拆解		中譯
labor: work				
例	laborer (n.)	labor/er	work/person	勞工
lat: side				
例	bilateral (a.)	bi/later/al	two/side/(a.)	雙邊的
laud: praise				
例	laudable (a.)	laud/able	praise/able	值得稱讚的
lav, luv: wash				
例	lavatory (n.)	lav/atory	wash/(n.)	洗手間
lax: loose				
例	relax (v.)	re/lax	back/loose	放鬆
lect, lig, leg: choose, read, speak				
例	election (n.)	ex/lect/ion	out/choose/(n.)	選舉
leg: law				
例	legal (a.)	leg/al	law/(a.)	法律的；合法的
leth: die				
例	lethal (a.)	leth/al	die/(a.)	致命的
lev: light				
例	lever (n.)	lev/er	light/(n.)	槓桿；操控桿

例字和詞性		字　源　拆　解		中　譯
libra: scales, free				
例	liberty (n.)	liber/ty	free/(n.)	自由
limin: limit				
例	eliminate (v.)	e/limin/ate	out/limit/(v.)	消除；淘汰
linqu: leave				
例	relinquish (v.)	re/linqu/ish	back/leave/(v.)	放棄
liter: letter				
例	illiterate (a.)	in/liter/ate	not/letter/(a.)	不識字的
loc: place				
例	location (n.)	loc/ation	place/(n.)	地點；位置
locu, loqu, log: word, speak				
例	dialogue (n.)	dia/logue	across/speak	對話
luc, lumin: light				
例	lucid (a.)	luc/id	light/(a.)	清楚的
lud, lus: play				
例	prelude (n.)	pre/lude	before/play	序

例字和詞性		字　源　拆　解		中　譯
macro: large, long, thin				
例	meager (a.)	macro	thin	微薄的；少的
mal-: bad				
例	malfunction (n., v.)	mal/fact/ion	bad/do/(n.)	故障
mand, mend: order				
例	commander (n.)	con/mand/er	intensifier/order/person	司令官

例字和詞性		字 源 拆 解		中 譯
manu: hand				
例	manual (n.)	manu/al	hand/(n.)	手冊
mar, mer: sea				
例	marine (a.)	mar/ine	sea/(a.)	海洋的
maxi, magn, maj: great				
例	magnify (v.)	magn(i)/fact/y	great/make/(v.)	放大
medi, midi: middle				
例	medium (n., a.)	medi/um	middle/(n.)	媒體；中等的
mega-: million, great				
例	megaphone (n.)	mega/phone	great/sound	擴音器
mem, mne: mind, remember				
例	memory (n.)	mem/ory	remember/(n.)	記憶
meter: measure				
例	symmetry (n.)	syn/meter/y	same/measure/(n.)	對稱
micro-: tiny				
例	microscope (n.)	micro/scope	tiny/look	顯微鏡
mill-: thousand				
例	millimeter (n.)	milli/meter	thousandth/measure	公釐
minent, mont: mount, project				
例	prominent (a.)	pro/minent	forward/project	著名的；突出的
mini: small				
例	miniskirt (n.)	mini/skirt	small/skirt	迷你裙
mis-: bad, wrong				
例	mistake (n., v.)	mis/take	wrong/take	錯誤
misc: mix				
例	miscellany (n.)	misc/ellany	mix/(n.)	文集
miss, mit: send				
例	permit (v.)	per/mit	through/send	允許

例字和詞性		字源拆解		中譯
mob, mot: move				
例	automobile (n.)	auto/mob/ile	self/move/(n.)	汽車
mod: manner, measure				
例	model (n.)	mod/el	measure/(n.)	模特兒；模型
mono-: one				
例	monotonous (a.)	mono/ton/ous	one/tone/(a.)	單調的
monstr: show				
例	demonstrate (v.)	de/monstr/ate	intensifier/show/(v.)	顯示；證明
morph: form				
例	amorphous (a.)	a/morph/ous	without/form/(a.)	無形的
mort: death, bite				
例	murder (n., v.)	murd/er	death/(n.)	謀殺
multi-: many				
例	multiple (a.)	multi/ple	many/fold	多重的
muni: gift, service				
例	munificent (a.)	muni/fic/ent	gift/make/(a.)	大方的
mur, mora: delay				
例	moratorium (n.)	mora/torium	delay/(n.)	暫停
mut: change, move				
例	mutation (n.)	mut/ation	change/(n.)	突變

	例字和詞性	字源拆解		中譯
nat: born				
例	nature (n.)	nat/ure	born/(n.)	自然
nebul: cloud				
例	nebula (n.)	nebul/a	cloud/(n.)	星雲
neg, nil, nul: no, nothing				
例	negative (a., n.)	neg/ative	no/(a.)	否定（的）
neo, nov: new				
例	neoclassical (a.)	neo/class/ical	new/class/(a.)	新古典的
niger: black				
例	enigma (n.)	ex/nig/ma	intensifier/black/(n.)	謎
noc: harm				
例	innocent (a.)	in/noc/ent	not/harm/(a.)	無辜的；無罪的
nom, nomin, onym: name				
例	nominate (v.)	nomin/ate	name/(v.)	提名
non-: not				
例	nonstop (a., adv.)	non/stop	not/stop	直達（的）
nona-, nano-: nine				
例	nanometer (n.)	nano/meter	nine/measure	奈米
norm: standard				
例	normal (a.)	norm/al	standard/(a.)	正常的
note: mark				
例	denote (v.)	de/note	down/note	表示
nounc, nunc: report				
例	announce (v.)	ad/nounce	to/report	宣告
nur, nour, nutri: food, feed				
例	nutrition (n.)	nutri/tion	food/(n.)	營養

O

例字和詞性		字源拆解		中譯
ob-, oc-, of-, op-: toward, against				
例	oppose (v.)	ob/pose	against/place	反對
octa-: eight				
例	octopus (n.)	oct(o)/pod/us	eight/foot/(n.)	章魚
od: way				
例	method (n.)	meth/od	beyond/way	方法
od, ol: smell				
例	odor (n.)	od/or	smell/(n.)	氣味
omni-: all				
例	omnipotent (a.)	omni/potent	all/powerful	全能的
oper: work				
例	operate (v.)	oper/ate	work/(v.)	操作
opt: choose				
例	adopt (v.)	ad/opt	to/choose	採納；領養
optic, ops: see				
例	optical (a.)	optic/al	see/(a.)	視覺的
ora: mouth, speak				
例	oral (a.)	ora/al	mouth/(a.)	口語的；口腔的
ord, orn: order				
例	order (n.)	order	order	秩序；命令
oss: bone				
例	fossil (n.)	foss/il	bone/(n.)	化石

例字和詞性		字源拆解		中譯
pair, pare: ready, arrange				
例	prepare (v.)	pre/pare	before/arrange	準備
pall: pale				
例	pallid (a.)	pall/id	pale/(a.)	蒼白的
pan-: all				
例	pandemic (n.)	pan/dem/ic	all/people/(n.)	大規模疫情
para-: beside				
例	paragraph (n.)	para/graph	beside/write	段落
pars, spars: spare				
例	sparse (a.)	sparse	sparse	稀疏的
pass, path, pati: feel, suffer				
例	sympathy (n.)	syn/path/y	same/feel/(n.)	同情
pastor: shepherd				
例	pastor (n.)	pastor	pastor	牧師
pater: father, fatherland				
例	patriot (n.)	pater(i)/ot	fatherland/(n.)	愛國者
pec: sin				
例	impeccable (a.)	in/pec/cable	not/sin/able	無可非議的
pecun: money				
例	pecuniary (a.)	pecun/(i)ary	money/(a.)	金錢的
ped: foot				
例	impede (v.)	in/pede	in/foot	阻礙
ped: child				
例	pedant (n.)	ped/ant	child/(n.)	學究
pel, puls: push				
例	compel (v.)	con/pel	intensifier/push	強迫

例字和詞性		字源拆解		中譯
pen, pun: pain, punish				
例	punishment (n.)	pun/ish/ment	pain/(n.)	懲罰
pend, pens, pond, pons: hang, weigh, pay				
例	expensive (a.)	ex/pens/ive	out/pay/(a.)	昂貴的
pent-: five				
例	pentagon (n.)	pent/agon	five/angle	五角形
per-: through, intensifier				
例	permit (v.)	per/mit	through/send	允許
peri-: around				
例	period (n.)	peri/od	around/way	時期；周期
pest: pest				
例	pest (n.)	pest	pest	害蟲
phan, phen: show				
例	phantom (n.)	phan/tom	show/(n.)	魅影；幽靈
phob: fear, hate				
例	phobia (n.)	phob/ia	fear/(n.)	恐懼症
physi: nature, body				
例	physics (n.)	physi/cs	nature/(n.)	物理學
plac: please				
例	placate (v.)	plac/ate	please/(v.)	使……息怒
plet, plen: full, fill				
例	plenty (n.)	plen/ty	full/(n.)	大量
plumb: lead				
例	plumber (n.)	plumb/er	lead/person	水管工
polis, polit: city, government				
例	police (n.)	police	government	警察
poly-: many				
例	polygon (n.)	poly/agon	many/angle	多角形

例字和詞性		字 源 拆 解		中 譯
port: carry				
例	support (n., v.)	sub/port	under/carry	支持
pos, pon: place				
例	position (n.)	pos/ition	place/(n.)	位置
post-: after				
例	postpone (v.)	post/pone	after/place	延後
potent: power				
例	potential (a., n.)	potent(i)/al	power/(n.)	（有）潛力（的）
pre-: before				
例	predict (v.)	pre/dict	before/speak	預測
prec: pray				
例	precarious (a.)	prec/arious	pray/(a.)	岌岌可危的
preci: price				
例	precious (a.)	preci/ous	price/(a.)	珍貴的
prehens, pris: seize				
例	comprehend (v.)	con/prehend	together/seize	了解；理解
prim: first				
例	primary (a.)	prim/ary	first/(a.)	主要的
pro-: before, forward, for				
例	progress (n., v.)	pro/gress	forward/step	進步
prob, prov: prove, test				
例	probable (a.)	prob/able	prove/able	可能的
proper: one's own				
例	property (n.)	proper/ty	one's own/(n.)	產業；特質
pug: fight				
例	pugilist (n.)	pug/ilist	fight/person	拳擊手
punct: point, prick				
例	punctuation (n.)	punct/uation	prick/(n.)	標點

例字和詞性		字 源 拆 解		中 譯
put: count, consider				
例	compute (v.)	con/pute	together/count	運算

Q

例字和詞性		字 源 拆 解		中 譯
quadr-: four				
例	quarter (n.)	quarter	four	四分之一
que, quis: ask, seek				
例	question (n., v.)	ques/tion	ask/(n.)	問題；質問
quint-: five				
例	quintet (n.)	quint/et	five/(n.)	五重奏

R

例字和詞性		字 源 拆 解		中 譯
radic, rudi: root				
例	radical (a.)	radic/al	root/(a.)	根本的；激進的
rapt: seize				
例	rapture (n.)	rapt/ure	seize/(n.)	狂喜
re-: back, again, against				
例	return (v., n.)	re/turn	back/turn	回來
rect, rig: straight, right				
例	correct (a., v.)	con/rect	intensifier/right	正確的；訂正
reg: rule				
例	regulation (n.)	reg/ulation	rule/(n.)	規定

例字和詞性		字源拆解		中譯
rid, ris: laugh				
例	ridiculous (a.)	rid/iculous	laugh/(a.)	可笑的
rig: hard				
例	rigid (a.)	rig/id	hard/(a.)	僵硬的
rob: strong				
例	robot (n.)	rob/ot	strong/(n.)	機器人
rod, ros: bite				
例	erode (v.)	ex/rode	out/bite	侵蝕
rog: ask				
例	interrogate (v.)	inter/rog/ate	between/ask/(v.)	詢問
rupt: break				
例	interrupt (v.)	inter/rupt	between/break	打斷

例字和詞性		字源拆解		中譯
sal, saut, sault: leap				
例	assail (v.)	ad/sail	to/leap	攻擊
salut, san: health				
例	salute (n., v.)	salu/te	health/(n.)	行禮；致敬
sanct, secr: sacred				
例	saint (n.)	saint	sacred	聖人
sap, sav, sag: taste				
例	savor (n.)	sav/or	taste/(n.)	滋味
sat: enough				
例	satisfy (v.)	satis/fact/y	enough/make/(v.)	滿足

例字和詞性		字源拆解		中譯
scend: climb				
例	descend (v.)	de/scend	down/climb	下降
scin: shine				
例	scintillate (v.)	scin/tillate	shine/(v.)	閃爍
scond: hide				
例	abscond (v.)	ab/scond	away/hide	潛逃
scrib, script: write				
例	describe (v.)	de/scribe	down/write	描寫
se-: apart				
例	select (v.)	se/lect	apart/choose	挑選
sect, seg: cut				
例	section (n.)	sect/ion	cut/(n.)	節；段
sed, sid: sit				
例	president (n.)	pre/sid/ent	before/sit/(n.)	總統；主席
semi-, demi-, hemi-: half				
例	semicircle (n.)	semi/circle	half/circle	半圓
sens, sent: feel				
例	sense (n., v.)	sense	feel	意識；感覺
sept-, hept-: seven				
例	heptathlon (n.)	hept/athlon	seven/contest	七項運動
sequ, secu, su: follow				
例	consequence (n.)	con/sequ/ence	together/follow/(n.)	後果；結果
sign: mark				
例	assign (v.)	ad/sign	toward/mark	指派；分配
sist, sta, stit: stand, be				
例	consist (v.)	con/sist	together/be	組成；構成
soci: join, group				
例	society (n.)	soci/ety	group/(n.)	社會

例字和詞性		字源拆解		中譯
sol-: one				
例	solo (n., v., a.)	sol/o	one/(n.)	單人表演（的）
solu, solv: loosen				
例	solve (v.)	solve	loosen	解決
som, sop: sleep				
例	insomnia (n.)	in/somn/ia	not/sleep/(n.)	失眠
spars, spers: scatter				
例	sparse (a.)	sparse	scatter	稀疏的
spect, spic: look				
例	expect (v.)	ex/spect	out/look	期望
spir: breathe				
例	respiration (n.)	re/spir/ation	again/breathe/(n.)	呼吸
stereo: solid				
例	stereo (n.)	stereo	solid	立體音響
stig, sting, stinct: prick, mark				
例	distinguish (v.)	dis/sting(u)/ish	apart/mark/(v.)	區別；區分
strain: tighten				
例	restrain (v.)	re/strain	back/tighten	節制
struct: build				
例	structure (n.)	struct/ure	build/(n.)	結構
suav: sweet				
例	suave (a.)	suave	sweet	溫文儒雅的
sub-, suc-, sup-: under, after				
例	support (n., v.)	sub/port	under/carry	支持
sur-, super-: over, above				
例	survive (v.)	sur/vive	over/live	生存
syn-, sym-: same, together				
例	sympathy (n.)	syn/path/y	same/feel/(n.)	同情

例字和詞性		字源拆解		中譯
tach, tact, tag, tig, tang: touch				
例	contact (n., v.)	con/tact	together/touch	接觸
tacit: silent				
例	taciturn (a.)	tacit/urn	silent/(a.)	沉默寡言的
tain, ten, tin: hold				
例	contain (v.)	con/tain	together/hold	包含
tele-: far				
例	television (n.)	tele/vis/ion	far/see/(n.)	電視
temp, tempor: time, season, mix				
例	temporary (a.)	temp/orary	time/(a.)	暫時的
tend, tent, tens: stretch				
例	extend (v.)	ex/tend	out/stretch	延伸
term, termin: end, limit				
例	term (n.)	term	limit	任期；學期
terra: earth				
例	terrain (n.)	terrain	earth	地形
thes, thet: put				
例	thesis (n.)	thes/is	put/(n.)	理論
tom: cut				
例	atom (n.)	a/tom	without/cut	原子
tort: twist				
例	torture (n., v.)	tort/ure	twist/(n.)	刑求；折磨
tract: pull, draw				
例	attract (v.)	ad/tract	toward/draw	吸引
trans-: across				
例	transplant (v., n.)	trans/plant	across/plant	移植

	例字和詞性	字源拆解		中譯
trench: cut				
例	trench (n.)	trench	trench	壕溝
trep, trem: tremble				
例	intrepid (a.)	in/trep/id	not/tremble/(a.)	無畏的
tri-: three				
例	triangle (n.)	tri/angle	three/angle	三角形
trib, trit: rub				
例	contrite (a.)	con/trite	intensifier/rub	懺悔的
tribute: give				
例	distribute (v.)	dis/tribute	apart/give	分配；分發
trus,trud: thrust				
例	intrude (v.)	in/trude	in/thrust	侵入
tum: swell				
例	tumor (n.)	tum/or	swell/(n.)	腫瘤
turb: agitate				
例	disturb (v.)	dis/turb	apart/agitate	打擾；騷擾

u

	例字和詞性	字源拆解		中譯
umbra: shade				
例	umbrella (n.)	umbr/ella	shade/(n.)	雨傘
un-: not				
例	untrue (a.)	un/true	not/true	不真實的
ungu: oil				
例	anoint (v.)	ad/oint	to/oil	塗油；封冕

例字和詞性		字源拆解		中譯
uni-: one				
例	uniform (a., n.)	uni/form	one/form	畫一的；制服
urb: city				
例	urban (a.)	urb/an	city/(a.)	都市的
us, ut: use				
例	utilize (v.)	ut/ilize	use/(v.)	使用

v

例字和詞性		字源拆解		中譯
vac, van, vain: empty				
例	vanish (v.)	van/ish	empty/(v.)	消失
vad, vas: go				
例	invade (v.)	in/vade	in/go	入侵
val, vail: worth, strong				
例	value (n.)	val/ue	worth/(n.)	價值
van, vant: front				
例	advantage (n.)	ad/vant/age	to/front/(n.)	利益；好處
vari: change				
例	various (a.)	vari/ous	change/(a.)	各式各樣的
ven, vent: come				
例	prevent (v.)	pre/vent	before/come	預防
ver: true				
例	verify (v.)	ver(i)/fact/y	true/make/(v.)	驗證；查證
verb: word				
例	proverb (n.)	pro/verb	for/word	格言

例字和詞性		字源拆解		中譯
vers, vert: turn, change				
例	reverse (a., v., n.)	re/verse	back/turn	相反（的）
vest: clothe				
例	invest (v.)	in/vest	in/clothe	投資
via: way				
例	previous (a.)	pre/via/ous	before/way/(a.)	先前的；早先的
vict: conquer				
例	victory (n.)	vict/ory	conquer/(n.)	勝利
vid, vis: see				
例	television (n.)	tele/vis/ion	far/see/(n.)	電視
vir: man				
例	virtue (n.)	vir/tue	man/(n.)	道德；德行
vit, viv: live, life				
例	survive (v.)	sur/vive	over/live	生存
viti: vice				
例	vicious (a.)	vic/(i)ous	vice/(a.)	邪惡的
voc, vok: voice, call				
例	advocate (v., n.)	ad/voc/ate	to/call/(v.)	提倡；倡議者
volu, volv: roll				
例	revolution (n.)	re/volu/tion	back/roll/(n.)	革命；旋轉

附錄二　廣讀學英文

前言

以台灣的環境而言，要想把英文學好，最好的辦法莫過於廣讀。以現代知識份子的需求而言，最有效的英文學習方法仍然是廣讀。廣讀所需的工具，一是字源分析、一是句型分析。妥善運用這兩項工具、持續進行廣讀，可以突破英文學習的瓶頸，在聽、說、讀、寫各方面都會有顯著的進步。

英文學習方法概述

先來看看英文教學法的歷史沿革，以便了解廣讀在其中扮演的角色。

TESOL（Teaching English to Speakers of Other Languages）領域中正統的英文教學方法，主要有文法翻譯法（Grammar Translation）、句型練習法（Pattern Practice）、溝通法（Communicative Approach）、閱讀法（Reading Approach）、綜合法（General Approach）等五種。以下分別說明。

文法翻譯法

這是在英語教學史上沿用最久、影響最大的一種教學法。這種方法產生自十六世紀——自十六世紀起才有英文文法，在那之前只有拉丁文法。而一旦有了英文文法，就開始有人採用文法翻譯法來進行英文教學。作法是教師在課堂上用母語教授一套完整的文法系統，講解範文時則大量採用母語翻譯。

文法翻譯法對文字英文（讀與寫）有很大的幫助。不過，這種方法對口語英文（聽與說）似乎幫助不大。以這種方法訓練出來的學生，英文的讀寫能力通常不錯，聽講能力卻往往不足。

句型練習法

二次大戰時，美軍派駐世界各地，必須能夠和當地人溝通。各國採用的英文教學法長期以來都是以文法翻譯法爲主，英語聽講能力普遍薄弱，結果軍中翻譯官人才嚴重不足。美國國防部於是委託美國語言學專家規劃設計出一套針對聽講能力的速成訓練課程，希望能夠由美軍帶到世界各地去、在短期內訓練出足夠的當地人才充當軍中翻譯官。當時設計出來的那套產物就是句型練習法。

就美國國防部而言，句型練習法的好處在於可操之在我：避開母語、完全採用英語教學。它每次的課程分成上、下兩節課：上節進行代換練習（Substitution Drills），下節進行實況會話。

句型練習法的教學完全捨棄文法翻譯，而是把英文句子整理歸納成爲有限的幾種句型。學生在課堂上先採用代換練習的方式來熟悉某個句型。到了下半節課，教師就要動用教材教具、設計一些情境，讓學生分組去進行實況會話的練習，藉以活用剛才學會的句型。句型練習法的理論基礎是「內化」（internalization）：學生經由句型練習與實況會話，將某個句型「內化」（也就是「習慣成自然」）。將來碰到相關的會話情境，只要將恰當的單字代入已經內化的句型中，就能夠充分表達各式各樣的意思。

句型練習法經過美軍在世界各地的使用，成功訓練出一批軍中翻譯官，這種教學法也因而風靡一時。各級學校紛紛興建語音實驗室（language labs），這個風潮也是句型練習法造成的。因爲句型練習法中的代換練習部分是「一個提示、一個反應」，師生之間的互動相當機械化，可以用機器取代人力，所以才要興建語音實驗室來取代教師。

不過，句型練習法雖然盛極一時，日久之後仍然暴露出一些弊病。首先，它的代換練習部分太過死板，很難引起學生的興趣。另外更嚴重的是：新一批的學者經過實驗，推翻了句型練習法的「內化」理論。換言之，句型練習法的基本理論有問題，應該不是一種有效的學習方法。可是，當初採用句型練習法確實獲得了成功。學者觀察這中間的矛盾，因而注意到句型練習法的「實況會話」部分，一種新的英語教學法也就應運而生。

溝通法

句型練習法的課程分成代換練習與實況會話兩部分。既然代換練習的部分理論上有問題，那麼句型練習法的成功是不是因爲下半節課的實況會話造成的？學者於是仔細研究實況會話，因而研發出了溝通法。

所謂溝通法，強調語言以溝通爲目的、語言的學習也在溝通中進行。它把語言的使用，區分爲一些「功能」（functions）。學習者由最簡單、最常用的功能開始，學習如何用英文進行溝通，逐步進展到越來越複雜的功能。教師在課前要準備大量的教材教具並且設計活動，上課時教師則居於從旁輔導的角色，讓學生積極參與活動而達到學習目標。例如，「如何在自助餐廳點菜」就是語言學習者必須學習的重要功能，因爲他很可能每天都會用到。教師先教一些必要的單字與用語，然後讓學生在模擬情境中眞正用英文去點菜、結賬。下課之後學生可能就得眞正上陣、到自助餐廳去自行點菜。

溝通法是英國研發出來、在美國發揚光大的英語教學法。它和句型練習法一樣，注重的是口語英文（聽與說）。不同點在於：句型練習法是針對 EFL 環境設計出來的教學法，溝通法則是針對 ESL 環境設計的方法。

ESL，代表 English as a Second Language「英語作爲第二語」。例如一個剛從台灣搬到美國的新移民，英語對他來說已經不再是外語，但也不是他的母語，而是「第二語」。他可以選擇參加美國政府爲新移民辦的 Adult English Program「成人英語課程」，在課堂上接觸到的很可能就是「溝通法」這種針對 ESL 環境設計的方法。重點在於：學生在課堂上學會了譬如「自助餐廳點菜」這種功能之後，下了課眞正得進入一家自助餐廳去用英文點菜。課堂所學可提供一些基本用語，但不足以應付所有的可能狀況——這位新移民最愛吃的一道菜可能就不知道英文該怎麼說。然而，他在課堂所學至少讓他不至於餓肚子。而且，每天要進自助餐廳點菜，遲早他會知道那道菜的英文是怎麼說的。

在台灣的情況就不同了。雖然政府朝向雙語國家在努力、想要制訂英文爲第二語，但是事實上英文在台灣還是外國語，台灣的英文學習環境仍然是 EFL（English as a Foreign Language）「英語作爲外語」的環境。我們的教育部雖然大力在台灣各級學校推行溝通法，但是這種作法忽略了一件事實：溝通法是英美國家的 ESL 教學法，並不適用於台灣 EFL 的學習環境。換句話說，在台灣的學校採用溝通法、教學生「自助餐廳點菜」這種語言功能，下課後學生卻找不到可以用英文點菜的地方。他在課堂上所學都變成無用武之地，不僅無法在反覆使用中去拓展學習，反而是現學現忘。上課時師生打成一片、玩得很開心，一下課就全忘光了，下次來上課又是一片空白。在台灣，眞正採用溝通法上課的教室，不論是學校還是補習班，大部分面臨的就是這種惡性循環。在台灣這種 EFL 的學習環境中硬要套用英美的 ESL 學習方法，若無配套措施，往往是徒勞無功。

閱讀法

要彌補 EFL 環境的不足，必要的配套措施就是閱讀法。學生在外頭的環境找不到練習聽講的機會，但可以很容易進入文字英文的世界。這個世界比口語英文的世界更廣大、更豐富。而且，因爲英文是拼音文字，所有單字都是把聲音拼出來而已，所以文字英文的世界也可以涵蓋口語英文的世界。只要方法正確，閱讀法可以一舉解決英文聽、說、讀、寫的問題。

閱讀法的作法，是將英文閱讀分成四個步驟：精讀（Intensive Reading）、廣讀（Extensive Reading）、略讀（Skimming）、掃描（Scanning）。第一步是精讀：藉助文法翻譯和句型分析，把一篇文章從單字到句型、甚至是文章的組織結構與時代文化背景，各方面全部要弄清楚。

精讀是很重要的基礎，但並不代表閱讀的全部。大部分人閱讀英文一直都停留在精讀的階段，所以閱讀速度緩慢，閱讀的份量因而也相當有限。結果就是一直有個無法突破的瓶頸，聽、說、讀、寫各方面一直無法達到眞正「流利」的程度。

要突破這個瓶頸，以台灣的環境與現代知識份子的需求而言，最有效的辦法就是進入閱讀法的第二階段：廣讀。所謂廣讀，簡單講就是隨個人興趣，持續進行大量、快速、不求甚解的閱讀。作法將在下文中詳述。

閱讀法的第三個階段是略讀，也就是快速翻閱一本書或一篇文章、抓重點。如果你爲了寫論文在找資料，在圖書館中找到五十本書、或者在網路上找到五百篇文章，想要快速了解一下哪幾本書、哪幾篇文章對你寫論文有幫助，值得借閱或印出，那麼你就得略讀這些書籍或文章、快速掌握它的主題。

閱讀法的第四個階段是掃描。這個工作很像搜尋引擎的搜尋功能：以最短時間在一本書或一篇文章當中搜尋出你要找的內容在何處。考試時（如閱讀測驗）掃描能力會很有幫助。略讀與掃描都是後話，最重要的工作還是廣讀。

綜合法

綜合法，簡單講就是「因材施教，因地制宜」。它強調的是，每一個學生都有自己的學習風格（learning style），不能勉強要求學生適應同一種教法，而是要針對學生設計適合個人的學習方法。

採用綜合法的教學理論，學生第一步的工作是要了解自己的學習風格。可上網用 Learning Style Test 做關鍵字進行搜尋，便能找到一些免費的學習風格測驗。在網上自我測驗一下，就可以了解自己的學習風格是內向還是外向、是文字導向還是口語導向等。

以你周遭接觸過的朋友、同學爲例。有些人很擅長 K 書、背單字，考試都能考得很好，但就是不敢開口講英文；另外有些人看到書就想睡覺、考試常常不及格，但是喜歡聽英文歌、到 pub 去交一些老外朋友，英文會話沒有問題。這兩種學生分別屬於兩種類型，學習風格不同。勉強前者去開口講話，就跟勉強後者去 K 書一樣，都是很痛苦而事倍功半的事。

綜合法不排斥任何一種學習方法，但是要求學生了解自己的學習風格、認識本身的需求與環境的限制，然後順勢而爲。老師還得了解自已的教學風格。

以上是 TESOL 五種正式教學法的簡介。接下來看看廣讀的作法。

廣讀的作法

簡單講，廣讀就是大量的、快速的、長篇的閱讀，心態是不求甚解、懂個大意就行，一切以興趣爲依歸。

常常有學生要我推薦廣讀的材料。我在下文會列出幾個網站供讀者參考，但並不特別推薦哪些書。因爲，廣讀要能持久進行才會看到效果，而要想持續的話就絕對不能有絲毫勉強，必須讀得「津津有味」才行。所以，廣讀的材料必須是讀者個人喜愛的東西。每個人的興趣不同。有人喜歡小說類、有人喜歡知識類。同樣是小說類，又分成文藝、偵探、驚悚、科幻等類別，各有其喜好者。什麼樣的內容能夠吸引你持續閱讀下去，這只有讀者自己知道。

要注意的是，廣讀的材料在難易度方面必須適合讀者的程度。一般學生因爲從前受的是文法翻譯與精讀的訓練，習慣於閱讀超出自己程度的文章。靠著逐一查單字、分析文法句型，慢慢把一個個句子翻譯成中文來了解。這是精讀的作法。廣讀的作法不同，必須讀得快、讀得多，而且要能夠長期維持閱讀的習慣。基本上，廣讀時不查單字、不求甚解，只要大致看得懂文章在說什麼、能夠維持閱讀的興趣就好。在這個前提之下，廣讀的材料不能太難。如果閱讀的文章超出自己的程度太多，必須大量查單字、分析句型才能夠了解，那又會變成慢速度的精讀。

要判斷一篇文章的難易度是否適合自己做廣讀之用，不妨先翻開第一頁試讀一下：不查單字、不暫停、不回頭，從頭到尾一氣呵成把這一頁文字看完（這就是廣讀的正確作法）。如果根本不知道它在講什麼，那麼這篇文章對你來說太難。如果有幾個單字不認識、有幾個句子看不懂，這都沒關係。只要基本上看得出來文章在講什麼，這就是適合你使用的廣讀文章。不妨問問自己：覺得這篇文章好看嗎？如果以不查單字、不求甚解的廣讀方式閱讀，仍然覺得它好看、能夠吸引你繼續看下去，那麼它就是適合你的廣讀材料。

廣讀的材料

優良的廣讀材料，內容方面要五花八門、適合各式各樣讀者不同的興趣，程度方面又不能太難。市面上有一些供人作廣讀使用的材料，包括小說類與非小說類，採用的單字句型難度都有經過篩選，讀者可以考慮購買。不過，廣讀的動作一旦開始進行，消耗閱讀材料的速度相當快，如果全都要靠購買的話可能經濟方面會不勝負荷。其實在網路上就有一些免費的廣讀材料可以使用，以下介紹幾種給讀者參考。

① VOA Learning English (http://learningenglish.voanews.com/)

VOA 是 Voice of America，美國之音廣播電台。它肩負美國政府對外宣傳的任務，冷戰時代曾大量對鐵幕國家播音。爲了達到宣傳的效果，VOA 有許多節目採用 Special English 播出，也就是經過改寫、單字與句型特別簡單、唸得既慢又清楚的廣播，務期讓英文不是很好的聽眾也能夠聽得懂。

VOA 的網站就是配合這個廣播電台的網站，站內 Learning English 的部分有大量的文章，分成各式各樣的主題，大約都是半小時一篇的報導，有文字檔與聲音檔可以免費下載。因爲它的主題無所不包，讀者很容易找到自己感興趣的話題。而且它的英文難度有控制，很適合一般程度的讀者拿來當作廣讀的材料。聲音檔則很適合用來當作聽力訓練的材料。

② CDLP (http://www.cdlponline.org/index.cfm)

CDLP 代表 California Distance Learning Project，由加州政府教育部出資、加州州立大學系統經營主辦，Sacramento 縣政府負責網路版的管理營運。

這份網路雜誌旨在推廣成人教育，採用的英文也是低難度、適合廣讀的英文，主題分成工作、法政、家庭、學校……等計十一項，底下各有許多文章。主題豐富、難度適中，很適合廣讀之用。

以上這兩種資源都是已經改寫爲 Special English、便利閱讀的版本。讀者花一段時間看這些東西、逐漸提升自己的閱讀速度與理解能力之後，便可以嘗試去閱讀一些未經改寫的英文原著了。有一個網站值得介紹給各位讀者：

③ Project Gutenberg (http://www.gutenberg.org/)

這是規模最大的一座網路電子圖書館，完全免費。缺點是它的東西大都比較舊。國際版權法規定版權保護時間大都是作者身故之後七十年。七十年之後，著作品的版權自動消失、進入公共財的領域。Project Gutenberg 裡面大都是這種已經沒有版權的東西。不過，也有許多作者主動放棄版權，把文章拿出來和大家分享，所以 Project Gutenberg 還是有一些新的文章。這個網站也提供不少有聲書，可以下載用來增強聽力。

Project Gutenberg 裡的東西雖然大都比較舊，但是主題方面無所不包，讀者感興趣的題材都可以找得到。不過這裡的藏書大都是原著、沒有經過簡化，一般程度的讀者很可能會看不懂。請先通過前面介紹的 Special English 的廣讀訓練，然後再來嘗試挑戰 Project Gutenberg。

廣讀與知識份子的需求

台灣教育部推廣的溝通法，一方面不適合台灣 EFL 的學習環境、一方面也不適合現代知識份子的需求。因為，溝通法蛻變自句型練習法，都是以口語英文為主要學習重點。但是口語英文的領域其實相當貧乏。身為一個現代知識份子，需要的不只是英文聽講的能力－任何一個美國文盲都具備這個能力－更重要的是讀寫的能力。

網際網路上的資訊，有八成以上都是以英文儲存的。現代人要查任何資料，最快的作法就是上網。為了寫篇報告或論文而上網查資料，不怕找不到，怕的是消化不完——動輒查出幾千幾萬筆資料，不知該從何看起。這時候，堅強的閱讀能力－尤其是廣讀與略讀－就顯得特別重要了。一個現代知識份子要有能力在短時間消化掉大量的文字資料、從中取出自己需要參考或引述的部分，然後加上個人的觀點而寫出自己的報告或論文。這種能力，不是簡單的會話訓練可以應付得了的。必須經過大量的廣讀、吸收大量的資訊、培養出紮實的廣讀與略讀能力，才能夠在競爭激烈的職場或學術界勝出。

廣讀與聽講

讀者可能要問：廣讀做的是文字英文的訓練，那麼口語英文要怎麼辦？其實這是無謂的擔心。只要廣讀做得夠多，口語英文的問題也會同時迎刃而解。

聽講能力不足，可分成兩種情況。一種是聽不懂、但是寫下來慢慢看就看得懂。這個問題在於理解的速度太慢，可以靠廣讀來克服。正確的閱讀，速度應該比開口說話要快得多。但是一般人習慣的都是精讀，一個句子要翻來覆去看好幾遍。如果養成了廣讀的習慣，閱讀速度會比一般人講話速度更快，這時候你已經在進行英文思考——廣讀的速度並不容許自己有時間把每個句子變成中文。打通了閱讀速度的瓶頸，也就打通了英文思考的瓶頸。而且，英文是拼音文字，閱讀的時候所有的聲音都在裡面。只要能夠習慣廣讀的速度，聽力理解的速度自然就一併解決。

另一種情況是：聽不懂、寫下來慢慢看還是看不懂。這表示整體的英文程度還不夠。要如何提升自己的英文程度？在台灣的 EFL 學習環境之下，最好的方法仍然是廣讀！

發音的問題

用廣讀來學英文，只有一個盲點：沒有練習到口語的發音。大量閱讀而沒有機會開口講話，造成的結果很可能是發音不夠標準。

不過，因爲英文已經成爲國際語，各國人士講英文帶有自己本國、本地的口音，其實是再自然不過的事。英文發音標準，頂多是讓別人誤會你是個 ABC（American-born Chinese），沒有什麼好處。與其追求發音的標準，不如去追求表達的流利通暢。語言只是個溝通的工具。能夠通暢無阻地表達意見，目的就已經達到了，帶點口音又何妨？

各位應該都聽過 BBC、CNN 的記者操著標準的英式、美式英文去採訪專家，那些專家講的英文往往都很難聽，口音重、發音又不標準。但他們是專家——因爲他們看過很多書，這才是重點。

廣讀與單字

廣讀的作法是不查單字、不求甚解。讀者可能要問：不查單字，那麼單字豈不是永遠都不認識嗎？這倒不用擔心，只要學會了字源分析，不必查單字也可以看懂英文、學會單字。英文單字大約有六十萬個，這是牛津英文大字典（OED）裡面收的單字總數。不過，六十萬單字當中有許多都是沒有用的冷僻字。以台灣教育部頒布的高中英文單字表爲準，高中畢業生應該認識的單字大約有七千多字。

美國大學畢業生平均的閱讀速度是每分鐘 250 字。以這種速度閱讀，每小時可以看進一萬五千字，足足是高中英文單字表的兩倍！這只是一個小時的閱讀量。如果養成了廣讀的習慣，經年累月累積下來，看進去的單字量會相當驚人。

廣讀時碰到的單字，如果是沒有用的冷僻字，那麼沒有必要去查它。它再度出現的頻率甚低，去查它也沒什麼用，因爲以後這個字你用不到。反之，如果碰到一個不認識的單字是常用字，那麼也沒有必要去查它。因爲所謂的常用字，顧名思義就是經常使用，所以只要你廣讀的工作持續下去、每小時看到一萬五千個單字，那麼有限的常用字（如七千多個高中英文單字）你一定會經常接觸到。

廣讀時看到的單字都有上下文、出現在句子中，所以可依據上下文去「猜」這個字大約是什麼意思。另外，如果讀者受過字源分析的訓練，就能夠把不認識的單字「拆」開成爲字根、字首的組合來理解。在「猜」與「拆」之間，就算是陌生的字也會有個籠統的概念。如果這是個常用字，那麼只要你廣讀的動作持續做下去，這個字你一定會碰到十次、二十次，甚至一百、兩百次。看到這麼多個例句，再加上字根字首的拆解，這個字的意思與用法你一定會很快熟悉。因此，廣讀與字源分析的組合是克服英文單字的最佳利器。不必查單字、不必背單字，你認識的英文單字還是會自動地、持續不斷地增加，而且在廣讀中一再複習、不會忘記。

廣讀與寫作

俗話說，「熟讀唐詩三百首，不會吟詩也會謅」。讀與寫是一體的兩面，閱讀的量累積到夠大，自然就知道該怎麼寫。

不過，能夠寫是一回事，寫得好又是一回事。美國人一生中大都做過大量的閱讀，但是英文寫得好的人並不多。許多美國人寫的英文錯誤百出，不符合高級知識份子學院派的要求。要想寫得好，必須接受良好的文法句型訓練。

文法句型的訓練對精讀有很大的幫助：碰到看不懂的句子，藉助文法句型的分析，往往可以推敲出句子的意思來。另外，文法句型的訓練幫助最大的就是英文寫作。

在聽、說、讀、寫這四項工作中，寫作是最後、也是最困難的一項。如果你沒看過幾篇英文文章，那麼到任何地方去上寫作課也沒用——那等於是在做無米之炊。正確的作法是先做一段時間的廣讀，累積許多的 input，自己就會有感覺英文該怎麼寫才對。然後還要通過文法句型的訓練，建立起從單句到複合句到簡化子句的架構，寫出來的句子才能夠正確又富於變化。

正如廣讀與字源分析是征服英文單字的最佳組合，廣讀與文法句型分析就是征服英文寫作的最佳組合。字源分析與文法句型分析可以上課學、可以買書看，廣讀的工作則要靠自己去做。只要跟著自己的興趣去閱讀，不查單字、不求甚解，一旦體會出了閱讀的趣味，那麼不再需要任何人的鞭策，你自然會一路走下去，英文也自然會越來越好。

國家圖書館出版品預行編目資料

字彙高點：旋元佑GRE字彙通 / 旋元佑著. -- 初版. -- 臺北市：
波斯納, 2019.03
面；　公分
ISBN 978-986-96852-7-6（平裝附光碟片）
1. 英語　2. 詞彙

805.1896　　107021887

字彙高點：旋元佑 GRE 字彙通

作　　者 / 旋元佑
執行編輯 / 游玉旻

出　　版 / 波斯納出版有限公司
地　　址 / 100 台北市館前路 26 號 6 樓
電　　話 / (02) 2314-2525
傳　　真 / (02) 2312-3535
客服專線 / (02) 2314-3535
客服信箱 / btservice@betamedia.com.tw
郵　　撥 / 19493777 波斯納出版有限公司

總 經 銷 / 時報文化出版企業股份有限公司
地　　址 / 桃園市龜山區萬壽路二段 351 號
電　　話 / (02) 2306-6842

出版日期 / 2022 年 9 月初版三刷
定　　價 / 600 元
I S B N / 978-986-96852-7-6

貝塔網址：www.betamedia.com.tw